문화간 커뮤니케이션 시각으로 본 『열하일기』

김동국 金东国

中国曲阜师范大学翻译学院韩国语系主任兼韩国文化研究所所长
中国韩国(朝鲜)语教育研究学会理事
中国韩国(朝鲜)文学学会理事
韩国语言文化教育学会对外理事
韩国logos经营学会理事
韩国湖南大学外聘教授
山东外国语职业学院外聘教授
〈东方学术论坛〉编辑委员
〈韩国语教学研究〉编辑委员

研究领域
韩国文化学, 中韩文化交流, 民俗学
项目
主持或参与部省厅级项目7个
论文
发表通过〈热河日记〉看韩中文化交流, 通过文化交流的文学, 文化教育方法研究, 韩流和文化交流
等30余篇论文
著作
〈韩国现代文化概论〉, 〈18世纪后期清和朝鲜王朝间的文化交流研究〉, 〈中韩两国文化交流中的嫌
韩现象〉, 〈韩国语语法教程〉, 〈韩国语论文指导〉 等
词典
〈韩中词典〉, 〈中韩词典〉编撰委员

해외한국학연구총서 K062
문화간 커뮤니케이션 시각으로 본 『열하일기』

초판 인쇄 2015년 7월 25일
초판 발행 2015년 7월 30일

지은이 김동국 **펴낸이** 박찬익 **편집장** 권이준 **책임편집** 정봉선
펴낸곳 도서출판 **박이정** **주소** 서울시 동대문구 천호대로 16가길 4
전화 02) 922-1192~3 **팩스** 02) 928-4683 **홈페이지** www.pjbook.com
이메일 pijbook@naver.com **등록** 1991년 3월 12일 제1-1182호

ISBN 978-89-6292-067-3 (93810)

* 책값은 뒤표지에 있습니다.

해외한국학연구총서
K062

熱河

문화간 커뮤니케이션 시각으로 본 『열하일기』

金东国 著

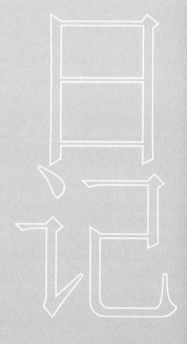

도서
출판 박이정

본서의 연구목적은 연암 박지원의『열하일기』를 문화커뮤니케이션의 구조, 내용, 효과 이론으로 고찰하여 중국어를 모르는 박지원이 중국 사람들과 문화커뮤니케이션을 잘 이룰 수 있는 원인을 밝히고 이를 바탕으로 그 당시 한중문화교류를 쌍방향적으로 연구하여 오늘날 한중문화교류를 위해 방안을 제시하는 데 있다.

『열하일기』는 연암 박지원(1737~1805)이 다양한 문학체재와 표현수법을 사용하여 중국 18세기 청조의 정치, 경제, 문화 등 당시 사회 전반에 대해 상세하게 기록한 백과전서이다.『열하일기』에는 박지원이 1780년 6월 24일 압록강을 건너서부터 책문, 심양, 북경을 걸쳐 열하를 방문하고 8월 20일에 다시 북경에 도착하기까지의 약 2개월 동안 체험을 일기, 필담, 수필 등으로 엮은 방대한 분량의 여행기다.『열하일기』는 외국인으로서의 박지원이 객관적 시각으로 본 당시 중국사회를 생동하게 반영한 백과전서이기에 한국학자뿐만 아니라 중국학자들도 관심을 가지고 많은 연구들을 하고 있다. 그런데 지금까지의 연구논문들을 살펴보면 모두 역사나 문학 쪽으로 고찰하여 연구를 진행하였다. 한중문화교류에 대한 연구논문들도 있지만 모두가 중국문화간 한국으로의 전파와 영향에 대해서만 연구를 하였고 문화커뮤니케이션으로 고찰한 논문은 거의 없다.

문화커뮤니케이션 구조의 핵심은 쌍방향적 문화교류에 있다. 박지원의

『열하일기』가 쓰여진 그 당시 중국은 동방의 문화중심국으로서 한중문화교류에서 주도적 역할을 했다는 것은 의심할 바가 없는 것이다. 그렇다고 당시 조선 왕조의 문화가 중국에 전혀 교류되지 않았고 또 직접적, 간접적으로 영향을 주지 않았다고는 할 수 없는 것이다. 그것은 문화교류는 쌍방향적으로 이루어지기 때문이다. 그렇다면 조선 왕조의 문화가 중국 청 왕조에 전파된 상황과 그 영향은 어떠할까?

21세기는 문화의 시대로서 서로 다른 문화가 늘 함께하는 시대이다. 문화시대에 문화갈등도 빈번히 발생하며 인류평화를 위협하기도 한다. 문화시대에 갈등을 없애고 인류평화를 발전시키려면 무엇보다 문화소통이 아주 필요할 때다. 그래서 요즘은 문화커뮤니케이션학이 더욱 중시를 받고 있다. 그렇다면 240여 년 전의 연암 박지원은 어떻게 그 당시 이문화(異文化)인 중국 청 왕조문화에 대한 문화갈등을 해소하고 중국 사람들과 원만하게 소통을 하여 한중문화교류를 추진시켰을까? 이는 오늘날 한중문화교류에 어떤 계시를 주고 있는가?

저자는 위의 세 문제에 초점을 맞추어 문화커뮤니케이션으로 박지원과 그의 『열하일기』를 연구하여 보았다. 그 결과는 아래와 같다.

(1) 조선의 시문(時文), 서화(書畫)가 중국에 유입된 상황, 팔포무역으로 책문의 번영과 홍삼문화가 중국에 진출, 조선서적이 중국에 유입된

상황(『사고전서』에도 조선 서적이 수록되어 있는데 이는 『사고전서』에 수록된 유일한 외국 서적임), 북경 유리창(琉璃廠)에서 본 『동의보감』, 『열하일기』속에 나오는 한국 속담과 민요, 북경의 유리창에 대한 조선 연행사들의 기록과 중국역사 연구에 대한 공헌, 「피서록」과 조선사신이 쓴 「피서산장」, 필담교류와 조선 문화 전파, 박지원과 중국 문인 사이의 우정강화 등 9개면으로 조선 왕조 문화가 청 왕조에 직접적, 간접적으로 전파된 내용과 영향에 대해 연구했다. 이는 앞으로 이 분야 연구에서 좋은 연구 자료가 될 것이다.

(2) 박지원의 성장기를 통해 논자는 박지원이 어려서부터 책 읽기와 글쓰기를 좋아 했고(박식함) 서얼친구들과 잘 어울려 놀았으며(평등사상) 허례허식하는 양반사회를 담대하게 비판하고 부패한 과거제도를 보고 결단성 있게 과거를 폐함으로써 실용주의자로 성장했음을 밝혔다. 그의 붕우(朋友)사상은 20대에 이미 형성 되었다. 이러한 그의 성장과정은 그가 나중에 중국여행에서 성공적으로 중국 사람들과 문화커뮤니케이션을 이룰 수 있게 한 첫 번째 원인으로 되게 하였다. 박지원은 중국 여행 과정에서 항상 상대방의 입장에서 상대방의 문화를 이해하고 배우려고 노력하였으며 예리한 시각으로 중국을 통해 천하대세를 전망하였다.

그의 이런 이용후생 사상은 상대 문화주의 사상에 바탕을 두고 있으며 당시 중국문화에 대한 고정관념과 편견에 빠져 있는 조선의 북벌을 주장하는 선비들과는 대조적이었다. 이는 박지원이 성공적으로 중국 사람들과 문화커뮤니케이션을 할 수 있는 두 번째 원인이다. 이밖에 박지원은 『열하일기』에서 "사이"와 "명심(冥心)"에 대해 철학적 관점을 언급하였는데 우리는 여기서 A와 B가 만나서 C라는 새로운 문화를 생성할 수 있다는 그의 문화변형에 대해서도 잘 알 수 있다. 위와 같은 연구결론은 문화커뮤니케이션의 내용과 효과로 박지원과 그의 『열하일기』에 대한 고찰에서 얻은 결과이다.

(3) 21세기 한중문화교류에서는 현존하는 여러 가지 문화 간의 갈등을 해소하고 한층 높은 차원에서의 문화교류를 이루어 나갈 것을 요구하고 있다. 그런데 한국 사람 머릿속에 있는 중국 사람과 중국 사람 머릿속에 있는 한국 사람의 모습에는 아직도 상대방 문화에 대한 낡은 고정관념과 편견의 장벽이 있다. 이 장벽을 허물기 위해 박지원처럼 항상 상대방의 시각으로 상대방의 문화를 이해해야 하며 항상 배우려는 마음으로 상대방 문화를 연구해야 하고 적극적으로 문화커뮤니케이션을 해 나가야 한다. 우리는 박지원처럼 상대방 문화에 대해 박식함을 가지기 위해 열심히 상대방 문화를 연구해야 한다. 이뿐만 아니라 박지원처럼 중국 사람들과 항상 평등함과 진정한 붕우관계를 이어가야 하며 상대 문화주

의 사상으로 상대방을 배려하고, 이해하고 배워나가야 할 것이다. 또한 박지원의 문화변형관점을 배워 상대방 문화와 자기 문화의 특수성과 보편성을 잘 연구해야 한다. 이 바탕 위에서 한중 두 나라는 여러 분야에서 한류와 같은 새 문화를 창조해야 한다. 이는 본 연구가 21세기 한중문화교류발전에 주는 좋은 시사점이다.

이 책은 박이정출판사의 배려로 저자의 박사학위논문을 조금 수정 보안하여 나오게 되었는데 많은 면에서 부족함이 있으리라 생각된다. 함께 배우고 연구하는 입장에서 많은 귀중한 의견과 계속적인 연구가 있기를 바란다. 다소 부족한 점이 있더라도 『열하일기』에 대해 연구하고 있는 중국 대학원생들에게 조금이라도 도움이 된다면 더 이상의 보람은 없을 것이다.

이 책이 나오기까지 학문적으로 지도해 주신 나의 은사님이신 마이클 핀치 교수님, 그리고 분야별로 봐 주신 이상식 교수님, 김선정 교수님, 이종한 교수님, 조일규 교수님의 가르침에 감사를 드린다.

그리고 이 책이 나오기까지 늘 전화로 기도해 주신 대구 내당교회 조석원 목사님과 대전 우림교회 장현봉 목사님께도 감사의 말씀을 드린다.

늘 기도로 저에게 힘이 되어 주신 인천 전동감리교회 오종두 장로님께도 항상 감사를 드린다.

또한 이 책의 출판을 허락해 주신 박찬익 사장님과 김려생 부장님, 권이준 편집장님을 비롯한 편집선생님들께 항상 감사의 마음 전한다.

마지막으로 만학도의 어려움을 이겨내도록 용기를 주고 응원과 기도를 해 준 사랑하는 딸 향이와 아내에게 이 책을 바친다. 이 책이 묵묵히 뒷바라지와 기도를 해 준 사랑하는 아내에게 기쁨을 안겨 주기를 바라는 마음이다.

감사합니다.

2015년 7월 7일

중국 곡부사범대학교 일조캠퍼스에서

김동국

차례

표
목차

그림
목차

제1장

서론

제1장 서 론

1.1 연구 목적 및 필요성

본고는 문화커뮤니케이션 이론의 관점에서 연암(燕巖)박지원(朴趾源)의『열하일기(熱河日記)』를 분석하여, 18세기 한중문화교류, 특히 한국의 조선 왕조 문화가 중국 청 왕조에 어떻게 전파되었으며 어떤 영향을 끼쳤는지를 밝히는 것을 목적으로 한다.

한국과 중국은 지리적으로 가까울 뿐만 아니라 정치, 역사, 문화적으로 순치지국(脣齒之國)이라 할 만큼 밀접한 관계를 맺고 교류를 해 왔다. 이러한 사실은 진(秦)나라 이전부터 청나라에 이르기까지 여러 역사적 저작들을 통해 확인할 수 있는데, 그 중에서 연암 박지원의『열하일기』는 18세기 한중문화교류의 대표적인 문헌이라 할 수 있다.『열하일기』는 연암 박지원이 18세기 말엽, 건륭황제의 만수절(70세 생일)축하사절로 가게 된 삼종형 박명원을 따라 중국에 갔을 때 경험했던 다양한 관찰과 사유의 흔적(필담과 일기)을 정리하여 엮은 저작이다.『열하일기』는 이국적 풍물과 기이한 체험을 지리하게 나열하는 흔해 빠진 여행기와는 달리 연암 박지원과 중국 사람들 사이의 문화커뮤니케이션을 통해 이질적인 중국문화와의 뜨거운 만남의 과정이고, 침묵하고 있던 '말과 사물'들이 살아 움직이는 '문화발굴'의 현장이며, 예기치 않은 담론들이 범람하는 '문화생성'의 과정(고미숙, 2008, p.5)으로서 한중문화교류사에서 아주 중요한 문헌적 작품이다. 작품에서도 잘 보여주다시피 박지원에게 있어서 삶과 여행은 분리되지 않았다. 그의 중국 여행은 길 위에서 사유하고, 사유하면서 길을 떠나는 '노마드(유목민)'의 여행이었다.『열하일기』는 이 노마드의 유쾌한 유목일지로써 거기에는 박지원의 여행 중에서 직접 체험하고 보고 들은 것뿐만 아니라 특히 그가 중국 사람들과의 세 차례의 필담 내용이 상세히 담겨 있다.

『열하일기』의 저자 연암 박지원(1737-1805)은 중국의 소동파, 독일의 괴테, 영국의 셰익스피어와 비길 수 있는 중세기 한국 최고의 대문호이다(박희병,1998,p.3). 그는 문고 16권, 『열하일기』26권,[1] 『과농소초(課農小抄)』 15권, 전서(傳書)9편[2]등 많은 저서들을 남긴 조선 후기의 유명한 학자이다. 그는 북학파의 대표인물로서 계급차별과 만민평등을 주장하는 한편, 상업과 공업, 농사기술을 비롯하여 건축, 관개, 목축, 운수 등 여러 분야의 발전을 꾀하였다. 그의 이러한 사상은 그가 쓴 『열하일기』에 잘 나타나 있다.

『열하일기』는 연암 박지원이 다양한 문학체재와 표현수법을 사용하여 중국 18세기 청조의 정치, 경제, 문화 등 당시 사회 전반에 대해 상세하게 기록한 백과전서이다. 『열하일기』는 주로 1780년 6월 24일, 압록강을 건너면서부터 시작하여 「도강록(渡江錄)」, 「성경잡지(盛京雜識)」, 「일신수필(馹迅隨筆)」, 「관내정사(關內程史)」, 「막북행정록(漠北行程錄)」, 「태학유관록(太學留舘錄)」, 「환연도중록(還燕道中錄)」을 포함해서 그해 8월 27일까지의 내용들이 기록되어 있으며 「경개록(傾蓋錄)」, 「황교문답(黃敎問答)」, 「찰십륜포(扎什倫布)」, 「행재잡록(行在雜錄)」, 「망양록(忘羊錄)」, 「곡정필담(鵠汀筆談)」, 「심세편(審勢篇)」 등을 포함해서 모두 26권으로 되어 있다. 열하산장(熱河山莊)에서 견문한 「산장잡기(山莊雜記)」, 「피서록(避暑錄)」과 「성경잡지」, 「일신수필」, 「관내정사」등 은 그의 중국문화 인식을 보여주는 좋은 자료이다. 『열하일기』는 편년(編年)과 기사체(記事體)를 겸한 대표적인 편년체 자료이다. 그의 견문은 역사적인 순간들을 많이 포착하였다. 그래서 『열하일기』는 한국학자뿐

---

1) 『열하일기』에 수록된 작품의 편수는 연구자에 따라 다르다. 김명호는 25편으로, 이종주는 26편으로, 민족문화추진회에서는 26편으로 파악하는데 본고에서는 민족문화추진회의 고전국역총서 『열하일기』의 의견에 따라 26편으로 보았다(〈부록 1〉을 참조).
2) 〈부록 2〉를 참조.

만 아니라 중국학자들에게도 많은 관심의 대상이 되고 있다.

특히『열하일기』에는 박지원이 중국의 많은 명승고적, 사회풍속, 인정세고(人情世故)및 당시 청조의 정치, 경제, 문화, 군사, 종교 등을 외국인의 입장에서 객관적인 시각으로 평론한 내용이 상세히 기록되어 있다. 아울러 연암 박지원이 청조의 사대부와 경사시문(經史詩文), 금기서화(琴棋書畵), 천문역법 등의 문제에 대해 토론을 한 필담들은 청조의 역사를 객관적으로 평가하고 청대 한중문화교류사를 연구하는 데에도 아주 중요한 자료가 된다. 이는 중국 학계에서 20세기 말부터 시작된 국외에 존재하고 있거나 외국 사람들에 의해 작성된 한문전서(漢文典書)에 대한 연구 즉 '역외한적연구(域外漢籍研究)'[3]와 맞물려 중국에서도『열하일기』에 대한 연구가 날로 증가하고 있다. 그래서 지금까지 많은 학자들이 문학적, 역사적 관점에서『열하일기』에 대해 관심을 갖고 있는 것이다.『열하일기』에서는 연암 박지원과 중국 사람들 사이의 문화커뮤니케이션 주요 방식인 필담에 관한 내용이 아주 중요한 부분을 차지하고 있다. 그럼에도 불구하고『열하일기』에 대한 문화커뮤니케이션 이론으로 고찰한 연구논문은 거의 전무(全無)한 상태이다. 또한『열하일기』가 한중문화교류사에서 아주 중요한 기록을 남긴 작품임에도 불구하고 문화교류에 대한 연구는 물론 문화 쌍방향적 연구도 부족한 형편이다.

현대와 같은 네트워크 시대에 학문 간의 영역을 엄격히 구분하여 연구하는 것은 바람직하지 않으며 시대의 발전에도 불합리한 것이다. 문화커뮤니케이션이라는 사회학적 이론으로 인문학의 문학작품인『열하일기』에 대한 고찰을 진행하여 당시 한중문화교류를 쌍방향적으로 연구해 보는 것은 시대의 흐름에도 부합되는 것이며 21세기 한중문화교류 발전에도 좋은 시사점을 줄 것이라고 기대한다.

---

3) '역외한적(域外漢籍)'이란 중국 이외의 지역에 존재하거나 외국 사람들이 작성한 한문전적(漢文典籍)을 말한다.

1.2 선행연구

1.2.1 『열하일기』에 대한 한국 학자들의 선행연구

현재까지 『열하일기』에 대한 연구 현황을 국회 전자도서관을 통해 확인한 결과 〈표1〉과 같다.

〈표 1〉 『열하일기』 연구에 대한 국회 전자도서관 검색결과[4]

검색어	단행본	석사학위논문	박사학위논문	학술지
열하일기	70	31	6	115

이 중에서 학위논문을 살펴본 결과 석사학위 31편 모두 『열하일기』에 대한 문학적, 역사적 연구였고 박사학위 6편[5] 중 5편도 문학적 연구였다. 『열하일기』에 대한 문화적 연구는 진빙빙(2008)의 연구 1편에 불과했다. 그러나 이 역시 중국과 한국 학자들의 문학적 성과를 바탕으로 하여 중국문화의 양상을 논하였기 때문에 순수한 문화적 연구로 보기가 어렵다. 진빙빙(2008)에서는 중국의 찬란한 문화 발전 양상을 구체적으로 논하였으나 조선왕조 문화가 어떻게 중국에 전파되었는지에 대해서는 언급이 없다. 학술지 논문도 마찬가지로 『열하일기』에 대한 문화적 연구는 많지 않았다. 박기석(2006)에서는 상대문화주의적 시각으로 박지원

---

4) 2010년 4월 30일자 인터넷 검색 결과임(https://u-lib.nanet.go.kr/dl/SimpleView.php).
5) 진빙빙(2008). 『열하일기』를 통해 본 18세기 중국문화의 양상, 성균관대학교 대학원.
서현경(2008). 『열하일기』정본의 탐색과 서술 분석, 연세대학교 대학원.
김동석(2003). 「수사록」연구: 『열하일기』와 비교연구의 관점에서, 성균관대학교 대학원.
이지호(1997). 연암 박지원의 글쓰기 방법론 연구: 『열하일기』의 대상해석을 중심으로, 서울대학교 대학원.
김명호(1990a). 『열하일기』연구, 서울대학교 대학원.
강동엽(1982a). 『열하일기』의 문학적 연구, 건국대학교 대학원.

의 사물 인식 태도와 그의 이용후생이라는 실학정신을 고찰하고 중국문화가 조선 왕조에 끼친 영향에 대해서는 강조하였으나 이 역시 조선왕조 문화가 어떻게 중국에 전파되었는지에 대해서는 전혀 언급이 없다. 즉, 박지원의 『열하일기』를 문화커뮤니케이션 이론으로 고찰하여 한중문화교류를 쌍방향적으로 연구한 논문은 아직까지 없는 것이다. 그러나 문화는 일방적으로 어느 한쪽에서 다른 한쪽으로 전파되는 것이 아니라 쌍방향적으로 이루어진다는 점을 고려해볼 때 문화커뮤니케이션 이론을 바탕으로 한 연구는 문화 연구에 있어서 매우 중요하다 할 수 있다. 문화커뮤니케이션 이론을 바탕으로 한 연구는 학문을 네트워크 속에서 거시적 안목으로 연구할 수 있어 이 부문에 대한 연구에 활기를 불어넣어 줄 수 있을 것으로 기대한다.

한국문학사에서 연암의 문학에 대한 연구는 1930년대 김태준(金台俊)과 권덕규 등에 의하여 거론되기 시작하여, 50년대 후반에 들어와서 본격적인 연구가 진행되었다. 이 시기 주요한 성과로는 김일근(1956)의 '연암 소설의 근대적 성격', 이우성(1957)의 '실학파(實學派)의 문학: 박연암의 경우' 그리고 이가원(1958)의 '연암 박지원의 생애와 사상' 등이 있다. 하지만 당시 대부분 연구는 연암의 문학사상에 국한되어 있었으며 70년대 이후에야 비로소 『열하일기』를 대상으로 작가론과 작품론에 대한 연구 작품의 비교문학적 고찰, 작품의 형성배경 연구 등에까지 확대되었다. 그 중 김영식(1975), 이종주(1982, 1983), 강동엽(1982a, 1982b, 1983a, 1983b), 김명호(1988a, 1988b, 1990a, 1990b) 등의 연구가 이 시기 주요한 성과로 평가된다.

『열하일기』에는 연암의 사상과 근대의식이 풍부하고 다양하게 투영되어 있을 뿐만 아니라, 사실성에 기반해 그의 문학적 기량이 유감없이 발휘되어 있다. 그러므로 『열하일기』는 예로부터 많은 학자들의 관심을 받았으며 지금까지 끊임없이 연구가 계속되고 있다. 문학적 관점에서는 김태준(金泰俊)(1978)의 '18세기 연행사(燕行使)의 사고와 자각', 김태준(金泰俊)(1984)의 '『열하일기』를 이루는 홍대용(洪大容)의 화제들:18세기 실학의 성격과 관련하여'가 있다. 여기에서 자기의식과 종교, 예술, 의학에 대한 새로운 인식을 고찰하고 홍대용과 연관하여 근대의식의 자각을 논하였다. 이종주(1982)의 '『열하일기』의 서술원리(敍述原理)'와 이종주(1983)의 '『열하일기』의 인식논리와 서술방식'에서는 편차(編次)와 성격, 인식논리의 변혁과 서술방식의 전환, 서술원리의 실현양상을 고찰하였다. 강동엽(1982b)의 '『열하일기』에 나타난 박지원의 문예의식'과 강동엽(1983a)의 '『열하일기』의 저자방법과 표현', 강동엽(1983b)의 '『열하일기』의 표현기법에 대한 소고', 강동엽(1985)의 '『열하일기』에 나타난 실학정신의 일단(一端)'등에서는 『열하일기』중 시(詩)에 대한 문예의식, 표현기법, 시대의식, 문학론, 표현기법, 문체의식, 청조의 문예사조, 과학적 의식 등 여러 부문에 걸쳐 다양하게 논의하였다. 김명호(1988a)의 '『열하일기』와 청조학예(淸朝學藝)', 김명호(1988b)의 '『연행록』의 전통과 『열하일기』'에서 박지원이 접한 청조 학예의 변모와 인식을 고찰하였다. 진갑곤(1990)의 '『열하일기』소재(所載)의 공후인(箜篌引)기록검증(記錄檢證)'에서는 고시가(古詩歌)를 연구하고 시가(詩歌)로 굳혀진 현실에서 박지원의 인식을 살펴보았다. 전재강(1992)의 '『열하일기』소재(所載)삽입시의 성격과 기능'에서 나타난 삽입시를 연구하고, 박지원이 인용한 시(詩)자체(自體)의 성격을 고찰하였다. 최천집(1997)의 '『열하일기』의 표현방식과 그 의도: 「금료소초」, 「黃圖紀略」, 「謁聖退述」, 「앙엽기」, 「銅蘭涉筆」, 「玉匣夜話」를 중심으로'에서는 『열하일기』속에 사용된 문학적 장치를 통해 박지원의 『열하일기』저술 목적을 찾아보고자 하였다. 2000년대에 들어와서, 서현경은(2002)의 '『열하일기』의 서술양상에 관한 일고찰: 박영철 본 『열하일기』의 「도강록」을 중심으로'에서는 「도강록」을 중심으로 『열하일기』에서 「도강록」의 서술기법을 고찰하였다. 허왕욱(2003)의 '『열하일기』에 나타난 상대적 사유방식'에서는 고전 문학 시각으로 박지원 사유방식에 대해서 연구하고, 주체, 대상, 타자, 언어 등을 논하였다.

그 밖에 김은미(1982)의 '『열하일기』서술형태 고찰'에서 서술양상과 서술구조를 고찰하였으며, 오능근(1983)의 '『열하일기』에 나타난 연암 소설의 사상성 연구'를, 임형택(1985)의 '연암의 주체사상과 세계인식: 『열하일기』분석의 시각'에서는 연행에 임하는 박지원의 주체사상과 그 수용 양상을 고찰하였다. 최인자(1996)의 '『열하일기』의 발상법 연구'에 서는 박지원의 상대주의의 인식론을 바탕으로 인식방법의 발상 차원에서 창의적, 비판적 문식력(文識力)을 논의하였다. 박기석(1997a)의 '『열하일기』를 통해서 본 연암의 대청의식(對淸意識)과「호질」의 주제'와 박기석(1997b)의 '『열하일기』와 연암의 대청관(對淸觀)'에서는「호질」을 통해서 화이론, 청의 내외정책 인식, 청국 인식 등을 논의하였다. 박기석(2008)의 '『열하일기』에 나타난 연암의 중국문화 인식'에서는 문화상대주의적 관점에서 연암의 중국문화 인식을 논의하였다.

1980년대 이후 한국 학자들의『열하일기』에 대한 연구를 간단히 종합해 보면, 강동엽(1988)의『열하일기 연구』에서는 문학적 관점에서『열하일기』에 나타난 박지원의 문명의식, 종교관 등을 다각적인 측면에서 분석하고 연암의 이런 인식이 18세기 청조 및 조선왕조의 문예사조에 끼친 영향에 대해 논의하였다. 김명호(1990b)의『열하일기 연구』에서는 강동엽(1988)과는 달리 박지원의 북학사상에 대한 분석과 연구에 중점을 두었다. 강동엽(1988)과 김명호(1990b)의 연구를 시발(始發)로 한국에서의『열하일기』에 대한 연구가 더 한층 활기를 띠게 되었는데 대표적인 예로 최소자(1992)의 '18세기 후반기 조선지식인 박지원의 대외인식:『열하일기』로부터 본 건륭연간의 중국'과 최소자(1997)의 '18세기말 동·서양 지식인의 중국인식 비교'등을 들 수 있다.

1.2.2 『열하일기』에 대한 중국 학자들의 선행연구

다음은 중국 검색엔진 baidu.com(바이두.百度)에서 『열하일기』에 대한 중국에서의 연구논문들을 검색해 본 결과이다.

〈표 2〉『열하일기』 연구에 대한 중국 baidu.com(바이두.百度) 검색 결과6)

검색어	단행본	석사학위논문	박사학위논문	학술지
열하일기	13	구체적으로 밝혀져 있지 않은	1	15

중국학자들의 『연행록』에 관한 논문(약 120여 편)은 많았으나 전문적으로 『열하일기』에 관해 논의한 연구논문은 15편뿐이다. 그 중 吳伯婭(2007)의 '『열하일기』를 통해서 본 18세기 한중문화교류'가 눈에 띄는데 이 역시 『열하일기』를 문학적 관점에서 연구하였으며, 중국 청 왕조의 문화가조선왕조에 일방적으로 영향을 준 것에 대해서만 논의하였다. 그리고 전문적으로 『열하일기』에 대해 쓴 박사학위 논문은 1편뿐이었는데 바로 馬靖妮(2007)의 '『열하일기』속의 중국형상연구'이다. 이 논문에서는 『열하일기』속에 생생히 담겨 있는 조선사회의 모순된 대청인식, 중국의 지리형상, 중국 사람들의 인물형상 등을 논의하였으며, 이를 통해 박지원의 실학사상을 바탕으로 한 문학창작의 본질을 찾아볼 수 있다고 하였다. 이 논문 역시 실학사상을 바탕으로 한 문학연구로서 중국문화에만 그 초점이 놓여있다. 전술한 바와 같이 중국에서의 『열하일기』에 대한 연구도 문학, 역사적인 관점에서의 논의가 대부분이었으며, 그 논의의 초점도 중국문화가 한국에 일방적으로 전파되었다는 점에만 국한되어 연구되었음을 알 수 있다.

---

6) 2010년 4월 30일자 인터넷 검색 결과임(http://www.baidu.com).

중국 학계에서『열하일기』에 대한 연구는 상대적으로 늦게 시작되어 90년대에 들어와서야 본격적으로 시작되었다. 沈立新(1991)의 '박지원과『열하일기』', 金炳珉(1991)의 '조선북학파들의 청대문학에 대한 비평과 접수', 陳大康(1998)의 '『열하일기』로부터 본 청대 통속문학의 전파', 陳大康(1999)의 '『열하일기』와 중국 명청 소설과 희곡', 王政堯(1997a)의 '연행록초탐(燕行錄初探)', 王政堯(1997b)의 '연행록과 청대 희극문화 약론', 王政堯(1999)의 '18세기 조선 이용후생 학설과 청대 중국', 鄭克晟(1997)의 '박지원의『열하일기』를 읽고서' 등이 있다. 이것은 위에서 말한 중국학자들이 90년대 초부터 제출한 '역외서적연구(域外漢籍研究)'와 관련이 있다. 그 중 王政堯(1999), 金炳珉(1991), 陳大康(1998)의 연구 성과가 학계의 주목을 끌고 있다.

王政堯(1999)에서는 18세기 조선의 이용후생 학설을 토대로 박지원의 청대 중국인식을 분석하였다. 그는『열하일기』속에 나타난 청대의 정치, 문화, 사회, 상업, 경제, 인물 등 다양한 방면에서 서술하여, 박지원이 청대중국의 이용후생 면에서 취할 점이 많다는 것을 정확히 인식하고 중국의 선진 기술을 흡수하여 국가를 풍요롭게 하고 백성을 이롭게 하여 조선을 부강하게 만들려는 목적을 가지고 있었음을 지적하였다. 金炳珉(1991)에서는 홍대용, 박제가, 이덕무, 박지원 등을 비롯한 북학파 문인들의 작품을 통해서 조선 북학파가 청조의 문학을 대하는 태도를 분석하였다. 그는 소설과 시가(詩歌) 두 방면에서 출발하여 조선 북학파가 청조의 문학 가운데 진보적인 문학사상을 수용한 사실과 어용문인(御用文人)들의 낙후되고 보수적인 사실에 대한 비판적 태도를 제시하였다. 陳大康(1998)에서는 주로『열하일기』를 통해 중국 명·청 시기의 통속문학에 대해서 연구하였다. 그는 통속문학의 입장에서 출발하여『열하일기』속에 나타난 명·청 시대의 소설과 희곡을 중심으로 연구하면서 당시 청 조정의 고압정책 하에서 통속문학의 전파양상에 대해서 분석하였다.

『열하일기』가 중국에서 간행된 이후에 이 연구주제가 계속해서 학계로부터 많은 관심을 받았으며 본격적으로 연구된 것은 최근에 들어서이다.[7] 특히 2007년에 들어와서『열하일기』에 관한 연구가 다시 활발하게 진행되었다. 그 중에 대표적인 연구로 馬靖妮(2007)의 '『열하일기』속의 중국형상 연구'를 들 수 있다. 馬靖妮(2007)에서는『열하일기』속에 나타난 중국형상을 중심으로 연구를 하였는데, 조선사회의 모순된 대청인식, 중국의 지리형상, 중국 사람들의 인물형상 등을 나누어 18세기 중국사회에 대한『열하일기』의 생생한 묘사를 보여 주었다. 특히 그 중에서 라마교의 형상과 여성의 형상에 대한 기록은 연암 이전의 어느 연행록에서도 보기 힘든 것이라고 하면서, 이 점을 통하여 연암이 실학사상을 바탕으로 한 문학창작의 실질을 보일 수 있다고 하였다.

지금까지 한중 학계에서『열하일기』에 대한 선행연구들을 살펴보았다. 문화커뮤니케이션 이론을 바탕으로『열하일기』를 분석하여 한중문화교류를 연구한 논문은 아직 찾지 못했다. 이것은 문화커뮤니케이션 이론이 다른 이론보다 늦게 나왔으며 특히 동양에서의 연구가 이제 시작 단계에 있기 때문이라고 할 수 있다. 그러나 앞에서 지적했다시피 지금은 '지구촌'문화 시대로서 작품을 문화커뮤니케이션의 시각으로 연구해야 할 필요성이 있다. 그러기 위해서는『열하일기』에 대한 연구도 개인의 관심과 취향에 따른 연구도 좋겠지만 더 나아가서는 네트워크 속에서 학문을 통합하여 분석하고 종합적인 연구로 그 기반을 이루어야 한다. 21세기는 문화시대인 만큼 문화커뮤니케이션의 이론적 관점에서『열하일기』를 고찰, 연구해야 할 때 인 것이다.『열하일기』에 대한 이러한 고찰을 통해 그 당시 한중문화교류를 연구하고 오늘날 21세기 파트너적 관계로서의

---

7) 1916년 한국 시인 김택영(金澤榮)이 중국 상해에서 박지원의 저작들 중 일부를 편집하여『연암집(燕巖集)』(3권)을 출판하였다. 최근 중국에서는 1996년 북경도서관출판사에서 출판한『열하일기』와 1997년 상해서점에서 출판한『열하일기』를 대상으로 연구가 많이 이루어지고 있다.

한중문화교류 발전을 위해 좋은 시사점을 제공한다면 이 작품이 가지는 가치는 더욱 클 것이다.

1.3 연구 방법 및 범위

본고에서는 연암 박지원의 생애와 사상을 살펴보고 이를 바탕으로 문화커뮤니케이션 구조와 쌍방향 고찰 이론으로『열하일기』를 분석함으로써 18세기 당시 한중문화교류의 배경을 18세기 동아시아의 시대적 배경, 한국과 중국의 시대적 배경, 청과 조선 두 왕조사이 관계 및 두 왕조가 실시한 문화정책과 우호적인 문화관계 등을 상세하게 논의하고자 한다. 한중문화교류연구에서는 조선 왕조의 문화가 청 왕조에 어떻게 전파되었는지에 대해 집중적으로 논의하고자 한다. 다음으로 문화커뮤니케이션의 내용으로,『열하일기』에 나타난 박지원의 사유방식, 세계관, 자아인식과 대인관계 및 필담에 대해 연구하여 박지원의 상대 문화주의 사상을 논의한다. 다시 말해서 박지원이 중국 사람들과 문화커뮤니케이션을 잘 이룰 수 있었던 원인에 대해 논의한다. 마지막으로 문화커뮤니케이션의 효과로, 박지원과 조선 선비들이 당시 중국 청 왕조문화에 대한 태도를 비교하여 북학과 북벌이라는 상반된 결과에 대해 분석하고, 박지원의 문화변형과 당시 한중 문인사이의 우의 강화에 대해서 논의한다.

본고에서는 또한『열하일기』원문과 번역문을 잘 활용하여『열하일기』에 나타난 여정, 유머, 우정, 유목 등 여행과정을 문화커뮤니케이션 이론으로 고찰해 본다. 이를 위해 문화커뮤니케이션의 구조와 쌍방향 고찰 모델도표, 문화커뮤니케이션 내용과 효과로『열하일기』를 고찰한 도표 등을 제시하여 논의한다.『열하일기』전반에 대한 이해를 돕기 위해 '『열하일기』여정도'를 지도로 제시하고 연암 박지원과 중국 사람들 사이 주요

문화커뮤니케이션의 방식인 필담에 대해서는 더욱 정밀하게 논의하기 위해서 세 차례 필담을 한 눈에 알아볼 수 있도록 도표로 제시한다. 문화커뮤니케이션 효과에 대해서도 박지원과 조선의 선비들이 중국문화에 대한 이해 차이를 도표로 제시하여 북학파와 북벌파의 형성에 대해 명확하게 하고자 한다. 조선 왕조와 중국 청 왕조의 문화교류에 대해서도 청 왕조에 유입된 조선 왕조의 서적들과『사고전서총목』에 수록되어 있는 유일한 외국 서적-조선 저서 및 조선에 전해진 청대의 금서(禁書) 목록, 유리창(琉璃廠)에 대한 기록을 남긴 연행록들 등을 도표로 만들어 활용한다. 그리고『열하일기』가 당시 중국 역사를 객관적으로 기록한 것으로써 그 당시 중국 역사를 연구하는데 중요한 자료로 되기에,『열하일기』에 대한 연구 본신이 중국문화에 끼친 조선 문헌(문화)의 영향으로 볼 수 있음을 강조하고자 한다. 즉『열하일기』는 그 여행기 자체가 중국문화에 대한 조선 문화의 역할이라고 할 수 있겠다. 마지막으로『열하일기』를 통해 나타나는 연암 박지원의 문화사상과 결부하여 현시대 한중문화 교류에 어떤 시사점을 주는지에 대해 논의하고자 한다.

세부적으로 제2장 '연암 박지원의 생애와 사상'에서는 먼저 연암 박지원에 대해 간단히 소개한 후 연암 박지원의 생애에 대해서 논하고 이해의 편의를 위해 박지원의 족보와 그의 일생을 연보로 제시한다. 그 다음, 박지원의 생애를 통해 그의 사상 형성과정을 준비기, 회의기, 선진 학문에 눈뜨는 시기로 나누어 살펴본 후 그의 휴머니즘, 상대주의 실용주의, 리얼리즘 사상을 논한다. 마지막으로 그의 생애와 사상을 간단명료하게 종합해 본다.

제3장 '문화커뮤니케이션의 기존 문헌에 대한 검토'에서는 다음과 같은 내용과 방법으로 본 논문의 이론적 근거인 문화커뮤니케이션 이론에 대해서 논의한다. 먼저 문화와 문화커뮤니케이션 이론연구의 중요성을 논의한 다음, 문화커뮤니케이션에 대한 이해로 그 개념과 기존연구에

대해 논의한다. 그리고 요즘 한국에서 문화커뮤니케이션에 대한 연구동향을 4가지로 분석해 본다. 그리고 『열하일기』분석을 위한 문화커뮤니케이션에서는 『열하일기』 분석을 위한 문화커뮤니케이션 구조, 내용, 효과로 나누어 논의한다.

제4장 '『열하일기』 속에 내재된 문화커뮤니케이션 구조'에서는 먼저 문화커뮤니케이션 구조의 쌍방향적 문화이론으로부터 18세기 한중문화교류의 배경을 고찰한다. 다음, 문화커뮤니케이션 구조 이론에 따라 18세기 당시 중국 청 왕조 문화가 조선 왕조에 어떻게 전파되고 영향을 주었는지에 대해서 간단히 논의하고 동시에 조선 왕조의 문화가 중국에 어떻게 전파되었는지에 대해서 상세히 논의한다. 그 다음, 한중문화교류에서 교량적 역할을 한 북경의 유리창과 조선 사신이 쓴 피서산장 두 절을 통하여 당시 조선왕조의 문화가 간접적으로 중국 청 왕조에 끼친 영향에 대해 언급한다.

제5장 '『열하일기』 속에 내재된 문화커뮤니케이션의 내용 및 효과'에서는 먼저 『열하일기』에 대해 간단히 소개하고 문화커뮤니케이션 내용과 효과로 『열하일기』에 대한 고찰에 대해 지적한다. 다음으로 『열하일기』 속에 내재된 문화커뮤니케이션의 내용에서는 박지원과 중국 사람들 사이 문화커뮤니케이션의 주요 형식인 필담에 대해서 시간, 장소, 필담기록 명칭, 필담을 나눈 중국 문인, 필담의 주요내용과 결과 등을 도표로 제시하여 논의한다. 문화커뮤니케이션 내용에 따라 박지원의 사유방식과 가치관, 그의 자아인식과 대인관계 등에 대해 『열하일기』 원문과 번역문을 이용하여 상세히 논의한다. 『열하일기』 속에 내재된 문화커뮤니케이션의 효과에서는 박지원과 조선 선비들이 중국문화에 대한 태도와 결과를 비교해 봄으로써 북학파와 북벌파에 대해 알기 쉽게 한다. 마지막으로 박지원의 문화변형과 박지원과 중국 문인 사이의 우정 강화에 대해 논의한다.

제6장 '결론'에서는 먼저 본 논문을 요약한 후 본 연구의 이론적 의의와 실천적 의의에 대해 설명하고 마지막으로 본 연구의 한계점과 제언에 대해 언급하는 것으로써 본 연구를 마무리한다.

제2장

연암 박지원의
생애와 사상

제2장 연암 박지원의 생애와 사상

한국 중세기 문인으로서 혹은 사상가로서 후대 학자들에게 연암 박지원만큼 존경과 관심을 받는 작가도 드물다. 연암 박지원이 오늘에 이르기까지도 많은 국내외 학자들의 관심을 받는 이유는 무엇일까? 본 장에서는 연암 박지원의 생애와 사상에 대해 논해 보고자 한다.

2.1 박지원의 생애

2.1.1 수학기(修學期)

박지원은 영조 13년(1737년)2월 5일 새벽에, 서울 서대문 밖 사제(私第) 반송방(盤松坊) 야동(冶洞)에서 사유(師愈)의 2남 2녀 중 막내로 태어났다(오상태,1988, p.27). 호는 연암이고, 자는 미중(美中)이다. 그의 가계는 이른바 '화주(華冑)' '현벌(顯閥)'인 반남 박씨(潘南朴氏)이다. 그의 원조 상애(尙哀)는 예조정랑(禮曹正郞)으로 고려말(高麗末)의 문호였다. 6대조 동량(東亮)은 선조 조(宣祖朝)의 문신으로 판의금부사(判義禁府事)를 지냈으며, 5대조 금양위(錦陽尉)미(瀰)는 선조(宣祖)의 부마(駙馬)로 문장이 탁월했고, 조부 필균(弼均)은 지돈녕부사(知敦寧府使)를 지냈다. 삼종형 명원(明源)은 영조의 부마인 금성위(錦城尉)이다. 이렇듯 박지원은 매우 뛰어난 역대 명문가에서 태어났다.[1] 태어난 지 얼마 되지 않아 집안사람이 박지원의 사주를 중국에 가져가 점쟁이한테 물었다 한다. '이 사주는 마갈궁(磨蝎宮)에속한다. 한유(韓愈)와 소식(蘇軾)이 바로 이 사주였기에 고난을 겪었다. 반고(班固)와 사마천(司馬遷)과 같은

---

1) 〈부록 7〉 박지원의 족보를 참조.

문장을 타고났지만 까닭 없이 비방을 당한다.'고 했다(박희병, 1998, p. 16). 비록 사주풀이이기는 하지만 여기에는 당송 8대가에 속하는 당나라의 한유와 송나라의 소동파, 그리고 한나라의 위대한 역사가인 반고와 사마천 등과 같은 엄청난 인물들이 나타난다.

박지원은 어려서부터 재주가 뛰어났을 뿐만 아니라 동네 아이들과 잘 어울려 놀았다고 한다. 16세(1752)에 처사(處士)인 유안재(遺安齋) 이보천(李輔天)(1714-1777)의 딸에게 장가를 들었다. 이때부터 박지원은 체계적인 공부를 하게 된다. 장인인 이보천에게서 『맹자(孟子)』를 배웠고 처숙(妻叔) 이양천(李亮天)(1716-1755)에게서는 태사공(太史公)의 『사기(史記)』 「신릉군전(信陵君傳)」 등을 배웠다. 손아래 처남 이재성(李在誠)은 평생의 지기(知己)이자 글벗이 되었다. 그는 체계적인 문장공부를 한 지 얼마 되지 않아 「항우본기(項羽本紀)」를 모방하여 「이충무공전(李忠武公傳)」을 지었는데, 이를 본 이양천이 반고와 사마천의 경지에 도달했다고 감탄했다고 한다. 이로 미루어 볼때 이보천의 근엄청고(謹嚴淸高)한 성품과 이양천의 문장 솜씨 등은 어린 박지원의 사고형성과 문장력에 큰 영향을 끼친 것으로 판단된다고 하였다(오상태, 1988, p.27). 박지원은 평생 벼슬하지 않고 조용히 산 부친보다 영조 즉위 후 고위직 벼슬을 역임한 조부 박필균(朴弼均)의 영향을 많이 받고 자랐다. 박지원은 어려서부터 약질인데다가 잡병이 많아 자애로운 할아버지는 그를 불쌍히 여겨 많은 시간을 종들과 같이 밖에 나가 놀게 하였다(김지용, 1994, p.12). 그래서 박지원은 장가들기 전까지는 실학(失學)했다. 박지원이 장가를 든 후에야 비로소 본격적이고 체계적으로 과거(科擧)를 준비할 수 있었다. (박기석, 1984, p.59).

박지원은 성장한 뒤 자신의 문장에 대한 꿈을 꿨다. 꿈에서 서까래만한 크기의 붓 다섯 자루를 얻었는데 붓대에는 '붓으로 오악(五嶽)을 누르리라' 라는 글귀가 적혀 있었다고 한다(박희병, 1998, p.18). 오악이란 백두

산, 묘향산, 금강산, 지리산, 삼각산 등 한국의 명산을 말하는 것인데 결국 나라에 필명을 떨치게 된다는 꿈이다. 이렇게 사주도, 자신의 꿈도 모두 그의 비범한 글재주를 예언하고 있다.

20세 이후 그는 김이소(金履素), 황승원(黃昇源)등과 어울려 글공부를 했다. 단릉(丹陵)처사 이윤영(李胤永)에게서는 『주역(周易)』을 배웠다. 당시 예학(禮學)과 고문에 뛰어난 문형(文衡)이었던 강한(江漢)황경원(黃 景源)과 영조 때의 심리학의 대가 미호(渼湖)김원행(金元行)등을 찾기도 하였다. 그들의 칭찬을 많이 듣기도 하였다(박희병, 1998, p. 19).

그 후 30대 중반까지 즉 그의 나이 35세(1771)에 과거시험을 폐(廢)할 때까지는 그가 문장 공부에 주력했던 시기이다. 20세를 전후해 박지원은 절친한 친구들과 절간을 찾아다니며 과거준비에 전념했다. 그러나 그 무렵부터 며칠씩이나 잠을 이루지 못하는 등 심한 불면증과 우울증으로 오랫동안 고생을 하게 된다.이는 비정하고 혼탁한 정치 현실과 양반사회 의 타락성에 대해 비판적인 견해를 가지면서 자신의 장래 거취 문제에 대한 고민을 거듭했기 때문이었다. 자신이 과거를 통해 진입하려고 하는 세계가 너무 부정적으로 비쳤던 것이다. 조선후기에 과거제도의 운영이 문란의 극치를 이루었기 때문이다. 그의 자존심은 문란한 가운데 끼어들 어 과거를 통해 영예를 얻기가 싫었을 뿐만 아니라 더 근원적으로는 당시의 정치 상황에 환멸을가졌던 것이다. 대신에 그는 신병으로 인한 불면증을 견디기 위해 문하의 겸인(傔人)이나 민옹(閔翁)과 같은 문객들 을 불러 그들에게서 시정(市井)에 유전되던 기사를 듣곤 하였다.

지계공(芝溪公:이재성)2)은 아버지에 대해 이런 말씀을 해 주셨다. '네 아버지는 스무 살 남짓해서 불면증으로 시달린 적이 있으셨다. 밤낮 한숨도 주무시지 못하는 날이 혹 사나흘씩이나 계속된 적도 있는

---

2) 이재성은 박지원의 처남이자 그의 평생지기(知己)였다. 이재성은 1809년에 타계했다.

데, 보는 사람들이 몹시 걱정했었다. 아홉 편의 전3)을 지으신 게 아마 그때였을 텐데, 무료함을 잊고 병을 이기기 위해서였을 게다.'(박희병, 1998, p. 24)

박지원은 23세(1759)에 그의 모친을 여의었고, 31세(1767)에는 부친을 잃었다(박희병, 1998, p.27). 이렇게 볼 때, 그가 조실부모(早失父母)했다는 지금까지의 기술은 잘못된 것으로 판단된다. 그런데 여기서 하나의 의문이 생긴다. 그의 부모가 모두 생존해 있었고, 조부 또한 중요한 관직에 있었는데4)장가를 든 후 비로소 문장공부를 본격적으로 시작한 것은 무엇 때문일까? 이것은 그의 생애를 고찰하는 과정에서 이해하기 어려운 것 중의 하나다. 이와 관련하여 그의 아들 박종채는 박지원의 어린 시절에 관하여 다음과 같은 기록을 남기고 있다.

우리 집안은 본래부터 청빈했으며, 증조부 장간공(章簡公)은 청렴결백하고, 검소하여 집안일에는 마음을 쓰지 않았다. 가법이 또한 엄격하여 조부모님의 여러 형제들은 하루 종일 한 방에 시립하고 있었으며, 선군 형제는 책을 펴놓고 공부할 장소가 없었다(박희병, 1998, p.17).

이를 통해 볼 때 그는 매우 엄격하고 청빈한 가정환경에서 성장하였음을 알 수 있다. 또한 그의 아버지는 벼슬을 전혀 못했다는 사실과 경제적으로 궁핍하였음을 알 수 있다.이러한 가정환경으로 인하여 그는 부모의 큰 관심을 받지 못하고 성장하게 된 것 같다. 오히려 도량이 현숙한

---

3) 「마장전」, 「예덕선생전」, 「민옹전」, 「양반전」, 「김신선전」, 「광문자전」, 「우상전」, 「학문을 팔아먹는 큰 도둑놈전」, 「봉산학전」,이 중 마지막 두 편은 잃어버리고 지금 일곱 편만 남았다. 일곱 편 가운데 「예덕선생전」, 「광문자전」, 「양반전」이 세 작품은 세상에 널리 알려져 있다(〈부록 2〉를 참조).

4) 박지원의 조부 박필균은 박지원이 젊은 시절,즉 5세부터 22세 사이에 京畿道觀察使, 司憲府大司憲, 春川府使, 禮曹參判,工曹參判, 知敦寧府使등을 역임했다(『朴趾源文學研究-漢文短篇을 中心으로-』朴箕錫著, 三知院. p.59 참조).

백모(伯母)가 연암을 주로 양육하게 되어 형과 형수에 대한 남다른 애정을 지니게 되었다고 한다. 『나의 아버지 박지원』에서 박희병은 이렇게 쓰고 있다.

형수 이공인[5]은 하도 가난을 많이 겪은지라 몸이 대단히 수척했으며 때로 우울함을 풀지 못하였다. 아버지는 언제나 온화한 얼굴과 좋은 말로써 그 마음을 위로해 드렸다. 매양 무얼 얻으면 그것이 비록 아주 하찮은 것일지라도 당신 방으로 가져가지 않고 반드시 형수께 공손히 바쳤다(박희병, 1998, p.20).

이와 같은 불우한 가정환경으로 16세에 장가를 들기 전까지는 실학(失學)하다가 장가들고 나서야 비로소 장인과 처숙에게서 문장공부를 하게 된다. 이렇듯 박지원은 장인인 처사 이보천과 처숙인 학사공(學士公)이양천의 교육은 박지원의 성격형성에 지대한 영향을 미치게 되는데, 그의 초기 작품 중에 나타나는 해학과 현실 비판적 자세는 그 원인을 이러한 면에서 찾아볼 수 있다. 한 사람의 사상 형성은 그의 성장기가 매우 중요하다. 위와 같은 그의 성장기는 그로 하여금 과감히 부패한 과거시험을 포기하게 했고, 양반출신이지만 대담하게 서얼출신의 친구들과 평등하게 지냈으며 그것이 바탕이 되어 젊은 시절에 유명한 구전(9傳)을 창작해 낼 수 있었던 것이다. 그의 우도(友道)사상도 여기에서 비롯되었다. 붕우(朋友)의 붕(朋)은 새의 두 날개를 의미하고, 우(友)는 사람의 손(手)을 의미하는데, 붕우는 새의 두 날개나 사람의 두 손처럼 상호 인격은 달리하나 하나로 결합된 제이오(第二吾, 또 하나의 나)이고 주선인(周旋人, 가까이에서 협조하는 존재)이라고 했다.

34세 되던 1770년 연암은 생원, 진사를 뽑는 시험인 감시(監試)에서

---

5) 이공인(1724-1778), 전주 이씨 동필의 딸, '공인(恭人)'은 5품 관리의 아내에게 주던 칭호이다.

1등으로 뽑힌다. 방(榜)이 붙던 날 저녁 영조는 침전으로 연암을 불렀다. 도승지로 하여금 연암의 답안지를 읽게 하고는 손으로 책상을 두드리며 장단을 맞추어가며 들었다고 한다(최정동, 2005, p.35).그러나 그는 그 다음 해 본 시험인 문과를 포기하고 재야의 선비로 살아가기로 마음먹는다. 영조 말년의 혼탁한 정국이 그러한 결심을 하는데 큰 영향을 미쳤다. 그러나 세상은 그를 그냥 내버려 두지 않았다. 각 정치 세력들은 명문가 출신인데다가 왕의 총애까지 받고 있는 연암을 어떻게 해서라도 과거에 합격시켜 자신들의 당파로 끌어들이려고 하였다. 버려 눈치 챈 박지원은 번번이 과거에 응시하지도 않고 어쩔 수 없이 시험장에 나갔을 때는 답안지를 제출하지도 않고 퇴장하기도 했다. 한번은 답안지에 소나무와 괴석(怪石)을 그리고 나와 세상 사람들의 입방아에 오르기도 했다.『나의 아버지 박지원』에서는 이 사실을 이렇게 기록하고 있다.

> 그 때 아버지께서는 이미 문장으로 이름이 온 세상에 올리셨다. 매양 과거시험을 보이는 때면 시험을 주관하는 분이 으레 아버지를 끌어넣으려 하였는데 아버지께서는 그런 눈치를 채고는 응시하지 않기도 하고 응시했다가 시권(試券)을 제출하지도 않기도 하였다. 한번은 장옥(場屋:시험장)에 가서는 고송노석도(古松老石圖)한 폭을 그리고 나와서 이 소활한 일이 우스운 이야기로 세상에 옮겨졌다. 대개 가벼이 보는 뜻을 보인 것이다. 그러나 이는 아버지께서 과거 보는 일을 달갑게 여기지 않는다는 것을 보여주기 위해서였다(박희병, 1998, p.25).

2.1.2 은둔기(隱遁期)

이 시기는 열하 여행 전후의 시기이다. 박지원이 실학사상을 확립해 가던 시기(1772~1785)이기도 하다. 이 시기에 그는 문장수업에 힘을 기울이며 뜻이 통하는 친구들을 찾았고, 재능은 있으나 세상에 쓰이지 못하고 불우하게 살아가는 부류들과 교류하면서 세상에 대한 불만을 해소했던 것이다. 이렇게 형성된 의식 세계는 그의 나이 35세(1771)이후 에 다시는 과거에 응시하지 않게 만든다(박기석, 1993, p. 61). 36, 7세 때에는 처자를 유안재옹(遺安齋翁)이 거처하는 석마향(石馬鄕)의 처가로 보내고 홀로 전의감동(典醫監洞)의 우사(寓舍)에 기거한다. 그러면서 홍 대용과 태서(泰西)의 지구 자전설(自轉說)을 주장하기도 하며, 세칭 북학 (北學)의 사인(四人)인 이덕무, 박제가, 유덕공(柳德恭), 이서구(李書九) 등과 사우관계를 맺고 고금의 치란(治亂),흥망의 가닥과 옛 선인들의 세상에 나아가고 시골에 숨는 대절(大節)과, 제반제도의 모순, 농공(農 工)의 이익과 폐단, 산천과 관방(關防), 역상(曆象), 악률(樂律), 초목, 조수(鳥獸), 육서(六書)와 산수(山水)등을 논하면서 세상을 등지고 불운 과 황락(荒落)한 속에서도 실학에 몰두한다.

이때 정조가 등극(1776)하였다. 정조는 즉위하자마자 세손(世孫)으로 있을 때부터 그의 신변을 지켜주던 홍국영(洪國榮)을 도승지(都承旨)겸 금위대장(禁衛大將)으로 삼아 정사를 처리하게 하고 세도정치를 펴 나갔 다. 이때 박지원의 나이가 42세(1778)였다. 그는 벽파 출신일 뿐만 아니 라, 홍국영은 박지원을 아끼고 사랑하던 이조판서(吏曹判書) 홍낙성(洪 樂性)을 반대당으로 몰아 모해하려 하였고 박지원까지 그 일당으로 몰아 화를 입을 형편이었다. 이에 그는 흉계를 피해 개성을 거쳐 황해도 금천 (金天)연암협으로 둔거하게 된다. 연암협은 송도(개성)에서 삼십 리쯤 떨어진 외진 골짜기였다. 동구(洞口)좌측의 절벽에 제비들이 둥지를 틀 고 있었다. 이를 제비바위라는 뜻의 '연암(燕巖)'이라 불렀다. 그가 연암 골짜기에 은둔하고 있을 때, 그를 좇아 배움을 청한 선비들이 있었는데, 그 중에서 이현겸(李賢謙)의 말을 통해 당시 박지원이 지니고 있었던 학문자세를 짐작해 볼 수 있다

우리 고을이 무식하여 선비들도 경서(經書)와 사기(史記)가 학문의 근본이 되는 줄 몰랐더니, 선생님의 교훈을 들은 뒤에야 비로소 과거공부 위에 문장이 있으며, 문장의 위에 학술이 있고, 학술은 구두(句讀)의 해석만으로는 될 수 없다는 것을 알았다. 선생님이 일찍이 말씀하시길 여러분이 독서에 부지런하지 않은 것은 아니지만, 문의(文義)와 이치에 깊숙이 파고 들지 못하는 것은 다름이 아니라 본래 과거공부를 배웠던 습관이 종이와 입을 펴나지 않아 그 사이에 생각하지 않기 때문이다(박희병, 1998, p. 41).

연암협 일대는 일찍이 고려 말에는 목은(牧隱), 익재(益齋)등의 선비들이 살던 곳으로, 부근에는 익재의 묘와 서원이 있는 유서 깊은 곳이었다. 그러나 박지원이 이곳을 찾았을 당시에는 황폐해져 이웃집이라고 해야 가난한 숯쟁이 집 서넛이 있을 뿐이고, 호랑이와 사슴이 출몰하는 대단히 외진 곳이었다. 박지원은 여기에다 초가(草家)를 짓고 돌밭을 일구고 뽕나무도 직접 심었다(김명호, 1990b, p. 68).그가 연암 골짜기에서 2년쯤 있는 동안, 박지원은 자기 친구로서 정조의 사랑을 받고 있던 경연관(經筵官) 유방호(俞房鎬)의 도움을 받아가면서 상(桑,뽕나무), 이(梨,과일나무), 율(栗,밤), 도(桃,복숭아), 행(杏,살구)등을 재배하고 어(魚,물고기), 봉(蜂,양봉), 우(牛,방목)등을 기르면서 산업을 실제로 경영해 갔다.

연암협으로 이주한 지 2년쯤 지난후인 44세(1780)때 홍국영이 정권에서 물러나자 박지원은 서울로 돌아와 처남 이재성 집에 머물게 되었다. 그해 여름 삼종형 박명원(1725~1790)이 청국 건륭제(乾隆帝)고종의 70수경(壽慶)에 진하별사(進賀別使)의 정사(正使)로 가게 되었다. 그의 권유로 박지원은 노병의 복색을 하고 자제군관 자격으로 열하(오늘의 중국 하북성 승덕)를 기행하게 되었다. 사절단 일행은 1780년 6월 24일에 압록강을 건너 8월 초 북경에 도착했다. 그런데 뜻밖에도 사절단에게 당시 건륭제가 머물고 있던 열하에서 열리는 축하행사에 참석하라는 명령이 떨어진다. 박지원은 이렇게 해서 조선 사신이 한 번도 가본 적이 없는 열하를 여행하는 천재일우(千載一遇)의 기회를 맞게 되었다. 그는 열하에서 천하의 형세를 파악하고, 말도 통하지 않는 청나라 학자들을 만나 역사, 정치, 경제, 문화, 음악, 천문, 풍속 등 광범한 주제를 놓고 필담을 나누며 안목을 키웠다. 열하에서의 행사에 참석한 조선 사절단은 북경을 거쳐 10월 27일에 서울에 도착한다.

귀국 후 박지원은 즉시 중국 여행 중에서 써 두었던 방대한 필담 원고와 일기를 정리하는 작업에 착수했다. 이 시기 그는 세상을 피하여 때때로 홀로 연암 골짜기에 들어가 일 년 혹은 반 년 동안 머물며 약 3년 동안 심혈을 기울여 『열하일기』를 저술해 냄으로써 중국학자들에게 조선에 대한 인식을 새롭게 하는 한편, 조선 독자들에게는 자기인식의 세계를 확인케 하였다. 나아가 중국 사람들과 우주관, 세계관을 이야기하면서 고루 편협한 근역(槿域)의 학계를 흔들어 놓았다(오상태, 1988, p. 29). 그러나 『열하일기』는 필자 자신이 완성본을 발표하기 전에 일부 원고들이 유출되어 널리 필사되면서 당시 문단에 커다란 반향을 불러 일으켜 그의 명성을 높여 주었다. 나중에는 임금인 정조도 그에게 '반성문'을 요구했을 정도였다. 이른바 문체반정 사건이다.

2.1.3 출사기(出仕期)

이 시기는 박지원이 과거의 반항적 생활에서 벗어나 세상과 타협하면서 출사한 시기(1786-1805)이다. 연암 박지원은 50세(1786)되던 해 7월에 비로소 사환(仕宦)의 길이 열려 선공감(繕工監) 감역(監役)(正九品)에 제수(除授)되었다. 지우(知友) 유충문(俞忠文)의 천거(薦擧)에 의한 것이었다. 이렇게 그의 출사는 시작되었다. 53세(1789)에 평시서주부(平市署主簿)(從六品)에 승진되었고, 이후 의금부도사(義禁府都事)(從五品), 제릉령(齊陵令)등을 거쳐 55세(1791)에 한성부판관(漢城府判官)(從五品)으로 전임하였다가 그해 겨울에 안의현감(安義縣監)을 제수 받아 60세(1796)에 경직(京職)으로 전임될 때까지 재임했다. 안의현감 재임 시기, 정조가 직각(直閣) 남공철(南公轍)을 불러『열하일기』의 문체를 비판하고 속죄하는 뜻에서 순정(醇正)한글을 박지원에게 지어 바칠 것을 명하기도 하였다. 61세(1797)에 충남(忠南) 면천군수(沔川郡守)에 부임하였다. 이때(1799년 3월)정조에게『과농소초(課農小抄)』에「안설(按說)」과「한민명전의(限民名田議)」를 붙혀 찬진(撰進)하였다. 64세(1800)되던 해에 순조(純祖)가 즉위하자 양양군수(襄陽郡守)에 승진하였다가 이듬해 사임하고 서울로 돌아왔다. 4년 후인 1805년 69세를 일기로 세상을 마쳤다. 북학이라는 실용학문의 거두로서 이용후생의 삶을 지향했던 박지원은 세상을 떠날 때 그의 유언은 "깨끗이 씻어달라"는 단 한마디였다.

이는 연암 박지원이 당시 여타의 선비들과는 확연히 다른 삶을 살았음을 말해주고도 남음이 있다.

2.2 박지원의 사상

위에서 살핀 박지원의 삶은 일생 동안 각종의 하층인물들과 밀접한 연계를 맺고 살아왔으며 그 누구보다도 그들의 사상, 감정 등을 깊이 이해하였다. 이들에 대한 접촉과 깊은 이해는 그의 창작적 시야를 넓혀주었으며 그의 작품들로 하여금 고도의 진보성과 예술성을 띠게 하는 계기가 되었다. 아래에 그의 사상에 대한 형성배경과 그 과정을 살펴본다.

2.2.1 박지원의 사상형성 배경

연암 박지원은 앞에서 언급했듯이, 먼 조상 때부터 시와 문장의 대가였으며 대대로 명문귀족이었던 반남 박씨 가문에서 태어났다.6) 그러나 그의 문장은 선대의 양반가의 규범적 문체를 본받지 않고, 전통적인 글체를 초탈한 문체의 문장을 썼다. 그의 문장은 상황을 구체적으로 묘사하는 소설의 문장이며, 사물을 있는 그대로 묘사하는 사실주의적 문장이었다. 또한 그의 문장은 한 시대와 계급을 풍자하는 상징적이고, 풍자적인 문장으로 쓰여 져소위 연암체 문장을 이루었다. 박지원은 어려서부터 집안이 청빈7)하여 조부인 지돈녕사 박필균의 슬하에서 자랐다. 조부는 박지원을 임지로 데리고 다니며 키웠는데 병약했던 어린 연암을 애처롭게 생각하여 책을 주지 않고, 밖에 나가 아전의 아희들, 노비의 어린 자식들과 함께 놀게 하였다. 이때에 세속적인 아이들과 노비나 아전들에게서 들은 말이나 이야기들은 감수성이 예민했던 소년시절(16세까지)의 박지원에게 깊은 영향을 주었다. 이때에 서민들과 어울려 놀면서 배웠고, 배우면서 자라난 박지원의 체험은 연암의 문체와 사상에 지대한 영향을 주었다.

학교에서 가르치는 옛 성현의 말이나 중국의 사물이나 말을 풀이한 『이아(爾雅)』를 양반자제들은 배우고 모방하는데 그러한 교본도 결국 별다른 것이 아니라 일상생활의 언어나 경험들이 반영되어 있는 것이니 글을 쓴다는 것은 옛 법이나 답습하는 것이 아니라 현실생활에서 일어나

---

6) 그의 가계는 '삼한갑족'으로 일컬어지는 그야말로 명문에 속하였다(임형택, 2006, p. 2). 연암의 집안은 대대로 벼슬이 높던 명문대가로 선대의 충익공(忠翼公) 박동량(朴東亮, 1569-1635)은 벼슬이 도승지 판의금부사까지 오르고 나라에 공로가 커서 금계군(錦溪君)까지 봉해진 인물이요, 그 뒤 선조들도 대대로 대사헌, 판서, 참판 등의 관직을 지냈다. 그의 조부 박필균(朴弼均,1685-1760)은 관찰사, 대사간, 지돈녕부사까지 오른 인물로 연암을 직접 임지로 데리고 다니면서 가르쳤다(김지용,1994,pp.11-12).
7) 우리 집안은 대대로 청빈했다. 증조부인 장간공 엮시 청렴결백하고 근검절약하셨으며, 집안일에 마음을 쓰지 않으셨다(박희병, 2008, p. 17).

는 상황들을 사실대로 쓰면 된다는 생각을 소년시절부터 품고 있었다. 그는 소년시절의 귀천 없이 노비의 어린 자식들과 같이 놀던 교우경험이 일생의 벗 사귀는 신조가 되었다. 그의 작품에 만민평등의 일념으로 하층 계급을 주저 없이 주인공으로 등장시키는 것도 이러한 영향으로 말미암은 것이다. 이러한 평등관은 그의 소설에서는 더욱 구체적으로 묘사되어 있다.

위의 2.1.그의 생애에서도 언급했듯이 박지원은 장인인 이양천에게서 수학하면서부터 학문다운 공부를 하게 되었다. 그때 그는 이양천의 실학 사상에 영향을 받았다. 그때 그는 중국 『사기』, 「항우본기」를 배웠고 「이충무공전」을 썼다.8) 『사기』, 「신릉군전」은 박지원이 소설을 쓰는데 큰 영향을 주었으며 후에 그의 문학사상 형성에도 큰 영향을 주었다. 만학에 눈을 뜨고, 뜻을 세운 박지원은 그로부터 3년간 발분역학(發奮曆學)하면서 두문분출(杜門不出)로 백가서를 두루 섭렵하였는데 주로 이용후생의 학문사상에 치중하였다.

그는 경제, 병법, 농사, 화폐, 양곡 등 일체의 경세적 실제분야의 문헌에 대하여 섭렵, 강구하면서 천문, 지리에도 깊은 관심을 가졌다. 그러나 그는 양반의 전업인 과거에 나아가 관료가 되는 일은 전적으로 거부하였다. 당시 사대부로서 '과거의 업을 마다함(擧子之業不肯)'은 양반가에서는 생각하기 힘든 일이었다. 그러나 박지원은 서슴지 않고 과거를 폐하였다. 오히려 과거에 나가는 사람들을 비웃었다. 이는 박지원이 예리한 시각으로 당시에 벌써 양반계급의 붕괴를 직시하고 있었기 때문이다. 이러한 관조는 그의 소설 「양반전」 전반에 걸쳐서 표출되고 있거니와 객관적 기록인 박지원의 둘째 아들 박종채의 『과정록』에서도 볼 수 있다.9)

---

8) 하루는 「항우본기(項羽本紀)」를 모방하여 「이충무공전(李忠武公傳)」을 지었는데, 학사공이 크게 칭찬하시며 반고와 사마천과 같은 글 솜씨가 있다고 하셨다(박희병, 2008, pp. 17-18).
9) 본 논문에서는 박종채의 『과정록』을 옮긴 박희병(1998)의 『나의 아버지 박지원』에 근거함.

선친이 늘 탄식하여 말하기를 내가 중년 들어 이래로 벼슬길에 욕심이 없고 점차로 익살스러워지는 것에 이름을 감추려하고, 세속 일에 물결 따라 도도히 흐르면서 늘 사람과 만날 때는 문득 웃기는 말로써 세상을 풍자하여 난처한 장면을 타개하며 미봉하는 일이었다(김지용, 1994, pp.361-362).

그리하여 박지원은 18세 때에 벌써 「광문전」을 지었으며 이것을 사대부들이 돌려가며 보고 감탄하였으며, 19세에는 「마장전」, 「예덕선생전」을 지었고, 21세에 「민옹전」, 29세에 「김신선전」, 30세에 「역학대도전(易學大盜傳)」, 「봉산학자전(鳳山學者傳)」 등을 지었는데, 이러한 과정에서 '연암의 문체'는 차츰 자리가 잡혔고, '연암의 문장관'은 형성되어 갔다. 즉 풍자적, 비판적 사실주의 문학사상이 형성되어 간 것이다. 또한 중국을 통해 서양 문화를 접촉하며 그의 사상형성을 더욱 다져간다. 당시 조선 지식인들, 주로 18세기 실학파들의 학문하는 자세는 새로운 세계에 대한 관심과 체험에 그 비중을 두고 있었다. 당시 사정으로 볼 때 그들이 접할 수 있는 외부 세계란 중국과 일본뿐이었으며 이러한 외부 세계의 접촉을 가능케 한 전달자는 연행사와 통신사로 대별할 수 있을 것이다. 이 두 가지 형태의 문화전달자는 변천하는 세계의 역사를 조선에 이입할 수 있었으며 새로운 문물을 접하게 하였다.

새 항로 개척으로 서학은 동으로 전파되었다. 서방 문화는 먼저 중국과 일본에 전파되었으며 다시 조선의 연행사들을 통해 조선에 전파되었다. 북경은 서학이 조선으로 전파되는 중계역이었다. 특히 북경의 유리창은 조선 서학이 시작된 곳이며 조선 서학이 여기서 시작하여 조선에 전파되었으며 결국 조선의 실학운동을 진흥시켰다. 박지원 역시 자기보다 먼저 이곳을 다녀온 김석문, 홍대용, 박제가 등을 통해 서방문화를 접하게 되었는데 나중에(1780년)자기도 중국을 방문하면서 「곡정필담」과 유리창 등을 통해 더욱 서방문화를 깊이 체험하게 된다. 그 중에서 지구와 자전(自轉)에 대한 논의들은 대부분이 김석문이나 홍대용의 천문학 이론을 그의 독특한 방법으로 재정리한 것이다.

박지원은 서학과 서양 사람에 대해서도 매우 깊은 관심을 가지고 있었다. 「태학유관록」에는 그가 중국문인들과의 필담 내용들이 있는데 서양인을 만나고 싶은 그의 간절한 마음을 표현하고 있다. 뿐만 아니라 『열하일기』에는 서양에 관한 기록들이 많다. 이는 북경이 당시 서학이 조선으로 전파되는데 아주 중요한 중계 역할을 했음을 증명해 준다. 한국의 당대 역사학자 이원순(李元淳)은 "조선과 서유럽문명과의 접촉은 북경에 다녀온 조선 사신들과 북경 천주당 및 예수회 성도들의 천문 역법 기관인 흠천람(欽天覽)을 통해서 이루어 졌다"(李元淳, 1998, p.342)고 말했다.

박지원, 홍대용, 박제가를 비롯한 북학파들은 서양을 중심으로 하는 대외 무역 장려와 북경을 매개로 한 서양문물의 교류를 주장하는 것에서도 박지원의 서양문화사상을 찾아 볼 수 있다(강동엽, 2006, p. 330). 여기에 대해서 는 4,5장에서 다시 논하기로 한다.

2.2.2 박지원의 사상형성 과정

개인의 뛰어난 재능을 강조하더라도 작가의 사상이나 문학관은 고인(古人)이나 자기 주변의 인물에게서 직·간접적으로 영향을 받기 마련이고 이러한 영향은 개인의 체험 속에 깊이 침투하여 인식의 폭을 증대시킬 뿐만 아니라 개인의 가치관을 형성시키는 데에 기여한다. 작가의 독창성이란 엄밀한 의미에서 그 시대의 관습적·지배적 사고에서의 탈피이며 당대에 절실히 요구되면서도 권위주의에 억압당하고 인식의 부족으로 외면당하는 시대정신의 표출이다. (김영동, 1988, p.25).

박지원의 『열하일기』는 당시 패관잡기류(稗官雜記類)의 문체라 하여 고문논자(古文論者)들에게 일축되었으나 이른바 북학파의 사상과 문체를 대변한다는 점에서 그 독창성을 획득하였을 뿐만 아니라 시대정신을 구현하기도 하였다. 박지원은 북학사상의 대표인물이며 또한 실사구시(實事求是)의 사상가요 선각자이다. 반봉건적인 동시에 비판적이고 풍자적이며 그리고 이상주의적인 문학가였다. 그는 실학의 북학사상가의 대표인물이며 상대 문화주의 사상의 소유자였다. 이런 사상형성 과정을 세 부분으로 나누어 보면 〈표 3〉과 같다.

〈표 3〉 박지원의 사상형성기 및 특징

형성기 분류	제1기	제2기	제3기
시기	준비기로서 대개 16-30세에 이르는 사이 (유 소년기도 연암사상이 형성되는데 근본적인 영향을 줌).	회의기로 대개 30-43세에 이르는 사이.	선진학문과 사상에 눈뜨는 시기로서 44세부터 그 이후.
특징	선구적인 사상을 이룰 수 있는 준비단계.	정계의 분위기를 체험하면서 양반이나 세도가들에게 회의를 품고 비판적인 태도로 나오기 시작함.	이용후생사상으로 북학을 주장, 출사기 때에는 과거의 반항적 생활에서 벗어나 세상과 타협하고 출사하여 자신의 이상(理想)을 실천에 옮겨보며 풍류(風流)스럽게 살아보려고 함.

제1기는 준비기라고 할 수 있는 시기로 대개 16세로부터 30세에 이르는 시기이며 이때는 앞으로 선구적인 사상을 이룰 수 있는 준비단계이다.

학문에 열중하는 한편 또한 자유분방한 생활을 하던 시기이다. 이 시기는 그가 3년간을 두문불출한 시기로 제자백가(諸子百家)를 통독하고 29세 때에 여러벗과 같이 노닐던 때이다. 그러나 그의 유소년 시기에도 연암사상이 형성되는데 그것은 양반 자제로서 서민층과 어울려 놀며 성장한 일이었다.

제2기는 회의기라고 볼 수 있는 그의 30대로부터 대략 43세에 이르는 시기이다. 이때는 정계의 분위기를 보고 체험하면서 양반이나 세도가들에게 회의를 품고 비판적인 태도로 나오기 시작한 때이다. 몸소 세력 다툼의 틈바구니 속에서 연암협에 가서 숨어 살지 않으면 안 될 쓰라린 경험을 가지던 때였다.

제3기는 선진학문과 사상에 눈뜨는 시기이다. 곧 44세 및 그 이후 출사기로서 중국 연경, 열하에 가서 그곳의 선진적 문물제도와 구라파의 사조에 자극 받던 때이다. 출사기에는 과거의 반항적 생활에서 벗어나 세상과 타협하고 출사하여 자신의 이상을 실천하며 풍류스럽게 살아보려고 하던 시기이기도 하다.

위의 박지원의 사상형성기를 보다 구체적으로 상술하여 보면 박지원은 비록 만학이었다 하더라도 천재적 재질로서 이미 20세를 전후하여 『사기』부터 시작하여 제자백가의 저술을 섭렵하여 사상을 담을 수 있는 학문적 기초를 닦았는데, 이것을 제1기라고 볼 수 있다.

그러다가 박지원은 당시 득세하고 있던 홍낙성의 애호를 받으면서 어지러운 정치와 사회현실에 휩쓸리게 되었고, 그런 여파로 곤욕을 치르게 되었다. 그가 홍낙성에게 신망을 얻었을 때는 벌써 중앙집권적 봉건사회가 부패하여 기울어지고 있던 때이다. 따라서 사색당쟁은 끝 가는 데를 모르고, 위로 궁중에서는 훈척들 간의 횡포와 알력(軋轢), 세도정치의 난리요, 밑으로는 아부와 매관매직 등 하염없이 어지러운 속에서 그 또한 홍국영의 세도바람에 화를 당할 위기일발에 황해도 금천(金川)

연암협에 숨어 살게 된 쓰라린 체험이 그에게 있었던 시기였다. 이 시기는 박지원의 사상이 형성되는 제2기요, 사회 현실에 대한 부정적 사상이 싹트는 시기였다. 아울러 이때는 담헌(湛軒)홍대용(洪大容)과 교우하면서 '지전설(地轉說)'을 수용, 확신하여 우주관이 싹트고, 오행설(五行說)에 대한 새로운 견해를 반 주자학(朱子學)적 입장에서 제창하면서 자연관이 돋보이기 시작한 때이기도 하였다. 연암의 자연에 대한 인식 중 주목되는 문제는 물질의 질, 량을 구성하는 공통적인 최소단위가 있음을 알았다는 사실인데 그것을 진(塵)즉 먼지라는 개념으로 표현하되 인류가 진화적 존재임을 중국에 가서도 이야기하고 있다. 그는 『열하일기』의 「곡정필담」에서

지금의 대지(지구)라는 것은 한 점의 미세한 먼지가 쌓이고 쌓여 이루어진 것이다. 먼지와 먼지가 서로 모여 붙어서 먼지가 응고하면 흙이 되고, 먼지가 거칠게 모이면 모래가 되고, 먼지가 굳어지면 돌이 되며, 먼지가 진액이 되면 물이요, 먼지가 더워지면 불이요, 먼지가 맺혀지면 쇠가 되고, 먼지가 피어나면 나무요, 먼지가 움직이면 바람이요, 먼지가 김이 되어 그 기운이 쌓여서 곧 여러 가지 벌레가 되는데 지금 우리네 사람도 바로 여러 벌레 중의 한 족속이다.[10]

라고 하였다. 이는 청나라 연경에 가기 전에 이미 알고 있었던 우주와 자연에 대한 박지원의 인식이었다. 그러다가 박지원은 청나라 연경, 열하를 다녀옴으로써 원하던 청나라 문화를 직접 볼 수 있었다. 그는 열하의 태학관과 청나라 연경에 머물면서 중국의 윤가전, 왕민호 등 석학, 명사와 접촉하면서 청의 경제, 문화, 병사, 천문, 문학 등의 새 지식과 학설에 접할 수 있었다. 그 가 처음 종형인 박명원을 따라 벼슬 없는 학자로서 북경으로 향할 때, '한 노병의 모습으로 벼슬 없는 서생(書生)이 연경에

---

10) 朴趾源, 國譯 『熱河日記』 Ⅱ, 韓國民族文化推進會, 1968年版, pp. 506~507, "如今大地一點微塵之積也, 塵塵相依, 塵凝爲土, 塵麤爲沙, 塵堅爲石, 塵津爲水, 塵煖爲火, 塵結爲金, 塵榮爲木, 塵動爲風, 塵蒸氣鬱, 乃化諸蟲, 今夫吾人者, 乃諸蟲之一種族也."

갔다가 다시 열하로 향하여 말을 달리니 학문 없는 선비가 자못 큰 공명을 이룰 것 같다'(김지용, 1994, p. 371)는 기백과 각오로 열하로 간 그였기 때문에 그가 가서 보고 듣고 논한 것들은 참으로 광범위하였고 또 항상 조선으로서는 배워야 할 새로운 것들이었다. 이 시기는 박지원의 사상이 완숙된 사상형성의 제3기라고 볼 수 있다. 이와 같은 사상들은 다음의 '박지원의 사상'에서 체계적으로 그의 작품이나 논설 등을 통해 살펴보겠다.

2.2.3 박지원의 사상

첫째로 반봉건적인 사상이다. 그의 반양반, 반체제적 사상은 정면충돌이나 노골적인 반론은 못되지만 풍자, 은유, 기롱 등으로 나타나는 것이었다. 그것은 봉건일색에 젖어 있던 당시 시대적 혹은 사회적인 압력하에서 불가피하였을 것으로 생각된다. 그의 소설 「허생전」에서 허생이 당시의 전승 이완(李浣)더러, 라고 한 것은 확실히 중앙 집권제도를 부인

"명나라 장사들이 조선에 옛날 은혜가 있다고 해서 그 자손들이 지금 동쪽으로 유리해 다니면서 홀아비로 있는 사람이 많으니 당신은 조정에 청해서 종실의 딸들을 그리로 시집가게 해 가지고 훈척귀문의 세력을 빼앗게 하시오."[11]

하고 귀족제도에 대한 계급타파의 사상이 아닐 수 없다. 비록 시대의 비위를 조심하여 윤영(尹暎)이란 사람이 한 이야기라 하였기는 하지만 이 작품의 허생의 사상은 곧 연암의 사상을 대변하는 것으로 당시의 보통사람들이 상상치도 못할 일대 혁명적인 사상이 아닐 수 없다. 또

---

11) 朴趾源, 國譯 『熱河日記』 II, 韓國民族文化推進會, 1968年版, p. 588, "明將士以朝鮮有舊恩, 其子孫多脫身東來, 流離悼鰥, 汝能請於朝, 出宗室女遍嫁之, 奪勳戚權貴家以處之乎."

「양반전」에서 양반이 부자에게 자신의 양반의 권리를 파는 광경이라든지 또는 양반을 샀던 그 부자가 "손에 돈을 잡지 않고(手毋執錢), 쌀값을 묻지 않는다(不問穀價)"하는 양반, 더구나 "이웃 사람들이 말을 잘 안 들으면 잡아다가 코에 잿물을 붓고 상투를 잡아매서 가진 형벌을 다 한다 해도 아무런 원망을 못하는 법이다."라는 양반에게 그만 질겁하여 양반이란 알고 보니 도둑놈이라고 하며 도망가 버리는 이야기들은 귀족 제도를 신랄하게 비판하면서 그들을 도둑놈으로 몰아버리는 반봉건사상의 표현이 아닐 수 없다.

둘째로 그는 동시에 근대적인 사상과 자본주의적 세계관을 가진 선각자이다. 그가 일찍이 구라파의 지동설을 받아들여 동방에서는 처음 지구가 한바퀴 돌면 하루라는 새로운 학설을 폈다는 것이다. 그의 「곡정필담」에 보면 중국의 곡정과 지정(志亭)과 같이 필담한 가운데 구라파의 지동설에 미치자 박지원은 나의 어리석은 생각으로는 지구가 한번 굴러서 돌면 하루요, 달이 지구의 한 둘레를 돌면 한 달이요, 해가 지구의 한 바퀴를 돌면 일 년이라[2]라 하고, 또 말하기를 라고 하여, 그의 지동설을

우리나라 근세의 선배인 김석문(金錫文)이 있어 삼대환(지구, 달, 태양)으로 하여 부공지설(浮空之說)을 말하고 나의 친구인 홍대용은 또 처음 지전지론(地轉之論)을 창도했다.[13]

피력하고 있다. 이와 같은 사상은 점성적 주역과 공리공담의 유학에 젖어있던 당시로서는 일대 혁신적인 근대사상이라 하겠다. 그는 또한

---

12) 朴趾源, 國譯 『熱河日記』Ⅱ, 韓國民族文化推進會, 1968年版, p.507, "故鄙人妄意以爲地一轉爲一日, 月一匝地爲一朔, 日一匝爲一歲."
13) 朴趾源, 國譯 『熱河日記』Ⅱ, 韓國民族文化推進會, 1968年版, p.507, "余日吾東近世先輩, 有金錫文, 爲三大丸浮空之說, 敝友洪大容又叛地轉之論."

서학인 천주 교리에 대해서도 관심이 컸다. 겉으로는 천주교에 인도한 이가환(李家煥)을 치는 척 했지만 사실은 서학을 받으려고 무척 애썼던 것이다. 박지원은 이어서

그 교(敎)가 남녀혼처(男女混處)하고 상하무별(上下無別)하고 생을 가벼이, 죽음을 즐겁게 생각하는데... 일인교(一人敎)가 십인(十人)이 요, 십인교가 백인, 백인교는 천(千), 천인교는 만도당지중(萬徒黨)之 衆)이니 그 이르는 데가 기만만(幾萬萬)이런가(김지용, 1994, p. 376).

이라 하여, 서학이 이미 만연되어 고관대작에게까지 뻗쳐 있음을 알리고 이가환을 공격한 것인데, 그러나 그의 「곡정필담」에 보면

내가 만리의 길을 떠나 상국(청)에 관광을 왔는데 우리나라는 극동에 있고 구라파는 태서에 있는지라 극동에 있는 나로서 구라파에 사는 그들을 한번 만나기 원이러니 이제 열하까지 이르러서도 천주당을 구경 치 못하였소.[14]하고 대단히 한스러워 하면서 곡정더러 서학을 소개해 달라 하였다.

이처럼 박지원은 천주교에도 관심이 많았고, 알고자 애썼다.

셋째로 그는 위대한 사실주의 사상가이다. 그는 당시의 운명론과 팔자 관이 지배적이요, 공리, 공론적인 시대에서 일약 현실을 주시하고 삶을 개척하는 적극적인 생활지도자인 동시에 새로운 현실을 그대로 그려 내고 부패한 양반사회의 위학적인 유가들을 그대로 폭로한 사실주의적인 작가인 것이다.

---

14) 朴趾源, 國譯 『熱河日記』Ⅱ, 韓國民族文化推進會, 1968年版 , p. 508, " 鄙人萬里間 關, 觀光上國. 敝邦可在極東, 歐羅乃是泰西. 以極東泰西之人愿一相見逢, 今遽入熱 河, 未及觀天主堂."

또한 그는 주체적이요, 자아를 중시하는 민족적 사실주의 작가이다. 그가 이덕무의 「영처고」서문에서 쓴 것을 보면,

> 지금 무관(懋官:李德懋)은 조선 사람이다. 산천과 풍토 기후로는 지리가 중국과 다르고, 언어 풍속으로는 시대가 한나라, 당나라가 아니다. 만약 중국의 문장법을 본받고, 한, 당의 문체를 답습한다면 우리는 한갓 문장법이 고상하면 할수록 뜻은 기실 비루하게 되고, 문체가 한, 당과 근사하면 할수록 말은 더욱 거짓이 되는 현상만 볼 뿐이다. 우리나라가 비록 치우쳐 있기는 하나 나라가 그래도 천승국이고 신라, 고려가 비록 검박하기는 하나 민간에는 좋은 풍속이 많다. 그런즉 '국어를 문자화하고, 그 민요를 운율로 하면 자연스럽게 문장이 이루어지고 진실이 발현될 것이다'라고 주체적 사실성을 중시하는가 하면, 그 사실주의적인 관조에 있어서는 '그대가 사마천의 사기를 읽으면서 그 글만 읽고 그 마음은 읽지 못합니다. 왜 그런가요? 어린아이가 나비를 잡는 광경을 보면 사마천의 마음을 알아 낼 수 있습니다. 앞다리는 반쯤 꿇고 뒷다리는 비스듬히 뻗치면서 두 손가락으로 집게를 삼고 살살 들어 가다가 잡을까 말까 할 때 나비는 벌써 날아갔습니다. 사면을 돌아보나 사람이 없으니까 씩 한번 웃고 나서 부끄러운 듯도 하고 속이 상하는 듯도 합니다.' 이것이 사마천이 글을 짓고 앉아 있는 때입니다 (김지용, 1994, pp. 377-378).

라고 한다.

이러한 상황 묘사는 조선왕조 유학자 문장가들은 엄두도 못내는 문장 묘사법이며 사실주의 극치라고 할 수 있다.

넷째로 그는 풍자적인 작가이고 사회 비판적 사상가였다.
유머 문학이란 그 시대의 정치적 세력적인 압력이 정론을 허락하지

않을 때 인생관조에 있어서 모순 및 착오 등을 예민하게 관찰하여 폭로, 야유, 비판함으로써 웃음을 효과 있게 하는 것인데, 연암은 당시의 양반계급과 위학의 무리나 세상을 기만하는 무리를 그대로는 볼 수 없어 칼 대신 붓을 들어 그들을 폭로하려 하였으나 정치와 유학의 권력에 눌려 부득이 풍자하는 수법을 쓸 수밖에 없었다. 울분과 고독의 시대에서 사회와 사대부들에 대한 울분과 분노를 유머 문학으로 승화시킨 것이었다.

그의 소설 「호질(虎叱)」에서 그러한 거짓 학자의 무리들을 북곽선생군(北郭先生群)으로 표현하여 그 거짓과 위선의 면면을 폭로하는 동시에 그래도 시원치 않아 똥통에다 처박아 넣어서 온통 오물투성이로 만들어 버린다.

결론적으로 연암 박지원은 시대적으로는 선각자로서 조선왕조 후기를 근대화시킨 기수였고, 문학적으로는 사실주의요, 풍자문학의 대가이며, 사상적으로는 실사구시의 실학대가였다.

앞에서 살핀 것과 같이 박지원의 사상은 근본적으로 현상 세계에 대한 과학적 인식에 기초한 것이다. 자연이나 인간 세계를 합리적으로 인식하고 설명하려는 태도가 없이는 근대적 사상의 형성은 불가능하다는 것을 염두에 둔다면 박지원의 실학사상이 근대적 색채를 띠는 이유는 분명해진다. 그의 문화사상은 4,5장에서 상세히 논하겠지만 항상 상대방의 시각으로 상대방 문화를 이해하고 배우려하는 상대 문화주의에 있는 것이다. 상대방에 대한 고정관념과 편견을 버리고 실사구시의 태도로 선진 문화를 배우려는 박지원의 실학적인 북학사상은 이런 바탕 위에서 이루어질 수 있었던 것이며 1780년 중국여행에서 천하장관론(天下壯觀論)등으로 나타나고 있다.

박지원은 인간이 보편적으로 갖고 있는 욕망을 긍정하는가 하면 하층민의 인간성을 새롭게 조명하기도 하고 서얼들의 신분해방을 개진하기도 하였다. 집권층이나 무위도식(無爲徒食)하는 유식층(遊食層)을 풍자, 비판하기도 했다. 그러나 그는 이런 사상을 가진 것은 사실이나 그것을 실현하려는 운동가는 아니었다. 박지원은 문필가요, 사상가였다. 사회구조의 개혁을 주장하고, 양반사회의 폐해를 논하고, 북벌 정책 등 국가 정책을 비판했지만 직접 나서서 행동으로 옮기지는 않았다. 그래서 그의 작품을 읽다보면 자신의 주장과 실제 삶 사이에는 일정한 거리가 있음을 발견할 수 있다.

다음은 박지원이 「양반전」에서 풍자적으로 그려낸 조선의 양반들 모습이다.

진사만 해도 서른 살쯤에는 첫 벼슬을 하게 되는데, 조상 덕에도 훌륭한 벼슬자리가 있고 더구나 남쪽 큰 고을의 군수 자리도 있다. 일산(日傘)바람에 귀밑이 희어지고, 방울소리에 대답하는 하인 목소리에 뱃가죽이 허예지며, 집안에는 고운 기생을 두고, 뜰아래에는 우는 두루미를 기른다. 궁한 선비로 떨어져 시골에서 지낼망정 오히려 판을 치게 된다. 먼저 이웃집 소를 끌어다가 밭을 갈게 하고, 나중에는 돌이 백성들을 붙들어다가 김을 매게 한다. 누가 감히 나를 괄시하랴(이가원, 허경진, 1994, p. 54).

다음은 『열하일기』의 「성경잡지」 7월 12일자 일기에서 기록하고 있는 박지원의 모습이다.

창대에게 굴레를 놓고 장복이와 더불어 양쪽에서 나를(연암)부축하게 했다. 말 위에서 한숨 달게 잤더니...[15]

---

15) 朴趾源, 國譯 『熱河日記』 I, 韓國民族文化推進會, 1968년, p. 555, "令昌大放靹, 與張福左右堅擁而行, 穩睡一頓..."

박지원이 비판적으로 풍자한 양반의 이런 모습과 요동 벌에서 하인들의 부축을 받으며 코를 골며 말을 타고 가는 그의 모습은 아주 대조적이다.

연암은 어린 과부의 수절과 같은 조선 시대의 유교적 인습을 말하기는 했지만 정면으로 문제를 제기해 투쟁과 실천하기까지는 가지 않았고, 허례허식에 물들고 권위의 양반 사회를 질타했지만 신분과 계급의 해방까지 주장하지는 않았다. 조선의 오랜 윤리 전통과 철옹성처럼 단단한 양반사회의 기득권을 허물려는 모험을 하지는 않았던 것이다.

제3장

문화커뮤니케이션의 기존
문헌에 대한 검토

제3장 문화커뮤니케이션의 기존 문헌에 대한 검토

지난 20세기에 인류는 두 가지 커다란 과학기술혁명을 이룩했는데 하나는 장거리 전신·전화 및 통신위성의 발달에서 비롯된 세계적인 전파망이며, 또 하나는 자동차 및 항공기 등에 의한 세계적인 교통 통신망이 이루어진 것이다. 이러한 기술적 혁명은 국가 간 혹은 문화 간의 긴밀한 교류를 가능케 하였으며 국가와 국가 혹은 한 문화권과 다른 문화권이 시간과 공간에 구애 받지 않고 다양한 정보와 물자를 서로 교환할 수 있게 함으로써 상호의존적인 관계를 형성시키는 밑거름이 되었다. 이로 인해 인류는 그야말로 하나의 마을, 즉 '지구촌'으로 불리게 된 것이다.

이는 결과적으로 개인이 사회에서 홀로 생존할 수 없는 것과 같이 어떤 국가나 문화도 독립적이 아닌 상호 의존적인 관계를 맺고 있음을 말해준다. 특히 디지털시대인 오늘날에는 더욱 그러하다는 것은 말할 나위도 없는 것이다.

이러한 과정 속에서 한 나라의 문제는 더 이상 그 나라만의 문제로 머물지 않고 국제사회의 문제로 대두되고 있으며, 국제사회의 문제는 다시 그곳에 존립하는 모든 나라 하나하나에 구체적으로 영향을 미치게 되었다.

21세기에 들어서서 인류는 인터넷의 급격한 발전으로 인해 네트워크 속에서 다문화, 다원화 시대에 들어섰다. 문화는 더 이상 인류학자나 사회학자들만의 순수한 학문적 용어가 아니며, 이 시대를 살아가는 사람들의 일상생활 속에서 여러 모습을 보여주고 있다. 이는 오늘날 엥겔계수가 아니라 문화비 지출비율을 가지고 문화인의 척도를 가늠하는 것 등을 통해 확인할 수 있는 사실이다. 기업경영을 비롯하여 국제교류 등에서 문화라는 단어는 이미 자본이나 지식 이상으로 많이 사용되는 용어가 되었다. 인쇄시대에 문자해독 능력이 없는 사람을 문맹이라고 했고 인터 넷시대에 컴퓨터를 조작할 줄 모르는 사람은 컴맹이라고 하듯이 21세기 문화의 시대에는 문화에 대한 이해가 없으면 문화맹이라고 해야 마땅할 것이다. (김중순, 2007, p.11).

요즘, 문화는 이렇듯 주목받고 있으며 우리시대를 대표하는 키워드가 되었다(金東國 ,2010, p.6). 인류는 문화시대에서 빈번히 문화교류를 하면서 살아가고 있다. 지금 대학가는 물론 시골에서도 피부색이 다르다 던가, 언어가 다른 문화권의 사람들과 어렵지 않게 만나고 같은 사회에서 살아가야 하는 경우가 흔한 것이 오늘날의 현실인 것이다. 그렇다면 이문화(異文化)와의 만남에서 어떻게 문화커뮤니케이션을 잘하여 문화 간의 갈등을 해소하고 아름다운 문화세계로 가꾸어 갈 것인가?

주지하다시피 인간은 자연적 환경 속에서만 존재하는 것이 아니라, 사회적 관계 속에서 살아가는 문화적 존재이다. 문화는 인간에 의해 만들어진 것이지만, 동시에 인간은 문화에 의해 형성되는 존재이다. 그래 서 우리는 문화를 통해서 각 시대의 인간상을 도출해 낼 수 있으며,동시에 인간의 본질규명을 통해 각 시대의 문화적 현상을 파악하여 그 시대의 문화교류에 대해서도 연구할 수 있는 것이다. 문화교류는 문화커뮤니케 이션을 통해서 이루어진다. 본 논문의 목적도 문화커뮤니케이션의 이론 으로써 박지원의『열하일기』를 고찰하여 그 시대의 청, 조선 두 왕조의 인간상, 문화커뮤니케이션을 통해 그 당시 한중문화교류에 대해 연구하 는 데 초점을 맞추고 진행되었다.

그렇다면 문화교류가 날로 빈번해지는 오늘날, 어떻게 문화 간의 갈등 을 해소하고 다양한 문화가 공존하는 아름다운 문화세계로 만들 것인가? 특히 21세기 한중문화교류에서는 어떻게 현존하는 여러 가지 문화 간의 갈등을 해소하고 더 한층 높은 차원에서의 문화교류를 이루어 나갈 것인가? 필자는 두 문화 간의 문화커뮤니케이션을 잘 이루어야 한다고 주장한다. 그렇다면 어떻게 문화커뮤니케이션을 잘 하여 한중문화교류를 더한층 발전시킬 것인가? 본 논문에서 다룰 18세기 후기 박지원과 중국 사람들 사이의 성공적인 필담과 깊은 우정 등 당시 한중문화교류는 위의 문제에 대해 우리에 게 좋은 시사점을 줄 것이다.

본 장에서는 먼저 본 논문의 이론적 근거인 문화커뮤니케이션에 대해 논하고 다음, 『열하일기』 고찰을 위한 문화커뮤니케이션의 구조, 내용, 효과에 대해 논해 보겠다.

3.1 문화커뮤니케이션에 대한 이해

3.1.1 문화커뮤니케이션 개념

(1) 문화커뮤니케이션의 정의

문화커뮤니케이션이란 한 문화와 다른 문화 사이에서 이루어지는 커뮤니케이션을 가리킨다. 즉 서로 다른 문화가 만남으로써 일어나는 현상을 연구 대상으로 하는 커뮤니케이션 분야에 속하는 한 영역이다. 그러면 문화 커뮤니케이션을 논하기 전에 먼저 문화커뮤니케이션의 주체가 되는 문화 자체에 대해 살펴보기로 한다. 앞의 서론에서도 지적했다시피 우리 시대를 대표하는 키워드는 '문화'라고 말할 수 있을 만큼 지금, 우리는 다문화, 다원화, 변동하는 문화시대에서 살고 있다. 그런데 막상 '문화'에 대해 정의해 보려면 막연하게 느껴져 그 정의를 내리기가 참으로 어렵다. 그것은 아마 문화에 대한 정의가 학자마다 각각 다르기 때문이다. 흔히 우리가 '문화, 예술계'라고 지칭할 때의 문화의 개념과 '인간과 문화' 또는 '문화인류학'이라고 할 때의 문화의 개념은 양극적이라고 할 수 있다.

어떤 이는 문화란 인간들이 만들어낸 모든 비자연적인 것이라고 하고 또 어떤 학자는 인간의 커뮤니케이션 행위 그 자체가 문화라고 말한다. 그만큼 문화의 뜻은 넓고 포괄적이라고 말할 수 있는 것이다. 이처럼 문화라는 개념은 상당히 포괄적이기 때문에 문화를 보는 관점에 따라서 문화커뮤니케이션의 개념과 그 연구 영역이 달라진다. 그러므로 문화커뮤니케이션을 논하기 전에 먼저 문화에 대해 집고 넘어가야 할 필요성이 있다. 국어사전에서 문화의 정의를 찾아보면 "인간이 자연 상태에서 벗어나 일정한 목적 또는 생활 이상을 실현하려는 활동의 과정 및 그 과정에서 이룩해 낸 물질적 · 정신적 소득을 통틀어 이르는 말. 특히, 학문, 예술, 종교, 도덕 등 인간의 내적정신의 소산(所産)을 말함"(이희승, 1995, p. 1337)이라고 씌어져 있다.

"문화란 각 개인이 자기가 속한 사회의 구성원과 함께 공통적으로 배운 것의 총합이며, 기본적으로 조상으로부터 배우게 된다."(홍기선, 1984, p.45 재인용)여기서 문화는 사회 구성원의 공통적 산물이며 세대를 거쳐서 전해지는 것임을 알 수 있다.문화에 대한 정의는 학자에 따라 다양하지만 일반적으로 문화는 다음과 같은 몇 가지 공통된 속성을 가지고 있다.

첫째, 문화는 사람이 살아가면서 다른 사람과 함께 배운 것으로 이루어진다. 그러므로 문화는 한 사회의 구성원에게 공통된 특징이 있다.

둘째, 문화는 일시적인 것이 아니라 계속되는 변화와 발전의 과정에서 어느 정도 고정 관념화된 사고나 행위의 유형으로 구성된다.

셋째, 문화는 한 세대에서 다음 세대로 전해진다.

넷째, 문화는 커뮤니케이션을 통하여 서로 어울리는 공동사회를 기초로 하기 때문에 문화의 축적이나 전수는 커뮤니케이션을 매개로 하여 이루어진다.

또한 문화의 속성으로서 '후천성, 가변성, 역사성, 가치동등성, 가치중립성, 비분리성, 개방성, 편재성, 다양성'을 들기도 한다.

이를 간단히 설명하면, 문화의 '후천성'은 문화는 선천적으로 타고나는 것이 아니라 후천적으로 습득된다는 것이다. 따라서 문화는 생물학적인 유전이 아니라 '사회적 유산'이라고 하겠다. 문화에 '가변성'이 있다는 말은 문화는 정적인 것이 아니라 동적인 것으로 끊임없이 생성, 발전, 쇠퇴, 소멸의 과정을 거듭하면서 변화한다는 점을 설명하는 말이다. 문화의 '역사성'은 문화가 어느 한 시대에 갑자기 생성되는 것이 아니라 장구한 세월을 두고 축적되어온 지혜의 결정체라는 뜻이다. 그리고 문화의 '가치 동등성'은, 어느 문화나 그 나름대로의 가치가 있기 때문에 어느 하나는 우월하고 다른 하나는 열등하다고 말할 수 없음을 가리킨다. 문화에는 우열이 없다는 뜻이다. 그리고 문화란 가치가 내재되어 있지 않은 중립적 개념이다. 국경, 인종, 시대의 벽을 초월한다. 이를 문화의 '가치중립성'이라고 말한다. 문화의 '비분리성'은 문화란 인간이 만들어 놓고 모든 정신적, 물질적, 제도적 생활양식 전반을 말하므로 분리할 수 없는 총체적 개념이란 뜻이다. 문화의 '개방성'은 글자 그대로 문화는 상호교류와 접촉을 통하여 더욱 발전되고 성숙된다는 의미이다. 마지막으로 문화의 '편재성'은, 인류가 존재하는 곳이면 어디나 문화가 존재한다는 것을 가리킨다. 동물의 본능적 행위와 구별되는 인간의 모든 행위가 문화적 행위이고 인간은 문화를 통해서만 비로소 생각하고 행동할 수 있다. 문화의 다양성은 문화는 획일성과 폐쇄성보다는 지역적 특색과 서로 다른 이질적 요소를 갖고 있을 때 더욱 꽃피어날 수 있음을 가리킨다.

그러면 이러한 속성을 지닌 문화를 하나의 체계로 볼 때, 문화체계를 이루는 구성요소는 어떤 것이 있는가? 문화의 정의만큼이나 문화의 구성요소도 다양하나 대개 '사물을 인식하는 방법, 사고방식, 상징체계, 구체화된 상징체계인 언어, 가치, 규범, 커뮤니케이션, 습관' 등이 문화를 구성하는 중요한 하부체계가 되며 이러한 요인에 따라서 한 문화의 특징이 규정되고 다른 문화와 구별되는 것이다. 즉 문화가 다르다는 것은 결국 이와 같은 구성 요소들의 내용이 다르다는 것을 의미하며, 문화와 문화의 접촉이란 서로 다른 문화적 요소들이 전달되고 교환되는 과정을 말한다.

문화를 구성하는 여러 요소 중에서도 가장 기본적인 것으로 문화의 '상징체계'를 들 수 있다. 문화를 배우고(learn), 공유(share)하는 것은 커뮤니케이션을 통하여 가능하며, 커뮤니케이션은 부호와 상징(codings& symbols)을 통해서 이루어지기 때문이다(홍기선, 1984, p.47 재인용). 상징(symbols)이나 부호(codings)는 인간이 보고, 느끼고, 생각한 것 등을 표현하고 전달하기 위하여 임의로 만들어 낸 것으로 이는 구성원 사이에 일종의 약속으로 이루어진다. 그런데 같은 문화권에서는 같은 상징을 사용하기 때문에 뜻이 쉽게 전달되고 커뮤니케이션이 원활하게 이루어지지만, 문화권이 다를 때에는 커뮤니케이션을 하는데 많은 어려움이 따르게 된다. 문화가 다르면 상징체계가 다르고 상징에 부여하는 의미와 해석방식도 다르기 때문이다.

다음으로 문화커뮤니케이션의 정의에 대해 논해 보자.

'문화커뮤니케이션'이란 문화와 커뮤니케이션을 합친 복합개념으로서 문화와 커뮤니케이션의 관계를 규명하는 커뮤니케이션 연구의 한 분야에 해당된다. 즉 문화커뮤니케이션은 다른 두 문화 사이에 일어나는 커뮤니케이션을 말하는데 여기서 문화가 다르다는 것은 문화의 구성요소 특히 상징체계가 다르다는 것을 의미한다. 이러한 점에서 E.Stewart는 문화커뮤니케이션을 "문화가 다른 상황, 즉 언어, 가치체계, 풍습, 습관이 다른 문화 사이에서 일어나는 커뮤니케이션"이라고 정의했다(홍기선, 1984, p.47 재인용).

문화커뮤니케이션의 정의는 커뮤니케이션을 보는 관점에 따라서, 혹은 문화를 보는 관점에 따라서 달라지겠지만 지금까지의 연구경향은 거시적 차원과 미시적 차원으로 구분하여 문화커뮤니케이션을 정의하고 있다. 먼저 거시적 차원에서는 문화커뮤니케이션을 서로 다른 문화 사이의 상호작용 또는 문화를 달리하는 민족 간의 커뮤니케이션으로 정의할 수 있어, 자연히 거시적 차원에서는 문화 사이에서 일어나는 문화접촉, 문화전달, 문화전파, 문화의식 등의 과정과 그 결과로 나타나는 현상에 관심을 두게 된다. 거시적 차원의 문화커뮤니케이션은 주로 대집단이나 대중매체를 통해 이루어지는데, 특히 오늘날 대량적으로 보급되고 있는 대중매체는 문화커뮤니케이션의 중요한 수단으로 되고 있으며 그 연구가 비교적 활발히 이루어지고 있다.

미시적 차원에서의 문화커뮤니케이션은 주체가 서로 다른 문화권에 속한 개인들의 커뮤니케이션을 그 연구대상으로 하고 있다. L.Samovar와 R. Porter는 "문화커뮤니케이션은 메시지의 생산자가 한 문화의 구성원이고 메시지의 수용자가 다른 문화에 속한 상황에서 일어나는 것으로, 이질문화를 소유한 개인 간의 커뮤니케이션"으로 정의하였다(홍기선, 1984, p.49 재인용). 여기서 알 수 있듯이, 미시적 차원에서의 문화커뮤니케이션은 구체적으로 문화권이 서로 다른 개인들의 언어, 가치관, 관습 등이 어떠한 과정을 통해 서로 교류되고, 어떻게 의미를 공유하여 갈등을 해소하고 서로를 이해하는가에 중점을 두고 연구하게 된다.

위에서 논자는 문화커뮤니케이션의 정의에 대해서 거시적 차원과 미시적차원으로 나누어 살펴보았다. 여기서 우리는 거시적 차원에서의 문화커뮤니케이션이든지 미시적 차원에서의 문화커뮤니케이션이든지 모두 문화의 차이에 따른 커뮤니케이션을 그 연구대상으로 다룬다는 점에서는 같다는 것을 알 수 있으며 다만, 커뮤니케이션의 주체나 대상을 개인으로 보는가 또는 문화 자체로 보는가에서는 차이가 있음을 찾아볼 수 있다.

(2) 문화커뮤니케이션의 구조

문화와 문화가 만나서 커뮤니케이션을 이루어 갈 때에는 커뮤니케이션의 주체가 거시적인 문화체계이든 미시적인 개인이든 상관없이 두 문화권에 있는 개체는 언어, 가치관, 관습 등을 가지고 커뮤니케이션을 통해 교류하면서 서로의 문화를 접촉하고 교류하게 된다. 그 교류과정은 항상 쌍방향적으로 교류되는 것이다. 그러나 양자 사이에 흐르는 메시지의 방향과 양에 따라 문화커뮤니케이션의 주류(主流)를 알 수 있다. 그리고 이러한 과정은 여러 가지 요인의 영향을 받아 다양한 형태로 나타나게 되는데 이와 같은 일련의 과정을 통틀어 문화커뮤니케이션의 구조라 한다. 두 문화의 관계가 가까울수록 두 사람이 만날 수 있는 가능성이 높아지며, 두 문화 간에 동질성이 높을수록 두 사람의 커뮤니케이션이 원활하게 이루어진다.

(3) 문화커뮤니케이션의 내용

문화커뮤니케이션 내용은 서로 다른 문화 사이에 어떤 문화적 요소들이 서로 교환되는가를 다루는 분야이다. 이는 문화교환이라는 전체적 흐름으로 파악될 수도 있지만 개개의 문화구성요소가 메시지로 전달되는 현상으로 볼 수도 있다. 이렇게 문화커뮤니케이션 내용을 구체적인 메시지 성격에서 찾으려는 미시적 입장은 현상을 비교적 자세히 분석할 수 있기 때문에 문화커뮤니케이션을 과학적으로 이해하는 데에는 적당한 방법이라고 할 수 있다.

메시지 내용, 즉 문화요소에는 '사고방식, 가치, 언어, 자아개념, 대인관계' 등이 있다.

'사고방식'이란 자신과 환경을 이해하고 정리하는 정보처리과정, 즉 생각하는 유형을 말한다. 사람은 자기가 속한 문화에 따라 사물을 보고 생각하는 방식을 배운다. 즉 문화가 다르면 사물에 대한 기본개념을 형성하거나 논리를 전개하는 방법 등에서 차이가 난다.

각 문화는 서로 다른 가치체계를 유지하고 있으며 가치체계는 그 문화의 특성을 이루고 있다. '가치체계'는 그 문화권에서 옳고 그른 것, 좋고 나쁜 것, 귀하고 천한 것 등을 구별하는 기준을 제시해 준다. 가치는 일종의 문화규범이라고 할 수 있다.

또한, 문화의 특성을 제일 잘 나타내는 것이 '언어'라 하겠다. 언어는 문화의 반영일 뿐만 아니라 문화를 형성하는데 영향을 준다. 문화와 문화가 접촉하면서 제일 쉽게 전달되는 것이 언어다. 언어구조는 그 언어를 사용하는 사람의 사고방식이나 행동유형과 밀접한 관계를 맺고 있다. 한 문화의 언어가 다른 문화에 전달될 때 단지 용어만이 전달되는 것이 아니라 그 언어가 나타내는 사물이나 개념도 전달된다.

'자아개념'도 문화를 구성하는 중요한 요소다. 자아개념이란 '나는 누구인가'라는 질문에서 시작된다고 한다. 자아는 행동과 사고의 주체로서의 자아와 남과 관계를 맺고 있는 사회적 존재로서의 자아라는 두 가지 측면에서 볼 수 있다. 그리고 문화에 따라 강조되는 측면이 조금씩 달라진다.

마지막으로, '대인관계'에 대한 인식도 문화권에 따라 다르게 나타난다. 우리는 누구를 사귀게 되면 그 사람의 나이나 결혼여부, 직업 등 개인의 사생활에 대한 정보를 토대로 상대방을 어떻게 대할지 결정한다. 특히 자기보다 연장자인지 알아보는 것을 남과의 대화에서 가장 먼저 고려해야 할 사항이다.

한편, 문화커뮤니케이션 내용에서 우리는 두 가지 사항을 주의해야 한다.

하나는 이들 문화구성요소들은 상호 배타적으로 분명하게 구분되는 것이 아니라 서로 영향을 주고받는 관계에 있다는 것이다. 어쩌면 이들은 별개의 것이 아니라 문화라는 하나의 실체를 각각 다른 각도에서 본 것인지도 모른다. 다른 하나는 우리가 논의해 온 문화구성요소는 모두 개인 간의 접촉에서 교환이 가능한 것에 대한 논의다. 즉 다른 문화권에 속한 개인이 만날 때 이들은 자기의 사고유형이나 가치관, 언어, 자아개념, 대인 관을 기초로 하여 자신을 표현하기 때문에 이러한 문화요소의 차이로 오해와 갈등을 느끼기도 하며 상호이해를 통해 새로운 문화요소를 수용하기도 한다.

비언어문화 커뮤니케이션은 몸짓이나, 시간, 공간 등을 상징으로 이용하여 의사를 표현하는 커뮤니케이션 행위를 말한다. 비언어적 행동은 무의식적으로 나타나는 경우가 많은데 그 자체만으로도 의사 전달을 하지만, 언어커뮤니케이션의 보조수단으로 사용되는 수가 많다.

(4) 문화커뮤니케이션 효과

문화커뮤니케이션 효과란 첫째는 개인적 차원으로 다른 문화를 접한 개인에게 지식이나 태도, 행동양식 등에 어떤 변화를 가져오는가 하는 것이고, 둘째는 사회 전반적인 문화체계에 어떤 변동을 일으키는가에 관한 것이다.

문화커뮤니케이션을 통해 개인에게 나타나는 효과를 다른 문화에 대한 인식이라는 측면에서 보고, 이를 '이해와 고정관념·편견 및 문화변형'의 세 가지로 나누어 논의해 보겠다.

첫째로 다른 문화에 대한 이해는 우선 자신의 문화와는 전혀 다른 문화가 있다는 사실을 깨닫고 상대 문화에 대한 지식을 점점 넓히는 것을 의미한다. 그리고 이러한 지식이 쌓이면서 그 문화적 시각에서 사물을 볼 수도 있다. 이렇게 되면 문화적 차원에서의 감정이입이 가능해진다. 다른 문화에 대한 이해는 그 문화를 접하게 되는 커뮤니케이션을 통하여 이루어지며, 동시에 남의 문화를 이해하게 되면 그 문화구성과 쉽게 커뮤니케이션을 할 수 있다.

둘째로 개인적 차원에서 나타나는 문화커뮤니케이션의 효과는 다른 문화에 대한 고정관념을 형성하게 하는 것이다. 고정관념이란 어떤 사람에 대하여 개인적 특성보다는 그 사람이 속한 집단을 근거로 하여 개인의 성격이나 특성을 파악하는 성향을 말한다. 우리가 어떤 인종이나 민족, 성별, 사회적 계층 등의 집단에 대해 고정관념을 갖게 되면 그 집단에 속한 구성원들의 다양한 차이를 무시하고 일반화된 개념으로 그들을 파악하게 된다. 고정관념은 분화되었다기보다는 단순하고, 정확하다하기 보다는 오류가 많으며 간접경험을 통하여 사물에 접하게 되며 새로운 경험에 의하여 잘 변화되지 않는다고 한다. 고정관념은 우리의 지각활동을 간편하고 경제적으로 처리해주기도 하며 제한된 정보를 근거로 사물을 파악하게 하는 긍정적 면도 있다. 그리고 우리의 지각체계나 사고방식을 비교적 안정되게 유지해 주기도 한다. 그러나 우리가 어떤 문화나 집단에 대해 고정관념을 갖게 되면 각 구성원으로부터 얻는 새로운 정보를 제대로 받아들이지 못하고 미리 정해진 지각의 틀에 맞추어 그 사람의 행동을 판단하는 오류를 범하게 된다.

고정관념에서 파생된 편견도 잘못된 문화커뮤니케이션의 결과로 볼 수 있다. 편견이란 자기가 속한 문화를 기준으로 삼고서 다른 문화나 그 구성원을 판단하는 자기중심적인 태도를 말한다. 편견에서는 자신의 문화기준이란 다 옳은 것이고 당연하기 때문에 그렇지 못한 다른 문화집단을 부정적으로 보게 된다.

이러한 편견은 고정관념과 마찬가지로 불충분한 정보 때문에 생기는 것이지만 고정관념과 다른 점은 자기가 옳다는 인종우월주의가 밑에 깔려 있다는 것이다. 편견은 비논리적이고 감정적으로 부적절한 근거를 토대로 다른 문화나 그 구성원을 판단한다. 자연히 새로운 정보에 접하더라도 그것을 받아들일 자세가 안 되어 있고 근본 자세를 바꾸기 전에는 한번 굳어진 편견이 수정되기는 쉽지 않다. 일단 편견을 가지고 남을 대하면 무의식적으로 그 태도가 얼굴 표정이나 동작, 목소리 등으로 나타나기 때문에 상대방도 그것을 느끼면 경계를 하여 긍정적인 커뮤니케이션을 할 수 없게 된다. 편견이 행동으로 나타나면 차별대우를 하게 된다. 차별대우란 자기가 속한 집단을 중심으로 하여 남을 선별적으로 받아들이거나 거부하는 현상을 말한다. 다른 문화나 집단에 대한 태도를 인지적 측면에서 본 것이 고정관념이라고 하면, 편견은 감정적인 측면이고, 차별대우는 행동적 현상이라고 하겠다. 이 세 가지 요소는 동일한 것은 아니지만 서로 연관성을 갖고 있으며 모두 다른 문화에 대한 이해의 결핍에서 나온 것이라는 공통점이 있다.

커뮤니케이션 행위는 나를 알리고 남을 이해하며 이러한 이해를 근거로 보다 바람직한 관계를 형성하는 것에 그 근본 목적이 있기 때문에 고정관념이나 편견을 벗어나기 위해서는 두 문화 사이에 도덕적이고도 체계적인 커뮤니케이션을 모색해야 한다.

셋째, 사회적 차원에서 문화커뮤니케이션의 효과는 문화변동이란 개념으로 접근하여 설명할 수 있다. 문화변형은 문화커뮤니케이션을 통해 이질적 문화 간의 접촉에서 문화적 요소가 받아들여지거나 거부되는 것 이외에도 제3의 전혀 다른 문화가 생길 수도 있음을 뜻한다. 이를테면 A와 B 두 문화가 접촉하여 A도 B도 아닌 C라는 문화가 나타나는 것을 말한다.

지금까지 문화커뮤니케이션의 정의와 구조, 내용, 효과에 대해 논해보았다. 다음으로 문화커뮤니케이션에 대해 현재까지 어떠한 연구가 진행되어 왔는지에 대해 살펴보도록 하겠다.

3.1.2 문화커뮤니케이션에 대한 기존 연구

문화커뮤니케이션에 대한 연구는 다른 커뮤니케이션 분야에 비해 비교적 연륜이 짧고 연구대상이나 연구방법에 있어서 아직 모호한 감이 없지 않다. 문화커뮤니케이션 연구의 효시로는 F. Boas(1940)의 『언어와 인종 그리고 문화』(*Language, Race and Culture*)를 들 수 있는데 Boas는 이 책에서 문화커뮤니케이션을 직접 다룬 것은 아니며, 단지 문화커뮤니케이션에 대한 이론적 관심과 연구가능성을 제시하였다. 그 후 1970년대에 이르기까지 M. Prosser의 말을 빌리면 문화커뮤니케이션에 관한 연구에는 별로 뚜렷한 진전이 없었다. 즉 Prosser는 R. Oliver(1862)의 『문화와 커뮤니케이션』(*Culture and Communication*:1962), A.Smith(1992)의 『커뮤니케이션과 문화(*Communication and Culture*)를 제외하면 1970년대에 이르까 지 이렇다 할 이론적 견해가 수록된 자료는 없었다고 하였다. 미국에서는 그래도 다른 지역에 비해 문화커뮤니케이션 연구가 비교적 활발한 편이었지만 1950년에 설립된 국제커뮤니케이션학회에서도 문화커뮤니케이션 연구 분과가 설치된 것은 1970년에 들어 와서 이였다. 이것을 계기로 하여 문화커뮤니케이션 연구가 비교적 활발히 진행되어 많은 저서와 논문들이 발표되기 시작하였는데 대표적인 학자와 저서로는 H. Nieburg(1973)의 『문화폭풍』.(*Culture Storm*)과 Skinner(1971)의 『자유와 존엄을 넘어』(*Beyond freedom anddignity*)등이 있다.

이들에 의해 지금까지 이루어진 일반적인 연구경향을 보면, 이질문화를 소유한 개인 사이의 커뮤니케이션을 대상으로 하는 미시적 연구경향과 대중매체를 통한 문화와 문화의 커뮤니케이션을 중점적으로 다룬

거시적 연구경향으로 나누어 볼 수 있다. 그러나 실질적으로는 거시적 차원보다 미시적 차원에서의 연구가 주류를 이루어 왔는데 이는 거시적 연구에는 다음과 같은 몇 가지 어려운 점이 있기 때문이다.

첫째, 문화커뮤니케이션은 대부분 정치, 경제적인 역학관계를 배경으로 이루어지기 때문에, 문화커뮤니케이션 과정에는 정치, 경제적 이해관계나 국가 간의 제도적 문제가 큰 영향을 미친다.

둘째, 문화커뮤니케이션의 효과측정에 대한 어려움을 들 수 있다. 문화가 다르면 대부분 지역으로 멀리 떨어져 있는데 이러한 지역적 차이는 문화의 접촉에서 나타나는 현상을 분석하는데 방법론적인 어려움을 주게 된다. 특히 문화 간 커뮤니케이션을 대중매체의 관점에서 보고자 할 때 대중매체를 통한 문화접촉의 효과측정이 쉽지 않다는 점이다.

이러한 이유에서 거시적 차원에서의 문화커뮤니케이션은 서로 다른 문화권에 속한 개인들이 대면적 상황에서 어떻게 의사소통을 하는가를 중점적으로 연구하였는데 대부분의 문화커뮤니케이션 연구가 여기에 속한다고 하겠다. 그래서 어떤 학자는 문화커뮤니케이션의 영역을 미시적인 것에 국한하고 있으나 이는 문화가 하나의 역동적 체계로 다른 문화와의 커뮤니케이션을 통해 나름대로 변화, 발전과정을 거친다는 점을 소홀히 한 것이라 하겠다.

다른 학문에서는 비교적 일찍부터 문화와 문화의 접촉에서 일어나는 현상에 대하여 여러 가지 관점과 개념으로써 활발히 연구하여 왔다. 예를 들면 사회학이나 문화인류학에서의 문화접변, 문화적응, 문화변동, 문화차용, 문화이식 등의 개념을 들 수 있다. 이들 분야에서는 문화와 문화의 접촉과정에서 어느 특정단계를 집중적으로 분석하거나, 혹은 두 문화가 불균형적인 관계에 있는 것을 전제로 하여 상위문화가 하위문화에 어떻게 전달되는 가를 주로 연구하였다. 그리고 이러한 연구의 대부분은 제2차 세계대전 이후 실용적 목적을 위하여 진행되었기 때문에 그

정책적 성격으로 인하여 비판을 받기도 하였다.

문화접촉에 대한 다른 분야의 연구는 문화를 하나의 역동적 존재로 보고 있다는 공통점이 있다. 이러한 면에서 문화커뮤니케이션의 거시적 입장과 비슷한 성격을 띠고 있으나, 타 분야에서는 일방적 문화접촉이 주류를 이루고 있는 반면에, 문화커뮤니케이션은 쌍방적 문화교류에도 관심을 두고 있어서 문화커뮤니케이션은 나름대로의 영역을 가지고 있다 하겠다. 그러나 거시적 문화커뮤니케이션 연구가 아직 초기 단계에 있기 때문에 다른 학문으로부터 개념적으로나 방법론적으로 도움을 받아 왔다.

그럼 한국에서의 문화커뮤니케이션에 대한 연구 상황은 어떠한가?

본 논문에서는 20세기 말부터 한국에서의 문화커뮤니케이션에 대한 연구에 대해 아래와 같이 네 가지 면으로 간단히 살펴보았다.

(1) 홍기선(1984)은 『커뮤니케이션론』에서 커뮤니케이션학의 학적 체계를 세로축으로는 8개의 단위를 설정하고 가로축으로는 3개의 요소를 설정함으로써 그들 간의 유기적 관계를 통해서 구축하고 있다. 세로축으로 제시된 8개의 단위는 자아커뮤니케이션, 개인커뮤니케이션, 대인커뮤니케이션, 소집단커뮤니케이션, 조직커뮤니케이션, 사회커뮤니케이션, 국제커뮤니케이션, 그리고 문화커뮤니케이션 등을 포함하고 가로축으로 제시된 3개의 요소는 구조, 내용, 그리고 효과를 포괄하고 있다.

(2) 서정우(1987)는 『국제커뮤니케이션론』에서 국제커뮤니케이션론은 커뮤니케이션학의 한 분야로서 나름대로 자체적인 학적 체계를 가지고 있는데 2개의 단위와 5개의 요소로 구성되었다고 논하고 있다. 이 경우 2개의 단위는 비교연구와 상호작용연구가 되고 5개의 요소는 송신자, 내용, 매체, 수용자 그리고 효과를 포괄한다.

(3) 서정우(1983)는 연세대학교 사회과학연구소에서 출간하는 「사

회과학논집 제14호」에 "문화커뮤니케이션연구의 접근방향과 과제"라는 논문에서 문화커뮤니케이션의 개념, 문화커뮤니케이션연구의 접근방향 및 연구과제의 방향에 대해 논하였다.

(4) 김우룡(1985)의 "문화커뮤니케이션 연구의 과제"와 정현숙(2002)의 "문화 간 커뮤니케이션의 연구동향과 과제"에서는 문화 간 커뮤니케이션의 연구영역, 서양의 문화 간 커뮤니케이션 연구, 한국의 문화 간 커뮤니케이션 연구 및 한국 문화 간 커뮤니케이션 연구의 과제에 대해 논하였다.

3.2 『열하일기』 분석을 위한 문화커뮤니케이션

3.2.1 『열하일기』 분석을 위한 문화 커뮤니케이션 구조

위에서 언급했다시피 문화 커뮤니케이션 구조는 문화와 문화가 만나서 커뮤니케이션이 이루어 질 때는 커뮤니케이션의 주체가 거시적인 문화체계이든 미시적인 개인이든 관계없이 두 개체는 일정한 과정을 거쳐 커뮤니케이션을 하게 된다. 여기서 일정한 과정이라는 것은 양자 사이에 흐르는 메시지의 방향과 양을 의미한다. 그리고 이러한 과정은 여러 가지 요인의 영향을 받아 다양한 형태로 나타나게 되는데 이와 같은 일련의 과정을 통틀어 문화커뮤니케이션의 구조라 한다. 두 문화의 관계가 가까울수록 두 문화권의 사람들이 만날 수 있는 가능성이 높아지며 두 문화 간에 동질성이 높을수록 두 문화권사람들의 커뮤니케이션이 원활하게 이루어진다. 중국 청나라와 조선은 모두 유교 문화권, 한자 문화권에 있는 나라이다. 그러므로 박지원과 중국 지식인, 관원, 상인들 사이 필담, 비언어적 커뮤니케이션이 원활하게 이루어 질 수 있었다. 이는 연암 박지원이 중국 청나라를 정확하게 인식하는데 결정적 역할을 해 주었다.

본 논문에서는 문화커뮤니케이션 구조 이론에 따라 중국 청나라문화가 조선에 많은 영향을 준 것도 중요하겠지만 한국 문화도 연암 박지원과 청조 지식인, 상인, 관인들 사이 문화커뮤니케이션을 통해 적지 않게나마 전해졌음에 대해 중점적으로 논해 본다.

〈표 4〉 문화 커뮤니케이션 구조로 본 한중 문화교류

A(중국청나라문화)→B(조선문화)
A(중국청나라문화)…B(조선문화)

커뮤니케이션이 인간과 인간이 상징을 서로 쌍방향적으로 교환함으로써 의미를 더불어 같이 가지는 행위와 과정을 의미한다. 인간의 이러한 상징적 상호작용과 의미 공유의 과정은 어떤 형태로든지 문화 속에서 이루어진다. 때문에 문화커뮤니케이션 구조의 핵심은 쌍방향적 문화교류에 있다고 할 수 있다. 서정우(1983)는 이 쌍방향적 문화교류과정에 영향을 가장 크게 미치는 역할을 하는 것은 환경적 요인에 있다고 하면서 그 환경의 요인을 〈그림 1〉에 따라 연구할 수 있다고 했다. 이 경우 A와 B는 두 개의 인간 객체나 인간 집단을 의미하고 M은 경험교환의 매개체인 상징을 의미한다. OE(Organizational Environment)는 조직환경을 의미하고 SE(Social environment)는 조직에 영향 주는 사회적 환경을 의미한다. 이 경우 사회적 환경은 넓은 의미로써 정치, 경제, 사회, 문화 등을 포괄한다. TE(Total Environment)는 가장 상위의 환경적 개념으로 전체를 포괄하는 개념이 되겠다.

A와 B가 상징적 상호작용으로 쌍방향 문화커뮤니케이션을 통해서 의미를 같이 가지는데 영향을 주는 문화적 환경으로서 우선 A와 B가 소속되어 있는 조직 환경이 문제가 되고, 그 다음에는 조직 환경에 영향을 주는 넓은 의미의 사회적 환경이 문제가 된다. 문화커뮤니케이션에 영향

을 주는 전체 환경(TE)은 단위문화속의 두 개의 이질적인 문화권의 차원 이든 그들을 포괄하는 보편적인 문화를 의미한다.

이 이론에 따라 18세기 후반, 박지원의 열하일기를 통해서 본 한중문화 교류를 당시 동아시아가 처한 시대적 배경(TE), 청 왕조와 조선왕조의 시대적 배경(SE), 청과 조선 두 왕조사이 관계 및 문화정책(OE)로 분석하여 그문화교류의 배경에 대해 잘 논할 수 있다. 이 부분은 4장에서 상세히 논하기로 하겠다.

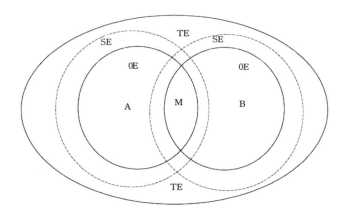

〈그림 1〉 문화커뮤니케이션 구조의 쌍방향적 고찰(서정우, 1983, pp. 108-109)

[중국 청조(A)

한국 조선왕조(B)

박지원(M)과 중국문인(M)

17-18세기 동아시아 형세(TE 즉 TotalEnvironment)

18세기 청,조선 두 왕조의 배경(SE 즉 SocialEnvironment)

18세기 청,조선 두 왕조의 문화정책(OE 즉 OrganizationalEnvironment)]

3.2.2 『열하일기』 분석을 위한 문화커뮤니케이션 내용

문화커뮤니케이션 내용이란 다른 문화 사이에 어떤 문화적 요소가
서로 교환되는가를 다루는 이론인데 문화교류라는 전체적인 흐름으로
파악될 수도 있지만 개개의 문화구성요소가 메시지로 전달되는 현상으로
볼 수도 있다. 문화가 다르다는 것은 그 구성요소가 서로 다르다는 것이며
문화커뮤니케이션은 서로 다른 문화의 구성요소가 메시지로 전달되고
교환되는 과정인 것이다. 문화커뮤니케이션에서 메시지 내용은 전달되는
문화의 구성요소를 의미하며, 이러한 문화요소를 부호화하여 처리하는
과정은 언어와 비언어를 포함한 커뮤니케이션의 상징체계로 설명된다.[1]

문화커뮤니케이션 내용에는 대체로 사고방식, 가치, 언어, 자아개념,
대인관계 등이 다섯 가지가 있는데 본 논문에서는 이 다섯 가지를 중심으
로 하여 박지원이 중국 사람들과 문화커뮤니케이션을 잘 이룰 수 있었던
원인에 대해 논해 보겠다. 즉 『열하일기』를 통해서 나타나는 연암 박지원
의 대청인식, 이용후생의 실용주의 가치관, 평등안(平等眼)과 상대방
눈으로 자기를 보는 자아개념, 붕우(朋友)와 같은 우정의 대인관계 및
지동설과 대세전망에 대한 그의 넓은 안목을 필담과 비언어적 방식을
통해 논해 본다. 이 부분은 제5장에서 상세히 논하겠다.

3.2.3 『열하일기』 분석을 위한 문화커뮤니케이션 효과

이미 위에서 논했다시피 문화커뮤니케이션에서 나타나는 효과는 첫

---

1) D. Berlo는 커뮤니케이션 메시지를 내용(content), 부호(code), 처리(treatment)의
세 요소로 구성되었다고 보았다. 내용은 송신자가 자기 의도를 표현하기 위해 선택한
메시지재료를 말하며, 부호란 내용을 의미 있게 전달하는 모든 상징의 집단으로 송신자
와 수용자사이에 약속으로 이루어지며 언어와 비언어적 수단이 포함된다. 처리는 주어
진 내용과 부호를 선정하고 일정하게 배열하는 방식으로 이에 따라 메시지가 제대로
전달되기도 하고 안 되기도 한다. D. K. Berlo, *The Process of Communication*
(New York: Holt, Rinehart & Winston, 1960), p. 54.

째, '개인적 차원으로 다른 문화를 접한 개인에게 지식이나 태도, 행동양식 등에 어떤 변화를 가져 오는가'하는 것이고 둘째, '사회전반적인 문화체계에 어떤 변동을 일으키는가'에 관한 것이다. 문화커뮤니케이션을 통해 개인에게 나타나는 효과를 다른 문화에 대한 인식이라는 측면에서 보고, 이를 이해와 고정관념·편견 및 문화변형의 세 가지로 나눈다.

(1) 다른 문화에 대한 이해는 우선 자신의 문화와는 전혀 다른 문화가 있다는 사실을 깨닫고 상대 문화에 대한 지식을 점점 넓히는 것을 의미한다. 그리고 이러한 지식이 쌓이면서 그 문화적 시각에서 사물을 볼 수도 있다. 이렇게 되면 문화적 차원에서의 감정이입이 가능해진다.[2] 다른 문화에 대한 이해는 그 문화를 접하게 되는 커뮤니케이션을 통하여 이루어지며, 동시에 남의 문화를 이해하게 되며 그 문화구성원과 쉽게 커뮤니케이션을 할 수 있다. 연암 박지원은 그 보다 앞서 중국을 여행한 홍대용, 박제가를 통해 중국을 이해했고 특히 1780년 청나라 건륭제의 칠순을 축하하기 위해 진하별사의 정사로 떠나는 삼종형, 박명원의 자제 군관자격으로 중국여행을 한 후 중국과 중국 청나라 문화를 더욱 깊게 이해하게 되었다. 특히 그는 풍부한 중국 문화지식과 예리한 눈길로 중국 문인들과의 필담을 통해 당시 중국 문화를 잘 이해했을 뿐만 아니라 이런 이해의 바탕에서 한 걸음 더 나가서 앞으로의 대세에 대해서도 정확하게 예견을 하였다.

(2) 개인적 차원에서 나타나는 문화커뮤니케이션의 효과는 다른 문화에 대한 고정관념을 형성하게 하는 것이다. 고정관념이란 어떤 사람에 대하여 개인적 특성보다는 그 사람이 속한 집단을 근거로 하여 개인의 성격이나 특성을 파악하는 성향을 말한다. 우리가 어떤 인종이나 민족, 성별, 사회적 계층 등의 집단에 대해 고정관념을 가지게 되면 그 집단에

---

2) 감정이입이란 Lerner가 말한 것으로 남의 입장에서 사물을 보고 생각할 수 있는 지각능력을 말한다. Daniel Lerner, *The Passing of Traditional Society (New York: The Free Press, 1958), p. 50.*

속한 구성원들의 다양한 차이를 무시하고 일반화된 개념으로 그들을 파악하게 된다.

고정관념에서 파생된 편견도 잘못된 문화커뮤니케이션의 결과로 볼 수 있다. 편견이란 자기가 속한 문화를 기준으로 삼고서 다른 문화나 그 구성원을 판단하는 자기중심적인 태도를 말한다. 편견으로 인해 자신의 문화기준은 다 옳은 것이고 당연하기 때문에 그렇지 못한 다른 문화집단을 부정적으로 보게 된다. 편견이 행동으로 나타나면 차별대우를 하게 된다. 차별대우란 자기가 속한 집단을 중심으로 하여 남을 선별적으로 받아들이거나 거부하는 현상을 말한다. 다른 문화나 집단에 대한 태도가 인지적 측면에서 본 것은 고정관념이라면, 편견은 감정적인 측면이고 차별대우는 행동적 현상이다. 이 세 가지 모두가 다른 문화에 대한 이해의 결핍에서 나온 것이다. 당시 조선의 유학자들은 존명배청(尊明排淸)에 빠져 있어서 만주족이 지배하는 청조의 중국을 일컬어 오랑캐라고 비하하면서 한족이건 만주족이건 가리지 않고 중국인을 멸시하였다. 여기서 보다시피 조선 유학자들은 중국을 화이론(華夷論), 소중화(小中華)사상의 고정적 관념으로 중국인을 멸시하였던 것이다. 이와 같은 행태는 양반 지식인뿐만 아니라 마두(馬頭)와 하인 등 또한 마찬가지였다. 이러한 고정관념은 편견과 차별대우를 초래한다. 예를 들면 장복에게 박지원이

> "네가 만일 중국에서 태어났다면 어떻겠느냐?"고 물었을 때 장복은 "중국은 되놈의 나라라서 소인은 싫습니다요."라고 한다.[3]

(3) 이 밖에 사회전반적인 차원에서 문화커뮤니케이션의 효과는 문화변형이라는 개념으로 고찰하여 설명할 수 있다. 문화는 한 사회, 한 민족

---

[3] 朴趾源, 國譯『熱河日記』I, 韓國民族文化推進會, 1968년, p. 522, "顧謂張福曰, 使汝生中國何如, 對曰, 中國胡也, 小人不願."

내서 세대를 이어 전달되면서 여러 가지 요인으로 인하여 변화, 발전하게 된다. 문화 유형이 바뀌는 경우는 한 사회가 처해 있는 생태적 환경이 변하거나 그 사회 내부에서 일어나는 진화론적 변화 등에서도 원인을 찾을 수 있다. 그러나 오늘날과 같이 다른 문화와의 교류가 빈번하게 이루어지는 사회에서는 이질 문화의 수용이라는 외적 요인이 더 중요하다.

문화 변형은 문화 커뮤니케이션을 통한 이질문화간의 접촉에서 문화적 요소가 받아 들여 지거나 거부되는 것 외에는 제3의 전혀 다른 문화가 생길 수 있음을 뜻한다. 이를테면 A와 B라는 두 문화가 접촉하여 A도 B도 아닌 C라는 문화가 나타난다는 것을 말한다. 연암의 『열하일기』에서 말한 '사이 문화', 즉 '사이'란 중간이거나 비슷한 것이 아니라 제3의 변형 문화를 가리키는데 이 부분은 제5장에서 더 상세히 논하겠다.

교통수단의 발달, 통신기술과 경제의 급격한 발전 및 성장으로 사람들은 늘 이동하면서 서로 만나고 문화커뮤니케이션을 통해 서로를 알아가고 있다. 특히 디지털문화 시대에 여러 가지 매체를 통하여 여러 가지 이질 문화와 늘 접촉하면서 지구촌 문화 시대를 만들어 가고 있다.

문화커뮤니케이션은 세계적으로 학계의 관심이 높다. 지구촌 문화 시대인 현대 사회에서 이문화인들과 함께 생활하며 직무를 수행해야 하는 실질적인 이유 때문에 문화커뮤니케이션 연구에 대한 필요성은 말할 필요가 없을 정도이다. 또한 문화커뮤니케이션의 이론으로 문학 작품을 고찰해 봄으로써 정적인 문학작품을 동적인 즉 살아서 숨 쉬는 문학작품으로 발굴하여 현시대 문화 교류 발전에 새로운 공헌을 할 수 있다.

21세기는 그야말로 문화의 시대이다. 이제는 문화커뮤니케이션의 시야로 역사와 오늘, 그리고 미래를 연구할 때이다. 그런데 국내외적으로 문화커뮤니케이션이 차지하는 비중이 상당히 높아가고 있는데도 불구하고 시대의 발전에 어울리지 않게 문화커뮤니케이션에 대한 체계적인 연구는 턱없이 부족한 것이 현실이다. 지금까지 우리는 역사나 문학작품을 연구할 때 문화커뮤니케이션으로의 고찰을 간과해 왔던 것은 사실이다. 물론 역사적으로나 문학적으로 연구가 아주 필요하며 더 발전되어야한다. 여기서 강조하고 싶은 것은 문화 시대에 문화커뮤니케이션 이론의발전과 더불어 역사나 문학 작품에 대한 문화커뮤니케이션으로의 고찰이아주 필요할 뿐만 아니라 오늘날 우리에게 주는 시사점도 크다는 것을지적하고 싶다. 문화커뮤니케이션으로의 고찰은 학문의 연구 시야를 더넓혀 줄 뿐만 아니라 학문연구를 더 완정(完整)하게, 체계화하는데 아주유리할 것이다. 또한 후대들에게 이런 문화커뮤니케이션으로의 고찰,연구방식을 가르쳐 주어 옛 것을 통해 오늘날 복잡하고 다양한 이질문화와의 관계 처리에서 큰 도움을 줘야 한다.

좀 더 구체적으로 말하면 문화커뮤니케이션의 이론으로 작가나 사건의인물들에 대해 그 사고방식, 가치관, 언어와 비언어, 자아개념, 대인관계등 문화요소들을 구체적으로 고찰해 봄으로써 문화의 창조자인 인간들의문화 사상을 발굴할 수 있다.또한 서로가 서로의 이질문화에 대한 고정관념, 편견, 차별 행위를 중지하게 하고 서로가 서로의 문화를 이해하고더 나가서는 문화접속, 발굴, 생성과정을 거쳐 인류 문화발전을 다채롭게하는데 큰 역할을 하게 할 수 있다.본 논문에서는 이러한 관점에서 출발하여 연암 박지원의『열하일기』를 문화커뮤니케이션의 구조, 내용, 효과로고찰해 봄으로서 당시의 한중문화교류와 오늘날 한중문화교류에 어떤좋은 방안을 제시해주는지에 대해 전문적으로 연구한다. 이를 위해 다음장에서는 먼저『열하일기』속에 내재된 문화커뮤니케이션의 구조에 대해논해 보기로 한다.

제4장

『열하일기』 속에 내재된 문화커뮤니케이션의 구조

- 4.1 18세기 전후 한중문화교류의 시대적 배경

- 4.2 『열하일기』를 통해서 본 한중문화교류

제4장 『열하일기』 속에 내재된 문화커뮤니케 이션의 구조

　중국과 한국은 산과 바다가 인접한 나라이며 동북아의 오랜 문명국이다. 역사적으로 상호 교류가 끊임없이 이어져 왔으며 옛날부터 정치, 경제, 군사, 문화 등 여러 면에서 광범위한 교류를 이루어 왔다. 기원전 7세기 춘추 시대의 제국과 고조선 간의 경제, 문화 등 교류는 명·청시기에 이르기까지 이어져 왔으며 한중 양국 간의 깊은 우정도 수천 년 간의 역사를 가지고 있으며 지금도 계속 이어가고 있다. 이와 같이 양국은 오랜 기간의 교류를 통하여 한자와 유교문화를 공유하고 있으며 이 토대 위에서 두 나라는 각기 자기의 특색이 있는 전통문화를 가지게 되었다. 오늘날 양국의 문화교류가 활발하게 된 것도 수천 년 전부터 이어져 온 문화교류의 토대 위에서 형성된 것이다. 그렇기 때문에 한중 양국 문화교류사에 관한 연구는 양국 관계 그리고 양국 사회발전사 연구에 중대한 의의를 가진다.

　청대 한중 문화교류는 주로 양국 사신들의 왕래로 이루어졌는데, 특히 조선 연행사들에 의해 많이 이루어졌다. 양국 사신들은 정치, 경제, 외교, 예의 등의 임무를 완수하는 것 외에 문화교류의 매개체 역할을 했는데, 18세기 중국 청조의 강희, 옹정, 건륭 세 명의 황제 대에 가장 번성했다. 이 시기 청조는 정치, 경제, 문화 등 여러 면에서 안정되었고 동아시아 국제 질서의 중심이 되었으며 여러 나라들의 조공의 대상이었다. 이 시기 청나라는 조선 왕조에 대해 우호적인 정책을 실시하였다. 예를 들면 조선 왕조의 조공을 여러 차례 줄여 주었을 뿐만 아니라 수량과 품종을 면해 주었고 조선 왕조 사신들의 지위를 높여 주었다.[1] 그리고

---

1) 순위 친왕 이하, 각국 사신 이상으로 높혀 줌.

조선 왕조 사신들이 중국에서의 활동범위[2]와 체류 기한 등을 완화, 연장[3]시켜 주었다. 그리하여 조선 왕조 사신들은 중국에 가서 비교적 자유롭고 편안한 환경 속에서 문화교류를 할 수 있었다. 특히 18세기 후반기 적지 않은 조선의 학자들은 사행단(使行團) 일원으로 혹은 수행원, 자제 군관 자격으로 중국에 와서 양국 문화교류에 중대한 공헌을 했다. 그들은 중국에 와서 중국 문인, 학자, 관원들과 광범위하게 접촉하였으며 그들과 필담교류를 진행하였고 경유지의 역사 유적, 사원, 교회당, 책방, 골동품 점포들을 참관, 방문하면서 당시 청조의 선진적인 농업, 목축업, 상업, 건축업, 도로 교통, 차선 제조 등 여러 영역의 사회 발전상황에 대해 세밀하게 관찰하였다. 귀국 후 이들은 중국에서 보고들은 것들을 저술하여 선진적인 문화사상과 개혁을 주장하였는데 그들이 바로 조선의 유명한 '북학파'혹은 '실학파'들이다. 가장 대표적인 것으로서는 홍대용의『담헌서』, 박지원의『열하일기』, 박제가의『북학의』등 연행록들이 있는데 그 중 박지원의『열하일기』가 가장 영향력이 있는 대표작으로써 오늘날에 이르기까지 많은 국내외 학자들의 연구대상이 되고 있다.

『열하일기』는 18세기 한중 문화교류의 걸작이다. 『열하일기』는 박지원 등 조선왕조 사절단이 중국 역사에 대한 답사기록일 뿐만 아니라 18세기 중국 사회의 정치, 경제, 문화 등 여러 면의 발전 상황에 대한 객관적 고찰과 기록이며 하나의 탁월한 문학작품이며 또한 한중 양국의 사상계, 문학계에 중대한 영향을 끼친 작품이기도 하다. 『열하일기』는 18세기 중국 청조의 선진 기술과 문화를 조선에 전파했을 뿐만 아니라 조선 왕조 사회의 발전에 기폭제가 되었으며 또한 18세기 중국과 한국의 사회발전사 연구와 중국사, 한중 관계사 연구에 풍부하고 상세하고 확실

---

2) 공적인 일 외에 개인 신분으로 관원과 학자의 접촉, 책방과 명승고적 유람도 할 수 있었음.
3) 명조 시대에는 40일이었던 것이 청조 때에는 60일 정도로 연장됨.

한 자료를 제공하였으며 한중 문화교류 사상에서 중요한 자리를 차지한다. 학계에서는『열하일기』가 조선 왕조 사회발전에 대한 영향과 문학적인 면의 성과에서 이미 적지 않은 연구 성과를 발표하였다. 즉 역사적으로 혹은 문학적으로 많은 연구를 해 왔다. 본 논문에서는 문화커뮤니케이션 구조, 내용, 효과의 시각으로 한국 고전문학작품―『열하일기』를 고찰하여 그 당시 한중 문화교류에 대해 연구해 보고자 한다. 본장에서는 먼저 그 당시 한중 문화교류의 배경, 한중 문화교류 상황, 특히 조선 왕조의 문화가 중국 청 왕조에 어떻게 전파되고 영향을 주었는지에 대해 문화커뮤니케이션의 구조로 고찰, 논해보기로 하겠다.

4.1 18세기 전후 한중 문화교류의 시대적 배경

서론에서 지적한 바와 같이 한국과 중국은 지리학적으로 가까운 이웃나라일 뿐만 아니라 역사적으로도 순치지국이라 할 만큼 밀접한 관계를 갖고 교류해 왔다. 특히 두 나라는 같은 유교문화권과 한자문화권에 속하는 나라로서 서로간의 문화커뮤니케이션이 잘 이루어졌으며 그에 따라 오래 전부터 밀접한 문화교류를 진행하여 왔다.

4.1.1 문화커뮤니케이션 구조의 雙方向 고찰과『열하일기』

문화커뮤니케이션 구조란 문화가 다른 두 개체가 일정한 과정 즉 양자 사이에 흐르는 메시지의 방향과 양을 의미한다. 이 메시지의 방향과 양은 조금 다르겠지만 그 교환은 언제나 雙方向적인 것이다. 즉 문화교류는 주류(主流)는 있겠지만 그 교류는 항상 雙方向적으로 이루어진다. 서정우(1983)는 〈그림 1〉 '문화커뮤니케이션 구조의 雙方向적 고찰'에서

이 쌍방향적 문화교류에 가장 큰 영향을 미치는 것은 환경에 있다고 지적하고 있다. 본절에서는 서정우 교수의 문화커뮤니케이션 구조의 쌍방향 고찰에 따라 먼저 『열하일기』를 통해서 본 한중 문화교류의 그 환경적 배경에 대해 논하고자 한다.

〈표 5〉 문화커뮤니케이션 구조의 쌍방향 고찰과 『열하일기』

문화커뮤니케이션 방향 고찰	(앞의 3.2.1의 〈그림 1〉을 참조)
『열하일기』 속에 내재된 문화커뮤니케이션 구조의 쌍방향고찰 방법	1. TE(totalenvironment): 18세기 전후 동아시아 형세 2. SE(socialenvironment): 중국 청조와 조선왕조의 당시 배경 3. OE(organizationalenvironment): 중국 청조와 조선왕조의 문화정책 4. M:박지원과 중국문인 5. A:중국 청조문화 6. B:조선 왕조의 문화

4.1.2 18세기 전후 청, 조선 두 왕조의 시대적 배경

(1) 동아시아가 처한 시대적 배경

대항해(大航海)후 서양문화 세력의 동진(東進)으로 인하여 동아시아 봉건문화에서 자본주의 문화가 싹트기 시작하였다. 또한 동양의 유교문화권 내에 서양 천주교가 들어오고 서양 선진 문물이 진입하는 등 서양문화의 영향으로 자본주의적 무역이 시작되고 자본주의 맹아가 이미 자라나고 있었다. 이 시기는 서구 열강들이 지리상의 발견 이래 아시아를 넘보기 시작하던 시기이며 더 나아가서는 제국주의의 팽창 속성이 한꺼번에 동양으로 잠식해 들어오던 시기였다. 바로 이런 시대적 배경 속에서 연암 박지원은 중국 열하를 여행하게 되었으며 예리한 시각으로 세계정세와 중국 청조 사회를 분석하여 천하대세를 전망하였는데 그의 대세 전망은 정확하게 맞아 떨어졌다. 즉 박지원이 이번 중국 방문 후, 30년을 경과한 중국(19세기 초엽)은 심하게 쇠퇴해졌으며 급기야 제국주의의 침략을 가장 먼저 받고 피해도 가장 심하게 받게 된다. 그 후 얼마 지나지 않아 중국은 치욕적인 근대 역사를 맞이하게 된다.

위에서 지적했다시피 이 시기 동아시아는 처음으로 서구문명을 접촉하기 시작하였으며 자본주의에 눈을 뜨기 시작하였다. 서구와의 접촉을 통해서 동아시아는 중국문화의 편식(偏食)에 의하여 좁아진 우주관이나 세계관의 확대를 가져오게 되었다. 즉 세계의 중심이 '중국'이었던 고정관념에서 벗어나 새로운 세계를 접하게 되었으며, '유학(儒學)'의 이데올로기 속에서 세계를 인식하던 방식에서 서구적 인식 세계를 대표하는 '천주'의 의미를 접하게 되어 세계 인식을 확대시키는 계기가 되었다(강동엽, 2006, p.31). 이런 넓어진 세계관과 우주관은 『열하일기』의 많은 곳에서 찾아볼 수 있다.

18세기 전후는 동아시아 '명군(明君)의 시대'였다. 명을 제치고 중국을 지배한 청은 그 개국의 힘을 이어가다가 옹정, 건륭제에 이르면 전대인 강희제와 함께 '삼대의 봄'이라 일컫는 최전성기를 구가했다. 양란을 극복한 조선 역시 숙종 때 강화된 왕권을 바탕으로 영조와 정조 대에 이르러 초기의 세종 대에 버금가는 '후기 르네상스'를 구가했다. 일본도 요시무네에 이르러 역대 쇼군 중 으뜸가는 명군이자 '이에야스 못지 않는 쇼군의 시대'를 낳아 막부의 개혁이 도모되기도 했다. 청의 옹정, 건륭 그리고 조선의 영조, 정조와 일본의 요시무네까지 그들의 치적은 무엇보다 군주 스스로 검약하고 성실한 자세로 몸을 아끼지 않고 경세경민(經世濟民)했다는 점, 그리고 그들이 외정에 못지않게 내정에 주력하고 학문과 문화의 보급에도 진력했다는 점 등에서 다른 군주와는 상대적으로 '명군'으로 평가될 수 있다고 할 것이다.

그러나 이들 명군의 치세도 역시 도도한 새 역사의 흐름 앞에서는 어쩔 수 없는 그 한계를 드러냈다. 사회 내부의 사회, 경제적 변화와 함께 때는 이제 바야흐로 서구 열강이라고 하는 거대한 물결이 밀려오고 있던 폭풍전야의 시대였던 것이 바로 18세기 전후 동아시아 시대적 배경인 것이다.

(2) 중국 청조의 시대적 배경

18세기 전후 중국은 청조의 강희, 옹정, 건륭황제 시기에 해당된다. 특히 연암 박지원이 1780년 열하를 여행하고 『열하일기』를 집필할 때는 바로 건륭성세 시기로서 청조가 가장 번영하던 시기였다. 한마디로 개괄하여 이 시기를 말하면 강희제[4] 60년간이 중국 대륙을 통일과 창업, 그리고 흥륭의 시대였고 그 뒤를 이은 옹정[5] 13년은 계승과 보전의 시대였으며, 청의 최전성기인 건륭[6] 60년은 난숙의 시대였다고 할 수 있다.

강희황제의 재위 기간이 길었기 때문에 옹정황제가 즉위했을 때, 그는 이미 45세의 장년이었으므로 관료 사회의 안팎을 충분히 파악하고 있었다. 옹정황제는 강희황제에서 건륭 시대로 이어지는 청나라 황금시대의 가교 역할을 충실히 해낸 것으로 평가되고 있다. 아버지 강희황제 역시 정무에 열중한 일세의 명군이었으나 옹정황제 또한 아버지 못지 않는

---

4) 청성조(淸聖祖), 연호는 강희(康熙), 이름은 애신각라(愛新覺羅) 현엽(玄燁), 1654년 출생, 1722년 사망(68세), 중국역사상 재위기간 제일 김(재위61년), 재위기간 (1661-1722)(〈부록 5〉를 참조).

5) 청세종(淸世宗), 연호는 옹정(雍正), 이름은 애신각라(愛新覺羅)윤진(胤禛), 1678년 출생, 1735년 베이징 원명원에서 사망(57세), 재위기간(1722-1735)(〈부록 5〉를 참조).

6) 청고종(淸高宗), 연호는 건륭(乾隆), 이름은 애신각라(愛新覺羅)홍역(弘曆), 1711년 출생, 1799년 사망(89세), 재위기간(1735-1795), 퇴위 후 3년간 태상황(太上皇)을 함 (〈부록 5〉를 참조).

열성과 근면함으로 수면 시간이 하루 네 시간을 넘지 않을 정도였다고 한다. 옹정황제는 중국 역사상 가장 근면했던 황제로 '주접정치(奏摺政治)'라 해서 일일이 지방의 관리들로부터 보고서를 받고 밤새워 그 답장을 쓰던 황제였다. 그가 13년이라는 짧은 재위, 58세의 나이로 타계한 원인을 과로로 보는 것도 이러한 그의 격무에서 원인을 찾는다.

강희, 옹정 두 명군의 치적과 건전한 재정정책에 힘입어 그 다음 제위에 오른 건륭황제는 행복한 출발을 할 수 있었다. 그리고 건륭제의 60년 치세는 창업과 계승, 그리고 검약의 시대를 지나 외정을 통해 대제국으로 뻗어가는 화려함을 그 특징으로 했다. 건륭황제는 스스로 호를 '십전노인(十全老人)'이라 할 정도로 외정에 치중했다. '십전'이란 건륭황제가 국내외에 걸친 10차례의 큰 출병에서 성공했음을 자화자찬(自畵自讚)한 지칭인데, 이러한 건륭황제의 외정으로 청조는 최대의 판도를 구축하게 되었다. 청조를 '최후의 대제국'이라고 칭하는 이유도 바로 건륭황제 때의 판도를 염두에 두고 하는 말인 것이다.

건륭황제는 옹정황제나 강희황제에 결코 뒤지지 않는 재능을 지닌 인물로서 학문을 좋아했으며 박학다식(博學多識)한 황제였다. 따라서 이처럼 내정과 변경의 문제가 순조롭기를 기다려 문화 사업에도 손을 대기 시작하였으며 학문을 권장하고 대 편찬사업을 일으킴으로써 강희황제 이래의 대 문화정책을 계승했다. 여기서 그 예로 『열하일기』에서도 언급되는 『사고전서(四庫全書)』에 대해서 서술해 보자. 『사고전서』는 건륭황제 때 천하고금의 모든 서적을 한데 모은 대규모 편찬사업이었다. 이 『사고전서』는 고금의 서적 가운데 정선한 양서를 경(經), 사(史), 자(子), 집(集)의 4부로 분류해 필사한 것인데, 이렇게 채록된 서적의 수는 무려 3,503종 7만 9,337권에 이르며, 이를 7부씩 작성했으니 총 50만 권 이상의 책이 필사된 셈이다. 또 이 『사고전서』에 채록되지는 않았다 해도 양서로 인정되어 그 제목과 해설만 단 것을 '존목(存目)'이라 하는데,

이 수도 6,888종,9만3천여 권에 이르렀으며, 여기에는 『사고전서』에 정식 채록한 내용보다 오히려 더 우수하다고 인정되는 작품들도 적지 않다. 한편, 건륭황제는 이 엄청난 『사고전서』의 편찬 작업이 워낙 방대하여 자신의 생전에는 완성되지 못할까 염려해 그 일부인 471종을 『사고전서회요(四庫全書會要)』라 이름 붙여 1만 2천책으로 따로 장정하여 조정안의 이조당과 원명원의 미유당에 보관하기도 했다. 그런데 『사고전서』가 완성된 것은 1780년 건륭 45년이었으니, 89세까지 장수한 건륭황제는 결국 생전에 『사고전서』 모두가 완성되는 것을 지켜볼 수 있었던 것이다. 7부씩 작성된 『사고전서』 중 호화장정 된 4부는 궁정 안에 보관되고 나머지 3부는 남방의 민간 학자들을 위해 항주, 양주, 진홍 등 세 지역의 민간에 보존되었다.

한 세기를 넘는 찬란한 세 황제의 시대도 건륭황제 말년에 들어 기울기 시작했다. 청조 쇠퇴의 현상은 건륭 만년까지 그다지 표면화되지는 않았으나 재정 면에서는 확연히 드러났는데, 옹정 연간 충실하던 국고는 건륭황제 중반까지만 해도 여유가 있었으나 말년에 접어들면서 상황이 바뀌었던 것이다. 그 최대 이유는 물론 거듭된 외정 때문이기도 했지만 다름 아닌 관료 정치의 부패가 그 원인이었다. 열 차례의 대 원정으로 '십전노인'으로 불리던 건륭제는 원래가 유람여행을 좋아했던 인물이었다. 재위 13년 동안 별장 한 번 나간 적이 없는 아버지 옹정황제와는 달리 건륭황제는 재위 동안 도합 15차례나 도성을 떠나 각지로 장기 원행을 했는데, 특히 강남 지방 여행인 이른바 남순(南巡)은 한 번에 4, 5개월씩 6회나 거듭하기도 했다. 조부 강희황제 역시 이러한 남순을 자주 했지만 그 기간도 짧았고 여행으로 인한 부담을 행선지의 백성들에게 미치지 않도록 세심하게 배려했던 데에 비해 건륭황제는 국비 사용을 당연한 것으로 간주하며 지나는 각지마다 민간에 부담을 지웠다는 비판을 받았다. 그리고 무엇보다 영토 확장을 위한 잦은 원정은 막대한 군사비로 인해 강희,

옹정황제의 유산은 급속도로 고갈되어 갔던 것이다. 또한 연로해진 건륭황제는 만년에 간신 화신을 등용했는데, 바로 이 화신의 전횡으로 인해 건륭황제의 말년이 관료정치의 부패로

얼룩졌던 것이다. 화신의 전횡은 건륭제의 치적에 커다란 오점이 되었다. 건륭황제는 85세 때 조부 강희황제의 치세 60년을 넘겨서는 안 된다는 이유로 열다섯째 아들 가경황제[7]에게 제위를 넘겨주고 태상황(太上皇)이 되었고, 여전히 조정의 실권을 장악한 채 4년을 더 살다가 89세에 세상을 떠났다. 건륭황제 후기에 들며 청조는 이처럼 군신 모두에게서 창업 당시 청신했던 기풍이 사라지고 점차 부패와 안일에 젖어들기 시작했으며 강희, 옹정, 건륭을 내려오던 청조의 번영도 마침내 이때에 와서 쇠퇴의 길로 접어들기 시작했던 것이다.

청 고종 건륭황제가 통치하던 18세기의 중국은 당시 '세계 최대의 문화국가'였다. 60년간에 걸친 그의 치세 중에 중국은 대외적으로는 10차례에 달하는 정복 전쟁을 통해 사상 최대의 영토 확장에 성공했으며, 그 결과 오랫동안 국제정세의 안정을 누릴 수 있었다. 또한 대내적으로는 상공업의 발달과 재정 수입의 증대 등에 힘입어 대대적인 문화 사업들을 추진할 수 있었으며, 학문과 예술의 각 방면에서도 눈부신 발전을 이루었던 것이다. 박지원이 중국에 갔을 당시인 1780년은 이러한 건륭 치세의 말엽이자 청조의 최전성기에 해당된다(김명호, 1990b, p.81).

(3) 조선 왕조의 시대적 배경

18세기 후반기 조선 왕조는 영조[8]의 탕평책(蕩平策)[9]과 정조[10]의

---

7) 청인종(淸仁宗), 연호는 가경(嘉慶), 이름은 애신각라(愛新覺羅) 옹염(顒琰), 1760년 출생, 1820년 사망(61세), 재위기간(1795~1820)(〈부록 5〉를 참조).
8) 제21대 조선 국왕 영조(英祖), 1694년 출생, 1776년에 사망(83세), 재위 51년 7개월 (1724. 8~1776. 3)(〈부록 4〉를 참조).

학문정치를 펴 나갔다. 이 시기 영조와 정조는 서민정치를 중시하고 형식론을 반대하였으며 붕당의 폐해를 열거하고 탕평 정국을 열어 갔다. 때문에 영조와 정조 시대에는 많은 실학자들이 등장하기 시작하였으며 이들은 청조 문인들의 작품과 '청구문화(淸歐文化)'인 한역(漢譯)한 서학서적의 영향을 받아서 조선 전통의 '문이재도(文以載道)'를 중심으로 한 문학관에 도전하여 '자연'과 '진정(眞情)'을 강조하였다(진빙빙, 2008, p. 99 재인용). 이 시기는 조선 초기의 세종 대에 버금가는 '후기 르네상스'시대였다.

숙종과 숙빈 최씨의 아들로 태어난 영조는 조선 왕조 임금 중 가장 오랜 기간인 51년 동안 집권한 군주였다. '무명옷을 입은 임금'으로 묘사되기도 하는 그의 서민적 이미지는 18세기에 궁궐 밖으로 나가 28세 때 왕세자로 책봉되기 전까지 10년 이상을 일반 백성들 속에서 생활하기도 했다. 그는 왕이 된 이후에도 불시에 옛집으로 나가 이웃 백성들과 거지들을 모아 음식을 같이 먹는 일 등을 즐기는 '열린 군주'였다. 영조는 검소하고 절약하였으며 화려한 것을 좋아하지 않았고, 새 옷보다는 깨끗하게 빨아 놓은 옷을 즐겨 입었으며, 겨울에는 아무리 추워도 갖옷을 걸치지 않았다. 서민정치를 중시하고 형식론을 싫어했던 영조는 등극하자마자 붕당의 폐해를 열거하며 탕평 정국을 열어 나갔다. 그는 여러 당파 가운데서 온전한 인재들을 고루 등용했고, 이러한 탕평책의 결과 조선 왕조는 정국이 안정되고 실사구시의 학문이 일어나 임병양란(壬丙

---

9) 탕평책(蕩平策)은 조선조 21대 영조가 당쟁을 없애기 위하여 쓴 정책. 당쟁의 해독이 참담함을 깊이 느끼어 일당전단(一黨 專斷)의 폐를 견제하고 양반세력의 균형을 취함으로써 왕권의 탕탕평평을 꾀한 정책. 정사(政事)의 시비(是非)를 논하는 상소(上疏)를 금하고 노론(老論), 소론(少論)을 아울러 써서 당파의 조화에 힘썼음. 22대 정조도 이 뜻을 이어받아 당론탕평을 꿈에도 잊지 않고 힘쓰니 그 침실을 탕탕평평실(蕩蕩平平室)이라 제(題)하였다 함.

10) 제22대 조선 국왕 정조(正祖), 1752년 출생, 1800년 사망(49세), 재위 24년 3개월 (1776-1800.6).(〈부록 4〉를 참조).

兩亂))[11]으로 피폐하던 왕조가 한 세기 만에 다시 부흥하는 황금기를 맞을 수 있게 되었다.

조선 왕조를 새로 부흥시킨 영조의 치세는 그의 손자인 정조에게 그대로 계승되었다. 뒤주에 갇혀 죽은 아버지 사도세자의 비극을 목도한 정조는 할아버지 영조가 닦아 놓은 안정된 기반 위에서 힘을 바탕으로 하는 무단통치를 철저히 배격하고 객관적인 실력을 바탕으로 하는 학문정치를 지향했다. 정조는 어려서부터 몸놀림이 근엄, 치밀하고 조심성이 많았으며 글씨 쓰기와 서적을 가지고 놀기를 특히 좋아했다고 한다. 이러한 그의 습관은 학문을 좋아하는 성품으로 이어졌는데, 특히 꼬박꼬박 일기 쓰는 것을 거르지 않았다. 이러한 정조를 본받아 후대의 국왕들도 모두 자신들의 일기를 남기는 관례를 낳게 되었는데, 이것이 오늘날 『일성록(日省錄)』이라는 중요한 사료가 되고 있다. 또한 검소하고 질박하여 화려한 것을 좋아하지 않는 성품은 영조를 그대로 닮았는데, 방에는 부들로 만든 자리를 깔아 생활하고 조각한 그릇은 쓰지 않는 검소한 생활을 몸소 실천했다고 한다. 이러한 정조의 성정은 정치 스타일에도 그대로 드러났다. 그는 매사에 신중하여 어떤 일이든 사태를 꼼꼼히 분석하고 난 후 계획을 세워 행동에 옮겼는데, 이때에도 반드시 학문적 뒷받침을 받아 일의 전후 과정을 전면적으로 검토한 연후에 실행하는, 이른바 '학문정치'를 표방해 나갔다. 1776년, 정조는 자신의 정치 노선을 충실히 따르는 새로운 정치 집단을 새로이 양성하기 위해 창덕궁 안에 규장각이라고 하는 정치 기구 겸 학문 연구소를 창설하였다. 또한 정조는 성품이 깊으면서도 활달하여 적과 동지를 가리지 않고 어느 사람이건 성심으로 대해 적대적이던 당파의 지도자들을 함께 기용하고 조화시켜 나감으로써 청류당 중심의 탕평정책을 영조 대에 이어 계속 뿌리내릴 수 있게 했다.

---

11)　임병양란[壬·丙兩亂]이란　임진왜란(1592-1598)과　병자호란(1736.12-1737.1)의 두 난을 아울러 이르는 말.

정조는 이처럼 문치에만 뛰어났던 것이 아니라 경제, 군사, 그리고 문화 방면에서도 명군이었다. 문화진흥을 위해 그 자신이 『홍재전서』라는 200권에 가까운 방대한 문집을 편찬했으며, 수백 종의 서적을 국가사업으로 간행하기도 했다. 그리고 전성기를 구가하던 청의 문물과 문화를 받아들이는 데에도 앞장서 강희제 때 편찬된 5천여 권의 『고금도서집성(古今圖書集成)』을 조선에 들여오기도 했다. 이 시기에 야만족으로 멸시하던 만주족이 건립한 청에 대한 생각을 바꾸어 상공업의 진흥과 청나라와의 통상 및 문화교류를 강조하는 이른바 북학이 대두되기도 했는데 그 대표인물로는 홍대용, 박지원, 박제가, 이덕무 등이었다. 박지원은 북학파의 중심인물이었다.

이처럼 정조 시대는 양반, 중인, 서얼, 평민 등 모두에게 문화에 대한 관심을 집약시킬 수 있었던 조선의 문예 부흥기였고, 중국에 대한 무조건적인 사대사상이 아니라 민족주의에 입각한 독자적 문화를 발흥시켰던 문화적황금시대이기도 했다.

이상과 같이 18세기 후기 조선사회를 종합해 보면 그 시대적 배경은 다음과 같이 볼 수 있다. 18세기 조선 사회는 정치, 사회적인 측면에서 문벌과 지역, 그리고 이념을 뛰어넘어 백성들과 사회체계를 하나로 통합하려는 기운이 넘쳐나고 있었다. 그런데 바로 영조와 정조가 이러한 시대정신에 부합해 '붕당의 시대'를 끝내고 크게 '하나'가 되는 탕평정치의 시대, 그리고 궁극적으로 모두 '같이' 되는 대동정치를 지향해 나가려 했던 것이다. 특히 정조시기는 학문정치를 펼쳐 문화적 황금기를 열었다.

(4) 18세기 조선과 청 두 왕조의 주요사건 비교

18세기 조선과 청 두 왕조가 처한 시대적 배경을 이해하기 위해 당시 두 왕조에서 일어난 주요한 사건들을 연대표로 만들어 제시해 보면 〈표 6〉과 같다.

〈표 6〉 18세기 조선, 청 두 왕조의 주요사건 연대표

연대	조선왕조 대사	연대	중국 청조 대사
1724	영조 즉위	1722	옹정제 즉위
1725	영조 탕평정책 천명하고 추진	1723	예수교를 엄금하고 선교사들을 마카오로 이주시킴
1727	김천택 『청구영언』편찬	1727	지정은제(地丁銀制)실시 러시아와 카흐타조약 체결
1728	이인좌의 난	1729	아편금지법
1746	『속대전』간행	1731	옹정제, 『대청회전(大淸會典)』 완성
1750	균역법 실시, 군역의 불평등 시정	1734	소주성에서 직공에 의한 임금 인상 투쟁이 일어남
1762	영조, 왕세자 폐하여 서인으로 함, 왕세자 궤 속에 갇혀 굶어 죽음	1735	옹정제 사망(57세) 건륭제 즉위
		1739	장정옥, 『명사(明史)』간행
1763	고구마 전래	1747	외국 선교사의 국내 거주 금지
1776	정조 즉위, 규장각 설치	1750	인구 2억 돌파
1784	박지원이 『열하일기』를 지음	1755	건륭제의 중가르 원정
1784	이승훈, 연경에서 그라몽 신부로 부터 영세를 받음	1763	건륭제, 항주 남순(南巡)
		1781	『사고전서』완성
1785	『대전통편』완성	1789	건륭제, 베트남 원정
1786	서학을 금함	1790	건륭제, 동순하여 태산에 이름, 곡부에서 공자묘 참배
1787	프랑스 함대 제주도를 측량하고 울릉도에 접근	1794	네덜란드 사절 입경
1800	정조 49세로 사망, 조 즉위	1796	건륭제 퇴위, 가경제 즉위, 백련교의 난이 일어남

4.1.3 조선왕조와 청조와의 관계

요동국가로서 청(1616-1644)시기는 조선에 대해 고압적이고 간섭적이었다. 그러나 중국 국가로서의 청(1644-1897)은 조선에 대해 호혜적이고 불간섭적인 태도를 지향하였다. 청은 명과는 달리 조선 국왕의 즉위과정에 대해 일체 간여하지 아니함으로써 책봉의 실질적 의미를 철저히 제거하였다. 오히려 조선과 청 시대의 한중간 외교적 현안들은 대부분 조선 측에 의해 제기되었고 청측은 가능한 한 문제를 확대시키지 않으려고 소극적인 태도를 견지하였다. 때문에 조선, 명대(明代)의 종계변무(宗系辨誣)12)37)와는 달리 조선, 청 시대에는 조선 측이 제기한 현안들이 모두 쉽게 해결된 것이었다. 그것은 만청이 입관(入關)하여 통합 국가화 하였다 하더라도 이적(夷狄)출신이라는 원천적 제약성으로 인해 주변국가에 대한 지배력이 오히려 명대보다 더 이완되어 있었기 때문이었다(황원구, 1983, pp.75-81). 뿐만 아니라 청조의 통치자들이 국내에서는 고압적인 문화정책으로 한족문인들과 백성들에게 고도의 사상통제를 실행한 반면에 대외적으로는 개방적인 문화정책을 실시한 것에 기인하기도 한다.

4.1.4 18세기 전후 조선왕조와 청 왕조의 문화정책

(1) 조선왕조의 문화정책

학문정치를 펼친 정조는 문치에 뛰어났을 뿐만 아니라 문화 진흥을 위해서도 수백 종의 서적을 국가사업으로 간행하고 청의 문물과 문화를 받아들였으며 청의 『고금도서집성(古今圖書集成)』을 비롯해서 많은

---

12) 조선시대인 1394년(태조 3)부터 선조 때까지 200여 년 간 명(明)나라에 태조 이성계(李成桂)의 잘못 기록된 세계(世系)를 시정해달라고 주청(奏請)했던 사건.

서적들을 조선에 받아들였다. 위에서 지적했듯이 정조 대에는 중국문화에 대해 무조건적인 사대사상이 아니라 민족주의에 입각한 독자적 문화를 발흥시켰던 문화적 황금시대였다.

규장각(奎章閣)은 조선시대의 국가 기관으로 조선 후기의 왕실 학문 연구기관이자 왕실 도서관이다. 역대 임금의 시문과 저작, 고명(顧命)·유교(遺敎)·선보(璿譜)등을 보관하고 수집하였다. 정조 시대의 문화정치를 가능케하고 그 시대를 조선 후기의 르네상스 시대라 불리게 만들었던 산실은 규장각이었다. '규장(奎章)'이 '군주가 지은 글'을 뜻하듯 '규장각'은 원래 역대 왕들의 친필을 수집하고 정리하는 왕립 도서관으로 출발했다. 규장각을 통해 널리 새로운 인재를 모아 새로운 혁신 문화정치를 펼치는 근위 세력을 양성하려는 것이 정조의 포부였다. 정조는 규장각 외각에 검서관을 두어 가문과 당파를 초월한 인재를 등용했는데 실학자 박제가, 유득공 같은 서얼 출신들을 발탁함으로써 새로운 바람을 일으켜 나갔다. 이처럼 정조 시대는 양반, 중인, 서얼, 평민층 그 모두에게 문화에 대한 관심을 집약시킬 수 있었던 조선의 문예 부흥기였다. 정조는 규장각을 개혁과 문화의 산실로 만들었으며, 새로운 기풍의 정치와 학문, 그리고 문화의 정치는 모두 이 규장각의 산물이었다.

문체반정(文體反正)은 조선 정조가 당대에 연암 박지원의 『열하일기』와 같이 참신한 문장들을 패관소품이라 규정하고, 기존 고문(古文)들을 모범으로 삼아야 한다고 하여 일으킨 사건인데, 정조는 규장각을 설치하고, 패관 소설과 잡서 등의 수입을 금하였으며, 중국의 고문들을 신간하였다. 이에 대해서 학계에서는 정조가 책과 사상을 탄압하는 등 보수적인 정책을 펼쳤다고 평가하는 반면에, 단순히 정조가 남인의 천주교 신자들에 대한 노론의 공격을 방지하기 위해 박지원을 볼모로 삼기 위한 정치적인 노림수였다는 주장이 있다.[13] 정조가 『열하일기』의 문체와 관련하여

---

13) 강성만, 정조 '문체반정'에 대한 학계의 두 평가: '책과 사상을 탄압', '노론 견제 노림

연암에게 내린 견책 처분은 징계보다는 회유(懷柔)의 성격이 더 강한 것이었다고 할 수 있다(김명호, 1990b, p. 276).

(2) 청 왕조의 문화정책

강희, 옹정, 건륭제 3대가 명군의 치세와 사회의 안정으로 최고의 전성 기를 구가했다고는 하나 '삼대의 봄'의 암흑기도 있었으니, 그것이 3대에 걸친 '문자옥'이다. '문자옥'이란 일종의 필화사건으로 한족이 청조, 혹은 만주족에 대한 비방과 멸시가 그 원인이었다.3대의 명군들은 내우(內憂) 와 외환(外患)을 슬기롭게 극복하여 정권의 안정을 다지기 위하여 가혹 한 처벌과 회유를 겸한 정책을 취하였다. 그들은 한인들을 우대하고 대편 찬 등 대규모문화 사업으로 한인 지식인들을 청조에 끌어들이는 노력을 마다하지 않았지만, 한인 민족주의를 기치로 청조에 저항하며 책이나 이념으로 우롱한 행위에 대해서는 가혹한 처벌로 이를 용납하지 않았다.

건륭황제는 한족(漢族) 지식인을 농락하기 위하여 '계고우문(稽古右 文), 숭유흥학(崇儒興學)'[14]이란 사상을 제시하면서 고적(古籍)을 수 집하여 편찬하였다. 『사고전서』의 편찬사업은 바로 건륭 통치 시기 문화 번영의 중요한 상징이었다. 뿐만 아니라 건륭황제의 6차례의 '남순'도 청의 통치자들이 한인 사대부를 농락하기 위한 일환이었다. 중국의 강남 지역은 주자학이 탄생한 근거지이고, 17세기 후반 '삼번의 난'이나 정성공 의 항거로 대표되는 항청 운동의 거점이었다. 물론 강희황제와 건륭제가 각각 6차례나 강남 지구를 순찰한 것은 민생을 생각하는 어진 마음이 전혀 없었다고는 할 수 없지만 주된 이유는 그들의 명확한 정치 전략에 있는 것이며, 천방백계로 그곳에 있는 한인 특히 사대부들을 위로하기

수', 『한겨레』, 2008-02-14.
14) 고문을 상고하여 무예보다 높이며 유교를 숭상하고 번영시킨다는 뜻.

위한 거동이었다. 연암 박지원도 『열하일기』에서 강희황제와 건륭황제가 여러 차례 행한 남순은 한인들의 불만과 반항을 억압하고 무마하기 위해서라고 지적했다.

청조의 통치자들은 이러한 회유정책을 취하는 동시에 '문자옥'으로 특징되는 문화정책을 실행하여 가혹한 금서조치를 통한 철저한 사상통제로 백성들을 지배하였다. '문자옥'은 청조가 한인을 억압하고 탄압하고자 한 고압적 문화정책으로서 문학 창작활동뿐만 아니라 당시의 민중들도 공포에 쌓이도록 했다. 청조는 중국 역사상 가장 강력하고도 광범위한 금서정책을 오랫동안 지속해온 조대였다. 주요 금서는 크게 두 가지로 구분할 수 있다. 하나는 정치성을 띤 사상 관련 서적이다. 그 예로써 청조 초기의 대명세(戴名世)사건, 방효표(方孝標)사건, 사사정(查嗣庭) 사건 등이 있었는데, 이런 문자옥이 일어날 때마다 수백, 수천 명이 연루되어 죽음을 당하였으며 많은 사상 서적이 사금(查禁)을 당하였다. 다른 하나는 소설을 통해 전파되는 사상이나 정치적 견해가 위정자들의 통치이념과 배치되거나 방해가 될 경우 이다. 예를 들어 청대 통치자들은 『수호전』, 『초사통속연의(樵史通俗演義)』 등에 대해서 민중의 반항감정을 충동질한다 하여 이러한 작품에 대해 증오와 원망의 시각을 가지고 있었다. 그래서 이러한 작품을 언급하였을 때 항상 자신의 목숨을 잃을 정도의 큰 재화가 일어났다. 이 밖에 금지된 작품 중 어떤 것은 음란성이 이유가 되었는데, 예를 들면 『금병매(金瓶梅)』, 『무성극(無聲劇)』, 『십이루(十二樓)』 등과 같은 작품들이다. 이러한 작품들은 전통 사상의 타파, 개성 추구, 개인의 행복과 자유를 위한 투쟁 등 사상의식을 표현하여 근본적으로 정치성을 띠지 않았지만 당시 위정자들의 비위를 거스르게 된 것으로 되어 금서로 되었다. 강희제, 옹정제 때 '음사소설(淫詞小說)'에 대한 금지는 단지 도덕문화의 범주에 속했지만 건륭제 때에 와서는 금서에 대한 통제는 정치문화의 범주에 속했다. 즉 건륭제 때 금서는 정치적 방식으로 관리하여, 다른 어느 시대보다 더 엄격하게 시행하였다. 그것은 건륭제 때, 소설, 희곡 등 문학창작들이 청조정권을 전복하는 문화도구로 사용된 것으로 보였기에 이런 작품을 금지할 때에는 평화로운 방식에서 잔혹한 법률적 처벌로 그 방향이 전환되었다.

박지원이 중국에 들어간 1780년, 즉 건륭 45년은 문자옥의 진행이 절정기에 이르렀을 때였다. 1780년은 5,6건의 문자옥이 있었고 금서의 문제는『사고전서』제작의 마지막 단계까지 심각하였었다(張書才, 1991, p.228). 또한 건륭제의 시우(詩友)인 윤가전의 운명을 통하여 당시 청조 사회의 잔혹한 문자옥에 대하여 더욱 잘 인식할 수 있다.『열하일기』에서는 윤가전에 대해 다음과 같이 서술하고 있다.

> 올해 봄에 글을 올려 물러가기를 청하였는데 황제가 특히 2품의 관모와 의복을 하사하여 총애함을 나타냈다. 그는 시와 글씨, 그림에 조예가 깊고, 그의 시는 정성시산(正聲詩冊) 중에 많이 실려 있다. 그가 『대청회전(大淸會典)』을 편찬할 때 한림(翰林)편수관(編修官)으로 있었으며, 또 황제와 동갑이었으므로 더욱이 괴임을 입어 특명을 받들고 행재소(行在所)에 왔을 제 희대(戲臺)에서 악곡을 듣고서「구여송(九如頌)」을 지어 바치자 황제가 크게 기뻐하여 81종의 극본 중에 가장 먼저 이「구여송」을 연출하였으니 그는 황제의 시 벗이라 한다. 나에게「구여송」한 본을 주었으니 이미 간행된 것이다.[15]

윤가전은 건륭황제와 동갑(70세)이며, 황제의 평소 시우이었다. 그는 『대청회전』을 편찬할 때 한림 편수관으로 있었으며 만수절에「구여송」을 지어 건륭제에게 바쳤다. 따라서 그는 청조 통치에 지극히 순응적인 인물이라고 할 수 있다. 그럼에도 불구하고 윤가전은 박지원과 작별한 이듬해

---

15) 朴趾源, 國譯『熱河日記』I, 韓國民族文化推進會, 1968年, p.646 "今年春上章謝事, 皇帝特賜二品帽服以寵之, 工詩善書畵, 詩多載於正聲詩冊, 纂大淸會典時翰林編修官, 皇帝同庚故, 尤彼眷遇, 特召赴行在聽戲."

부친의 시호(諡號)와 공묘(孔廟)종사(從祀)를 황제에게 탄원한 것이 화근이 되어 문자옥에 걸려 교수형을 당했으며 모든 가산도 몰수당하였다. 윤가전이 황제의 친구라 해도 문자옥의 박해를 면할 수는 없었던 것이었다. 이 사실을 통하여 당시 청조 조정의 문자옥이 얼마나 잔혹했는지를 짐작할 수 있다. 박지원이 중국을 여행할 때 청조의 그 당시 금서정책에 대해서 각별한 주의를 기울였다. 그는 『열하일기』에서 당시의 금서 상황에 대해서 아래와 같이 서술했다.

내가 "그럼, 개선생의 저서 중에는 기휘할 것이 많단 말씀이지요."라고 물었더니, 곡정은 "아무런 기휘될 건 없답니다."라고 대답했다. 나는 "그럼 무슨 까닭으로 숨겼을까요?"라고 했더니 곡정은 "해마다 금서는 모두 삼백여 종이나 되는데 그들은 대체로 군(君), 공(公), 고(顧), 주(廚)와 같은 인물들입니다."라고 했다. 나는 "금서가 어째서 이다지 많단 말입니까? 그들은 모두 최호(崔浩)의 『사기』를 비방한 것과 같은 책들이란 말씀입니까?"라고 했더니 곡정은 "그는 모두 뒤틀어진 선비들의 구부러진 글들이었습니다."라고 하기에 내가 금서의 제목들을 물었더니 곡정은 정림(亭林고염무의 호), 서하(西河모기령의 호), 목재(牧齋전겸익의 호)등의 문집 수십 종을 써서 보이고는 곧 찢어 버렸다.[16]

여기서 "해마다 금서는 모두 삼백여 종이나 된다."라고 한 곡정의 말을 통해서 당시 금서의 양이 많았음을 짐작할 수 있다. 사실상 청조가 1774년(건륭 39년)부터 1793년(건륭 58년)까지 19년간의 금서운동을 통하여 색출해낸 금서와 불태워진 서적의 수량은 3천백여 종의 15만 부 이상에 달했던 것이다(黃愛平, 2001, pp.74-76). 지금 현존하는 자료에 의해 건륭시기의 금서목록을 살펴보면 아래 〈표 7〉과 같다.

16) 朴趾源, 國譯 『熱河日記』 II, 韓國民族文化推進會, 1968年, p. 510, "余曰介先生著書, 多忌諱否, 鵠汀曰並無忌諱, 余曰然則何故秘之, 鵠汀曰比歲禁書. 該有三百餘種, 並是他君公顧廚, 余曰禁書何若是夥耶, 摠是崔浩謗史否, 鵠汀曰皆迂儒曲學, 余問禁書題目, 鵠汀書亭林, 西河, 牧齋等集數十種, 隨卽裂之."

<표 7> 건륭시기의 금서목록(禁書目錄)[17]

查禁起始時間	奏査禁者	査禁小說書目	文獻依據 (문헌의거)
乾隆四十二年八月	江蘇撫院	『鎭海春秋』	『咨査禁毀書目』
乾隆四十二年九月	浙江巡撫	『續說郛』	『奏續收毀書籍緣 由開單呈覽折』
乾隆四十二年 十二月	兩江總督	『丹忠錄』	『咨査禁毀書目』
乾隆四十三年正月	江西撫院	楊愼『彈詞』張三 异『續彈詞』	『咨査禁毀書目』
乾隆四十三年 十二月	兩江總督	『五色石傳奇』	『纂輯禁書目錄』
乾隆四十四年四月	江西撫院	張潮『虞初新志』	『咨査禁毀書目』
乾隆四十四年七月	兩江總督	『定鼎奇聞』	『兩江總督薩載奏 續解〈九籥(약)集〉 等違碍書籍板片折』
乾隆四十五年正月	兩江總督	『剿闖(틈)小說』	『咨査禁毀書目』
乾隆四十六年二月	兩江總督	『樵史演義』	『咨査禁毀書目』
乾隆四十六年十一月	湖南撫院	『英烈傳』	『湖南巡撫劉墉奏 査繳應毀書籍折』
乾隆四十七年七月	江西撫院	『精忠傳』『說岳 全傳』	『江西巡撫邪碩奏 査繳違碍書籍及板 片請旨銷毀折』
乾隆四十七年 十二月	湖北撫院	『歸蓮夢』	『湖北巡撫姚成烈 奏解第十一次査繳 應禁各籍并繕單呈 覽折』
乾隆五十三年	軍机處	『退擄公案』(『近報 從談平擄傳』	『軍机處奏准全毀 書目』

17) 이 도표는 조유국(趙維國)의 「논건가지제소설금훼적문화관리정책(論乾嘉之際小說
禁毀的文化管理政策)」(2005, 학술논문)의 내용에 의해 만든 것이다.

위의 도표에서는 현재 존재하는 자료에 근거하여 총 15편의 금서를
열거하였다. 사실은 당시 금지된 작품은 이것보다 10배, 심지어 100배
정도 훨씬 넘을 것이다. 하지만 지금까지 대부분의 금서에 관한 자료들이
유실되었기에 더 많은 서목(書目)을 파악할 수는 없다. 다만 금서의 수량
에 관한 기록이 있을 뿐이다. 아래의 〈표 8〉 각성사교금적부수통계표(各
省査繳禁籍部數統計表)(黃愛平, 2001, p. 78)를 참고하기 바란다.

〈표 8〉 각성사교금서부수통계표(各省査繳禁籍部數統計表)

省名		部數	省名	部數
江蘇	蘇州	34590	直隷	1537
	江寧	28571	四川	1151
江西		27485	山西	835
浙江		14630	貴州	702
安徽		14301	山東	679
湖北		10521	廣西	445
河南		5374	陝西	310
湖南		5162	甘肅	304
雲南		2728	廣東	289
福建		1786	附四庫館	325
合計			151725部	

뒤 절의 조선왕조와 청 왕조 시기 문화교류에서 논하겠지만 중국의
많은 서적들이 조선 사절단들에 의해 조선에 전해졌다. 그 중에는 이런
금서들도 당시 조선 사절단들에 의해 적지 않게 조선에 전해졌다. 이런
금서들은 당시 조선왕조에서 수집이나 편찬 그리고 간행을 전담하던 기구
인 규장각에 소장되어 있다. 그것은, 조선은 청의 '문자옥', 금서와는 상관
없이 당대 한족문인들 것뿐만 아니라 명나라 문인들의 저술까지도 지속적
으로 수집하였던 것이다. 이는 조선 사신들이 오히려 이러한 청의 금서들

에 큰 관심을 갖고 있음을 보여주며 또한 명조에 대한 조선 사신들의 깊은 감정도 보여준다. 조선에 전해진 청대의 금서(『사고전서』에서 수록한 부분)목록은 아래의 〈표 9〉와 같다(진빙빙, 2008, p.159, 재인용).

〈표 9〉 조선에 전해진 청대의 금서목록(『사고전서』에서 수록한 부분)

類別	書名	作者	禁毁狀況
別史類	東林列傳十本	(淸)陳鼎撰	應繳違碍書籍
儒家類	日知錄八本	(明)顧炎武	外省移咨應毁書
總集類	圖書編六十四本	(明)章潢輯	外省移咨應毁書 論邊事 多有違碍
總集類	石倉歷代詩撰	(明)俞安期	
總集類	宋詩鈔二十本	(淸)吳之振輯	
別集類	明詩綜三十二本	(淸)朱彝尊撰	內有屈大均詩, 抽毁
別集類	馬端肅公奏議四本	(明)馬文升	籌邊內語多違碍, 銷毁
別集類	高子遺書八本	(明)高攀龍	違碍
別集類	陶庵集五本	(明)黃淳耀	有錢謙益序
別集類	曝書亭集二十二本	(淸)朱彝尊	內有屈大均詩

이렇게 잔혹한 문화정책으로 인하여 당시 대부분의 문인들은 분서정책에 대해 침묵할 수밖에 없었다. 책을 읽을 때 조금이라도 조심하지 않으면 전 가족이 멸문지화(滅門之禍)를 당할 수도 있었기 때문이다. 여기서 볼 수 있다시피 이러한 표현의 한계로 인해 중국 지식인들이 작성한 자료만으로는 중국 문화발전의 진실한 양상을 충분히 보여 줄 수 없다. 특히 이 시기 문화발전은 더욱 그러하다. 때문에 이 시기 중국의 역사,

문화를 연구할 때 중국의 현존 자료뿐만 아니라 박지원이 쓴『열하일기』
를 비롯해서 조선의 연행록 등을 잘 연구해야 한다. 특히 규장각에 수집되
어 있는 당시 금서들은 아주 좋은 연구 자료가 될 것이다.

(3) 조선왕조에 대한 청 왕조의 우호적 문화정책

청조의 통치자들은 국내에서는 고압적인 문화정책으로 한족 문인들과
백성들에게 고도의 사상통제를 실행한 반면, 대외적으로는 개방적인 문
화정책을 실시하였다. 특히 조선왕조에 대해서는 우호적인 문화정책을
실시했다. 이 시기 조선왕조는 정기적으로 중국에 사신을 보내고 청 왕조
도 빈번하게 조선에 사신들을 보내었다. 청조는 건국 이후 국가의 안정을
위하여 주변국가와 우호적인 관계를 유지하고 있었다. 특히 중국과 아주
가까운 위치에 있는 조선왕조에 대하여 한중 왕래의 역사상 유일무이한
우호정책을 실행하였으며 조선 사신들은 청에 갔을 때 항상 성대한 예우
를 받았다. 처음에는 조선 사신들이 매년 4차례씩 중국에 가야 했지만
순치제는 조선에서 중국까지의 길이 먼 것을 염려하여 '조선일년일조朝
鮮一年一朝'라는 조서를 내렸다. 『통문관지(通文館志)』[18]에 의하면,
1644년 청조 조정은 조선 사신들이 먼 곳에서 오는 길이 너무 수고스러
울 것을 배려하여 출사에 관한 조령(詔令)을 '원단(元旦), 동지(冬至),
만수경하공물(萬壽慶賀貢物), 구우조정시부진(俱于朝正時附進)'으로
변경하였다. 그래서 조선은 네 번의 출사를 동지(冬至)한 번으로 축소하
였는데, 이것을 '세폐행(歲幣行)' 혹은 '연공행(年貢行)'이라 불렀다. 〈표
10〉(전해종, 1966, pp.194-196)에서 알 수 있듯이 이러한 조선에 대한
청조의 우호적 문화정책으로 인하여 중국 청조 때 조선 사절단의 중국
연행은 668회나 되었다.

---

18) 김지남, 김경문.(1998), (국역)『通文館志』1-4를 참조함.

〈표 10〉 중국 청조 때 조선 사절단의 중국 연행(燕行) 상황

조대	연대	연수	사절단 연행횟수	연 평균 연행횟수
숭덕	1637-1643	7	56	8
순치	1644-1661	18	76	4.22
강희	1662-1722	61	171	2.80
옹정	1723-1735	13	44	3.38
건륭	1736-1795	60	138	2.3
가경	1796-1820	25	61	2.44
도광	1821-1850	30	66	2.2
함풍	1851-1861	11	24	2.2
동치	1862-1874	13	25	1.9
광서	1875-1881	7	17	2.43

주지하다시피 조선왕조와 청 왕조 시대에 연행한 조선의 사신들 가운데는 당대의 문학 지사들이 다수 참여하였을 뿐만 아니라, 고관 자제나 문인학사들도 자제 군관 등의 자격으로 사절단에 적극 참여하여 견문을 넓히고 중국 인사들과 교제할 기회를 가졌다. 연행 기간 동안 이런 조선 사신들은 중국을 자유롭게 유람하며, 중국 유사(儒士)들과도 적극적인 필담(〈표 11〉을 참고)을 통해 문화교류를 하였으며 이들 대부분은 자신이 직접 견문한 바를 기록하였다가 귀국한 뒤에 『연행록』을 저술하여, 당시 중국의 발달한 문물에 대해 정보를 전달하기도 하였다(〈표12〉를 참고). 이런 『연행록』에서 저자들은 연도(沿途)의 산천지리와 명승고적뿐만 아니라, 봉황성, 요양, 심양, 산해관, 통주, 북경 등 도시들의 성곽 건축, 산업기술, 제도문물까지 모두 기록하였으며, 북경의 유리창 서사(書肆)와 천주교당뿐만 아니라 러시아공사관(俄羅斯館)과 아라비아공사관도 보았고, 당시 중국문인들과 필담으로 교류함으로써, 세계에 대한 새로운 지식을 획득할 수 있었다. 박지원의 『열하일기』는 그 중 대표작이라고 할 수 있겠다.

〈표 11〉 연암 박지원과 중국 유사(儒士)들 사이 필담 상황

순서	시간	장소	필담기록명칭	중국문인	주요 필담내용	결과
제1차	1780년 7월 10-11일	심양 의예 속재	속재필담, 상루필담.	전사가, 이귀몽, 목춘, 온백고, 오복, 비치, 배관.	글을 배우는 법, 골동품에 대해서, 술에 대하여, 귀천의 차별에서혼인에 대하여 등.	필담에 참여한 사람들은 문화수준이 뛰어난 사람들이 아니었으므로 이들과의 필담은 높은 차원으로 진행될 수 없었다.
제2차	1780년 8월 9-14일	열하의 태학관	황교문답, 곡정필담, 망양록, 심세편, 피서록 등	왕호민, 윤가전, 추사시 기풍액(만족), 학성, 왕신, 경순미(몽골족), 파로회회도(몽골족), 조수선	기하, 식기, 천문, 역법, 천주교, 불교, 유도경의(儒道經義), 사실(史實), 시정, 음조, 악율	필담에 참여한 사람들은 문화수준이 높은 당대 높은 관직에 있는 문인들이었기에 연암이 준비한 학문적 대화에 적절한 답변과 소통을 할 수 있었던 문인들로 이 부분 필담은 높은 차원에서 진행할 수 있었다.
제3차	1780년 8월 3일과 8월 20-27일	북경의 유리창	천애결린집, 『양매시화』	유세기, 능야, 고역생, 초팽령, 왕성, 풍승건	필담은 비록 7차례나 했지만 그 기록은 얼마 없고 직접 관련되는 천애결린집과 양매시화 (중국상해판 『열하일기』,1997)에서 일부만 소개되어있다. 그 내용이 상세하지 않다.	7차례 필담을 했지만 그 기록은 얼마 없고 중국상해판 『열하일기』(1997)에서 일부 소개되어 있다.

또한 사신들은 귀국 후 자신들이 견문한 중국의 실정을 『연행록』[19]

(도표15참고)의 형식으로 꼼꼼히 기록하여 조선 조정에 보고하였다. 지금까지 청조 시기 중국을 연행하고 돌아온 조선 왕조 사절단들이 쓴 연행록은 확인되는 것만 70여 종에 이른다(김한규, 1999, p. 785). 아래 〈표 12〉는 그 중 청조 강희황제, 옹정황제, 건륭황제 시기 연행록 상황 이다. 이 표에서 알 수 있듯이 강희황제 때 24종, 옹정황제 때 4종, 건륭황 제 때 15종으로써 청조 "강건성세(康乾盛世)"시기에 모두 43종의 『연행 록』이 저술되었다.

〈표 12〉 중국 강희, 옹정, 건륭 시기 조선 사신들이 쓴 『연행록』[20]

45)(張存武, 1974, pp. 554-556)

燕行錄書名	作者	使行職分	出使時間
陽坡朝天日錄	鄭太和	正使	康熙1(1662)
燕京錄	李㑔	正使	康熙2(1663)
燕行錄	南龍翼	副使	康熙5(1666)
使燕錄	朴世堂	書狀官	康熙7(1668)
老峯燕行記	閔鼎重	正使	康熙8(1669)
燕京錄	李㑔	正使	康熙10(1671)
燕行錄	申晸	副使	康熙19(1680)
檮椒錄	金錫胄	正使	康熙21(1682)
燕行日錄	韓泰東	書狀官	康熙21(1682)
甲子燕行錄	南九萬	正使	康熙23(1684)
丙寅燕行錄	南九萬	正使	康熙25(1686)
燕槎錄	吳道一	書狀官	康熙25(1686)
燕京錄	李㑔	正使	康熙25(1686)

---

19) 『연행록』이라 함은 명·청 시대(조선시대에 해당됨)중국의 수도였던 연경(오늘의 북 경)과 성경(지금의 심양), 열하(지금의 하북성 승덕)등지를 다녀온 조선 지식인들의 다양한 형태의 시문, 기행문 등을 수집하여 정리하여 놓은 것을 말한다. 사실 명· 청 시대 북경은 역사의 동력(動力)을 이끌어 간 중심지였고, 이후는 이전 시대와 달리 바다를 통한 주변국가나 서구세력과의 관계가 중심이 된다.
20) 임기중(2006), 『연행록연구』함께 참조.

燕行詩集	任相元	副使	康熙26(1687)
燕行日記	徐文重	副使	康熙29(1690)
燕行日記	柳命天	正使	康熙32(1693)
後燕槎錄	吳道一	副使	康熙33(1694)
燕行錄	洪受疇	副使	康熙34(1695)
瀋行錄	尹弘离	書狀官	康熙37(1698)
燕行雜錄	李頤	正使	康熙43(1704)
燕行錄	閔鎭遠	副使	康熙51(1712)
老稼齊燕行日記	金昌業	上使軍官	康熙51(1712)
燕行錄	崔德中	副使軍官	康熙51(1712)
庚子燕行雜識	李宜顯	正使	康熙59(1720)
壬子燕行雜識	李宜顯	正使	擁正10(1732)
燕行日錄	韓德厚	書狀官	擁正10(1732)
甲寅燕行錄	黃梓	書狀官	擁正12(1734)
燕京雜識	俞彦述	書狀官	擁正14(1749)
庚午燕行錄	黃梓	副使	乾隆15(1750)
湛軒燕記	洪大容	書狀官軍官	乾隆30(1765)
燕行錄	嚴疇	副使	乾隆38(1773)
燕行紀事	李押	副使	乾隆42(1777)
聞見雜記	(未詳)	(未詳)	(未詳)
入燕記	李德懋	書狀官隨員	乾隆43(1778)
熱河日記	朴趾源	正使隨員	乾隆45(1780)
燕雲紀行	洪良浩	副使	乾隆47(1782)
燕行錄	俞彦鎬	正使	乾隆52(1790)
燕行記	徐浩修	副使	乾隆55(1790)
樂陽錄	柳得恭	副使從官	乾隆55(1790)
燕行日記	金士龍		乾隆56(1791)
燕行錄	金正中	布衣從遊	乾隆56(1791)
燕行日記	(未詳)		乾隆56(1791)
燕雲續詠	洪良浩	正使	乾隆59(1794)

이러한 『연행록』들은 대부분 당시 중국의 실정을 매우 정확하게 기록했기 때문에 이러한 기록들은 중국 당시의 정치, 경제, 문화, 풍속, 역사를 연구하는 데 중요한 가치를 지니고 있다. 그 대표적인 것이 바로 연암 박지원의 『열하일기』이다. 요즘 많은 중국학자들은 명·청시기 한중문화 교류 연구뿐만 아니라 이 시기 중국 정치, 경제, 문화, 풍속, 역사, 특히

문학 연구에서 『열하일기』가 중국에 기여한 중요한 가치를 깨닫고 연구에 몰두하고 있다. 이는 『열하일기』가 외국인의 관점에서 쓰여 졌기 때문에 더 객관적이며, 또한 저자 박지원은 당시 조선의 명필대가로서 글에서 중국의 모습을 문화커뮤니케이션으로 생동하게 그려냈기 때문이다. 게다가 중국서적에서 거의 찾아볼 수 없는 당시 중국의 유리창에 대해 상세히 기록했다는 점에서 역사적 가치가 매우 크다고 할 수 있다. 이는 『열하일기』가 한중문화교류 연구에 중요한 가치가 있음을 단적으로 말해 주는 것이라 할 수 있다. 이 작품을 통해 중국문화가 조선에 끼친 것은 많은 학자들에 의해 이미 널리 알려진 사실이다. 필자가 여기서 강조하고 싶은 것은 문화커뮤니케이션 구조(〈표 4〉를 참조)에 따라 중국문화가 주로 조선에 영향을 끼쳤을 뿐만 아니라 쌍방향적으로 조선 문화도 중국 청조에 적지 않게 전파되었고 직접적 혹은 간접적으로 영향을 주었다는 점이다.

4.2 『열하일기』를 통해서 본 한중문화교류

연암 박지원의 『열하일기』가 쓰여 진 시기는 18세기 후반기이다. 우리는 앞에서 이 시기의 시대적 배경을 문화커뮤니케이션 구조의 쌍방향 고찰에 따라 논해 보았다. 이 시기 한중문화교류는 모두가 잘 알고 있다시피 동아시아에서 중국문화가 주류를 이루고 있던 시기였다. 때문에 18세기 후반기의 한중문화교류에서도 중국문화가 주도적 역할을 했다는 것은 누구도 부정하지 않는다. 그리고 문화교류는 쌍방향적으로 이루어진다는 점도 위에서도 지적했었다. 그러므로 우리는 당시 한국 조선왕조 문화도 중국 청조에 적지 않게 전파된 사실에 대해서도 간과(看過)할 수 없는 것이다. 본 절에서는 앞의 '3.2.1 『열하일기』분석을 위한 문화 커뮤니케이션 구조'에 근거하여『열하일기』를 통해서 본 한중문화교류에 대해 쌍방향적으로 논해 보겠다. 즉 청 왕조의 문화가 조선 왕조에 어떻게 전파되고 어떤 영향을 끼쳤는지, 그리고 조선 왕조의 문화가 청 왕조에 어떻게 전파되었는지에 대해 논해 보겠다. 특히 당시 조선 왕조의 문화가 청 왕조에 어떻게 전파되었는지에 대해 중점적으로 논해 보겠다.

4.2.1 문화커뮤니케이션 구조와『열하일기』

앞의 3.2.1에서도 논했다시피 문화커뮤니케이션 구조란 문화와 문화가 만나서 커뮤니케이션이 이루어질 때에는 커뮤니케이션의 주체가 거시적인 문화체계이든 미시적이든 관계없이 두 개체는 일정한 과정을 통해 커뮤니케이션이 이루어지게 된다. 여기서 일정한 과정이라는 것은 양자 사이에 흐르는 메시지의 방향과 양을 의미한다. 그리고 이러한 과정은 여러 가지 요인의 영향을 받아 다양한 형태로 나타나게 되는데, 이와 같은 일련의 과정을 통틀어 문화커뮤니케이션의 구조라 한다.

두 문화의 관계가 가까울수록 두 문화권의 사람들이 만날 수 있는 가능성이 높아지며 두 문화 간에 동질성이 높을수록 두 문화권 사람들의 커뮤니케이션이 원활하게 이루어진다고 앞에서 이미 지적했다.

중국 청나라와 조선은 모두 유교문화권, 한자문화권에 있는 나라이다. 때문에 박지원과 중국 지식인, 관원, 상인들 사이의 필담, 비언어적 커뮤니케이션이 원활하게 이루어질 수 있었다. 이는 연암 박지원이 중국 청나라를 정확하게 인식하는 데 결정적 역할을 해 주었다. 위에서 지적했다시피 중국 청나라 문화가 조선에 많은 영향을 준 것도 중요하겠지만 한국 조선왕조의 문화도 박지원과 청조 지식인, 상인, 관인들과의 문화커뮤니케이션을 통해 어떻게 전해졌는지를 연구하는 것도 중요하다.

4.2.2 청 왕조 문화의 조선 왕조 전파

『열하일기』는 18세기 조선의 저명한 학자 박지원이 1780년 중국 방문 때 보고 들은 것을 백과전서식으로 상세히 기록한 저작이다. 이 책은 백과사전식으로 청대의 정치, 경제, 문화 등 여러 면을 생동하고 객관적으로 다룬 책이다. 이 책은 청조의 역사와 청대 한중관계를 연구하는 데 있어서 아주 중요한 문헌이다. 그럼 아래에 먼저 당시 중국 청조의 문화가 조선왕조에 어떻게 전파되었고 어떤 영향을 끼쳤는지에 대해 논하기로 한다.

(1) 연행사들에 의한 중국 서적의 조선 유입

중국과 한국은 서로 이웃하고 있는 나라로서 두 나라 사이에는 오래 전부터 서로 문화교류가 이루어져 왔다.특히 중국 명·청 두 왕조 때 조선 왕조와의 관계가 특별히 가까웠으며 따라서 긴밀한 문화교류가 이루어져 왔다. 박지원의 『열하일기』가 쓰여 진 시대는 중국 청조에 속하므로 여기서는 청조와 조선 왕조의 우호적인 내왕과 문화교류에 대해서 집중적으로 논해 보기로 한다.

청조 때 한중의 우호적인 왕래와 문화교류의 통로인 인적 왕래를 보면, 명조 때와 같이 주로 연행사들에 의해 이루어졌다.

청조 건립 이후 매년 설날, 동지 그리고 중국 황제 생일에 조선에서는 정기적으로 사절단을 북경에 보내어 축하를 했다. 중국 황제의 등극식(登極式), 상존호(上尊號), 황후 책봉 등 대사가 있을 때에도 조선에서는 사신을 파견하여 문안과 축하를 했다. 중국도 조선 국내의 국왕 즉위, 입저(立儲), 봉후(封后), 적제(吊祭)등 중대 사무가 있을 때에는 똑같이 관심을 가지고 늘 사절단을 보내어 축하하고 위문했다. 빈번한 내왕은 두 나라 관계를 밀접하게 했을 뿐만 아니라 두 나라 문화교류도 촉진시켰다.

조선 왕조가 청조와 진행한 사절활동은 아주 빈번하였는데 유관 학자의 통계에 의하면 1637-1893년까지의 256년간에 매년 정기적으로 사절단이 온 횟수는 무려 514회나 되며 여기에 부정기적으로 온 것까지 하면 그 조공(朝貢)활동 횟수가 더욱 많을 것이라고 한다.[21] 당시 사절단 구성을 보면 두 왕조 사이 우호적인 문화관계와 당시 문화 중심지였던 중국에 조선 사신들이 빈번히 내왕했음을 알 수 있다. 아래의 〈표 13〉은 청조 때 조선의 각종 사절단 정관인원들의 구성표이다(全海宗, 1997, p. 187). 참조하기 바란다.

〈표 13〉 청조조선각류입공사단정관인원구성표

(清朝朝鮮各類入貢使團正官人員構成表)

(全海宗, 1997, p.187)

	동지 (冬至)	사은 (謝恩)	고부 (告訃)	문안 (問安)	참핵 (參核)	재자 (賫咨)
정사(正使)	1	1	1	1	1	
부사(副使)	1	1	0	0	0	0
서장관(書狀官)	1	1	1	1	0	0
당상관(堂上官)	2	1	1	1-2	2-3	0
상통사(上通事)	2	2	2	0	0	0
질문종사관 (質問從事官)	1	1	1	3-4	3-4	0
압물종사관 (押物從事官)	8	8	4	3-4	3-4	0
압폐종사관 (押幣從事官)	3	0	0	3-4	3-4	0
압미종사관 (押米從事官)	2	0	0	3-4	3-4	0
청학신체아(清 學新遞兒)	1	1	1	1	0	1
의원(醫員)	1	1	1	0	1	0
사자관(寫字官)	1	1	1	0	0	0

---

21) 任桂淳, 「試論十八世紀清文化對朝鮮的影響-以李朝出使清朝的使節問題爲中心」, 載『清史研究』, 1995年 第4期 참조.

서원(書員)	1	0	0	0	0	0
별견어의 (別遣御醫)	0	2	0	1	0	0
별계청(別啓請)	0	1	0	0	0	0
가정압물관 (加定押物官)	0	2	0	0	0	0
군관(軍官)	7	8	4	5	2	0-1
우어별차 (偶語別差)	1	1	1	0	0	0
만상군관 (灣上軍官)	1	2	2	2	2	0
일관(日官)	1	0	0	0	0	0
계(計)	35	34	20	15-17	10-12	2-3

　빈번한 사절단의 방문은 상대방 문화의 내용을 더 풍부히 하고 그 수준을 제고하는 데 도움을 주었다. 특히 서적의 교역은 한중 양국의 문화를 서로 이해하고 접근케 하는 데 직접적인 역할을 하였다. 이 시기 많은 중국서적들이 조선 왕조에 유입되어 조선 문화 발전에 큰 영향을 끼쳤다는 것은 모두가 아는 사실이다. 임진왜란과 병자호란 등 두 차례의 병화(兵火)로 인해 궁중의 비각(秘閣)과 지방 관아의 장서(藏書)가 소실되어 막대한 전적(典籍)의 손실을 보게 되자, 조선은 연행사의 기회를 빌어 더욱 적극적으로 도서를 구입하였다. 중국서적의 조선 유입은 주로 조선 사절단들을 통해서 이루어졌지만, 청조가 공식적으로 조선에 서적을 증여한 경우도 3차례 있었다.

　조선시대 청나라로 보낸 사신행차를 연행(燕行)이라고 하였는데, 이때 파견된 사신을 연행사라 불렀다. 조선의 연행 사절단은 중국을 자주 방문하여 한중 문화교류에서 중대한 교량적 역할을 했다. 사신들의 내왕을 통해 많은 서적들이 중국에서 조선에 유입되었다. 이런 서적들은 주로 아래와 같은 두 가지 경로를 통해서 조선에 전파되었다. 하나는 청조 황제가 직접 조선 사절단에 하사한 것이다.[22] 다른 하나는 조선 사절단들

이 북경에서 서적을 직접 구매한 경우이다.23) 조선 학자들이 사절단에
참여하면서 두 나라 학자들 사이의 교류도 더욱 활발해졌다. 귀국 후
연행사절단 중의 유관 학자들은 연행에서 보고 듣고 체험한 것들을
수록하여 조정에 보고하였으며 어떤 것은 책으로 만들어서 출간하기도
하였다. 이런 연행 저작을『연행록』이라고 부른다.『연행록』은 그 수목
이 많고 내용이 풍부하며 끼친 영향도 커서 한중 문화교류의 중요한
자료이다.24)

　박지원의『열하일기』는 많은『연행록』중에서도 가장 대표적인 작품이
다. 주지하다시피 박지원은 삼종형 박명원이 건륭황제의 만수절(70세
생일)축하 사절로 가게 되면서 개인 수행원 자격으로 1780년 5월 25일
부터 10월 27일까지 5개월간 중국 중원 대륙을 유람하게 된다. 그는
압록강을 건너 책문, 요양, 성경(현재의 심양), 산해관, 북경, 열하(현재
의 하북성 승덕)등 30여 곳(아래의 〈지도 1. 연암 박지원의 열하기행도〉
를 참조)을 경유하면서 3,000여리의 장정(長程)을 하여 귀국 후 한문으

---

22) 예를 들면 1712년, 강희제 때 조선 사절단에게 하사한『全唐詩』12卷,『淵鑒類函』
　　140卷,『佩文韻府』95卷,『古文淵鑒』24卷, 그리고 옹정제 때 조선 사신들에게 하사
　　한『周易折中』(1723에 하사 함),『주자전서』(1723년에 하사함),『康熙字典』
　　(1729년에 하사함),『性理大全』(1729년에 하사함),『詩經傳說』(1729년에 하사
　　함),『音韻闡微』(1729년에 하사 함)등이 있다.
23) 예를 들면 1720년에 조선 사신들이 북경에서 구매한『册府元龜』301卷,『續文獻通
　　考』100卷,『圖書編』78卷,『荊川稗編』60卷,『三才圖繪』80卷,『通鑒直解』24卷,
　　『名山藏』40卷,『楚辭』8卷,『漢魏六朝百家集』60卷,『全唐詩』120卷,『唐詩正聲』
　　6卷,『唐詩直解』10卷,『唐詩選』6卷,『瀛奎律髓』10卷,『宋詩鈔』32卷,『元詩選』
　　36卷,『明詩綜』32卷,『古文覺斯』8卷,『司馬溫公集』24卷,『周濂溪集』6卷,『歐陽
　　公集』15卷,『東坡詩集』10卷,『秦淮解集』6卷,『楊龜山集』9卷,『周韋齋集』6卷,
　　『張南軒集』20卷,『陸放翁集』60卷,『西湖志』12卷,『盛京志』12卷,『通州志』8卷,
　　『黃山志』7卷,『山海經』4卷,『四書人物考』15卷,『列朝詩集小傳』10卷 등이 있다.
24) 주요한『연행록』으로는 홍대용의『湛軒燕記』, 서호수의『燕行錄』, 김정중의『燕行錄』,
　　유득공의『燕臺再游錄』, 서장보의『薊山稗程』, 박사호의『燕薊紀程』, 김경선의『燕
　　轅直指』, 정태화의『朝天日錄』, 서문중의『燕行日錄』, 유명천의『燕行日記』, 민진원
　　의『燕行錄』, 이이현의『燕行雜識』, 박래겸의『沈槎錄』, 서유문의『戊午燕行錄』, 이
　　승오의『燕槎日記』, 박지원의『熱河日記』등이 있다.

로 방대한 기행문 즉『열하일기』를 저술하였다. 이 작품은 백과전서식의
편년체 저작으로서 작자 연암이 압록강을 건너면서부터 시작하여 중국
방문 끝날 때까지의 견문을 기술하였다. 사물에 대한 부동한 묘사에 근거
하여 책 각 부분에는 일기체, 수필, 정론문, 소설 등 다양한 문학 체재와
표현수법으로 정치, 경제, 문화, 풍속, 역사, 명승고적 및 인정세고 등
여러 면에서 당시 청조 사회의 전모를 객관적으로 나타냈다.『열하일기』
는 1784년에 완성되었으며 출판 후 그 영향이 컸다.

〈지도 1〉 연암 박지원의 열하기행도(김문수, 2008, p. 320)

위에서 논한 것처럼 대량의 중국 서적의 조선 유입과 또 연행사들에
의해 쓰여 진『연행록』을 통해 중국문화가 조선에 유입된 동시에 필연적
으로 조선 시대의 문화에 큰 영향을 주었다. 특히 그 중에서도 중국의
많은 문학작품들이 조선 시대의 문학 발전에 매우 큰 영향을 주었다.
또 많은 실학자들이 등장하였다. 그들은 청대 문인들의 작품과 한역(漢
譯)된 서학(西學)서적의 영향으로 '자연'과 '진정'을 강조하였던 것이다.

(2) 사청지론(師淸之論)[25)50)] - 전통관념과의 결렬(決裂)

앞에서 서술했다시피 명조 때 명 왕조와 조선왕조의 관계는 특별히 긴밀했다. 조선인들은 명조와의 감정이 아주 두터웠다. 명조가 망하고 청조가 흥하기 시작한 후 조선 국내에는 '존명소청(尊明訴淸)'의 풍조가 성행했고 만주족이 건립한 청조를 '이적(夷狄)'으로 보면서 정통 중국 왕조로 보지 않았다. 심지어 어떤 사람들은 '북벌'을 주장하면서 반청복명(反淸復明)을 떠벌렸다.

전통적 '화이론'[26)]은 엄중한 사상적 장애였다. 이 장애를 제거해야만

---

25) 사대(事大)관념 : 중국사에 있어서 사대관계의 시원은 서주시대에 제후 간의 친목을 도모하고, 상 호불가침을 약속한 소위 '사대', '자소(字小)'의 교린(交隣)의 예로부터 시작되었다. 춘추전국 시대로 들어오면 군웅이 할거하여 패권을 잡으려고 약육강식의 투쟁이 계속되면서, 소국, 약국은 국가의 존립을 위하여서는 대국 간의 힘의 긴장관계를 이용하는 외교기술에 의존할 수밖에 다른 방도가 없었다. 여기서 소국, 약국으로부터 서주시대의 '사대','자소'의 외교관례를 이용하여 대국, 강국으로부터의 침략을 둔화시키고자 기미(羈縻)정책을 취할 수밖에 없었는데, 이러한 기미정책의 저변에 일관하여 흐르는 외교관념이 곧 사대관념인 것이다. 조공, 책봉을 중요한 내용으로 하는 한국 측의 중국에 대한 사대의 예는 중국인의 화이사상에 마음으로부터 동의한 결과 행하여진 것도 아니며, 또 중국 측의 힘에 굴복하여 맺은 강화조약의 성격을 갖는 것도 아니다. 다만 중국이 한국에 대하여 그들의 화이의식에 의거하여 의례적인 예의를 중시하고 예를 다하여 공순할 것을 기대하는 데 대하여, 한국 측이 스스로의 판단에 따라 사대의 예를 외교수단으로 활용하여 이에 대응한 데 불과한 것이다. 이는 결코 타력 의존적 성격을 갖는 것이 아니라, 자국의 생존권을 유지, 강화하기 위한 자율적인 사고양식에서 발상된 관념형태라는 것을 알 수 있다.이는 모화사상과 같은 문화 주의적 지향을 갖지 않으며, 어디까지나 대륙으로부터 위협을 막는 정치, 군사적 의의를 갖는 극히 현실주의적인 대외인식이었다(유근호, 2004, pp. 23-33).

26) ①고대의 화이론 : 고대 중국인의 자존의식에서 볼 때 유목 및 농경에 종사하면서 문화적으로 낮은 수준에 머물러 있던 주변 이민족은 극단으로 멸시되어, 화(華)와는 서로 상용할 수 없는 가치적으로 저급한 이(夷)로 생각되었다. 이러한 화이관념은 고대 중국인의 세계관이라고 할 수 있는 천하(天下)관념에 내포되어 있는 지리적 개념과 결부되어 나타났다. 고대 중국인에 있어서 세계는 천하와 사방(四方)으로 양분되는 것으로 생각되었으며, 천하는 한(漢)민족의 지배자인 천자(天子)의 도덕정치가 실시되고 있는 지역을 가리키며, 그곳이 세계의 중심이요, 그 주변에는 아직 천자의 덕치(德治)의 은혜를 받지 못하고 있는 이민족, 즉 이(夷), 만(蠻), 융(戎), 적(狄)이 잡거하고 있는 사방이 있을 뿐 이었다.고대 한(漢)민족의 화이관념에는 천하관념에서 알 수 있듯이 자연현상 중에서 가장 보편성을 가진 천과 자기를 관계 지음으로써 자기 존재의 타당성이나 우수성을 인정하려는 경향이 있었다.

청조 통치하의 중국문화를 정확하게 인식할 수 있으며 중국문화를 배워
야 조선의 부강을 촉진할 수 있다. 이 면에서 박지원은 탁월한 공헌을
했다. 그는 실제로부터 출발하여 만주족이 통일한 중국의 현실을 직시하

②유교의 화이론 : 춘추, 전국시대에 이르면 주변 이민족이 중원에 들어와 중화와
이적(夷狄)을 불문하고 제국이 서로 패권을 다투어, 힘에 의한 정치와 전쟁이 반복되
었다. 그 결과 종래의 혈통적 지리적 폐쇄성을 갖는 화이관념으로는 새롭게 발전하는
대(對)이민족 관계를 규율할 수 없을 뿐만 아니라, 한(漢)민족의 내부 통일마저 유지
할 수 없는 공허한 관념으로 되어 버리고 말았으므로, 공자는 이러한 현실을 개탄하고,
힘에 의한 정치를 극복하고 중화를 통일시켜 이상적인 문화국을 건설하기 위하여,
종래의 중화관념의 중핵을 이룬 천하에 새로운 보편적 유효성을 갖도록, 천 과 더불어
이번에는 인간의 기본적 질서관념인 예를 강조하였던 것이다. 여기에는 천하, 사방과
같은 지리적 한계는 없으며, 문화 주의적 지향이 강하게 나타난다. 이와 같이 이 시대
에 이미 종래의 중국인의 대외관의 기초가 되었던 중화관념에 있어서 지리적, 혈
연적 폐쇄성이 극복되고, 그와 동시에 보편적 예 관념에 기초한 문화 지향적 개방성을
갖기 시작하였다는 것을 말해 주고 있다. 국제간에 있어서의 국가관계를 문화의 우열
에 의한 상하관계로 규정하는 문화 주의적 화이의식은 이후 아시아 유교문화권의
국제관계에 큰 영향을 미치게 되는 것이다.
③주자학의 화이론 : 중국이 지리적으로 세계의 중심이라고 한 천하관념과, 중국이
문화의 중심이라는 예의식에 상징되어 있는 중국인의 화이관념이 일층 보편적 세계관
으로 발전하게 되는 것은 송대의 도학(道學)의 발전에 힘입은 것이다. 주자학은 한,
당의 유학이 현실생활의 윤리규범에 전적으로 관심을 집중하였던 것임에 대해서, 우
주의 생성으로부터 인간성에 이르는 그 모든 문제를 형이상학적인 '도론(道論)'을
가지고 통일적으로 설명하려고 하였다. 주자학은 우주의 생성운동 및 인간성의 형성
을 '이기론(理氣論)'으로 설명하고 있다. 주자의 이기론의 특색은 세계의 구성을 형이
상(形而上)의 '이(理)'와 형이하(形而下)의 '기(氣)'로 양분하여 설명하는데 있다.
즉 자연과 인간성 및 인간사회의 현상의 배후에는 그 현상과 존재를 가능케 하여
주는 불변적 원리가 있어서, 이것을 '이(理)'라고 하고, 사물의 질료(質料)로서 존재
하는 것을 '기'라 하였다. 그래서 자연과 인간성에 있어서의 현상적 재료로써 작용하
는 형이하의 '기'는 그것을 초월하면서 또 그 안에 내재하는 형이상의 '이'에 의하여
그 근거가 주어지는 것이다. 다시 말하면 현상적 '기'이전에 불변적 절대적 실재인
'이'의 일차성이 주장되었다. 이 '이'에는 윤리성이 부여되어 '도리'로 되며, '도리'가
자연과 인간성의 구체적 현상의 배후에서 보편적으로, 현상의 세계를 규제하고 있다
고 생각되었다. 즉 세계의 운행은 도리에 의하여 천부적으로 주어진 것으로 생각되었
다. 그 결과, 자연의 운행은 물론 인간사회의 여러 질서도 도리에 근거하고 있다고
형이상학적으로 설명하게 되었다. 주자학에서는 자연의 질서와 윤리사회의 질서가
잘 결합되어서, 자연의 상하의 질서관이 인간사회에도 그대로 원용(援用)되어, 군자
와 소인, 군과 신, 부와 자, 부와 부가 상하관계에 의하여 규정되었다. 이와 같은
상하의 질서관은 국제사회에 있어서도 그대로 적용되어, 중화와 이적의 상하관계가
국제간의 규범이며, '이'이며, '도'였다는 것은 당연하다 하겠다(유근호, 2004, pp.
14-22).

고 전통적인 '화이론'개념을 타파하고 한문화(漢文化)가 청조 통치하에 계속 발전하고 있다는 것을 인정하였으며 청조문화의 많은 선진적인 점들을 지적하면서 중국을 따라 배울 것을 주장하였다. 이 역시 당시 선진적인 중국문화가 박지원을 통해 조선에 관념상 큰 변화를 일으킨 역할을 했다는 좋은 예로 볼 수 있다.

박지원도 명나라를 존중했다. 그는 『열하일기』 첫 시작인 「도강록 서(渡江錄序)」에서 말하기를

> 황명(皇明)은 중화인데 우리나라가 애초에 승인을 받은 상국(上國)인 까닭이다. 숭정 17년 의종(毅宗) 열황제(烈皇帝)가 명나라 사직을 위하여 죽었다. 명이 망한 지 벌써 130여 년이나 되는데 어째서 지금까지 숭정의 연호를 쓰고 있는가. 청나라 사람들이 들어와 중국을 차지하자 선왕의 제도가 변해서 오랑캐가 되었다. 우리의 동녘 수 천리 강토는 강을 경계로 나라를 이룩하여 홀로 선왕의 제도를 지켰다. 이는 명나라의 황실이 여전히 압록강 동쪽에 존재한다는 사실을 분명히 보여주는 일이다. 힘은 비록 저 오랑캐를 쳐 없애고 중원 땅을 깨끗이 정리함으로써 선왕의 예 시절을 광복시키지는 못할지라도 사람마다 모두 숭정을 높여 중국을 보존하자는 뜻이다.[27]

박지원은 또 『열하일기』에서 깊은 감정에 겨운 채 이렇게 썼다.

우리나라가 명나라를 섬긴 지 200년 동안 한결같이 충성을 다하여 속국으로 일컬어지곤 했으나 명과 조선은 하나의 나라나 다름없었다.[28]

---

27) 朴趾源, 國譯 『熱河日記』 I, 韓國民族文化推進會, 1968年版, p.515, "皇明中華也, 吾初受命之上國也, 崇禎十七年, 毅宗烈皇帝殉社稷, 明室亡, 于今百三十餘年, 曷至今稱之, 淸人入主中國而先王之制度變而爲胡, 環東土數千里劃江而爲國, 獨守先王之制度, 是明, 明室猶存於鴨水以東也, 雖力不足以攘除戎狄, 肅淸中原, 以光復先王之舊, 然皆能尊崇禎以存中國也.

28) 朴趾源, 國譯 『熱河日記』 I, 韓國民族文化推進會, 1968年版, p.564, "我東服事皇明

아아! 명나라는 우리의 상국이다. 상국이 속국에게 주는 물건은 비록 터럭같이 작은 것일지라도 하늘에서 떨어진 것이기에 그 영광이 전국을 움직이고 경사스러움이 만세에 끼칠 것이요 그 따뜻한 말과 몇 줄 안 되는 편지 조각을 받더라도 높기가 구름 같고 놀랍기가 우레와 같으며 감격하기는 때를 맞춰서 오는 비와 같으니 그것은 웬일일까? 그것은 상국인 까닭이다. 그렇다면 무엇을 상국이라고 하느냐? 그것은 중국을 가리켜서 하는 말이니 우리 선왕들과 여러 조정에서 명령을 받은 바이 기 때문이다. 그러므로 그 도읍을 한 연경을 경사라 하고 그 황제가 순행하는 곳을 행재라 하며 우리나라 토산물을 바치는 것을 직공이라고 한다. 또 당시의 임금을 천자라 부르고 그 조정을 천조라 하며 사신이 그 조정에 가는 것을 조천이라 하고 그 나라 사신이 우리나라에 오는 것을 천사라 했다. 한편 우리나라 부녀자나 어린애들까지도 상국을 말할 때는 언제나 하늘이라 일컫지 않는 법이 없었고 4백년을 변함없이 하였으니 대개 우리가 명실의 은혜를 잊을 수 없기 때문이다.29)

그러나 청조가 중국을 통일하고 '강건성세(康乾盛世)'의 현실 앞에서 박지원은 전통적인 '화이론'에 대하여 심각하게 반성을 했다. 박지원은 『열하일기』, 「일신수필」, 7월15일 일기에서 '존명척청(尊明斥淸)'의 사조 (思潮)에 대하여 대담하게 반박하면서 아래와 같이 명확하게 지적하였다.

존주(尊周)는 존주고, 이적은 이적이다. 이 두 가지를 뒤섞어서 생각 해서는 안 될 것이다. 중화의 성곽과 궁실, 인민은 예전처럼 그대로 남아 있고 정덕, 이용, 후생의 길도 변하지 않았으며 최, 노, 왕, 사의

二百餘年, 忠誠剸摯, 雖稱屬國, 無異內服."
29) 朴趾源, 國譯『熱河日記』Ⅱ, 韓國民族文化推進會, 1968年版, p.591, "嗚呼, 皇明吾 上國也, 上國之於屬邦, 其錫賞之物雖微如絲毫, 若隕自天榮動一域, 慶流萬世而其奉 溫諭, 雖數行之札高若雲漢驚若雷霆, 感若時雨, 何也, 上國也, 何爲上國, 曰中華也, 吾 先王列朝之所受命也, 故其所都燕京曰京師, 其巡幸之所曰行在, 我效土物之儀曰職 貢, 其語當寧曰天子, 其朝廷曰天朝, 陪臣之在庭曰朝天, 行人之處我疆場曰天使, 屬邦 之婦人曰孺子, 語上國莫不稱天而尊之者, 四百年猶一日, 葢吾明室之恩不可忘也."

씨족도 없어지지 않았으며 주, 왕, 정, 주의 학문도 사라지지 아니하였으며 삼대(三代)이후로 어질고 밝은 임금들과 한, 당, 송, 명 등 여러 나라의 남긴 좋은 법과 아름다운 제도가 변함없이 남아 있다. 저들이 이적일망정 중국의 가히 이로워서 길이 누리기에 족함을 알고 이를 본받아 가지고는 마치 본래부터 지니었던 것같이 한다. 천하를 위하여 일하고자 하는 자는 진실로 백성에게 이롭고 나라에 도움이 되는 일이라면 그 법이 비록 이적에서 나온 것이라도 이를 마땅히 수용하여 본받아야만 하는데 하물며 삼대 이후 어질고 밝은 임금들과 한, 당, 송, 명 등 여러 나라들이 본래부터 가지고 있던 고유한 원칙이야 더 말할 나위도 없다. 성인(聖人)이 춘추를 지으실 때 물론 중화를 높이고 이적을 물리침을 위주로 하였으나 그렇다고 이적이 중화를 어지럽히는 데 분개하여 중화의 훌륭한 문물제도까지 물리치셨다는 말은 듣지 못하였다. 그러므로 사람들이 진실로 이적을 물리치려면 중화의 전해오는 법을 모조리 배워야 할 것이니, 먼저 우리나라의 유치한 습속부터 바꾸어야 할 것이다. 농사짓고 누에치는 일로부터 시작하여 그릇 굽기, 풀무 불기, 공업, 상업 등에 이르기까지 모조리 다 배워야 한다. 남이 열을 하면 우리는 백을 하여 먼저 우리 백성을 잘 길러서 그들로 하여금 한번 일어서면 능히 저들의 강한 군사를 쳐 부실 수 있도록 한 후에야 가히 중국에 장관(壯觀)이 없다고 할 수 있을 것이다.[30]

이 말에서 우리가 알 수 있듯이 박지원은 청조에 대하여 하나를 둘로 보아야 한다고 간주한 것이다. 즉 왕조 자체를 그 문화와 분리하여 보았던

---

30) 朴趾源, 國譯『熱河日記』Ⅰ, 韓國民族文化 推進會, 1968年版, p.564, "尊周自尊周也, 自夷狄也, 中華之城郭, 宮室, 人民, 固自在也, 正德, 利用, 厚生之具, 固自如也, 崔盧王謝之氏族, 故不廢也, 周張程朱之學問, 古未泯也, 三代以降, 聖帝, 明王, 漢唐宋明之良法美制, 固不變也, 彼胡虜者, 誠知中國之可利而足以久享則, 至於奪而據之, 若固有之, 為天下者, 苟利於民而厚於國, 雖其法之或夷狄, 固將取而則之, 而況三代以降, 聖帝明王漢唐宋明固有之故常哉, 聖人之作春秋, 故為尊華而攘夷, 然未聞憤夷之猾夏, 並與中華可尊之實而攘之也, 故, 今之人, 誠欲攘夷也, 莫如盡學中華之遺法, 先變我俗之椎魯, 自耕蠶陶冶, 以至通工惠商, 莫不學焉, 人十己百, 先利吾民, 使吾民制梃, 而足以撻彼之堅甲利兵然後, 謂中國無可觀可也."

것이다. 청조는 분명히 '이적'에 의하여 건립된 정권이지만 이 정권 내의 성곽, 백성, 과학기술, 학술사상, 좋은 법과 아름다운 제도는 과거와 변한 것이 없다고 본 것이다. 중국의 유구한 문화 전통은 청조의 통치하에서 계속 발전하고 있었다. 비록 존화양이(尊華攘夷)도 중요하지만 '이적'이 중국을 통치한다고 해서 중국의 고유한 선진문화까지 없애버리면 절대로 안 된다고 본 것이다.

박지원은 선진문화를 평가하는 기준을 그 나라가 부민강국을 할 수 있느냐를 보아야 한다고 생각했다. 중국에 온 박지원은 몸소 중국이 인구가 많고 물자가 풍부한 강대국이라는 것을 피부로 느꼈으며『열하일기』에서도 의미 깊게 아래와 같이 썼다.

> 지금은 바야흐로 백여 년 동안이나 태평시절이 계속되고 있다. 사방 경내에는 전쟁 소리가 들리지 않고 삼과 뽕나무가 빽빽하며 어디서건 개와 닭 울음소리가 들려온다. 이토록 느긋하고 풍족한 생활은 한당 때 이후로 처음이다. 그들은 무슨 덕으로 이런 태평성대를 누리는 것일까?[31]

그리하여 그는 조선이 부강해지려면 중국의 선진문화를 배워야 한다고 강조하였다. 그는 설사 조선이 '북벌'하고 '이적'을 중원에서 쫓아낸다 할지라도 중국을 따라 배워야 한다고 주장했다. 뿐만 아니라 그는 중국의 선진문화를 섭취하여 조선으로 하여금 부강하게 한 다음에야 비로소 '북벌', '양이'(攘夷)의 목적을 이룰 수 있다고 강조했다.

박지원의 이런 '사청지론'은 조선 왕조의 어리석은 사람을 크게 각성시켰고 이런 사람들로 하여금 반성을 하게 하였다. 그는 전통적 화이관념을 타파하고 조선 국내의 '존명척청'의 사조를 바로잡아 놓았으며 중국 문화

---

31) 朴趾源, 國譯『熱河日記』Ⅰ, 韓國民族文化推進會, 1968年版, p.639, "今昇平百餘 年, 四境無金革戰鬪之聲, 菀然雞狗四達, 休養生息乃能如是, 漢唐以來, 所謂嘗有也, 未知何德而能致之."

가 조선에 전파되는 데 장애가 되는 것들을 제거하였다.

(3) 북경-서학(西學)의 조선 유입 중계소

18세기 당시 중국은 동아시아를 세계의 전체로 생각했으며, 중국을
동아시아의 심장부로 생각했다. 지금 보면 이건 착각이지만 장구한 기간
중국 중심의 국제정세, 문명세계가 형성되어 있었다. 봉건적 체제의 해체
기로 접어든 조선왕조 사회의 역사적 전환 또는 중심부와 연계됨이 없이
일어나기는 어려웠다. 뿐만 아니라, 서양 세력이 점점 동진(東進)하는
새로운 세계상황에서도 낯선 서양을 바라보고 서학(西學)[32]을 받아들
이는 통로 또한 여전히 중국이었다. 중국은 변화의 중심부요, 신세계의
창구였던 것이다. 그러한 이유로 당시 중국 청 왕조문화가 조선 왕조
뿐만 아니라 전 동아시아 여러 나라의 문화에 큰 영향을 끼친 것은 의심할
바가 없으며 여기에 대해 연구한 논문들도 많다고 서론부분에서도 이미
강조하였다.

대항해(大航海)이래 서양 문물이 동쪽으로 유입되면서 서방의 선진적
인 문화가 중국과 일본으로 전해지기 시작했고 중국으로부터 다시 조선
으로 유입되었다. 조선의 서학은 중국에 유입된 서학이 동쪽으로 진일보
확대된 것이다. 조선의 연행사는 서학이 조선에 들어오는 데 중요한 역할
을 한 인물들이었고 북경은 곧 서학이 조선에 유입되는 중계소이었다.
『연행록』에는 조선과 중국의 선비들이 북경에서 접촉하면서 서인서학
(西人西學)을 적지 않게 남겼으며 그 밖에 또 조선 사인들과 중국 사인들
이 서학을 토론한 기록이 있다. 『열하일기』에서도 이와 같은 서학에 대한

---

32) '서학'이란 중국에서 활동하던 예수회 회원들이 서양학술을 한역 논저화할 때 사용한
용어로서, 예수회원들이 한문으로 번역하여 동양사회에 소개한 가톨릭적 그리스도교
사상과 르네상스의 서양 과학문명을 가리킨다. 서학에 관한 서적 대부분은 조청시대
에 연행사들이 중국 베이징 유리창에서 구입하여 조선에 전파시킨 것이다.

귀중한 기록이 있다.

박지원은 서인서학에 대하여 관심을 가지고 있었다. 그는 중국에 와서 중국학자들과 말하기를

저는 만 리 길을 걸어서 귀국에 관광하러 온 신세입니다. 이참에 서양인을 꼭 한번 만나고 싶었습니다. 이제 듣자 하니 서양인도 사절단 으로 이곳에 머물러 있다 합니다. 혹시 그들과 아신다면 좀 소개해 주시기를 바랍니다.[33]

북경에 있을 때 박지원은 이탈리아 선교사인 마테오 리치의 묘를 방문 하면서 아래와 같이 기록했다.

부성문을 나와서 몇 리를 가면 길 왼쪽에 돌기둥 사오십 개를 나열해 세우고, 그 위에 포도나무를 시렁으로 얹었는데, 바야흐로 한창 잘 익었다. 그곳에 돌로 만든 패루가 세 개 있고, 좌우에는 돌로 된 사자가 마주 보며 웅크리고 앉았다. 그 안에 높은 전각이 있기에 물어보고서 이마두(마테오 리치)의 무덤이라는 사실을 알았다. 서양 선교사의 무덤들이 동서로 이어져 모두 칠십여 기나 된다. 무덤의 둘레는 정방형 바둑판 모양으로 담을 쌓았는데, 거의 삼 리 정도 이어졌으며, 그 안에는 모두 서양인 선교사들의 무덤이 있다. 무덤 앞에 비석을 세워 '야소회 선교사 이공의 무덤'이라고 써 놓았다. 글씨 왼쪽 곁에 작은 글씨로, '이(利)선생의 이름은 마두(瑪竇)이다. 태서(泰西)대서양 이탈리아 (意大里亞)사람으로 어려서부터 정성껏 수양하고 몸가짐을 잘했다. 명나라 만력 신사년(1581)에 처음으로 중국에 들어와 포교를 했고, 만력 경자년(1600)에 북경에 들어왔으며, 만력 경술년(1610)에 죽었

---

33) 朴趾源, 國譯『熱河日記』Ⅱ, 韓國民族文化推進會, 1968年版, p.508, "鄙人萬里間 關, 觀光上國. 敝邦可在極東, 歐羅乃是泰西. 以極東泰西之人愿一相見."

다. 향년 59세이고 예수회에 들어간 지 42년째이다.'라고 적었고 그
오른쪽에는 서양의 글자로 같은 내용을 새겨 놓았다.비석의 좌우에는
망주석을 세웠는데, 돌을 새김으로 구름과 용을 새겼다. 비석 앞에는
돌 벽돌로 된 가옥이 있는데 위가 평평한 것이 마치 축대처럼 생겼고,
구름과 용을 새긴 돌기둥을 세워 석물로 삼았다. 제사를 모시는 제각이
있고, 제각 앞에는 돌로 된패루와 사자 그리고 독일인 선교사 탕약망(湯
若望)의 은혜를 기록한 비가 각기 서 있었다.[34]

박지원은 북경의 관상대와 진열대에 놓여 있는 선교사들이 제작한
천문의기에 대하여 강한 인상을 받았다. 그는 일기에 이렇게 썼다.

　성첩보다 한 길 남짓 솟은 성 옆의 높은 축대를 관상대라 한다. 대
위에는 여러 가지 관측하는 기계들이 있는데, 멀리서 보면 커다란 물레
바퀴같다. 이 기계로 천체와 밤낮의 교체 등을 연구한다. 관상대에
오르면 무릇 일월, 성신과 풍운, 기색의 변화하는 현상을 예측할 수
있다. 관상대 아래는 이것을 관할하는 흠천감(欽天監)이 있다. 그 정당
(正堂)에 붙어 있는 현판에는 '관찰유근(觀察惟勤)'이라 쓰여 있다.
뜰에는 여러 관측하는 기계를 놓아두었는데, 모두 구리로 만들었다.
이 기계들의 이름을 알 수 없었을 뿐 아니라,그 모양들도 모두 기이하여
사람의 눈과 정신을 얼떨떨하게 하였다. 대에 올라가면 성을 한 눈에
굽어볼 수 있을 텐데, 지키는 자가 막아서 올라가지 못하고 돌아섰다.
대체로 대 위에 진열한 기계들은 아마도 혼천의(渾天儀)와 선기옥형

34) 朴趾源, 國譯『熱河日記』Ⅱ, 韓國民族文化推進會, 1968年版, pp.663-664, "出阜
　　城門行數里, 道左列石柱四五十, 上架葡萄方爛熟, 有石碑樓三間, 左右對蹲石獅, 內
　　有高閣, 問守者乃知為利瑪竇塚而諸西士東西繼葬者總為七十餘塚, 塚域築牆正方如
　　碁局幾三里, 其內皆西士塚也, 皇明萬曆庚戌, 賜利瑪竇葬地, 塚高數丈, 甎築, 墳形如
　　甆, 瓦四出遠簷望如未敷大菌, 塚後甎築六稜高屋如鑄鍾, 三面為虹門, 中空無物, 樹
　　碣為表曰耶穌會士利公之墓, 左旁小記曰利先生, 諱瑪竇, 西泰大西洋意大理亞國人,
　　自幼真修, 明萬曆辛巳航海首入中華衍敎萬曆庚子來都, 萬曆庚戌卒, 在世五十九年,
　　在會四十二年, 右旁又以西洋字刻之, 碑左右樹華表, 陽刻雲龍, 碑前又有甎屋上平如
　　臺, 列樹雲龍石柱為象設, 有亭閣, 閣前又有石牌樓, 石獅子, 湯若望紀恩碑."

(璇璣玉衡)과 천문기구의 한 종류 같아 보였다.[35]

　박지원은 또 북경의 천주교당을 방문하였다. 그는 『열하일기』에 이렇게 썼다.

　　열하에서 북경으로 돌아오자마자 즉시 천주당을 찾았다. 선무문 안에서 동쪽으로 바라보니 지붕머리가 종처럼 생겨 우뚝 솟은 것이 있는데, 그것이 바로 천주당이었다. 북경의 동서남북에 각기 하나씩 있다는데 이것은 서편 천주당이다. '천주'라는 말은 천황씨(天皇氏)니 반고씨(盤古氏)니 하는 말과 같다. 이 사람들은 역서(曆書)를 잘 만들고, 좀 색다른 방식으로 집을 짓고 산다. 그들은 하나님을 밝게 섬기는 것을 으뜸으로 삼으며 충효와 자애를 의무로 삼는다. 허물을 고치고 선을 닦는 것을 입문으로 삼으며, 사람이 죽고 사는 큰일에 대비하는 것을 궁극의 목적으로 삼는다. 저들로서는 배움의 근본이치를 찾아냈다고 떠들어 대고 있으나, 내가 보기엔 그렇지 않다. 뜻이 너무 고원하고 이론이 교묘한 데로 쏠리어, 하늘을 빙자해 사람을 속이는 죄를 범했으니 윤리 질서를 해치는 구렁에 빠지고 만 것이다. 천주당은, 높이가 일곱 길에 수백 칸인데도 마치 쇠를 부어 만들거나 흙을 구워 놓은 것만 같았다.[36]

　박지원은 천주교당 내의 서양의 그림에 대하여 인상이 깊었다. 그는

---

35) 朴趾源, 國譯 『熱河日記』 II, 韓國民族文化推進會, 1968年版, pp.655-656, "附城有高臺, 出1丈餘日觀象臺, 臺上諸有儀器, 遠望有似大紡車, 以攷中星辰夜昏明之候, 凡日月星辰風雲氣色之變異, 登此臺占焉, 其下為府日欽天監, 正堂扁書觀察惟勤, 庭中雜置儀器皆銅造, 非但不識其名, 形製詭奇駭人心目, 上臺則可以俯瞰一城而, 守者牢拒, 不得上而歸, 盖臺上諸器, 似是渾天儀璿璣玉衡之類."

36) 朴趾源, 國譯 『熱河日記』 II, 韓國民族文化推進會, 1968年版, p.643, "既自熱河邊入燕京, 即尋天主堂, 玄武門內東面而望, 有屋頭園如鐵鐘, 聳出閭閻者乃天主堂也, 城內四方皆有一堂, 此堂乃西天主也, 天主者猶言天皇氏盤古氏之稱也, 但其人善治曆, 以其國之聳製造屋以居, 其術絕浮偉貴誠信, 昭事上帝為宗地, 忠孝慈愛為工務, 遷善改過為入門, 生死大事有備無患為究竟, 自謂窮原溯本之學, 然立志過高為說偏巧, 不知返歸於天誣人之科, 而自陷於悖義傷倫之臼也, 堂高七仞無處數百間, 而有似鐵鑄土陶."

아래와 같이 『열하일기』에서 그 인상에 대해 적었다.

　천주당 한가운데 있는 벽과 천장에 구름과 사람들이 그려져 있다. 보통사람의 지혜와 생각으로는 헤아리기가 어렵고, 보통의 언어와 문자로는 형용할 수도 없었다. 내가 그림 속 인물들을 보려 하자, 번개처럼 번쩍하면서 먼저 내 눈을 잡아채는 무언가가 있었다. 화폭 속의 인물이 내 속을 꿰뚫어 보는 것 같아 영 마땅치가 않았다. 또 귀로 뭔가를 들으려 하자, 굽어보고 쳐다보고 곁눈질하는 그들이 먼저 내 귀에 뭐라고 속삭이는 듯했다. 마치 내가 숨기고 있는 것을 꿰뚫어 보는 것 같아 부끄러워졌다. 내 입에서 뭔가를 말하려고 하자, 그들이 먼저 침묵을 깨고 돌연 우레 소리를 내며 다가오는 듯했다. 가까이 가서 보니 붓질이 성글고 거칠다. 다만, 귀, 눈, 코, 입 등의 사이와 터럭, 수염, 살결, 힘줄 등의 사이를 희미하게 갈라놓았을 뿐이다. 붓끝이 갈라진 곳을 살펴보니 꼭 숨을 쉬고 꿈틀 거리는 듯 음양의 향배가 서로 어울려 밝고 어두운 데를 잘 드러내고 있었다. 한 여인이 무릎에 5-6세 된 어린애를 앉혀 두었는데, 어린애가 병든 얼굴로 여인을 바라보니, 여인은 차마 바로 보지 못해 고개를 돌리고 있다. 그런가 하면, 옆에는 시중 대여섯 명이 병든 아이를 굽어보고 있는데, 그 중에는 참혹해서 고개를 돌리고 있는 자도 있었다. 새 날개가 붙은 귀신 수레는 박쥐가 땅에 떨어진 듯했다. 그 옆에는 웬 신장(神將)이 발로 새의 배를 밟은 채, 손에는 무쇠 방망이를 쳐들고 새를 짓찧고 있었다. 또 사람의 몸뚱이에 새 날개가 돋아난 자도 있었다. 하도 기괴망측하여 도무지 뭐가 뭔지 분간할 수 없었다. 좌우 벽 위의 그림은 구름이 뭉게뭉게 쌓여 한 여름의 대낮 풍경 같기도 하고, 비가 오다 갓 개인 바다 풍경인 듯도 하며, 날이 샌 샌골 마을의 모습 같기도 하였다. 꽃 봉우리 같은 구름에 햇살이 비쳐 무지갯빛으로 퍼져 나간다. 먼 데는 까마득하고도 깊숙하여 뭇 귀신과 온갖 도깨비가 나타나 멱살을 붙들고 소매를 뿌리치며, 어깨를 비비고 발등을 밟고 서 있다. 가까운 놈이 멀리 뵈기도 하고, 얕은 데가 깊어 보이기도 하며, 숨은 놈은 드러나기도 하고, 가렸던 놈이 나타나기도 하는 등, 한마디로 모두가 허공에 등을 기대고 바람을 모는 형세였다. 천장을 우러러 보니 수많은 어린애들이 오색구름 속에서 뛰노는데, 허공에 주렁주렁 매달려 있는 것이 손으로 만지면 살결이 따뜻할 것만 같고, 팔목이며 종아리는 포동포동 살이 쪘다. 구경하는 사람들이 놀라서 눈이 휘둥그레져 떨어지면 받을 듯이 손을 바치고 고개를 젖혔다.[37)

박지원은 자신이 본 천주당 벽화를 벽화 속 인물들이 자신을 꿰뚫어 보거나 귀에 대고 속삭인다며 시각을 청각화하여 공감각적 언어로 현장감 있게 기술하였고, 살진 살결을 만지면 따뜻하다든가, 위를 쳐다보고 있으면 구름 속에 매달린 인물들이 떨어질듯 하여 두 팔을 벌려 떠받드는 시늉까지 해야 할 정도라며 벽화의 사실성을 특유의 감정으로 실감나게 전달하였다. 박지원의 이러한 문학적 재능은 『열하일기』를 보는 사람마다 마치 직접 보고 듣는 것처럼 여겨지게 하여 일기 속에 푹 빠지게 한다. 그의 이런 문학적 재주로 하여 그는 중국어는 몰라도 중국문인들과 문화커뮤니케이션을 잘 할 수 있었고, 더 나가서는 한중 문화교류를 잘 진행할 수 있었던 것이며 그의 『열하일기』는 오늘날까지도 많은 한중 학자들의 연구 자료가 되었던 것이다. 박지원은 또 서양의 풍금에 대해서

---

37) 朴趾源, 國譯『熱河日記』Ⅱ, 韓國民族文化推進會, 1968年版, pp. 643-644, "今天主堂中牆壁藻井之間, 所畫雲氣人物, 有非心智思慮所可測度, 亦非語文字所可形容, 吾目將視之而有赫赫如電先奪吾目者, 吾惡其將洞吾之胸臆也, 吾耳將聽之而有俯仰轉眄先屬吾耳者, 吾慚其將貫吾之隱蔽也, 吾口將言之則彼亦將淵默而雷聲, 逼而視之筆墨麤疎, 但其耳目口鼻之際, 毛髮腠理之間, 暈而界之, 較其毫分, 有若呼吸轉動, 蓋陰陽向背而自生顯晦耳, 有婦人膝置五六歲孺子, 孺子病羸白眼胸臆瘡視則婦人側首不忍見者, 傍側侍御五六人, 俯視病兒有慘然回首者, 鬼車鳥, 翅如蝙蝠墜地宛轉, 有一神將, 脚踏鳥腹, 手擧鐵杵, 撞鳥首者, 有人首人身而鳥翼飛者, 百種恠奇不可方物, 左右壁上雲氣堆積如盛夏午天, 如海上新霽, 如洞壑將曙蓬瀯勃鬱, 千葩萬朶映日生暈, 遠而望之則錦邈遂深邃無窮際, 而群神出沒百鬼呈露, 披襟拂袂挨肩疊跡, 而忽令近者遠而淺者深, 隱者顯而蔽者露, 各各離立, 皆有憑空御風之勢, 蓋雲氣相隔而使之也, 仰視藻井則, 無數嬰兒跳蕩彩雲間, 纍纍懸空而下, 肌膚溫然手腕脛節肥若緣絞, 驟令觀者莫不驚號錯愕, 仰首張手以承其墮落也."

도 매우 큰 관심을 가지고 있었다. 그는 『열하일기』에서 전문적으로 '풍금'에 대해 아래와 같이 기록을 남겼다.

> 지금 내가 중국에 들어온 이래로 매양 풍금을 어떻게 만들었을까 하고 항상 마음에 잊지 않고 애를 태웠다. 나는 귀로는 소리를 살피고, 눈으로는 만든 제도를 관찰할 수 있지만, 문장으로 그 오묘함을 다 묘사할 수 없는 것이 아주 큰 한이네.[38]

『열하일기』에는 이런 내용과 관련된 기록이 이것 외에도 아주 많다. 이런 내용들은 다시 한 번 북경이 서학의 조선 유입에 중요한 역할을 했다는 것을 증명해 준다. 한국의 역사학자 이원순(李元淳)이 말한 것과 같이 조선이 서유럽 문명과의 조기 접촉은 서양인의 도움을 받지 않고 북경에 머무르던 조선 사자(使者)와 북경 4개의 천주당 및 예수회 성도 관할하에 있는 천문 입법기관-흠천감(欽天監)에 의해 실현된 것이다. 명ㆍ청 시기 북경 일각에 이식(移植)된 중국적인 유럽 문화 즉 '청구문명(淸歐文明)'은 북경에 온 조선 사자들을 통해 끊임없이 당시 한자문화권 범위 내에 속하는 정치봉쇄 세계-조선왕국으로 유입되었던 것이다. 정치적 사자들은 방금 한화(漢化)된 서구 문명을 조선으로 전하는 '문화송수관(文化送水管)' 역할을 했다

(4) 중국문화의 큰 역할-조선의 실학적 북학사상

조선왕조와 청 왕조시대의 한중문화교류는 다른 시대와는 다른 매우 특수한 환경 속에서 진행되었다. 다른 시대에는 한국이 중국의 고급문화

에 대한 관심을 갖고 있었기 때문에 중국의 국가들과의 관계를 중시하였지만, 조선왕조와 청 왕조시대에는 조선인들은 중국을 이적에 의해 정복된 것으로 경멸하였다. 조선은 병자호란으로 만주에 굴복하여 만주가 중국에 세운 청에 사대(事大)하였으나, 조선의 조야에서는 '존명양이'의 기풍이 높아져 북벌론이 공공연하게 제창되고 효종조(孝宗朝)에는 실제로 북벌이 준비되기도 하였다. 뿐만 아니라 숙종(肅宗)11년(1685)에는 북벌론자 송시열(宋時烈)의 지도로 가평군수(加平郡守) 이제두(李齊杜)가 오늘날 가평군 하면(下面) 대보리(大保里)에 대통단(大統壇)과 조종재(朝宗齋), 열천재(洌泉齋)를 창설하여 명조의 태조와 신종, 의종을 치제(致祭)하고 하단(下壇)에 '구의사(九義士)'[39]를 종향(從享)하였다.[40] 숙종 30년(1704)에는 창덕궁 비원(秘園)에도 대보단(大報壇)이 설치되었다. 이 대보단은 그 후 여러 번 보수되었고, 당시의 사대부로서 모르는 이가 없었다. 특히 조청시대의 초기에는 중국이 이적(夷狄)에 점령당하여 '성전지역(腥羶之域)'이 되고 중국에서 중화문명이 소멸되었기 때문에 '예의지방(禮義之邦)'인 조선만이 유일한 '중화'라고 하는 이른바 '소중화'의식이 팽배하였다(유봉학, 1982, pp. 229-233). 17세기 조선의 주도적 정파인 노론계(老論系)의 영수 송시열이 주도한 북벌론은 성인(聖人)과 현인(賢人)이 나온다면 어느 곳이나 중화가 될 수 있다고 하는 소중화론에 근거를 두고 있었다. 그러나 영·정조조(英,正祖朝)에 조선의 학계에서 실학의 기풍이 일어나면서, 화이(華夷)의 구별을 배척하고 중국에서배울 것이 있으면 배워야 한다는 '북학론'이 제기되었다.[41] 이른바 북학파를 선도한 박지원은 『열하일기』, 「일신수필」7월

---

39) 명이 망한 뒤 심양에 억류되어 있던 명의 이민(移民)중 봉림대군(鳳林大君)(孝宗)의 귀국시애 배종(陪從)하여 귀화한 9명의 중국인 문사.

40) 萬東廟는 高宗2년(1865)에 가서야 大院君에 의해 철폐되었다.

41) '북학'이란 이름은『맹자』의「陳良楚産也北學於中國」이란 구절에서 취한 것으로, '중국'을 배운다는 뜻으로 쓰였다(張存武, 1974, p. 587참조).

15일자 일기에서 중국 청조의 '천하장관(天下壯觀)'론으로 조선 사대부들의 시대착오적인 화이론과 북벌의 세계관을 간접적으로 비판한 다음 중국문화를 배워 이용후생의 실학사상을 역설하였다. 아래의 것은 7월 15일자 일기의 한 부분이다.

　　우리나라 사람들이 북경에 갔다가 돌아오는 이를 만나면 반드시 중국여행 중에서 가장 장관이었던 것이 무엇이냐고 묻게 되는데, 이때 대부분의 사람들은 넓은 들판, 구요동의 백탑, 연 로에 들어선 가게들, 산해관, 유리창, 통주의 선박, 천주당, 상방, 동악묘, 북진묘 등을 장관이라고 대답한다. 그러나 선비라고 하는 인물들의 경우는 좀 다르게 말한다고 했다. 그 중 하나는 학덕이 높은 선비들로서, 그들은 쓸쓸한 기색을 지으며

　　"도무지 볼만한 것이 없습니다." 한다고 했다.

　　"어째서 도무지 볼만한 것이 없다는 것입니까?"

　　하고 물으면, 황 제를 비롯하여 장상(將相), 대신과 모든 관원, 그리고 선비, 서민들도 모두 머리를 깎았으니, 비록 공덕이 은주(殷周)와 같고 부강이 진한(秦漢)에 지난다 하더라도 백성이 생긴 이래 아직 머리 깎은 천자는 없었으니, 비록 뛰어난 학문과 문장과 박식을 지녔다고 하더라도, "한 번 머리를 깎으면 곧 오랑캐요, 오랑캐면 개돼지이니, 우리가 그 개돼지에게 무엇이 볼 것이 있겠습니까?"

　　라고 대답하고, 학덕이 중간 정도인 선비는

　　"신성한 나라가 어지러워지고 산천이 비린내 나는 고장으로 변했으며, 성인의 업적이 묻혀버려 말이 오랑캐의 것으로 변하였으니 볼만한 것이 무엇이 있겠습니까? 진실로 10만의 군사를 얻을 수 있다면 산해관 안으로 달려 들어가 중원을 깨끗이 소탕한 뒤에야 장관을 이야기할 수 있을 것 입니다." 라고 대답한다고 했다.

　　그러나 자신은 학덕이 낮은 선비이므로

　　"장관은 기와조각에 있고, 장관은 똥덩어리에 있다고 말하겠다."[42]

　　라고 하며, 집 주변에 널려 있는 똥덩어리와 기와조각과 같은 보잘

것 없는 물건을 잘 이용하여 삶을 윤택하게 하는 그들의 자세를 부러워하였다.

또한 '천하의 장관'을 화제로 해서 춘추의리와 화이론에 매몰되어서 역사 현실을 올바로 인식하지 못하는 조선 유학자들의 현실감각을 간접적으로 비판함으로써 시대착오적인 북벌론을 하루 빨리 극복하고 청나라의 선진문물제도를 배워 백성의 삶을 윤택하게 할 것을 주장하였다.

이와 같은 중국 문물에 대한 태도는 명분보다 실리적인 것을 중시하는 실학정신에서 비롯된 것임이 틀림없다. 조선왕조는 당시 중국 청조와의 문화교류를 통해 실학사상을 바탕으로 하는 북학의 구국사상이 형성되었다. 다 알다시피 박지원은 바로 이 북학파의 대표인물인 것이다.

북학파를 중심으로 전개된 새로운 세계관과 중국 실학에 관한 논의는 여전히 전통적 화이관을 고집하는 수구파들의 반격으로 심각한 타격을 받았다. 서학과 함께 들어온 천주교가 사학(邪學)으로 규정되어 체제 측으로부터 심각한 탄압을 받음으로써 ,중국을 경유한 서양문명의 전래는 중단되었다. 반체반정운동에 의해 박지원이 개발한 신문체, 즉 유기소품체(遊記小品體)가 금지되어 그의 저술『열하일기』가 금서로 규정되었고, 그의 제자 박제가는 벽지로 유배되어, 그의 연경에서 친교를 맺은 청조 고증학의 노대가(老大家)기윤(紀昀)으로부터 위로의 시를 받았다.그러나 이런 실학사상은 조선 역사에서 큰 역할을 했다. 조선후기 학자들의 북학운동은 한말의 개화운동과 연결됨으로써, 한국

---

42) 朴趾源, 國譯『熱河日記』I, 韓國民族文化推進會, 1968年版, pp. 563-565, "我東人士, 初逢自燕還者, 必問曰, 君行第一壯觀, 何物也, 第爲拈出其第一壯觀而道之也, 人則各以所見, 率口而對曰, 遼東千里大野, 壯觀, 曰舊遼東白塔壯觀, 曰沿路市鋪壯觀, 月薊門烟樹壯觀, 曰蘆溝橋壯觀, 曰山海關壯觀, 曰角山寺壯觀, 曰望海聽壯觀, 曰祖家牌樓壯觀, 曰琉璃廠壯觀, 曰通州舟楫壯觀, 曰錦州衛牧畜壯觀, 曰四天主堂壯觀, 曰虎圈壯觀, 曰象房壯觀, 曰南海子壯觀, 曰東岳廟壯觀, 曰北鎭廟壯觀, 紛紛然不指可勝屈, 上士則愀然變色, 易容而言曰, 都無可觀, 何為都無可觀, 曰皇帝也薙髮, 將相大臣百執事也薙髮, 士庶人也薙髮, 雖功德侔殷周, 富強邁秦漢, 自生民以來未有薙髮之天子也, 雖有陸隴其, 李光地之學問, 魏禧, 汪琬, 王士澂之文章, 顧炎陸隴其本彝尊之博識, 一薙髮則胡虜也, 胡虜則犬羊也, 吾於犬羊也, 何觀焉, 此乃第一等義理也, 神舟陸沉則山川變作腥羶之鄕, 聖緖湮晦則言語化為侏儒之俗, 何足觀也, 誠得十萬之衆, 長驅入關, 掃淸函夏然後, 壯觀可論, 此善讀春秋者也, 余下士也, 曰壯觀在瓦礫, 曰壯觀在糞壤."

의 근대화 과정에서 일정한 지위를 점하는 것으로 평가된다(김한규, 1999, p.794).

　일찍이 김옥균이 우의정(右議政)박규수를 방문했을 때, 박규수는 그의 벽장에서 지구의 하나를 꺼내어 김옥균에게 보였다. 이 지구의는 바로 박규수의 조부 연암선생이 중국을 유람하였을 때 구입한 것이다. 박규수가 지구의를 돌리면서 김옥균을 돌아보고 말하였다."오늘의 중국이 어디에 있는가. 저리 돌리면 아메리카가 중국이 되고 이리 돌리면 조선이 중국이 되니, 어떤 나라도 가운데로 오면 중국이 된다. 오늘날 어디에 중국이 있는가." 김옥균은 당시 개화를 주장하고 신서적도 얻어 보았지만,수백 년간 전해 내려온 사상, 즉 대지의 중앙에 있는 나라가 중국이고 동서남북에 있는 나라들은 사이(四夷)이며 사이는 중국을 숭상한다고 하는 사상에 얽매여서, 국가독립을 부르짖는 것은 상상도 할 수 없었는데, 박규수의 말에 크게 깨달은 바 있어 무릎을 치며 앉아 있었다. 후일 그는 결국 갑신정변(1884)을 일으켰던 것이다(강재언, 1983, p.19).

4.2.3 조선 왕조 문화의 청 왕조 전파

　서정우(1983)의 문화커뮤니케이션 구조의 쌍방향 고찰 이론에 따라 본 논문에서는 이미 앞에서 『열하일기』를 통해서 본 한중 문화교류를 그 시대적 배경으로부터 시작하여 논해 보았다. 즉 동아시아 전반 형세와 조선과 청나라 두 왕조가 처한 시대적 배경 및 두 왕조의 당시 문화정책, 관계 등으로 그 배경을 상세히 논해 보았다. 한중 문화교류 상황에 대해서는 문화커뮤니케이션 구조에 따라 당시 한중 문화교류에 대해 쌍방향적으로 논했다. 먼저 당시 한중 문화교류에서 주도적 역할을 했던 청 왕조문화가 조선 왕조에 전파와 끼친 영향에 대해 간단히 논해 보았다. 아래에 비록 당시 한 중 문화교류에서 주도적 역할은 아니었으나 그렇다고 홀시할 수 없는 조선 왕조의 문화가 청 왕조에 어떻게 전파되었는지에 대해 집중적으로 논해 보기로 하겠다. 그것은 청 왕조의 문화가 조선 왕조에 전파와 끼친 영향에 대해서는 연구한 논문들도 적지 않으며 많은 사람들이 알고 있으나 아직까지 조선 왕조의 문화가 청 왕조에 전파된 것에 대해서는 연구논문이 한 편도 없는 상황이고 또한 많은 사람들이 잘 모르고 있기 때문이다.

(1) 조선 왕조 시문(詩文)과 서화(書畵)의 중국 유입

① 시문─조선, 청조 두 왕조시대에는 청 측 사절단이 대부분 만주인들로 구성되었기 때문에 청사(淸使)의 문화적 활약은 기록에 많이 남겨져 있지 않는 대신에[43], 조선 측 사절단에는 당대 중국에 가서 문재(文才)를 떨친 인재가 아주 많았다. 조선의 사신들은 비록 구어(口語)는 통하지 않았지만 아주 전아(典雅)한 문언에 모두 능통하여 중국인들과 필담을 하였는데, 이들이 쓴 시문은 그 기교와 품격이 당시 중국의 작가들보다 뛰어나 높은 평가를 받았다.[44] 예를 들면 청음(淸陰)김상헌이 중국에 출사(出使)했을 때, 북경에서 중국문인들과 시문으로 화답하여 그의 이름이 중국에도 널리 알려졌다. 저명한 실학자 담헌(湛軒)홍대용은 당대 중국의 최고 문인인 엄성(嚴誠), 반정균(潘庭筠), 육비(陸飛)등과 내왕하면서 그 명성을 중국에서 떨쳤다. 규장각 검서관(檢書官)을 역임한 이덕무, 유득공, 박제가 등도 연행(燕行)을 통해 청의 학자들과 광범위하게 교류하였는데 특히 박제가는 세 차례의 연행 때 100여 명의 청 학자들과 교류하여 시문(詩文)과 척독(尺牘─짧은 편지), 필담을 나누었으며,

---

43) 물론 당시 청조 사신이 조선을 방문한 숫자로 보아도 조선 사신이 청조 방문보다는 매우 적은 것도 중요한 원인이다.

44) 周一良, 中朝歷史上文化交流一面, 光明日報, 1953. 6. 27.

박제가와 유득공의 시고(詩稿)는 중국 인사들이 즐겨하였으므로 그들은 그것을 베껴 가거나 간행하였다(류수인, 1984, p. 174). 이덕무도 북경에 가서 반정균(潘庭筠)과 조원(李調元)등과 결식(結識)하였는데, 그의 『청비록(淸脾錄)』은 이조원의 『양촌시화(兩村詩畵)』에 수록되어 중국에서 광범위하게 전해졌다.

② 서화-김창업(金昌業)은 중국에 갈 때에 조선 서화가들의 작품을 가지고 가서 중국의 문화계 인사들에게 기증하였다. 다른 사행원(使行員)들도 그 관례를 따름으로써 조선의 서화도 적지 않게 중국으로 유입되었다(김한규, 1999, p.783, 재인용).

스스로 시서화(詩書畵)에 일가를 이룬 박제가는 모두 4차례나 입연(入燕)하여 수많은 인사들과 교류하면서 서화를 교환하였는데, '친교(親交)가 102명, 망풍소상자(望風溯想者)4명, 문성상사자(聞聲想思者)가 2명 이었다'라고 한다(藤塚鄰, 1935, p. 45). 청의 화가 진문술(陳文述)이 박제가의 서화를 보고 그의 저서『화림평영(畵林評詠)』에서 '공시선화(工詩善畵)'라 칭송할 만큼, 박제가는 중국의 문화계에서 높은 평가를 받았다(김용덕, 1977, p. 38).

사인화가(士人畵家)박지원도 자제군관[45]으로 입연하여 중국의 사인(士人)들 앞에서 직접 창작 행위를 보여 줌으로써 당시 중국인들의 칭찬과 긍정을 받으며 환영을 받았다 .아래에 이 부분을『열하일기』에서 어떻게 기록하고 있는지를 보이면 다음과 같다.

아직 탁자 위에 남은 종이가 있기에 남은 먹을 진하게 묻혀 이것저것 가리지 않고 커다랗게 '신추경상(新秋慶賞)'이라 썼다. 그 중 한 사람이

---

45) 자제군관이란 조청시대에 燕行할 때 사신의 正使, 副使, 書狀官 등 3使의 자제나 근친중에서 지적으로 우수하거나 진취적인 士人을 골라 동행케 한 것인데, 이들에게는 실질적 직임이 부여되지 않았기 때문에 비교적 자유롭게 중국의 문물을 견문하고 중국 문화계 인사들과 접촉할 수 있었다.

내가 쓴 글씨를 보더니 소리쳐 사람들을 모두 탁자 앞으로 불러 모았다. 그들은 서로 웃고 떠들며, 고려인이 글씨를 참 잘 쓴다는 둥, 동이(東夷)도 글씨가 자기네와 같다는 둥 지껄였다. 또 다른 한편에서는 글자는 같지만 음은 다르다고 말하는 이들도 있었다. 나는 붓을 던지고 일어섰다.

그러자 여럿이 한꺼번에 다투어 내 손목을 잡으며,

"잠깐만 앉아 보셔요. 존함은 어찌 되십니까?"

라고 물었다. 성명을 써 보이자 그들은 더욱 기뻐했다. 내가 처음 들어올 때만 해도 반기기는커녕 본 척도 하지 않더니, 내 글씨를 본 뒤엔 지나치게 반색하며 차를 내오라는 둥, 담배를 붙여 들이라는 둥 분주를 떨어 댄다. 순식간에 대우가 달라진 것이다.

마침 한 사람이 붉은 종이를 가지고 와서 글씨를 써 달라 한다. 또 친구들을 불러들이는 바람에 사람들이 점점 늘어난다.

"붉은 종이엔 글씨가 잘 안 써지니 계란빛 종이를 가져오시오."

내가 이렇게 말하자 한 사람이 황급하게 달려가 분지(粉紙)몇 장을 가져온다. 나는 그것을 잘라서 주련을 만든 다음 붓을 들어 다음과 같이 썼다.

옹지락자산림야 翁之樂者山林也(주인 늙은이 산과 숲을 즐기노니),
객역지부수월호 客亦知否水月乎(손님도 물과 달을 아실 테지요).

여러 사람들이 좋다며 환호성을 지른다. 서로 다투어 먹을 갈고는 분주하게 왔다 갔다 한다. 종이를 구하느라고 그러는 것이다. 나는 이에 종이를 펴고 쉴 새 없이 붓을 달리기를, 마치 고소장에 판결문을 쓰듯 했다.[46]

---

46) 朴趾源, 國譯『熱河日記』I, 韓國民族文化推進會, 1968年版, p. 560, "卓上更有他紙, 余因坐椅, 濃蘸餘墨, 不顧是非, 大書特書曰, 新秋慶賞, 一人回顧, 見余書字, 急呼諸, 趨至卓前, 叫啾讙笑曰, 高麗好書字, 或曰, 東夷書字同, 或曰, 字同音不同, 余鏗然擲筆起, 諸人爭挽余手曰, 更勞客官坐一坐, 尊姓大名, 余示之, 諸人益大喜, 余之初至也, 不以爲悅, 視若尋常, 及見余書, 察其氣色, 大喜過望, 忙進一椀茶煙, 又爇相勸, 轉眄之間, 溫冷頓異." "一人持紅紙來請書, 招朋引類, 來者漸多, 余曰, 紅紙寫字非佳, 更持卵白的來也, 一人忙去, 卽覓數張粉紙而來, 余遂剪作柱聯, 書之曰, 翁之樂者山

박지원의 시화(詩畵)는 많은 중국인의 요청으로 『열상화보(洌上畵譜)』란 조선 화보에 수록된 작품의 제목과 작가명, 소전 등을 밝혀 주었는데, 이 화보에는 조선 중후기의 역대 화가들의 작품들이 수록되어 있었다. 『열하일기』의 「관내정사」 7월 25일 일기에는 바로 여기에 관한 기록이 있다. 아래에 그 일기 내용을 보기로 하자.

소주(蘇州) 사람 호응권(胡應權)이 화첩 한 권을 가지고 왔다. 표지에는 초서가 어지럽게 쓰여 있었는데 먹의 딱지가 덕지덕지 붙어 있다. 너덜너덜해지고 조잡하고 더러워 한 푼 값어치도 안 될 것 같은데, 호생의 행동거지를 보면 마치 세상에 둘도 없는 진기한 보물인 양 꿇어앉아 정성껏 두 손으로 받쳐 들고 조심조심 화첩을 열고 닫는다.

"그대는 이것을 어디에서 구했소?"

하고 물으니 호생은,

"해질 무렵 귀국의 김 상공(相公)[47]께서 저희 점포에 오셔서 이것을 팔았습니다. 김 상공은 중후하고 성실한 사람으로 저와는 형제 같은 정분이 있어, 제가 문은(紋銀)[48] 석 냥 닷 푼을 주고 구입했습니다. 다시 표구를 하면 값을 일곱 냥은 더 받을 겁니다. 다만 화가들의 낙관이나 설명이 없으니, 원컨대 어르신들께서 하나하나 고증을 해서 써 주시기를 바랍니다."

하고는 품 안에서 붉은 주사(朱砂)[49]로 만든 홀을 하나 꺼내어 예물로 주며, 화가들의 간단한 이력을 적어 달라고 간곡히 부탁한다. 한편 주인도 술과 안주를 차려 내온다.

…

내가 그림 옆에 쓰인 별호를 대략 참조하여 화가의 성명을 기록해서

林也, 客亦知夫水月乎, 於是請人, 俱大歡樂, 爭爲磨墨, 來去紛紜, 皆覓紙故也, 余遂隨展隨寫, 手不停筆, 如題訟蝶."
47) 상공이란 말은 정승이란 뜻이 아니고, 중국에서 조선의 상인을 높여서 부르는 용어이다.
48) 중국에서 쓰던 화폐의 하나로 말굽은이라고도 한다. 말굽 모양으로 된 은덩어리인데, 보통 무게가 50냥 정도 된다.
49) 붉은색이 도는 광석으로, 주목을 만드는 재료이다.

그에게 답례를 했다.50)

조선 그림의 목록-『열상화보(冽上畵譜)』51)

이조화명도(二鳥和鳴圖)-충암(沖菴)
김정(金淨)의 자는 원충(元沖)이고, 명나라 가정(嘉靖)(1522)때
의 사람이다.

한림와우도(寒林臥牛圖)-김식(金埴)
석상분향도(石上焚香圖)-이경윤(李慶胤)
봉호(封號)는 학림정(鶴林正)이다.
녹죽도(綠竹圖)-탄은(灘隱)
이정(李霆)의 자는 중섭(仲燮)이고, 봉호는 석양정(石陽正)이며,
익주군(益州君)이지(李枝)의 서자이다.
묵죽도(墨竹圖)-위와 같음.
노안도(蘆雁圖)-이징(李澄)
자는 자함(子涵)이고 호는 허주재(虛舟齋)이며, 학림정의 아들이다.
노선결기도(老仙結綦圖)-연담(蓮潭)
김명국(金鳴國), 명나라 천계(天啓)(1621)연간 사람이다.
연강효천도(烟江曉天圖)-공재(恭齋)
윤두서(尹斗緖)의 자는 효언(孝彦)이며, 청나라 강희(康
熙)(1662)연간의 사람이다.
임지사자도(臨池寫字圖)-위와 같음.

---

50) 朴趾源, 國譯『熱河日記』I, 韓國民族文化進進會, 1968年版, pp. 587-588, "有蘇
   州人胡應權, 持一書帖而來, 帖衣胡草, 墨鱗成堆, 破敗荒陋, 不值一錢, 底觀胡生擧措,
   真若絶世奇寶, 洞屬擊跽開掩惟謹, 足下得此何處, 日晡刻, 貴國金相公, 來弊鋪買此,
   金相公老實人, 與俺情同嫡親兄弟, 俺以三兩五分紋銀, 收買改裝, 時直不下七兩, 但
   無畫者款識, 願得老爺一一認題, 因自懷中出硃碇一笏爲幣, 懇求畫者小傳, 主人亦設
   酒果, 語遂略按畫傍別號, 錄其姓名以謝之"
51) 朴趾源, 國譯『熱河日記』I,韓國民族文化進進會, 1968年版, pp. 588-589에 있는
   〈조선그림의 목록-『열상화보(冽上畵譜)』〉목록 참조.

춘산등림도(春山登臨圖)-겸재(謙齋)

정선(鄭敾)의 자는 원백(元伯)이고, 강희, 건륭(乾隆)(1736)연간의 사람이다. 나이 팔십 여 세인데도 몇 겹 돋보기를 쓰고 촛불 아래에서 작은 그림을 그려도 털끝만큼도 틀리지 않았다.

산수도(山水圖)-4폭, 겸재.

사시도(四時圖)-8폭, 겸재.

대은암도(大隱巖圖)-겸재

이상에는 모두 정선, 원백이라는 작은 도장이 찍혀 있다.

부장임수도(扶杖臨水圖)-종보(宗甫)

조영석(趙榮祏)의 자는 종보이고, 호는 관아재(觀我齋)이다. 강희, 건륭 연간의 사람이다.

도두환주도(渡頭喚舟圖)-진재(眞宰)

김윤겸(金允謙)의 자는 극양(克讓)이고, 강희, 건륭 연간 사람이다.

금강산도(金剛山圖)-현재(玄齋)

심사정(沈師正)의 자는 이숙(頤叔)이고, 강희, 건륭 연간 사람이다.

초충화조도(草蟲花鳥圖)-8폭, 현재(玄齋)

심사정이숙(沈師正頤叔)이라는 사인(私印)과 현재라는 작은 도장이 찍혀있다.

심수노옥도(深樹老屋圖)-낙서(駱西)

윤덕희(尹德熙)의 자는 경백(敬伯)이고, 윤두서의 아들이다.

백마도(白馬圖)

군마도(群馬圖)

팔준도(八駿圖)

춘지세마도(春池洗馬圖)

쇄마도(刷馬圖)

이상에는 모두 윤덕희(尹德熙)라는 사인과 낙서(駱西)라는 작은 도장이 있다.

무중수죽도(霧中睡竹圖)-수운(峀雲)

유덕장(柳德章), 수운(峀雲)이라는 사인이 있다.

설죽도(雪竹圖)

수운(峀雲)이라는 자와 수운(峀雲)이라는 사인이 있다.

검선도(劍仙圖) - 인상(麟祥)

이인상(李麟祥)의 자는 원령(元靈)이고 호는 능호관(凌壺觀)이다. 이인상이라는 도장이 찍혀 있다.

송석도(松石圖) - 원령(元靈)

인상(麟祥)이라는 도장과 기미삼월삼일(己未三月三日)이라는 소지(小識)

가 있다.

난죽도(蘭竹圖) - 표암(豹菴)

강세황(姜世晃)의 자는 광지(光之)이다. 표암광지(豹菴光之)라는 도장이찍혀 있다.

묵죽도(墨竹圖) - 위와 같음.

추강만범도(秋江晚泛圖) - 연객(烟客)

허필(許佖)의 자는 여정(汝正)이다. 연객(烟客)이라는 작은 도장이 찍혀있다.

이를 통해 조선의 시화 작품도 중국에서 광범위하게 유행되고 있었음을 알 수 있다. 앞에서 언급했듯이 박지원도 다른 연행자와 마찬가지로 북경에서 서양화를 접하고 그 특이한 화풍과 기교에 대해 평론하였다.

주지하다시피 북학파 실학자로 저명한 박지원도 정조 4년(1780)에 종형 박명원의 자제군관 자격으로 사행(使行)하여, 심양에서 전사가, 이구몽 등과 사귀고 열하에서 윤가전, 왕민호 등과 결교하면서, 고금중외와 천문지리, 문학예술 등 광범위한 문제에 대해 토의하였다. 1784년에 완성된 그가 지은 『열하일기』는 중국을 보고 느낀 감상과 중국문사들과 나눈 학술토론의 내용을 싣고 있는데, 이 책은 한중 양국의 사상, 학술계에 심대한 영향을 미쳤다. 앞에서도 언급했다시피 『열하일기』에 대한 연구는 한국 학자들은 물론이고 중국학자들까지도 20세기 90년대 이후

부터 중국 지역 이외의 한적(漢籍) 연구에 몰두하기 시작하면서 『열하일기』에 대한 관심을 가지게 되었다. 이는 객관적으로 박지원과 그의 『열하일기』연구는 당시 조선왕조의 사회, 문화 등에 대한 연구를 떠나서는 진행할 수 없는 것이다. 이런 차원에서 필자는 박지원의 『열하일기』본신이 조선왕조 문화를 중국 청 왕조에 전파시켰다고 말하고 싶다. 그렇다면 『열하일기』가 오늘에 이르기까지 초시대적으로 각광을 받을 수 있는 원인은 무엇일까? 여러 가지 원인이 있겠지만 한 가지 중요한 것은, 한국과 중국이 모두 유교문화권, 한자문화권이라는 공통의 문화권 속에서 있었기 때문에 가능할 수 있었다는 점이다. 즉 문화커뮤니케이션의 구조에서 말하는 두 문화의 관계가 가까울수록 두 문화권의 사람들이 만날 수 있는 가능성이 높아지며 두 문화 간에 동질성이 높을수록 두 문화권 사람들의 커뮤니케이션이 원활하게 이루어질 수 있기 때문이다. 즉 중국어를 모르는 박지원이 필담 및 비언어적인 문화커뮤니케이션을 통해 중국문인들과 훌륭하게 교감할 수 있었던 것이었다.

(2) 팔포무역(八包貿易)을 통한 조선 홍삼문화의 중국 유입

청의 입관 전에는 조선왕조와 요(遼)간의 대규모의 국가 무역이 향해져, 요동의 인삼은 등과 조선왕조의 서적, 필묵, 과일 등이 교환되었다. 청의 입관 후에는 조선왕조와 청조 간에 이루어진 교역 가운데서, 이른바 '조공무역(朝貢貿易)'즉 사행무역(使行貿易)은 조선왕조와 청조 간의 무역이었지만, '호시(互市)'즉 국경무역은 조선왕조와 요 왕조 간의 무역이었다. 특히 당시 요동문화의 수준은 조선왕조에 비해 현저히 낮았기 때문에, 사행무역이 중국문화의 한국 유입에 지대한 역할을 하였는데에 반해, 변경무역은 중국문화의 한국 유입에 별다른 영향을 미치지 못하였다. 오히려 이 변경무역은 일부 조선 왕조의 문화가 요동으로 전입되는 통로로 이용되었다(張存武, 1978, pp.552-553).

팔포무역으로 요동에 들어 온 '고려지(高麗紙)'는 요동인들의 애호를 받았다. 조선이 중국이나 요동에 보낸 국서(國書)는 항상 담묵(淡墨)으로 쓰여졌는데,자획이 가는 실처럼 섬세하였다. 만주인이 입관하기 전에는 왕왕 조선에서 온 편지지를 잘라내어 농묵(濃墨)으로 큰 글자를 써서, 기타 문서에 이용하였다. 이러한 습관은 당시 만주의 종이 부족에 기인한 것이지만, 당시 조선의 종이를 중시하였기 때문이기도 하다(周一良, 1954, p. 38). 청대에는 조선의 많은 상인들이 청의 경내에 들어가서 부판규매(負販叫賣)와 같은 아주 간단한 무역을 행하였다. 예컨대, 조선인의 한지(韓紙)는 청인의 가장 큰 환영을 받았는데, 특히 요동의 한랭지에서는 겨울에 한지를 창호지로 사용하여 추위를 막았다. 일반적으로 이러한 종이를 '고려지(高麗紙)'라 불렀다. 매년 가을 요동 각지에서는, 특히 향촌에서는 많은 조선인들이 고려지를 규판(叫販)하였다(김한규, 1999, p.816).

건륭 때에는 폐관쇄국(閉關鎖國)정책을 실시하여 광주 한 곳만 제외한 모든 해관을 폐쇄하였다. 그러나 조선에 대해서만은 예외로 인정하여 조공무역과 변경무역이 계속 유지되었다. 연 행사행원(燕行使行員)의 여비부족을 보충하기 위해 일정한 양의 인삼이나 은을 지참하는 것을 허용하였다. 조선, 청 시대에 책봉조공체제에 의해 규제된 무역 가운데서 가장 중요한 것은 사행원에 의해 행해진 공인된 사무역, 이른바 팔포무역이었다. 조선은 초기부터 연행사행원의 여비 부족을 보충하고 사적인 교역을 위해 일정한 양의 인삼이나 은을 지참하고 가는 것을 허용하였는데, 후기에는 사행원 각자가 팔포(八包)의 인삼을 지참해 가는 것이 허용되었기 때문에, 팔포무역이라고 한다.

박지원은 『열하일기』, 「도강록」 6월 27일 일기에서 팔포무역에 대한 기록을 이렇게 남겼다.

사행 갈 때는 정관(正官)에게 팔포를 내리는 것이 관례다. 정관은 비장과 역관을 합쳐서 모두 30명이다. 예로부터 나라에서 정관 한 명당 인삼 몇 근을 지급했는데 이것을 팔포라고 한다. 지금은 나라에서 지급하지 않고 제각기 은을 준비하도록 하되, 포의 숫자만을 제한할 뿐이다. 당상관의 포는 은 3,000냥이고, 당하관은 2,000냥이다. 이것을 가지고 연경으로 들어가서 여러 물화를 바꿔오도록 한다. 가난해서 은을 갖고 갈 처지가 아니면 그 포의 권리를 팔기도 한다. 송도, 평양, 안주 등의 장사꾼들이 그것을 사서 대신 은을 넣어 간다. 그러나 이들이 직접 연경에 들어가는 것은 법으로 금지되어 있다. 그래서 이 포의 권리를 다시 의주 장사꾼들에게 넘겨주어 물건으로 바꾸어 오게 한다.[52]

이런 팔포무역으로 중국의 변경도시 책문(柵門)은 번영하게 된 것이다. 박지원은「도강록」6월 27일자 일기에서 책문에 대해서 이렇게 기록하고 있다.

여염집들은 모두 오량집처럼 높다. 띠풀로 이엉을 했다. 등마루는 훤칠하고 대문은 가지런히 정돈되어 있다. 거리는 평평하고 곧아서 양쪽 길가로 먹줄을 친 듯하다. 담은 모두 벽돌로 쌓았다. 사람용 수레와 화물용 수레들이 길을 마구 지난다. 벌여 놓은 그릇들은 모두 그림을 그린 도자기다. 그 모양새가 어디로 보나 시골티라곤 조금도 없다.[53]

여기서 지적하고 싶은 것은 이런 책문도 조선과의 팔포무역으로 번영

52) 朴趾源, 國譯『熱河日記』I, 韓國民族文化推進會, 1968年版, p. 521, "使行時, 例給正官八包, 正官者, 神譯共三十員, 八包者, 舊時, 官給正官, 人人蔘幾斤, 謂之八包, 今不官給, 令自備銀, 只限包數, 堂上, 包銀三千兩, 堂下二千兩, 自帶如燕, 貿易諸貨, 爲奇羨貧不能自帶則賣其包窠, 松都平壤安州等處燕南, 買其包窠, 充銀以去, 然諸處燕商, 法不得身自入燕, 將包交付灣人貿易以來."

53) 朴趾源, 國譯『熱河日記』I, 韓國民族文化推進會, 1968年版, p. 522, "閭閻皆高起五樑, 苫艸覆盖, 而屋脊穹崇, 門戶整齊, 街術平直, 兩沿若引繩然, 墻垣皆甎築乘車及載車, 縱橫道中擺列器皿, 皆畵瓷, 已見其制度絕無邨野氣."

했던 것이다. 책문을 통해 조선의 인삼, 백은, 종이, 모피 등으로 중국의 백포(白布), 약재, 안경, 문구(文具)등을 구입하였다. 이런 팔포무역은 산업발전을 자극함과 동시에 상대방 문화의 내용을 다양화하고 그 수준을 제고하는데 도움을 주었다. 특히 서적의 교역은 한중 양국의 문화를 이해하고 접근케 하는데 직접적인 역할을 하였다.

순치시대에 청 사신의 교역 행위는 금지되었지만, 조선사절의 교역 행위는 계속 허용되었다. 인삼 10근을 1포(包)라 하였고 인삼 한 근이 은 25냥으로 환산되었기 때문에, 인삼 8포의 값어치는 은 2,000냥에 해당하였고, 보통 정관(正官)30명으로 구성되는 사절단은 6-7만 냥 정도의 은을 교역에 사용할 수 있었다(김한규, 1999, p.758).

중국인들은 인삼을 깨끗이 씻어 말린 백삼(白蔘)보다 쪄서 말린 홍삼(紅蔘)을 즐겨 사용했기에 홍삼무역이 상당히 발달되었다. 조선삼(朝鮮蔘)은 천하의 귀중품이다. 청인의 아편 중독자들은 인삼을 약용으로 복용하기 때문에, 더욱 조선인삼을 얻어 진귀품으로 여겼다. 그런데 이를 복용하고 때때로 독의 부작용을 당하는 일이 많았다. 그래서 조선 사람들은 수삼(水蔘)을 쪄서 청과 교역을 하였다. 이것이 홍삼의 시초이다. 책문에는 고려인삼국이 설치되어 있었다(김한규, 1999, pp. 769-770). 지금도 중국에서는 고려인삼이라면 인기가 있으며 특히 한국의 홍삼차,6년근 홍삼액 등은 선물용으로 많이 사용되고 있다.

그리고 조선의 청심환은 중국 사람들의 즐겨 찾는 약이었다. 박지원의 『열하일기』에서는 여러 곳에서 중국백성이나 상인, 문인들이 청심환을 요구하는 장면들이 자주 나타나고 있다. 아래에 몇 개만 예를 들어 보자.

1780년 8월 14일 열하(태학관)에서 중국문인들과의 필담
저녁을 치른 뒤에, 왕민호가 어린 학도 편으로 붉은 쪽지 한 장을 보내왔다.

"왕민호가 삼가 연암 박선생님께 부탁을 드립니다. 수고스럽겠으나 천은 두 냥으로 청심환 한 알만 사 주셨으면 합니다."

나는 천은을 바로 돌려보내고 진짜 청심환 두 알을 보내 주었다.[54]

1780년 8월 3-4일 유리창에 대한 기록

수레를 몰아 양매서가(楊梅書街)에 이르러 우연찮게 육일루(六一樓)에 올랐다가 유세기(俞世奇)를 만나 잠시 이야기 나누었다. 서황(徐璜)과 진정훈(陳庭訓)등도 자리를 함께 했는데, 다들 괜찮은 선비들이었다. 지난해 조선에서 온 어른 두 분이 무고한지 물으면서 혹 청심환을 가지고 온게 있으면 한두 개 얻었으면 한다고 했다.[55]

「도강록」1780년 7월 3일 일기 기록

전에 서울에 있을 때, 가친 절공(折公)이 명성당(鳴盛堂북경 유리창에 있었다)이라고 이름을 붙인 각포(刻舖판각하는 집)를 내었는데, 그 때의 책 목록이 마침 행장 속에 들어 있사온즉, 만일 소일삼아 보시려면 빌려드리기 어렵지 않습니다. 그러나 한 가지 부탁이 있습니다. 영감께서는 이제 바로 돌아가셔서 진짜 환약(청심환이다)과 조선 부채 중에 잘 된 것을 골라서 초면의 정표로 주신다면 영감의 참된 사귐의 뜻을 알겠으니, 그 때에 서목을 빌려 드려도 늦지 않겠소이다.[56]

「환연도중록」1780년 8월 17일 일기 기록

...조금 뒤 웃는 얼굴로 다가오더니 산사 열매 두 개를 바치면서 청심환을 달라고 한다. 애당초 이렇게 소란을 떤 건 청심환을 얻으려는 수작

---

54) 朴趾源, 國譯『熱河日記』I, 韓國民族文化推進會, 1968년版, p. 635, "夕飯后王鵠汀送學徒小兒, 持小紅紙貼來, 書王民皞請燕巖朴老先生替勞, 轉買一丸淸心天銀二兩, 余還其銀, 即送二丸眞藥."

55) 朴趾源, 國譯『熱河日記』I, 韓國民族文化推進會, 1968년版, p. 606, "驅車至楊梅書街, 偶上六一樓, 逢俞黃圃世崎少話徐文圃璜陳立齊庭訓在座, 皆佳士.""往歲朝鮮兩老爺, 常常來遊弊庒, 進無恙否, 如來有帶淸心元願得一二丸."

56) 朴趾源, 國譯『熱河日記』I, 韓國民族文化推進會, 1968년版, p. 534, "舍親折公, 新開刻舖, 起號鳴盛堂, 其群書目錄, 適在橐中, 如欲遣閒時, 不難奉借, 但願倆老, 此刻暫回, 携得眞眞的丸子, 淸元心高麗扇子, 揀得精好的作面幣, 方見倆老, 眞誠結識, 借這書目未晚也."

이었던 것이다. 그 심보는 괘씸하기 짝이 없었지만 나는 곧 청심환 한 알을 주었다. 그러자 청심환을 받아 든 중은 머리를 무수히 조아린다.[57]

(3) 청에 유입된 조선 문화와 서적

우리가 알다시피 조선, 청 두 왕조시기 많은 조선의 연행사들은 견문록 식의 『연행록』을 써서 중국을 소개하였다. 그러면 당시 조선을 방문한 중국청 사신들은 조선을 소개하는 견문록을 안 남겼을까? 그리고 우리는 또 앞에서 논술을 통해 많은 중국서적들이 조선에 들어와 양국문화발전 에 공헌했음을 알고 있다. 그러면 조선의 서적들은 중국에 전파되지 않았 는가? 그 상황은 어떠할까? 아래에 이러한 문제를 가지고 당시 조선 왕조의 문화가 청 왕조에 어떻게 전파되었는지를 논해 보겠다.

조선을 방문한 청사(淸使)의 수행원 가운데서 한국에 관한 견문록 을 남긴 경우도 없지 않았다. 이를 표로 제시하면 아래와 같다.[58]

〈표 14〉 청에 유입된 조선 서적들(김한규, 1999, pp.787-788)

著者	書名	卷數
孫致彌 撰述, 李元楨 序文.	『朝鮮采風錄』	
崇禮	『奉使朝鮮日記』	
柏葰	『奉使朝鮮驛程日記』	1卷
柏葰	『朝鮮所枝詞』	1卷
吳鐘史	『遊高麗王城記』	1卷
吳鐘史	『東遊記』	1卷
吳鐘史	『高麗形勢』	1卷
吳鐘史	『朝鮮風土略述』	1卷
薛培榕	『朝鮮輿地說』	1卷

---

57) 朴趾源, 國譯 『熱河日記』 I, 韓國民族文化推進會, 1968年版, p. 640, "即持兩個山 楂陪笑來獻, 且求淸心元, 當初其鬧, 盖討淸心元也, 突厥心術, 可謂無良, 余即與一丸, 其僧叩頭無數."

58) (臺灣)國立中央圖書館 編, 「中國關於韓國著述目錄」, 『中韓文化論集』, 1955.

薛培榕	『朝鮮風俗記』	1卷
薛培榕	『朝鮮會通條例』	1卷
薛培榕	『東藩紀要』	12卷
薛培榕	補錄	1卷
薛培榕	『朝鮮八道紀要』	1卷
魏元曠	『朝鮮賦校勘記』	1卷
齊召南	『朝鮮諸水篇』	1卷
許午	『朝鮮雜述』	1卷
畢士成	『東三省韓俄交界道里』	1卷
江登雲	『東南三國記』	1卷
李韶九	『朝鮮小記』	1卷
龔紫	『朝鮮考略』	1卷
博明	『朝鮮軟事』	1卷
魏源	『征撫朝鮮記』	1卷
朱逢甲	『高麗論略』	1卷
乾隆 嘉慶期間, 作家 未詳.	『朝鮮志』	2卷

위의 저작 중 설배용(薛培榕)이 쓴『동번기요(東藩紀要)』를 예로 하여 그 내용을 찾아보면 아래와 같이『조선지(朝鮮志)』라고도 불리는 조선 왕조의 역사와 지리, 문화, 제도 등을 정리한 일종의 지서체(志書體) 조선 약사였다.

『東藩紀要』, 薛培榕(淸)著, 吳承裕(淸)編輯,

책권수 12卷 4冊,

자료소개『朝鮮志』라고도 불리는 朝鮮의 歷史와 地理, 文化, 制度 등을 整理한 一種의 志書體 朝鮮簡史이다.

책의 목차 卷1:建都通攷, 卷2:朝鮮輿地圖, 朝鮮輿地說, 朝鮮分野, 卷3:輿地沿江濱海營堡驛路道里說, 八道分圖, 卷4:朝鮮王城圖, 王城圖說, 卷5:八道府州縣距京道里識, 附:山川郡名物産水陸貢道水陸路程, 卷6:文武京官及八道守土官職, 卷7:八道府縣城陴制, 八道烽燧, 卷8:

諸道兵艦總數, 潮汐, 京外水陸騎步各軍符信, 卷9:頒祿, 章服, 度量衡
制, 戶口, 田結, 田賦, 雜稅, 漕運, 礦産, 錢法, 卷10:歷年參考, 卷11:節
錄會通條例, 卷12:朝鮮風俗記[59]

위의『동번기요(東藩紀要)』내용에서 보다시피 이 책은 설배용(薛培
榕) 이 저술하고 오승유(吳承裕)이 편집한 책으로 중국에서 출판된 책인
데 당시 조선에 대해서 상세히 기록해 놓고 있음을 알 수 있다. 특히
조선의 풍속 등 문화에 대해서도 기록했음을 볼 수 있다.

이밖에도 건륭제 때 편찬한『사고전서』총목에 수록된 조선 서적들은
아래와 같다. 그 중에서 서경덕의『서화담집』은『사고전서』에 편입된
유일한 외국인의 시문집(詩文集)으로서 그 의의가 크다.

〈표 15〉『사고전서총목』에 수록된 조선 저서(진빙빙, 2008, p.157)

類別	書名	編纂者	所載位置	所藏
史部	朝鮮史略六卷	不著選人名氏	卷六十六 史部載記類存目	浙江鮑士恭家 藏本
	高麗史二卷	鄭麟趾等撰	卷六十六 史部載記類存目	編修汪如藻家 藏本
	朝鮮志二卷	不著撰人名氏	卷七十一 史部地理類	浙江范懋柱家 天一閣藏本
	朝鮮國一卷	不著撰人名氏	卷七十八 史部地理類存目	浙江范懋柱家 天一閣藏本

---

59) 서울대학교. 규장각 한국학 연구소. http://e-kyujanggak.snu.ac.kr에서 찾아 볼 수
있다.

集部	徐花潭集二卷	明嘉靖中朝鮮 生員徐敬德撰	卷一百七十八 集部別集類存 目	浙江巡撫採 進 本

이 밖에 박지원은 북경 유리창에서 『동의보감』을 발견했다. 『동의보감』은 허준(許浚)이 조선 선조 때 시작하여 광해군 때 완성한 유명한 의학서적인데, 그 책이 중국까지 유행해 북경 유리창에서 발견되었던 것이다. 연암은 책을 몹시 사고 싶었으나 책값이 다섯 냥이 없어 아쉽게 사지 못했다. 박지원은 다만 능어(凌漁)라는 중국인이 쓴 책의 서문만 베껴오는데, 이중국인은 허준과 『동의보감』에 대해 격찬하고 있다.

이 『동의보감』은 옛 명나라 시절 조선의 허준이 엮은 것이다. 조선 사람들은 애초부터 문자를 알며, 글 읽기를 좋아하였고, 허준은 또 그 나라의 명문가 사람이라 형제 세 사람이 모두 문장으로 이름을 날렸으며, 그 누이동생의 재주가 또한 그 오빠들보다 뛰어났으니, 구변(九邊)의 모든 나라 중에서 가장 걸출한 자였던 것이다. 동의(東醫)라는 말은 무엇일까. 그 나라가 동쪽에 있으므로 의원에서도 동의라 일컫는 것이다. 허준이 비록 궁벽한 외국에 태어났으나 능히 아름다운 책을 지어서 중국에 유행되었으니, 글이란 그 뜻을 충분히 전할 때 의미가 있는 것이지 어떤 지역에서 지어졌다 해서 문제될 것은 없는 것이다.

여기서 지적할 것은 능어는 허준과 같은 시대에 산 문신이자 소설가인 허균을 허준으로 착각한 것이었다. 따라서 '오빠들보다 재주가 뛰어난 누이동생'은 허균의 동생으로 여류시인인 허난설헌이라고 봐야 할 것이다(최정동, 2006, p.279).

(4) 박지원의 지전설과 지동설

박지원은 중국을 오기 전에 중국을 여행한 홍대용, 박제가를 통해 이미 중국을 이해했고 중국문인들을 만나면 어떤 대화를 할까에 대해 내내 궁리하였다. 「곡정필담」〈덧붙이는 말〉에서 그는 이렇게 기록하고 있다.

> 내가 서울을 떠난 지 8일 만에 황주(黃州)에 닿았다. 말위에서 혼자 생각하기를 원래 학식이라곤 전혀 없는 내가 적수공권으로 중국에 들어 갔다가 위대한 학자라도 만나면 무엇을 가지고 의견을 교환하고 질의를 할 것인가 생각하니 걱정이 되고 초조하였다. 그래서 예전에 들어서 아는 내용 중 지전설과 달의 세계 등을 찾아내 매양 말고삐를 잡고 안장에 앉은 채 졸면서 이리저리 생각을 풀어내었다. 무려 수십만 마디 의 말이, 문자로 쓰지 못한 글자를 가슴속에 쓰고, 소리가 없는 문장을 허공에 썼으니, 그것이 매일 여러 권이나 되었다.[60]

이것은 박지원이 중국을 향하는 말 위에서 다짐한 자기태도의 확립이 며, 그의 세계관에 대한 집요한 표현이다(강동엽, 1988, p.139). 여기서 자기태도의 확립은 중국 중심의 세계관의 확대, 곧 지전설을 내세워 천원지방(天圓地方)이나 천동지정(天動地靜)과 같은 종래의 우주관을 부 정하고 새로운 세계질서를 내세우는 것이었다. 그리고 자기의 세계관에 대한 집요한 표현이라고 한 것은 중국을 여행하면서 바라본 청의 합리적 생활태도─이용후생에 대한 배움으로 나타난다. 즉 그의 북학사상으로 나타난다. 박지원의 생각은 틀리지 않았다. 그는 열하에서 준비했던 학문 적 대화를 적절한 답변과 소통을 할 수 있는 중국문인들을 만나 엿새

---

60) 朴趾源, 國譯 『熱河日記』 Ⅱ, 韓國民族文化推進會, 1968年版, p. 522, "余離我京八 日, 至黃州仍於馬上自念, 學識固無藉手入中州者, 如逢中州大儒將何以扣質, 以此煩, 寃逐於舊聞中, 討出地轉月世等說, 每執轡據鞍和睡演繹, 累累數十萬言, 胷中不字之 書, 空裹無音之文, 日可數卷言雖無稽."

동안 창문을 마주하고 밤을 새워가면서 필담을 했다. 특히 지전설과 지동설에서는 조리 있게 논하면서 자기태도와 자기 세계관을 집요하게 표현했다. 아래 것은 8월 13일 필담을 기록한 내용이다.

"별이 달보다 크고 해가 땅보다 큰데도, 보기엔 그렇지 않은 이유는 멀고 가까운 차이 때문이 아닐까요. 만약 그것이 참이라면, 해와 땅과 달은 모두 허공에 나란히 둥둥 떠 있는 별이라고 할 수 있을 것입니다. 해와 달은 오른쪽으로 수레바퀴처럼 돌아, 도는 궤도가 해는 크고 달은 작으며 도는 주기가 해는 늦고 달은 빠르므로 한 해와 한 달은 각각 일정한 도수에 맞는답니다. 그러니 해와 달이 땅을 둘러싸고 왼편으로 돈다는 말은 그야말로 우물 안 지식이 아니겠습니까?"

기풍액이 껄껄 웃으면서 "거, 참으로 기이한 이야기로군요. 땅이 둥글다는 이야기는 서양 사람들이 처음 말했지만 땅덩이가 돈다는 말은 하지 않았습니다. 한데, 선생은 이 학설을 스스로 터득한 것인가요?"[61]

위의 기풍액의 말에서 볼 수 있는바 당시 중국의 학자들은 지식으로는 땅이 둥글다는 것을 서양 사람들에 의해 알았으나 지구가 돈다는 것은 조선 학자—박지원에게서 처음 듣는 학설임이 틀림없다.

박지원이 『열하일기』, 「곡정필담」에서 아래와 같은 필담내용을 기록해놓고 있다.

서양인은 지구가 둥글다고 인정하면서도 둥근 것이 돈다고 말하지는 않았습니다. 이는 지구가 둥글다는 사실만 알았지, 둥근 것은 반드시 회전한다는 사실을 몰랐던 겁니다. 그러므로 제 생각에는 지구가 한

---

61) 朴趾源, 國譯 『熱河日記』 I , 韓國民族文化推進會, 1968年版, pp. 630-631, "星大於月, 日大於地, 視有鉅細, 由近遠乎, 信玆說也, 日地月等浮羅大空, 兮是星乎." "日月右旋, 翻轉如輪, 圈有大小, 周有遲疾, 歲朞月朔, 各有其度, 左旋繞地, 匪井觀乎." "奇公大笑曰奇論奇論, 地球之說, 泰西人始言之而不言地轉先生是說自理會歟, 抑有師承否."

번 돌아서 하루가 되고, 달이 지구 주위를 한 번 돌아서 보름이 되며, 태양이 지구를 한 번 돌아서 한 해가 되고, 목성이 지구를 한 번 돌아서 12년이 되며...[62]

위에서 박지원은 "서인(西人)은 이미 지(地)가 구(球)라고 하였으나, 그뿐으로 구가 돈다고는 말하지 않았으니, 그것은 지(地)가 원(圓)임은 알고 있었으나 둥근 것은 반드시 돈다는 것을 알지 못했기 때문이다."라고 말한 것으로 보아, 그가 서구의 지구설에는 접하고 있었으나 지동설에는 접하지 못했음을 알 수 있다. 이처럼 한국에서 자생한 독자적 우주론이 17세기 이후 중국을 통해 본격적으로 수입된 서양 천문학과 만남으로써, 전통적인 혼천설적(渾天說的)우주관을 극복하고 근대적 우주관을 확립할 수 있게 되었다. 또 중국문인들과의 필담을 통해 중국에 전해짐을 알 수 있다.

(5) 조선의 문학을 통해 조선의 문화가 중국에 소개된 사례

조선시대 한국의 문학이 중국에 소개된 사례에 관한 기록도 적지 않다. 숙종 21년(1695)에 청사(淸使)가 조선의 시문(詩文)과 필법(筆法)을 보려고 원하여, 『동문선(東文選)』과 『청구풍아(靑丘風雅)』에 실려 있는 시문을 초사(抄寫)하여 주었으며, 서예(書藝)에 능한 자를 선택하여 글자를 써서 보여 주었다.

조선왕조의 문학 서적이 중국 청 왕조로 수입되기도 하였다. 강희(康熙) 51년(1712)에 청(淸)성조(聖祖)는 조선에 서적을 보내주면서, 아울러 조선 왕조의 시부문장(詩賦文章)을 요청하였다. 조선 근세의 시문

---

62) 朴趾源, 國譯 『熱河日記』 Ⅱ, 韓國民族文化推進會, 1968年版, p. 507, "西人旣定地爲球, 而獨不言球轉, 是知地之能圓而不知圓者之必轉也, 故鄙人妄意以爲地一轉爲一日, 月一匝地爲一朔, 日一匝地爲一歲, 歲歲星一匝地爲一紀."

가운데에는 청인을 욕하는 문구가 많았기 때문에, 오래 전에 저술된 문집 가운데서 꺼릴만한 것이 없는 시문을 골라내어 주자(鑄字), 인쇄하였는데, 이를 이름하여 『동문선(東文選)』이라 하였다. 모두 15책을 만들어 청 왕조로 보내었다(張存武, 1974, pp.560-563). 또한 유득공이 정조 14년(1790)에 북경 갔을 때 『사고전서』관 총찬관(總纂官) 기효람(紀曉嵐)으로부터 다음과 같은 이야기를 들은 바 있다. "귀국의 서경덕(徐敬德)『화담집(花潭集)』은 이미 『사고전서』별집류중(別集類中)에 녹입(錄入)되었는데, 외국의 시집이 『사고전서』에 들어간 것은 천재(千載)에 1인일뿐이다."(楊通方, 1993, p. 243). 인조(仁祖)4년(1626)에 명에 출사(出使)하여 문명(文名)을 중국에 크게 떨친 청음(清音) 김상헌(金尙憲)의 시는 중국 문인 장연등(張延登)에 의해 중국에서 간각(刊刻)되었다(周一良, 1953, p. 26). 김상헌의 시는 전겸익(錢謙益), 왕어양(王漁洋)의 문집 가운데에도 수입되었으며(朱雲影, 1962, p. 64), 청초(清初) 시인 왕사정(王士禎)이 간각(刊刻)한 『어양감구집(漁洋感舊集)』에 그의 시가 8수 수록되어, 일시에 중국에서 그의 시가 전송(傳誦)되었다. 홍대용이 선편(選編)한 『해동시선(海東詩選)』(4책)은 반전균(潘庭筠)등 청의 저명한 시인들에게 보내어져 상당히 큰 영향을 미쳤다. 이후에 반정균은 조선왕조의 한시(漢詩)에 더욱 흥미를 느껴 여러 번 친히 조선의 저명한 4가시인(詩人)인 이덕무(李德懋), 유득공(柳得恭), 박제가(朴齊家), 이서구(李書九)의 시문집을 위해 서문과 발문을 써 주고 50여 수의 시에 대해 비평을 해 주었다(金柄珉, 1988, pp. 270-271).

조선왕조시대에도 한국의 화가가 중국에서 이름을 떨친 경우가 있다. '삼한(三韓)'사람인 이세탁(李世倬)은 강희, 건륭 2대에 한군적(漢軍籍)에 속했던 사람이다. 그는 자유자재한 화필로 어느 것이나 극치에 도달하여, 청초의 저명한 화백의 한 사람으로 인정받았다(俞劍華, 1937, p. 189).

(6) 『열하일기』속에 나오는 조선왕조의 속담과 민요

박지원의 『열하일기』에서는 적지 않는 조선왕조의 속담들이 빈번히 나오고 있다. 예컨대, '三日程一日未行(사흘길 하루도 아니 가서)', '觀光 但喫餅(굿이나 보고 떡이나 먹는다)', '廣州生員初入京(광주 생원의 첫 서울이라 즉 멍청한 사람)', '罡鐵去處秋亦爲春(강철이 간 데는 가을도 봄이라)', '笑臉不唾(웃는 낯에 침 뱉으랴)', '曉夜行不及門(밤새도록 가도 문 못들기)', '石人回頭(돌부처도 돌아앉는다)', '奪小兒染涕餅(어린 애 코 묻은 떡 뺏기)', '踢矮痤頤(난장이 턱차기)', '官猪腹痛(관가 돼지 배 앓는 격)'등이 나온다.

아래에 『열하일기』의 「구외기문」에서 나오는 '열 가지 가소로운 일' 중의 조선왕조 속담 부분에 대한 기록을 보기로 하자.

> 우리나라 속담에 '관가 돼지 배 앓는 격'이라는 말이 있는데, '월(越) 나라 사람이 진(秦)나라 사람이 수척해지는 모습을 무관심하게 본다' 는 말과 같다. 그 이름만 있고 실체는 없다는 뜻인데, 과거 한나라 시대의 효렴이 그와 같이 유명무실했다고 한다면, 하물며 후세에는 더 말해 무엇하랴![63]

이와 같이 박지원은 그의 박식함을 이용하여 두 나라의 속담을 잘 이용하여 알아보기 쉽게 문장을 지었다. 특히 위와 같이 두 나라 속담을 함께 이용함으로써 두 나라 문화교류에 유리 할 뿐만 아니라 특히 조선 문화가 중국전파에 유리했다.

또 하나 더 예를 들어 보기로 하자.

---

63) 朴趾源, 國譯 『熱河日記』Ⅱ, 韓國民族文化推進會, 1968年版, p. 632, "我東諺有云, 官猪腹痛, 猶言越視秦瘠也, 其名存實無, 漢世孝廉, 猶然, 何況後世乎."

『열하일기』의 「상루필담」에서 나오는 조선왕조 속담에 대한 에피소드이다.

　　연암 "혹시 그 용의 이름을 아십니까?"
　　여기저기서 '응룡(應龍)' 또는 '한발(旱魃)'이라는 답이 나온다.
　　연암 (고개를 저으며) "아닙니다. 그 이름은 강철(罡鐵)입니다. 우리나라 속담에 '강철이 지나간 곳엔 가을도 봄이 된다'는 말이 있지요. 이는 가뭄이 심하게 들어 흉년이 됨을 이르는 것입니다. 그래서 가난한 사람들이 일을 도모하다 잘 되지 않으면 '강철의 가을'이라고 합니다."
　　배관 (고개를 끄떡이며) "그 이름 한 번 참 기이하구려. 내가 난 해가 바로 그때니, 이는 곧 강철의 가을이라, 내가 어찌 가난하지 않을 도리가 있겠습니까. 강~처!"
　　연암 "아니오, 강철"
　　배관 "강천"
　　연암 "천(賤)이 아니라, 도철(饕餮)의 철(餮)입니다."
　　이귀몽 (크게 웃으며 큰 소리로) "강청" 중국인은 갈이나 월 등의 'ㄹ' 받침을 잘 못한다.
　　이에, 함께 있던 사람들이 모두 배꼽을 잡고 크게 웃는다.[64]

　　위의 필담에서 볼 수 있는 것과 같이 연암은 문언체인 고문으로 표현된 조선 말 대화 장면에서는 정통 고문에서 금기시(禁忌視)하는 조선왕조식 한자어와 한국 고유의 속담을 즐겨 구사함으로서 한 편으로는 정취를 돋구면서 해학적 효과도 도모하고 또 다른 한 편으로는 최종적으로는 조선왕조문화를 중국 청 왕조에 전파하는 역할을 했다.

---

64) 朴趾源, 國譯 『熱河日記』 I, 韓國民族文化推進會, 1968年版, p. 553, "余曰, 諸公知此龍何名, 或曰應龍, 或曰旱魃, 余曰否也, 此名罡鐵, 我東鄙諺云, 罡鐵去處, 秋亦為春, 謂其致旱歲歉也, 故, 貧人謀事違心, 稱罡鐵之秋, 裴生曰, 龍名古奇, 我生之初, 乃丁是辰, 罡鐵之秋, 如何不貧, 乃長吟曰, 罡處, 余呼曰罡鐵, 裴生復呼曰, 罡踐, 余笑曰, 非音賤也, 如號饕之鐵, 東野大笑, 仍大呼曰, 罡靑, 一生都笑."

또 다른 예로, 박지원 일행 연행사들이 천신만고 끝에 북경에 도착했는데 황제가 당시 열하에서 피서를 하고 있으면서 조선 사신들을 열하로 오라는 천청벽력 같은 황명이 떨어진다. 연경에서 열하까지 다시 700리, 길은 멀고 일정은 빠듯한지라 인원을 최소한으로 줄이게 된다. 여기서 박지원의 '이별론'이 탄생하는데 일행의 일부와 잠시 헤어지는 슬픔을 조선의 민요인 배따라기(排打羅其曲)를 한역(漢譯)하여 아래와 같이 쓰고 있다.

우리나라는 땅이 좁은 탓에 살아서 멀리 이별하는 일이 흔치 않아 그렇게 심한 괴로움을 겪는 경우는 드물다. 다만, 뱃길로 중국에 들어갈 때가 가장 괴로운 이별의 순간이었다. 우리나라 대악부(大樂府)중에 〈배따라기〉라는 곡이 있는데, 방언으로 '배가 떠난다'는 뜻이다. 그 곡조가 어찌나 구슬픈지, 마치 애간장을 끊는 듯하다. 자리 위에 그림배를 놓아두고 어린 기생 한 쌍을 뽑아서 장교 차림으로 분장을 시킨다. 붉은 옷을 입히고, 주립, 패영에 호수와 백우전을 꽂고, 왼손엔 활시위를, 오른손엔 채찍을 쥐게 한다. 먼저 군례(軍禮)를 마친 다음, 첫 곡조를 부르면 뜰 가운데에 북과 나팔이 울려 퍼지고, 배에 탄 여러 기생들이 곱게 수놓은 비단 치마를 입고는 일제히 어부사를 부른다. 반주에 맞추어 둘째, 셋째 곡조를 부르는데, 처음과 같은 형식이다. 다음엔 역시 장교로 분장한 어린 기생 하나가 배 위에서 출범의 포를 쏘라고 노래하면, 이내 닻을 거두고 돛을 울린다. 동시에 여러 기생들이 일제히 노래를 불러 축하를 보낸다.

닻 들자 배 떠난다.
이제 가면 언제 오리.
만경창파에 가는 듯 돌아오소.

이것이 바로 우리나라에서 가장 구슬프게 눈물지을 때이다.65)

이렇게 박지원은 이별의 아픔을 우리의 민요인 배따라기(排打羅其曲)를 한역(漢譯)하여『열하일기』에서 심화시킴으로써, 이별의 정경을 더한층 돋보이게 하였고 더 중요한 것은 이런 민요를 통해 조선 문화를 중국에 전파하였던 것이다.

4.2.4 북경의 유리창-한중문화교류에 중요한 역할

청조 때 한중문화교류사에서 북경 유리창은 매우 중요한 역할을 했다. 당시 연행 사신들과 수종인원들은 북경 유리창에서 주로 조선왕조 정부와 개인이 필요한 서적들을 구하는 활동에 진행하였다. 이 과정에서 그들과 청조 문인들 사이에는 깊은 내왕과 우정이 이루어졌다. 유리창에 대한 기록은 조선 연행 사신들과 부분 수종인원들이 쓴『연행록』에 많이 반영되어 있는데, 이런 유리창에 대한 조선 왕조의 연행사들의『연행록』기록은 이 부분에 대한 기록이 거의 없는 중국 사료(史料)에 큰 보충적 역할을 해 주고 있어 중국내에서 특별히 주목을 받고 있다. 그러므로 18세기의 중국 북경의 유리창은 당시 한중문화의 중요한 역할을 담당했던 장소였을 뿐만 아니라 그 당시 문화교류를 기록한『연행록』은 오늘에 이르기까지도 한중학자(특히 중국학자)들의 중시를 받고 있다. 특히 전문적으로 유리창을 논한 중국 절강대학교 양우뢰(楊雨蕾)교수와 부단대학교 왕진충(王振忠)교수의 연구논문은 그중 가장 대표적인 것이라고 본다.[66]

---

65) 朴趾源, 國譯『熱河日記』I, 韓國民族文化推進會, 1968年版, p. 611, "我東壤地狹小, 無生離死別, 不甚知苦, 獨有水路朝天時, 最得苦情耳, 故我東大樂府, 有所謂排打羅其曲, 方言如日船離也, 其曲悽愴欲絶, 置畫船於筵上, 選童妓一雙扮小梭衣紅衣朱笠貝纓, 插虎鬚白羽箭, 左執弓弭右握鞭鞘, 前作軍禮, 唱初吹則庭中動鼓角, 船左右群妓, 皆羅裳繡裙, 齊唱漁父辭, 樂隨而作, 又唱二吹三吹如初禮, 又有童妓扮小梭, 立船上唱發船砲, 因收碇學航, 群妓齊歌且祝, 其歌曰碇學兮船離, 此時去何時來, 萬頃滄波去似回, 此吾東第一墮淚時也."

66) 楊雨蕾, 「朝鮮燕行录所记的北京琉璃厂」, 『中国典籍与文化』2004年第04期, pp. 55-63; 王振忠, 「琉璃厂徽商程嘉贤与朝鲜燕行使者的交往——以清代朝鲜汉籍史

앞에서 논하다시피 조선 왕조시기(1392-1910)북경에 온 조선의 연행사들은 많은 『연행록』을 기록하여 후대에 남겼다. 『연행록』의 대부분은 기행문으로 사신들이 연행의 구체적 일정동안 보고 들은 것을 기록한 것이며 또한 그들이 북경에 있는 동안의 공적인, 사적인 일들을 썼는데 내용(북경과 심양에 대한 기술)이 아주 풍부했으며 아주 높은 사료적 가치가 있다. 북경의 유리창을 예를 들면 중국의 사료와 비교해 볼 때 필자의 견해는 조선 사신들의 기록은 상세하고 생동할 뿐만 아니라 적지 않은 내용들이 중국인들이 옮길 수 없는 내용이며 전면적이고 객관적으로 외국인으로서의 조선 사신들의 시각으로 본 당시, 특히 청대중엽 유리창의 모습을 잘 반영하였다. 아래 도표를 통해 구체적으로 논의해 보겠다.

〈표 16〉 유리창에 대한 기록을 남긴 『연행록』

作者	著作名稱	著作年代	版本
李宜顯	壬子燕行雜識	1732	〈燕行錄選集〉67)92)하권, p.511-519
洪大容	湛軒燕記	1765	〈選集〉상권, p.231~430
李坤	燕行記事	1777-1778	〈選集〉하권, p.556-663
李德懋	入燕記	1778	韓文譯本〈靑庄館全書〉68)冊11, p.73-110
朴趾源	熱河日記	1780	上海書店 1996年校訂本
徐浩修	燕行記	1790	〈選集〉상권, p.433-534
柳得恭	灤陽錄	1790	〈遼海總書〉69)冊1, p.313-332

料为中心》, 『中国典籍与文化』 2005年第4期, pp. 96-103.

金正中	燕行錄	1792-1793	〈選集〉상권, p.537-611
柳得恭	燕台再游錄	1801	〈選集〉상권, p.652-668
李基憲	李基憲燕行錄	1801-1802	〈選集〉하권, p.694-799
徐長輔	薊山紀程	1803-1804	〈選集〉상권, p.671-821
朴思浩	燕行雜著	1828-1829	〈選集〉상권, p.825-927
(醫官)	赴燕日記	1828-1829	〈選集〉하권, p.629~676
鄭元容	燕行日記	1831-1832	〈選集〉하권, p.909~920
金景善	燕轅直指	1832-1833	〈選集〉상권, p.933~1188
李乘五	燕搓日記	1887	〈選集〉하권, p.1234~1282

위 표에서 알 수 있듯이 연행록의 대부분은 1960-1962년에 한국 성균관 대학교 대동문화연구소에서 출판한 『연행록선집』의 것이다. 『선집』은 한국에서 처음으로 『연행록』에 대하여 정리하여 출판한 것이며 수집한 『연행록』이 모두 최고의 작품들이다. 이것 외에 유리창에 기록된 연행록이 쓰여 진 시기는 18세기(60년대), 19세기(30년대)이다. 특히 18세기 70년대 중엽으로부터 19세기 초기 30년간에 많이 쓰여 졌다. 그 이유는 이 시기가 바로 청이 제일 흥행한 시기였고 당시 조선반도도 조선 문화의 중흥기를 맞고 있었던 시기였기 때문이다. 박지원도 바로 이 시기에 중국을 여행하였으며 귀국 후 저명한 『열하일기』를 써서 후대

---

67) 1960-1962년에 한국 성균관대학교 대동문화연구소에서 출판한 『연행록선집(燕行錄選集)』을 말하는데 아래에 「선집(選集)」으로 간칭 한다.

68) 韓國松樹出版社(譯名)1997年本.

69) 遼沈書社 1985年 影印

들에게 남겼다.

명대시기 유리창은 주로 황족의 유리와 기와를 만들던 곳이며 규모가 매우 방대했다. 청조 강희 33년(1694)에는 임금이 유리창을 요업자(窯業者)가 스스로 매입토록 하였다. 강희 39년(1700)에 왕문백(王文柏)은 여기에서 방옥책사(房屋册肆)로 개조(改造)하고 감독하였다(孫殿起, 1982, p. 73).그 후 유리창은 소도시로 되었다. 당지의 연초 집시(集市)가 유리창 창밖으로 옮겨지면서 이곳은 점차 발전하게 되었다.

명조 때 유리창이 가마공장이었을 뿐인데다가 명조가 다른 나라 사신들이 연경에 와서 개인적인 행동을 하는 것을 엄격히 제한했기 때문에 명대 조선의『조천록(朝天錄)』70)에는 유리창에 대한 기록이 거의 남겨져 있지 않았다. 청대에 와서는 경비(警備)가 완화되었기 때문에 조선 연행 사신들은 북경에 머물면서 사적인 일을 볼 수 있게 되었다. 강희, 옹정시기 유리창의 거리는 그다지 흥성하지 않았다. 그러한 이유로 인해 이 시기 유리창에 대한 기록도 영성(零星)했다.

건륭 연간에 유리창은 비교적 큰 규모의 도시로 발전하였다. 범고동(凡古董), 서사(書肆), 자화(字畵), 비첩(碑帖), 남지각사(南紙各肆), 개균집우시(皆麕集于是), 기무타물야(幾無他物也)(孫殿起, 1982, p. 34), 특히 그 중의 책방은 건륭 38년(1773)에 조정에서 사고관(四庫館)을 열어 천하의 장서(藏書)들을 대량적으로 수집해 놓으로써, 책을 수장한 이래 특별히 흥행하였다.

18세기 후기, 한반도의 조선왕조는 영조, 정조 때 우문(右文)정책을 널리폈는데 이 정책으로 인하여 한문 수양이 비교적 높은 적지 않은 조선 학자들이 사신, 혹은 수종인원으로 연경에 가게 되었다.홍대용,박지원,이덕무,박제가와 유득공 등은 당시 청조의 문화에 취심(醉心)하여

---

70) 명조때 조선사절단을 '조천'이라 불렀고, 청조 때 에는 '연행'이라고 불렀다. 때문에 명대사행록을『조천록』이라고 부르고 청대 사행록은『연행록』이라고 부른다. 때로는 통칭해서『연행록』이라고도 부른다.

유리창의 책방에 자주 가서 책을 보고 구해 오기도 했으며 거기에서 청조문인들과 교류하였다. 그리하여 유리창에 관한 것이 그들이 기록한 연행록에 많이 반영되었다. 본 절에서는 『열하일기』에서 유리창에 대해 어떻게 기록하고 있는지에 대해서만 논해 보겠다.

(1) 유리창의 내력(來歷)과 구체적인 위치 및 유리창에 대한 개술(概述)

박지원은 1780년에 자제군관의 신분으로 건륭황제의 70세 생신을 축하하러 북경에 왔다. 그의 저명한 『연행록』-『열하일기』가 바로 이 연행에 대한 기록이다. 그중 한 부분에는 전문적으로 『유리창』에 관해서만 담론하였다.

> 유리창은 정양문 밖의 남쪽 성 아래에서 가로로 선무문 밖에까지 뻗어있다. 이곳은 연수사(延壽寺)의 옛터이다. 송나라 휘종이 금나라에 포로로 잡혀서 북쪽으로 수레를 타고 갈 때 정 황후와 함께 여기 연수사에서 묵었다고 한다.
> 지금은 공장이 되어서 여러 색깔의 유리와 기와 및 벽돌을 만들고 있다. 공장에는 사람의 출입을 금하고, 특히 물건을 구워 만들 때에는 더더욱 꺼리는 금기사항이 많아서, 비록 기술자라 하더라도 모두 4개월치 식량을 싸 가지고 들어가는데, 한번 들어가면 함부로 못 나온다고 한다. 유리공장이 있는 밖은 모두가 점포로서, 재화와 보물들이 넘쳐난다.[71]

이 기록을 통하여 유리창의 위치와 내력을 비교적 정확하게 알 수

---

71) 朴趾源, 國譯 『熱河日記』Ⅱ, 韓國民族文化推進會, 1968年版, p. 650, "琉璃廠, 在正陽門外南城下, 橫亘至宣武門外, 即延壽寺舊址, 宋徽宗北轅, 與鄭后同駐延壽寺, 今為廠, 造諸色琉璃瓦轉, 廠禁人出入, 燔造時尤多忌 諱, 雖匠手皆持四月糧, 一入毋敢妄出云, 廠外皆塵鋪貨 寶沸溢."

있다. 또한 18세기 후반 유리창 밖의 도시들의 상황에 대해서도 개관(槪觀)해 볼 수 있다.

(2) 서사(書肆)에 대한 기록

서사는 18세기 후반에 이미 유리창의 시가(市街)의 주요 가게였다. 1780년, 박지원은 유리창의 서사에 대하여 아래와 같이 기록하고 있다.

> 책을 파는 점포 중 가장 큰 곳은 문수당(文粹堂), 오류거(五柳居), 선월루(先月樓)등인데, 과거 시험 준비를 하는 천하의 거인(擧人)들이나 중국내의 이름이 알려진 선비들은 대부분이 서점들 안에 우거하고 있다.72)

이러한 서사들을 통해 당시 중국에 온 박지원을 비롯한 조선의 연행사들은 이곳에서 많은 책들을 구입하여 조선으로 가지고 갔던 것이다. 또한 조선 문인들은 이곳에서 중국의 유명한 문인들과 만나 교류를 하였던 것이다. 바로 이 시기 유리창은 가장 번영기를 맞았으며 조선, 청 두 왕조 쌍방이 풍부한 문화교류를 할 수 있는 좋은 환경을 제공해 주었다.

(3) 유리창을 통한 조선, 청 두 왕조 문인들 사의의 내왕

연행 사신들이 연행에 있는 동안 중국 문인들과 내왕하였다. 명조 때는 제한이 많았기 때문에 내왕이 거의 없었다. 청대에 와서 특히 18세기 중후기에 많은 조선 학자들이 사신, 혹은 수종인원의 신분으로 북경에 왔다. 연행기간 그들은 청조의 선진문화에 심취(心醉)하였으며 적극적

---

72) 朴趾源, 國譯『熱河日記』Ⅱ, 韓國民族文化推進會, 1968年版, p. 650, "畫冊鋪最大者日文粹堂, 五柳居, 先月樓, 鳴盛堂, 天下學人海內知名人士, 多寓是中."

으로 청조 문인들과 접촉하면서 필담을 통해 그들과 교류를 하였다. 많은 청조의 문인들도 필담을 통해 조선 학자들의 깊은 한문 수양과 해박한 지식에 탄복하였다. 쌍방은 수시로 선물과 시구(詩句)를 교환하면서 서로의 우정을 쌓았다. 주목할 만한 것은 18세기 중후, 유리창이 한창 흥성할 때 청조의 많은 한족관리와 문인 선비들이 이 부근에서 살았다(楊雨蕾, 2004, pp. 55-63). 예를 들면 청대의 오위업(吳偉業), 손승택(孫承澤), 주이존(朱彝尊), 왕사정(王士禎)등 저명한 청대의 문인들이 유리창 부근에 정착하면서, 이곳의 문화적인 분위기가 점차 형성되기 시작하였다. 특히 청 건륭(乾隆)때『사고전서』를 편찬하기 위하여 전국 각지에서 모여든 문인들과 관료들이 이곳에서 문화 활동을 전개하고 필요한 서적을 수집하였다. 그 이후에도 이곳은 지식 인사들의 문화 교류장소로 부각 되어 높은 수준의 문화기운이 충만해 있었다. 그래서 유리창은 당시 서적 구입을 목적으로 삼던 연행 사신들의 자주 다녔던 곳으로 되었으며 연행 사신들이 유리창에 와서 서사을 방문하고 책을 구매했을 뿐만 아니라 그들 지간의 내왕도 이러한 배경에서 진행되었다. 박지원도『열하일기』에서 '천하의 거인과 이름 있는 선비들이 대부분 여기서 묶는다.'고 기록하고 있다.

다음은 『열하일기』1780년 8월 3-4일에 유리창에 대한 기록이다

선무문의 모양은 조양문과 같다. 왼쪽으로 상방(象房, 코끼리를 기르는곳)이, 오른쪽으로 천주당이 있다. 문을 벗어나 오른편으로 돌아 유리창으로 들어갔다. 처음 거리에 '오류거(五柳居)'라는 세 글자를 적은 간판이 붙어 있었다. 이곳이 바로 도옥(屠鈺)의 책방이다. 지난해 이덕무 일행이 여기서 책을 많이 샀다면서 즐겁게 오류거 이야기를 한 적이 있다. 지금이곳을 지나고 보니 마치 옛 친구를 만난 듯하다. 이덕무가 나를 전송하면서 "당낙우(唐樂宇)를 찾아가시려면, 먼저 선월루(先月樓)

로 가서 그 남쪽 편으로 돌아가십시오. 그럼 조그만 거리의 두 번째
문이 곧 그의 댁이랍니다."하였다.

수레를 몰아 양매서가(楊梅書街)에 이르러 우연찮게 육일루(六一樓)
에 올랐다가 유세기(俞世奇)를 만나 잠시 이야기 나누었다. 서황(徐璜과
진정훈(陳庭訓)등도 자리를 함께 했는데, 다들 괜찮은 선비들이었다.[73]

> 유리창은 정양문 밖 남쪽 성 밑으로 뻗어서 선무문 밖까지 이른다.
> 이는 곧 연수사의 옛터다. 송 휘종이 북으로 순행할 적에 정황후(鄭皇
> 后)와 함께 연수사에 묵었다. 지금은 공장이 되어 여러 가지 빛깔의
> 유리 기와와 벽돌을 만든다. 이 공장은 사람의 출입을 금하는 데다,
> 기와를 구울 때면 금기하는 것이 많아서 비록 전속 기술자라도 넉 달
> 먹을 식량을 갖고 들어가되 일단 들어가면 마음대로 나오지 못한다고
> 한다. 공장 바깥은 모두 점포인데, 재화와 보물이 넘쳐 난다. 서점 가운
> 데 가장 큰 곳은 문수당, 오류거, 선월루, 명성당 등이다. 천하의 거인과
> 이름 있는 선비들이 대부분 여기서 묵는다.[74]

본 논문에서는 박지원의『열하일기』만 예로 들어 유리창에 대해 간술
(簡述)해 보았다. 전반적으로 조선『연행록』에 있는 유리창에 대한 기록
은 매우 풍부하고 중국 문헌에 없는 자료를 제공해 준다. 예를 들면
서사 내부 환경과 서사 주인, 일부 품목 가격에 대한 묘사 등이 있다.
이로부터 우리는 청조 중기 북경 유리창 문화가의 여러 면을 알 수 있다.

---

73) 朴趾源, 國譯『熱河日記』I, 韓國民族文化推進會, 1968年版, p. 606, "宣武門, 制如
   朝陽門, 左象房右天主堂, 出門右轉入琉璃廠, 初街有五柳居三字提, 此屠鈺冊肆也, 前
   歲懋官臨別, 又言若尋唐鴛港, 樂字先至先樂樓, 其南轉小衚, 衚第二門, 即唐宅云."
74) 朴趾源, 國譯『熱河日記』II, 韓國民族文化推進會, 1968年版, p. 650, "琉璃廠, 在正
   陽門外南城下, 橫亙至宣武門外, 即延壽寺舊址, 宋徽宗北轅, 與鄭后同駐延壽寺, 今
   爲廠, 造諸色琉璃瓦轉, 廠禁人出入, 燔造時尤多忌諱, 雖匠手皆持四月糧, 一入毋敢
   妄出云, 廠外皆塵鋪貨寶沸溢."畫冊鋪最大者曰文粹堂, 五柳居, 先月樓, 鳴盛堂, 天
   下學人海內知名人士, 多寓是中."

특히 중요한 것은 이런 자료들에서 유리창은 이미 18세기 중 후기로부터 19세기까지 조선 연행학자들이 서적을 구매하고 청조의 문인들과 우호적으로 내왕하는 장소가 되었다는 것이다. 유리창이 당시 중국과 조선반도 문화교류에서 매우 중요한 역할을 담당했다고 할 수 있다. 그리고 중요한 것은 과거 중국학자들이 이러한 역사 내용에 대해 잘 이해하지 못했다는 것이다. 여기서 알 수 있듯이 박지원의『열하일기』를 비롯한 당시 많은『연행록』들은 중국문화 연구에 많은 기여를 했음을 알 수 있다. 또한 중국학자들이 이 부분에 대한『연행록』연구는 간접적으로 당시 조선왕조 문화연구에 바탕이 되었다고 할 수 있다.

18세기는 조선 왕조문화의 중흥기라고 말할 수 있다. 이 기간 홍대용, 박지원, 박제가 등 한문 수준이 높은 조선 왕조의 학자들이 중국 방문을 통하여 청 왕조의 수준 높은 정치, 문화제도에 깊은 감동을 받았으며 특히 그들은 당시 흥성한 문화 시가(市街)인 유리창에 와서 보고 들은 것에 대하여 심정이 매우 복잡하였다. 그것은 그들이 한편으로는 조선 나왕조의 사회적 폐단에 비추어 보면서 당시 청조의 경제 문화의 번영을 감탄했으며 기회를 찾아가며 유리창의 서사에 가서 책을 보고 구매했으며 적극적으로 청조의 문인들과 내왕하면서 그들의 영향을 받아 결국에는 '북학 중국'이라고 외치게 된다. 조선의 북학파 학자들로는 홍대용, 박지원, 박제가, 이덕무, 유득공등이 있다. 그들은 모두 연행(燕行)과정에서 점차 '북학파'의 주장이 형성되었으며 그것을 계기로 조선에서는 북학 운동을 일으켰다. 조선 북학 운동의 근원은 북경 유리창이라고 할 수 있다. 조선 북학운동은 '북경에 머무르던 조선 사자(使者)와 북경 4개의 천주당 및 예수회 성도 관할 하에 있는 천문입법기관-흠천감(欽天監)에 의해 실현된 것'(李元淳, 1998, p.342)으로서 결국에는 조선의 실학을 흥성하게 하였다.

또 다른 한편으로는 조선 연행 사신들은 연행기간 친히 청조 통치하에 있는 여러 폐단도 보았다. 외국 사신으로서 그들은 많은 우려를 하지 않았으며 기록과 느낌이 객관적이었다. 특히 그들이 명조에 대한 그리움과 '시청위이(視淸爲夷)'의 생각은 당시의 '문자옥'사상에 억압받고 있는 일부 중국 한족 문인들과 잘 맞았다. 그리하여 쌍방의 내왕은 마음에서 마음으로 전달되고 말을 하지 않아도 서로를 아는 두터운 정이 있었다. 이와 동시에 많은 청조 문인들은 연행 학자들의 깊은 한문 수양과 해박한 지식에 탄복했다. 그들은 서로 학문에 대하여 토론하고 시서(詩書)를 교제하였으며 서로 마음이 맞아 즐거워하였다. 이러한 교제 가운데서 많은 조선의 時文이 중국에 들어 왔으며 따라서 조선 학자들의 지성(知性), 학문은 청조 조정과 민간에 깊은 인상을 남겨놓았다.

4.2.5 「피서록」: 조선 사자(使者)가 쓴 피서산장

『열하일기』중에 「피서록」이 있는데 그 「피서록」의 첫 머리에는 아래와 같이 기록되어 있다.

이 「피서록」은 내가 피서산장을 구경 갔을 때에 쓴 글이다.[75]

조선 사자(使者)들이 피서산장에 대한 인상은 어떠했는지? 청조 사람들의 피서산장에 대한 시문에 대해서 어떻게 평가했는지? 이것은 한중문화교류연구에서 다루어야 할 부분 중의 하나이며 아주 흥미 있는 문제이다. 박지원은 『열하일기』에서 1780년 8월 9일에 열하에 도착하여 태학에 머물렀다. 『열하일기』에는 이렇게 기록하고 있다.

열하에 들어가니, 궁궐이 장려하고 좌우에 시전이 10리까지 뻗쳐

---

75) 朴趾源, 國譯 『熱河日記』II, 韓國民族文化推進會, 1968年版, p. 543, "避暑錄者, 余游避暑山庄所錄也."

있어 실로 장성 밖의 큰 도회지라 할 만하다. 바로 서쪽에는 봉추산한 봉우리가 우뚝 서 있다. 높이가 백여 길이나 되는 다듬잇돌이나 방망이 같은 것이 하늘을 향해 꼿꼿이 솟아 있으며, 비스듬히 비치는 노을빛을 받아 찬란한 금빛을 내뿜는다. 강희 황제가 '경추산(磬捶山)'이라고 이름을 고쳤다 한다. 열하성의 높이는 세 길이 넘고, 둘레는 30여 리이다. 강희52년(1713년)에 돌을 섞어서 얼음무늬로 쌓아 올리니 이것이 이른바 '가요문(哥窯紋)'이다.

지난해에 태학은 새로 지었는데, 그 제도는 연경과 다름이 없다. 대성전과 대성문은 모두 겹처마에 누린 유리기와를 이었고, 명륜당은 대성전의 오른편 담 바깥에 있다. 당 앞의 행각에는 일수재(日修齋), 시습재(時習齋)등의 편액이 붙어 있고, 그 오른편에는 진덕재(進德齋), 수업재(修業齋)등이 있다. 당 뒤에는 벽돌을 얇고 넓게 깐 대청이 있고 좌우에 작은 재실이 있어서, 오른편엔 정사가, 왼편엔 부사가 머물렀다. 서정관은 행각 별채에 들고 비장과 역관은 모두 한 재실에 들었으며, 두 주방은 진덕재에 나누어 들었다. 대성전 뒤와 좌우 별당과 별채는 이루 다 기록하기 어려울 만큼 많고 화려하기 그지없다.[76]

피서산장의 수려한 경치는 박지원에게 깊은 인상을 남겼다. 그는 일기 가운데서 격한 감정을 가득하게 담아 아래와 같이 썼다.

열하에는 36개소의 이름난 경치가 있는데, 강희제가 일찍이 그 경치

---

76) 朴趾源, 國譯 『熱河日記』 I, 韓國民族文化推進會, 1968年版, p. 618, "旣入熱河, 宮闕壯麗左右市廛連亙十里, 塞北一大都會也, 直西有捧捶山, 一峯矗立狀如砧杵, 高百餘丈直聳倚天, 夕陽斜映作爛金色, 康熙改名磬捶山, 熱河城高三丈餘周三十里, 康熙五十二年雜石紋輝築, 所謂哥窯紋." "去歲新刱太學, 制如皇京, 大成殿及大成門, 皆重檐黃琉璃瓦, 明倫堂在大成殿右墻外, 堂前行閣, 扁以日修齊, 時習齊, 右有進德齊, 修業齊, 堂後有甓大廳, 左右有小齊, 右齊正使處焉, 左齊副使處焉, 書狀處行閣別齊, 裨譯同處一齊, 兩廚房分入進德齊, 大成殿後及左右, 別堂別齊不可殫記, 皆窮極奢麗."
殿後及左右, 別堂別齊不可殫記, 皆窮極奢麗."

좋은 곳 마다 전각(殿閣)하나씩을 두었으니, 다음과 같다.

연파치상(烟波致爽) 지경운제(芝逕雲隄) 무서청량(无暑淸凉) 연훈산관(延薰山館) 수방암수(水芳巖秀) 만학송풍(萬壑松風) 송학청월(松鶴淸越) 운산승지(雲山勝地) 사면운산(四面雲山) 북침쌍봉(北枕雙峰) 서령신하(西嶺晨霞) 추봉락조(錘峰落照) 남산적설(南山積雪) 이화반월(梨花伴月) 곡수하향(曲水荷香) 풍천청청(風泉淸聽) 호복한상(護濮閒想) 천우함창(天宇咸暢) 난류훤파(煖溜喧波) 천원석벽(泉原石壁) 청풍록서(靑楓綠嶼) 앵전교목(鶯囀喬木) 향원익청(香遠益淸) 금련영일(金蓮映日) 원근천성(遠近泉聲) 운범월방(雲帆月舫) 방저임류(芳渚臨流) 운용수태(雲容水態) 징천요석(澄泉遶石) 징파첩취(澄波疊翠) 석기관어(石磯觀魚) 경수운잠(鏡水雲岑) 쌍호협경(雙豪俠鏡) 장홍음련(長虹飮練) 보전총월(甫田叢樾) 수류운재(水流雲在)

그리고 전체를 합하여 「피서산장」이라 이름을 지었다.[77]

박지원은 『열하일기』에서 특별히 강희제의 「피서산장기(避暑山莊記)」를 초록(抄錄)했다.

금산은 줄기차게 뻗어 내리고 , 따뜻한 샘은 넘실거리며 흐른다. 구름
잠긴 골짜기는 깊고 깊으며, 돌 쌓인 못에는 푸른 아지랑이가 둘려
있다. 경계가 넓고 초목이 무성하니 농가에서 해롭지 않으리. 바람이

---

77) 朴趾源, 國譯 『熱河日記』 Ⅱ, 韓國民族文化推進會, 1968年版, p. 543, "熱河有三十
六景, 康熙遮景置殿閣. 一曰烟波致爽, 一曰芝逕雲隄, 一曰无暑淸凉, 一曰延薰山
館, 一曰水芳巖秀, 一曰萬壑松風, 一曰松鶴淸越, 一曰雲山勝地, 一曰四面雲山, 一曰
北枕雙峰, 一曰西嶺晨霞, 一曰錘峰落照, 一曰南山積雪, 一曰梨花伴月, 一曰曲水荷
香, 一曰風泉淸聽, 一曰護濮閒想, 一曰天宇咸暢, 一曰煖溜喧波, 一曰泉原石壁, 一
曰靑楓綠嶼, 一曰鶯囀喬木, 一曰香遠益淸, 一曰金蓮映日, 一曰遠近泉聲, 一曰雲帆
月舫, 一曰芳渚臨流, 一曰雲容水態, 一曰澄泉遶石, 一曰澄波疊翠, 一曰石磯觀魚, 一
曰鏡水雲岑, 一曰雙豪俠鏡, 一曰長虹飮練, 一曰甫田叢樾, 一曰水流雲在, 統名所居
曰避暑山庄."

맑아 여름에도 서늘하니, 사람이 수양할 곳으로는 적당하구나.[78]

박지원은 피서산장을 유람했을 뿐만 아니라 강희제의 피서산장의 시문 (詩文)을 열독(閱讀)했으며 또한 강희제의 산장시(山莊詩)와 청조인들 이 이시에 대한 주석(註釋)에 대해 자기의 견해를 평가하기도 했다.

강희 황제가 피서산장을 읊은 시는 서른여섯 개의 경치에 따라서 지은 것으로 모두 36수인데, 모두가 다 비루하고 치졸하여 운치라곤 없다. 대개 평소의 포부를 억지로 읊어서 드러내려고 했기 때문에 그렇게 된 것이다. 그런데도 아랫사람들은 온갖 책에서 자료를 수집하여 광범하게 시를 주석하였다. 예컨대 피서산장에서 가장 아름다워 제일경(第一景) 이라고 하는 연파치상 (煙波致爽)의 궁전을 두고 지은 시에, '피서산장에 자주 피서를 오니 고요하고 조용해 시끄러운 일 적어지네.'라고 했는데, 이 시에 무슨 허다한 설명을 붙여서 주석을 낼 필요가 있단 말인가? 그런데도 주석을 붙인 사람들은 양(梁)나라 소통(蕭統)의 시, '수레에 말을 묶어 산장으로 가라고 명했네.'를 인용하고 당나라 유우석(劉禹錫) 의 시, '푸른 댕댕이덩굴 아래에 산장이 있고'를 인용하고 당나라 문인 대숙륜(戴叔倫)의 시, '지초(芝草)밭, 대추밭 길을 자주자주 오갔네.'를 인용하고 당나라 문인 손적(孫逖)의 시, '경치 좋은 땅 숲의 정자는 좋고, 맑은 시절 연회를 자주 베푼다네.'를 인용하고 당나라 위징(魏徵)이 지은 「구성궁예천명(九成宮醴泉銘)」의 시, '황제께서 구성궁에 피서를 가셨 네.'를 인용하고 양나라 간문제(簡文帝)의 납량시(納凉詩)의 '높은 오동 나무 곁으로 피서를 가니, 가벼운 바람 때때로 옷깃에 스며드네.'를 인용 하고 당나라 백거이의 시, '봄날을 바라보니 꽃 경치 따뜻하고, 대나무

---

78) 朴趾源, 國譯 『熱河日記』 II, 韓國民族文化推進會, 1968年版, p. 543, "金山發脉, 暖 溜分泉, 雲壑渟泓, 石潭青靄, 境廣草肥, 無傷田盧之害, 風清夏爽宜人調養之方."

시원한 바람에 피서를 하도다.'를 인용하고『남사(南史)』,「심린사전(沈麟士傳)」의 시, '나이가 팔십이 지났건만 이목이 오히려 총명했으니, 사람들은 고요하고 조용히 수양한 결과라고 여겼다.'를 인용하고 당나라 문인 황보증(皇甫曾)의 시, '화창한 바람에 풀빛이 길어 보이고 앵무새는 고요하고 조용한 사이에서 운다.'를 인용하고 梁나라 문인 하손(何遜)의 시, '보고 듣는 일에 시끄러운 일 끊어졌네.'를 인용했다. 겨우 두 구절인 사이에 이해되지 않는 것이 하나도 없는 터에, 어찌 허다한 주석이 필요하겠는가? 또 황제가 시가를 지을 때 어찌 허다한 출처를 인용하여 지었으랴? 주자가 말하기를 '지금 사람들은 시의 출처 밝히기를 좋아하여『시경』의 첫 구절인 '꾸욱꾸욱 우는 저 물수리'라는 관관저구(關關雎鳩)의 출처가 어디냐고 묻는 사람까지 있다.'고 했으니, 이야말로 참으로 시학의 경지를 이룬 분의 말씀이라고 하겠다.[79]

　　박지원은 강희황제의 산장시(山莊詩)인 '모두가 다 비루하고 치졸하여 운치라곤 없다'에 대해, 이 평가가 정확한지를 다시 한 번 토론해 볼 필요가 있다고 했다. 그러나 위에서 인용한 글에서 강희황제의 간단명료하고 알기 쉬운 두 마디 산장시가 뜻밖에도 메모를 붙이는 자들이 번거롭게 여기지 않고 고의로 수작을 부려 경전이나 서적의 어구나 고사를 인용하여 논증의 근거로 삼았는데 이는 당시의 불량한 학풍을 반영하였다. 이면에서 볼 때 박지원의 비평은 일리가 있었던 것이다(吳伯婭, 2004, p. 5).

---

79) 朴趾源, 國譯『熱河日記』II, 韓國民族文化推進會, 1968年版, p. 550, "康熙山莊詩, 共三十六首, 皆陋拙无雎致, 葢多勉強咏哦以是素抱, 而群下必蒐羅群書以廣箋註, 如煙波致爽日, 山莊頻避暑, 靜默少喧嘩, 此何足多費訓釋而為註者, 引梁蕭統試, 命為出山莊, 劉禹錫, 錄蘿陰下有山莊, 戴叔倫詩, 芝田棗逕往來頻, 孫逖詩, 地勝林亭好, 時清宴賞頻, 魏徵九成宮醴泉銘, 皇帝避暑乎九城之宮, 梁簡文帝納涼詩, 避暑高梧側, 輕風時入襟, 白居易詩, 望春花停暖, 避暑竹風涼, 南史沈麟士傳, 年過八十耳目猶聰明, 人以為養身靜默所致, 皇甫會詩, 早張風裏, 鶯啼靜默間, 何遜詩, 試聽絕喧嘩, 此才兩句无不可解者, 安用許多箋註, 帝庸作歌亦安用許多出處, 朱子曰關關雎鳩出在何處, 此可為詩學之大成."

주지하다시피 연암 박지원이 쓴『열하일기』는 18세기 한중문화교류의 걸작이며 중국역사에 대한 답사기록이다. 뿐만 아니라『열하일기』는 18세기 중국 사회의 정치, 경제, 문화 등 여러 면의 발전 상황에 대한 고찰과 기록이며 한 부의 탁월한 문학작품이며 한중 양국의 사상계, 문학계에 중대한 영향을 끼친 명작이기도 하다.『열하일기』는 18세기 중국 청조의 선진기술과 문화를 조선에 전파했을 뿐만 아니라 조선왕조 사회의 발전에 적극적인 촉진작용을 했으며 또한 18세기 중국과 한국의 사회발전사 연구와 중국사, 한중 관계사 연구에 풍부하고도 상세한 자료를 제공하여 한중문화교류사상에서 중요한 자리를 차지하고 있다.

18세기 후반기 한중문화교류에서는 중국문화가 조선 왕조에 전파되어 조선왕조의 사회발전에 큰 영향을 끼쳤다. 그렇다면 이 시기 조선 왕조문화는 중국 청 왕조에 전파됐을까, 상황은 어떠할까. 그 당시 중국인의 조선에 대한 문화적 인식은 어떠했으며 조선에 대해 얼마나 알고 있었을까 등 한중문화교류에서 조선 왕조문화의 중국 전파에 대해서 궁금증이 생길 것이다. 본 장에서는 이 궁금증을 풀기 위해 서정우 교수의 문화커뮤니케이션 구조의 방향고찰과 문화커뮤니케이션 구조이론을 바탕으로 하여 18세기 후기한 중문화교류를『열하일기』를 중심으로 하여 쌍방향적으로 논해 보았다.

지금까지 논의한 내용을 종합·정리하여 제시하면 아래와 같다.

(1) 박지원을 대표로 한 조선 북학파들은 청의 유명한 문인학자들과의 교류를 통하여 청조의 문화를 차츰 받아들이고 이해하였으며 전통적인 '화이론'을 바꾸고 조선의 '북벌론'의 공허함을 뚜렷하게 인식하였으며 '화이일야(華夷一也)'와 '사이제이(師夷制夷)'의 북학 개혁사상을 제의하였다. 또한 양국 문인과 학자들 간의 문화적 교류를 통하여 나라를 다스리는데 필요한 중국의 많은 서적, 실학 및 문학작품들을 조선왕조에

들여왔으며 당시 조선왕조의 문단에 중대한 영향을 끼쳤다. 이는 당시 중국 청 왕조의 문화가 조선왕조에 끼친 영향 중 가장 큰 영향이었다.

(2) 문화커뮤니케이션의 구조의 핵심은 쌍방향적 문화교류에 있다. 그러므로 그 당시 한중문화 교류에서 조선왕조의 문화가 중국 청 왕조에 전파된데에 대해서도 홀시 할 수 없다. 본장에서는 중국에 유입된 조선서적, 시문, 서화 등으로 이 부분에 대해 상세히 논해 보았다. 특히 지적하고 싶은 것은 박지원의 『열하일기』를 대표로 한 많은 『연행록』들은 외국인으로서의 조선 사신들의 입장에서 객관적으로 중국문화를 기록한 역사적인 자료로써, 이는 한중 학자들 모두가 공인하고 있는 사실인 것이다. 『열하일기』를 비롯한 많은 『연행록』에 대한 중국학자들의 연구는 간접적으로 당시 조선왕조사회와 문화에 대한 연구로써 조선왕조문화가 청 왕조에 끼친 영향으로도 볼 수 있다.조선의 문학예술과 사상문화도 조선학자의 문학작품과 학술저작을 통하여 중국에 전파되면서 중국의 문화사상의 보고(宝庫)를 풍부히 하는데 큰 기여를 했다.

(3) 마지막으로 이 시기 한중 문화교류를 상세히 기록한 『열하일기』에는 박지원과 중국문인 사이의 필담교류와 또한 그들 사이 깊은 우정에 대해서도 많은 기록들이 있는데 여기에 대한 논술은 5장에서 논하려고 한다. 왜냐하면 이 부분은 문화커뮤니케이션 내용과 효과에도 속하기 때문이다. 다만 여기서 지적하고 싶은 것은 이 부분에 대한 논술은 비록 다음 5장에 있지만 이 역시 당시 한중문화교류의 한 부분에 속한다는 것을 미리 밝혀 둔다.

제5장

『열하일기』속에 내재된 문화커뮤니케이션의 내용 및 효과

제5장 『열하일기』속에 내재된 문화커뮤니케이션 의 내용 및 효과

주지하다시피 연암 박지원은 한국의 유명한 실학자이자 북학파의 대표 인물이며 문학사상에 빛나는 문호이다. 그의 『열하일기』는 오늘에 이르 기까지도 많은 학자들이 관심을 갖고 연구를 하고 있다. 그런데 그 연구는 앞에서도 지적했다시피 문학이나 역사 쪽으로 치우쳐 진행되고 있다. 지금은 디지털시대이며 세계는 이미 네트워크 속의 '지구촌'시대에 들어 섰음은 모두가 아는 사실이다. 이에 학문연구도 서로의 네트워크 속에서 이루어져야 한다.

본고에서는 이러한 점을 염두에 두고 문화커뮤니케이션의 구조, 내용, 효과의 세 부분으로 『열하일기』에 대해 논하고 있다. 본장에서는 『열하일 기』속에 내재된 문화커뮤니케이션의 내용으로 『열하일기』를 고찰하여 연암 박지원의 사유방식, 세계관, 자아인식, 대인관계 등을 논의하려고 한다. 그 다음, 문화커뮤니케이션의 효과로 박지원과 조선 선비들의 중국 문화에 대한 태도, 박지원의 문화변형 및 박지원과 중국 문인 사이의 우정 강화에 대해서 논의하고자 한다.

5.1 『열하일기』 속에 내재된 문화커뮤니케이션의 내용

문화커뮤니케이션은 한 문화가 어떤 경로나 과정을 통해서 다른 문화 를 만나게 되며, 어떤 문화적 요소를 서로 주고받고, 그 결과(혹은 효과) 로 나타나는 현상에 대해 연구한다. 『열하일기』를 문화커뮤니케이션의 내용과 효과로 고찰해 보면 〈표 17〉과 같다.

〈표 17〉 문화커뮤니케이션 내용과 효과로 『열하일기』 고찰 도표

이론 분류	『열하일기』에 대한 고찰 방식
이질문화의 만남의 경로 혹은 과정	박지원의 『열하일기』1780년 5월-10월 5개월 중국 여행과정1) (여기서는 주요하게 1780년 6월 24일 「도강록」으로부터 시작하여 「성경잡지」, 「일신수필」, 「관내정사」, 「막북행정록」, 「태학유관록」, 「환연도중록」2)을 마감으로 하여 8월 27일까지 여행과정을 가리킨다).
이질문화의 만남	그 여행과정 속에서 중국문화와의 접촉(주로 필담),문화 발굴 (천하장관론, 이용후생), 문화생성과정(실학적인 북학사상, 문화변형).
문화요소 교환 내용	사고방식(천하장관론, 이용후생), 세계관(북학사상, 지동설), 언어(주로 필담형식), 자아개념('명심冥心', 상대방의 눈으로 자기를비추다), 대인관계(상대문화주의).
문화요소 교환 형식	주로 세 차례 필담을 통함(주요하게 심양에서 「속재필담」과 「상루필담」,열하에서 「곡정필담」, 「피서록」, 「심세편」, 「황교문답」, 「망양록」등 북경 유리창에서의 필담은 상세히 기록되어 있지 않음).
효과	1. 항상 상대방의 문화 속에서 상대방을 이해하려는 박지원의 상대 문화주의사상이 반영되었다. 2. 문화커뮤니케이션을 잘 이루려면 항상 상대방의 입장에서 상대방 문화를 이해해야 하고 고정관념과 편견을 버리고 객관적이고 세심한 시각으로 상대방 문화를 고찰하고 배워야 한다. 이는 박지원이 중국 사람들과 성공적으로 문화커뮤니케이션을 잘 이룰 수 있었던 비결이었다. 이 비결이 오늘날 한중문화교류에 주는 시사점. 3. 박지원의 문화변형('사이'와 '명심'에 대한 관점)이 한중문화교류발전에 주는 시사점. 4. 박지원과 중국문인 사이의 우정강화.

---

1) 『열하일기』의 여행과정은 〈지도 1〉 참조.
2) 『열하일기』의 주요내용은 〈부록 3〉을 참조.

5.1.1 박지원과 중국인 사이의 문화커뮤니케이션 주요방식

필담은 현장성과 보존성이 뛰어날 뿐만 아니라 논리적이고 체계적으로 화제의 핵심을 소통할 수 있으므로 한자 문화권 내에 속하는 한중 문인들의 지적 교류사를 연구하는 데 가장 중요한 근거가 되고 있다(박향란, 2009, p.233).『열하일기』에 기재된 필담3)에는 민감한 화제에 대한 지식인들의 학문사상과 견해가 응집되어 있을 뿐만 아니라 중화문화의 자부심과 만주족의 통치라는 현실, 그리고 서양의 영향으로 변화를 겪는 조선과 청조 두 나라 지식인의 새로운 체험이 고스란히 담겨 있다. 필담에는 박지원의 연행(燕行)의도가 담겨 있는가 하면 청조 지식인들의 본심을 꿰뚫어 본 박지원의 예리한 통찰력, 사유방식도 드러나 있다. 또한 민감한 화제에 대해 교묘하게 응답하는 청조 지식인들의 태도에는 그들의 사상과 학문을 포함한 청조 문단의 현실이 그대로 녹아 있다.

박지원과 중국인 사이 문화커뮤니케이션 교류는 주로 필담을 통해서 이루어졌는데, 그 필담 교류는 두 나라가 모두 한자권 내에 있고 또 유교 문화권 내에 속해 있기에 가능했다. 박지원은 중국 여행에서 많은 중국학자들과 널리 친분을 맺고 여러 차례 필담을 나누었으며 학문을 서로 논의하였다. 박지원은 귀국하자마자 연암협과 서울을 오가면서 방대한 필담과 일기들을 정리하여 연행록을 쓰기 시작했다. 돌아올 때 가지고 온 필담과 일기를 기록한 종이가 너무 많아서 아래와 같은 일화가 있을 정도였다. 『열하일기』,「환연도중록」8월 20일 일기의 한 부분이다.

밤에 객관에서 묵었다. 여러 역관들이 모두 내 방으로 모여들었다.

---

3) 필담자료는 제목자체가 필담으로 되어 있는 「속재필담(粟齋筆談)」,「상루필담(商樓筆談)」,「곡정필담(鵠汀筆談)」,「황교문답(黃敎問答)」,「태학유관록(太學留館錄)」,「경개록(傾蓋錄)」,「심세편(審勢篇)」,「피서록(避暑錄)」,「산장잡기(山莊雜記)」,「동란섭필(銅蘭涉筆)」등에 기재된 필담 내용들이 포괄한다.

술과 안주가 조금 있기는 했지만 먼 길을 오가느라 완전히 입맛을 잃었다. 모든 사람이 내 곁에 놓인 봇짐을 힐끗거린다. 그 속에 귀한 물건이라도 들었을까 잔뜩 기대하는 모양이다. 나는 결국 창대를 시켜 보따리를 풀어서 속속들이 헤쳐 보였다. 다른 물건은 아무 것도 없고 다만 붓과 벼루뿐이었다. 두툼하게 보이 건 모두 중국인들과 필담을 했던 초고와 여행 중에 쓴 일기였다. 그제야 모든 사람들이 미심쩍은 게 풀렸다는 듯이 활짝 웃으며 말한다.

"어쩐지 정말 이상하더라구. 출발할 땐 분명 행장이 가벼웠는데, 돌아올 땐 짐 보따리가 너무 크더라니."4)

이런 방대한 필담과 일기를 정리하여 쓴 연행록이 바로 1784년에 세상에 나온 26권으로 된 일기체 기행문—『열하일기』이다.『열하일기』를 살펴보면 연암과 중국 문인들 사이 필담은 크게 세 차례로 나누어 볼 수 있다. 첫 번째는 1780년 7월 10일부터 11일 성경(盛京, 오늘날의 심양)에서 진행된「속재필담」,「상루필담」이다. 여기에 참여한 사람(골동품 전문가 등)들은 문화수준이 뛰어난 사람들이 아니었으므로 이들과의 필담은 높은 차원으로 진행될 수가 없었다. 두 번째 필담은 연암이 준비한 학문적 대호에 적절한 답변과 소통을 할 수 있었던 문인들과의 필담으로서 바로 태학관(8월 9일-14일)에서 만난 문인5)들과의 필담이

---

4) 朴趾源, 國譯『熱河日記』I, 韓國民族文化推進會, 1968年版, p.645, "夜留館諸譯, 盡會余坑, 略有酒饌, 而行役之餘, 全失口味, 諸人者皆筆談胡草遊覽日記, 諸人者俱釋 然解頤曰, 吾果怪其去時無裝, 歸橐甚大也.

5) 왕민호(王民皥)(별호 곡정, 강소 출신, 54세)와 추사시(鄒舍是)(산동 출신)는 과거를 포기한 거인(擧人)들이지만 장수태학(藏修太學)의 자격을 가진 사람이다. 윤가전(尹嘉 銓)(호형산, 직예박야 출신, 70세)은 통봉대부(通奉大夫), 대리사경(大理寺卿), 시화(詩 畵)에 능통하고『대청회전(大淸會典)』의 편수(編修)에 한림편수관(翰林編修官)으로 참여하였다. 학성(郝成)(자 지정, 호 장성, 안휘 출신, 산동도사, 무인), 기풍액(奇豊 額)(자 여천, 37세, 조선인 4세, 귀주안찰사), 경순미(敬旬彌)(39세, 강관)와 파로회회 도(破老回回圖)(47세, 강관겸 병관)는 몽고족 출신의 석학(碩學)들인데 모두 황제의 경연(慶筵)을 책임졌다. 조수선(曹秀先)은 예부상서(禮部尙書)의 요직을 맡고 있는 중 진석학(重鎭碩學)이다.

다. 그 중에서도 왕민호(곡정), 윤가전, 기풍액, 추사시와의 필담이 가장 주목된다. 세 번째 필담은 8월 3일, 8월 20일–27일에 북경 유리창 양매 서가에서 유세기 외(外)7명과 나눈 필담인데, 그 자료는 「양매시화」에 조금 실려 있지만 상세하지 않다. 아래에 그 필담에 대해 논해 보기로 한다.

(1) 심양에서의 두 차례 필담

심양에서 필담을 기록한 것은 「속재필담」과 「상루필담」이다. 필담에 참여한 중국 사람들은 모두 한인(漢人)이며 모두 상인들이다. 그 중에는 글자를 모르는 사람(목춘, 온백고 등)이 있었지만, 지식을 갖고 저서까지 있는 사람(배관)도 있었다. 그들 중에 수재라고 한 사람은 모두 다섯 명(전사가, 이귀몽, 오복, 비치, 배관)으로 문학방면에서 일정한 지식과 수준을 갖고 있었다. 그들은 단지 고향을 떠나 변강지역에서 생계를 도모한 평범한 사람들이다. 하지만 박지원은 그들의 자, 호, 나이, 출생지, 심지어 그들의 생김새에 대해 상세히 기록하고 있었다. 이를 통하여 박지원의 이들에 대한 주목과 존경을 알 수 있다. 박지원은 그들과 상인들로서의 생활고(生活苦), 골동품, 감상, 회화(繪畵), 경서강독(經書講讀)의 방법, 중국 강남강북의 소식, 사농공상(士農工商)에 대한 이해 등 여러 가지 화제를 가지고 담론하였다. 그들이 모두 평범한 중국 사람이기에 중국 당시 일반인들의 생활양상을 더욱 진실하게 기록할 수 있었다. 중국 고대의 상인중에 '유상(儒商)'[6]이라고 불리는 사람들이 있다. 이 필담에서 이야기하는 이귀몽, 배관 등은 바로 이러한 '유상'의 대표 인물들이다. 박지원이 그들에게 "고향 생각이 간절하지 않는가?"라고 물었을 때 이귀몽은 아래와 같이 대답했다.

6) 유상(儒商)이란 학자 출신인 상인을 말한다.

고향 생각이 날 때마다 심신이 산란해집니다. 하늘 끝,땅 끝만큼 먼 곳에 와서 사소한 이문을 다투다 보니, 늙은 어머니께선 저물녘 문지방에 기대어 하염없이 저를 기다리시고, 젊은 아내는 홀로 방을 지키고 있지요. 편지마저 오랫동안 끊어지고 꾀꼬리 소리에 꿈조차 꾸지 않으니, 사람으로서 어찌 머리가 하얗게 세지 않겠습니까. 더욱이 달 밝고 바람 맑을 때나 잎이 지고 꽃이 피는 때면 애끓는 정을 주체하기 어렵지요.[7]

위의 대답을 통하여 고향을 등지고 떠난 그들의 고향을 그리워 하던 심정을 잘 느낄 수 있다.뿐만 아니라 그들의 문화적 수양도 엿볼 수 있다.이들은 오랫동안 아득히 먼 곳에서 유랑하였으므로 외롭고 쓸쓸하였다.

우리나라에서 벼슬아치들은 장사치나 공장이들과는 혼인을 금합니다. 사환의 기풍을 맑게 하기 위해서죠. 또한 도(道)를 높이고 이(利)를 낮게 보는데, 이는 근본을 숭상하고 말단을 누르기 위해서이지요. 하여, 우리들은 대대로 장사꾼 집안인 까닭에 사대부 가문과는 혼인할 수 없답니다. 돈이나 쌀을 바치면 겨우 생원(生員)정도야 얻을 수 있을지 몰라도, 그 또한 향공(鄕貢)을 거쳐서 거인(擧人)이 되지는 못한답니다.[8]

청조 통치자들은 자신의 지위를 공고히 하기 위해 계속해서 '중본억말(重本抑末)'이라는 정책을 실시하여 상인들의 사회적 지위를 제압하였다. 동야를 비롯한 사람은 직접 국가의 경제적 임무를 담당한 관료적

---

7) 朴趾源, 國譯『熱河日記』I, 韓國民族文化推進會,1968年版,p.553,"每一念至, 魂神飄蕩, 天涯海角, 所爭錐毫, 而暮閨空倚, 春閨獨掩, 鴈書不斷, 駕夢不到, 如何不令人頭白, 更値月白風淸, 木落花發, 尤難為情, 奈何奈何日."

8) 朴趾源, 國譯『熱河日記』I, 韓國民族文化推進會, 1968年版, p. 554, "我朝有禁, 仕宦家不得與商工通婚, 以淸仕路 ,所以貴道賤利, 崇何抑本, 吾輩, 俱是家世做買賣的, 未得士家為婚, 雖納貲輸米, 權補生員, 亦不許鄕貢為學人."

상인도 아니고 부유한 대상인도 아니다. 이들은 당시 상인의 전부에서 상당한 비중을 차지하고 있었다. 하지만 이러한 사람들이 너무 많아서 역사에서 이들에 관한 기록이 많이 남아 있지 않다. 이로 인해 박지원이 그들과의 언행과 행동에 대한 충실한 기록, 그들의 마음속에 있는 진실한 감수(感受)에 대한 깊은 관심은 아주 귀중해 보인다(馬靖妮, 2007, pp. 75-76).

(2) 열하에서의 필담

위에서 지적한 것과 같이 박지원과 열하에서 필담한 중국 사람들은 지식 문인, 중원 사대부들이었으며 청나라의 여러 방면을 담당하고 있는 실권자와 높은 학덕을 지닌 학자들이었다. 때문에 열하에서의 필담에서 는 박지원은 준비한 학문적 대화를 적절하게 답변과 소통을 할 수 있었다. 박지원은 중국을 오기 전에 벌써 그보다 앞서 중국을 여행한 홍대용, 박제가를 통해 이미 중국을 이해했고 중국문인들을 만나면 어떤 대화를 할까에 대해 내내 궁리하였다. 이런 준비는 이번 여행에서 성공적으로 보다 깊은 필담을 잘 해나가게 할 수 있었다. 이 필담을 통해 엿볼 수 있는 여러 부류의 인물들은 역사적 격변기에 처한 문인들이었으므로 심리적 갈등이 복잡하고 선택한 처세태도도 다양하였다.

박지원은 열하에서 왕민호(곡정), 윤가전, 추사시, 기풍액 등과 엿새 동안 하루도 빠지지 않고 필담을 나누었다. 특히 열하의 태학에 있는 동안 그는 곡정, 윤가전 등과 천문학, 지리, 철학, 역사, 문화 등을 광범위 한 영역에서 솔직하고 깊게 교류를 하였다. 박지원은 후에 지나간 일들을 생각하면서 「곡정필담」의 덧붙이는 말에서 아래와 같이 말하고 있다.

나는 곡정과 필담을 가장 많이 하였는데, 엿새 동안 창문을 마주하고 밤을 새워 가면서 이야기를 하였기 때문에 특별히 신경 쓰지 않고 잘 지낼 수 있었다. 곡정은 정말 굉장한 선비로 우뚝하게 뛰어 났으며, 이야기가 종횡무진 엎치락뒤치락 자유자재였다.[9]

「곡정필담」에서 제일 많이 언급한 사람은 곡정을 제외하면 바로 산동 도사 학성이었다. 그는 무관이지만 학문이 넓고 아는 바가 많으며, 연암과 함께 밤낮 이야기를 나누었으나 조금도 피로한 빛을 띠지 않았다. 「피서록」에서 연암이 그와 시문학에 대해 교류할 때 그의 박식함을 이렇게 칭찬하였다.

　　장군께서는 비록 무관 출신이지만 장고(掌故)에 몹시 익숙하고 글씨 와 글이 유려하여, 비록 이름 있는 학자나 늙은 선비라도 응당 함께 겨룰 만한 사람이 적을 겁니다.[10]

여기서 박지원과 중국문인 사이에 훌륭하게 필담이 이루어진 데는 또 다른 이유가 있다. 먼저 「태학유관록」중에는 박지원이 왕민호, 학성 등과 나눈 중국의 효자에 대한 필담 내용이 있다. 박지원은 중국문인들에 게 아래와 같이 말한다.

　　「유계외전」에 보면 효자가 간을 내어서 그 어버이의 병을 낫게 한 일이 있습니다. 또 명말의 유명한 효자인 조희건은 가슴을 가르고 염통 을 꺼내려다가 잘못해서 창자를 한 자 남짓 베어 내어 이어 아무렇지도 않았다고 합니다. 이를 본다면, 손가락을 잘랐다거나 똥을 맛보았던 것은 대수롭지 않은 일이며, 혹은 눈 속에서 죽순을 캐었다거나 얼음

---

9) 朴趾源, 國譯『熱河日記』Ⅱ, 韓國民族文化推進會, 1968년, p. 522, "余與鵠汀談最多, 蓋六日對慁通宵會話故, 能從容, 彼固宏儒魁傑, 然多縱橫反覆."

10) 朴趾源, 國譯『熱河日記』Ⅱ, 韓國民族文化推進會, 1968년, p. 545, "將軍雖從弓馬 出身, 掌故甚嫻筆翰流麗, 雖宿學耆儒當鮮與儔, 不余審中州武將."

구멍에서 잉어를 잡았다거나 하는 것들은 어리석은 일인 셈이지요.[11]

봉건사회에는 사람마다 군신에게 충성하여, 부모님께 효도하는 것을 최고의 가치 표준이라고 여긴다. 하지만 연암은 객관적인 시각으로 「유계외전」 중에 기록한 이야기가 아주 황당무계하다고 지적하고, 또한 그 중에 나타난 효자는 단지 어리석은 사람뿐이라고 말하였다. 이 문제에 대하여 중국문인들도 자신의 의견을 다음과 같이 제시하였다.

"정말 눈 속에서 죽순을 캐고 얼음 구멍에서 잉어를 잡았다면, 이는 천지의 기운이 완전히 문란해졌다는 뜻 아닙니까?" 왕민호가 이런 말을 하도 진지하게 하는 바람에 다들 한바탕 크게 웃었다. "육수부가 임금을 업고 바다에 뛰어들어 죽고, 장세걸이 향을 사른 후 배가 전복되었으며, 방효유가 십족(十族)의 멸망을 달갑게 받았고, 철현이 기름에 튀겨 죽음을 당했던 일들은 모두 예사롭지 않은 경우입니다. 이 정도가 되지 않으면 장쾌하다고 쳐주지도 않으니, 후세에 와서 충신과 열사가 되기는 실로 어려운 노릇입니다." 학성이 탄식하니 왕민호가 대답한다.[12]

이상의 내용을 통해 당시 중국 문인들도 이러한 이야기들에 대해서 비판적인 태도를 갖고 있었음을 알 수 있다. 태어났을 때부터 유교의 감화를 받았던 이들은 당시의 사회문제에 대해서 정확하게 판단할 수 있었으니 정말로 개혁적이고 진보적이라고 할 수 있다. 이것은 바로 이들이 실사구시의 정신으로 역사와 문화현상을 관찰하였기 때문이다. 또한 박지원도 역시 이러한 실사구시의 정신을 갖고 있었기 때문에 이들과 같은

---

11) 朴趾源, 國譯 『熱河日記』 I, 韓國民族文化推進會, 1968年版, p. 623, "余日留溪外傳, 所有孝子, 至有割肝療親, 趙希乾之刳, 胸探心, 誤傷其腸尺餘, 烹而療母, 瘡合無恙, 由是觀之, 斷指嘗糞, 儘是踈節, 水筍凍魚, 乃為笨伯."

12) 朴趾源, 國譯 『熱河日記』 I, 韓國民族文化推進會, 1968年版, p.623, "鵠汀日水筍凍魚, 已是天地之氣, 一番澆漓也, 相與大笑, 志亭日陸秀夫之負帝赴海, 張世傑之辦香覆舟, 方孝孺之甘湛十族, 鐵鉉之翻油爛人, 不如是, 不足以為快, 後世之為忠臣烈士者, 其亦難矣."

의견을 지니게된 것이며 그들 사이의 문화 커뮤니케이션은 아주 잘 이루어졌던 것이다.

박지원과 중국문인 사이 필담이 잘 오간 것에는 같은 한자문화권, 같은 유교문화권이라는 것도 큰 역할을 했다는 것은 말할 나위도 없는 것으로써 이미 앞에서 지적했었다. 아래에 박지원과 기풍액이 즐겁게 서번(西番)활불(活佛)에 대해 진행한 필담을 보자.

> 나는 "공은 일찍이 환불을 본 적이 있습니까?"하고 물었더니, 여천(기풍액)은 "친왕(親王)이나 액부(額駙), 몽고왕이 아니면 감히 볼수 없답니다."하더니 또 "저는 유학자의 갓을 쓰고 유학자의 옷을 입은 자로서, 평생에 흙으로 만든 고불(古佛)에게도 절을 안 했는데, 어찌 육신의 가짜부처에게 절을 하겠습니까."13)

기풍액은 만인(滿人)이지만 청조 조정의 여러 조치에 대해서도 불만을 표시하였다. 건륭제가 금전(金殿)에서 모시는 활불(活佛)에 대하여 '가불(假拂)'이라고 칭하였다. 기풍액이 박지원의 앞에서도 이렇게 진정한 마음을 토로한 것이 둘이 즐겁게 교담할 수 있었던 원인이었다. 한편, 왕민호와 같이 회시에 응하지 않았던 사람이 또 한 명이 있는데 그가 바로 '광사(狂士)'로 부리는 추사시이다. 그는 몹시 강개하여 시휘(詩諱)를 피하지 않을뿐더러 얼굴이 괴이하고 행동이 거세였으므로 남들은 그를 '광사'라고 지목하였다.

그러나 윤가전은 추사시와는 완전히 다른 사람으로 보인다. 연암이 보기에는 윤가전은 키가 7척이 넘고 얼굴과 자태가 아담하고도 아결(雅潔)하였으며, 두 눈동자가 맑은 채 안경을 쓰지 않고서도 가는 글씨를 잘 쓰고 그림을 잘 그리는 사람이다 「망양록」속에 기록된 중국의 역대 아악(雅樂)

---

13) 朴趾源, 國譯 『熱河日記』II, 韓國民族文化推進會, 1968년, p.540, "公會拜彼佛乎, 麗川曰非親王額駙及蒙王不可得也, 又曰我是衣儒冠儒矣, 平生不拜泥身古佛, 何乃肉身佞佛乎."

에 대한 윤가전의 해박한 논의와 왕민호가 『악경(樂經)』의 유무(有無)에 관한 변증 등은 그 중에 아주 격렬한 부분이었다. 이것은 당시의 조선에서는 보기 힘든 참신한 음악론이라 하겠다(김명호, 1990b, p. 100).

음악은 내용은 있지만 형체는 없다고 할 것입니다. 무릇 형체가 있다는 것은 굵직한 형적을 보인 것으로, 모두 언어로 형용할 수 있고 문자로 기록할 수 있지만, 형체가 없다고 한 것은 신비로운 것입니다. 멀고 아득한 사이에서 깨우쳐 교양시킬 수 있고, 황홀한 속에서 활동을 합니다. 감추면 조용하고 소리를 내면 화(和)하고 소리가 아름답게 모일 때는 예절에 맞고, 소리가 적중하는 것은 활쏘기와 같고 고르기는 말타기와 같고 빌려 쓰기는 글씨와 같고 숫자를 더하는 것은 수학과 같아서 털끝 사이에서 감돌고 핏줄처럼 퍼집니다. 올 때에는 어렴풋하여 마중하고 싶고, 갈때에는 묘연하여 따라가기 어렵습니다. 더듬어도 얻을 것이 없고 보아도 눈에 띄는 것이 없이, 사람으로 하여금 뼈까지 비통하도록 하고 내장까지 즐겁도록 하여 가다가도 되돌아서서 못 잊는 것만 같고 끊어졌다가 다시 이어질 때는 갑자기 딴 생각이 나는 듯합니다. 몹시 맑고 향내도 없으며 지극히 가늘고 보니 그림자도 없으며 매양 빽빽하게 틈도 없고 몹시 크고 보니 바깥이 없으며 화목하니 흩어지지 않고 아담하니 빛깔도 없으며 신비스러우니 마음도 없고 현묘(玄妙)하니 말도 없는바, 대개 가볍고 민첩한 말로써도 이것을 형용할 수 없거늘 하물며 문자의 조박(糟粕)으로써 될 것이겠습니까. 이러므로 저의 생각에는 삼대 이래로 당초에 「악경」이 없었다고 여깁니다.[14]

---

[14] 朴趾源, 國譯 『熱河日記』 I, 韓國民族文化推進會, 1968年版, p.663, "惟樂者也, 有情有境, 獨無其型, 凡有行者驪跡也, 皆可以言語形容文字記述, 而無形者神用也, 風諭於渺莽之際, 動蕩於慌惚之中, 其藏也寂然, 其發也寂然, 嘉惠似禮, 命中似射, 調勻似御, 假借似書, 加倍以數, 繚遶乎毛髮之林, 經行于血脉之腠, 其來也僾然欲迎, 其去也杳然難追, 摸之而續如有所謀, 至清故無香, 至微故無影, 至密故無間, 至大故無外, 至和故無散, 至雅故無色, 至神故無心, 至妙故無言, 夫以言語之輕敏而所不能行, 而況文字之糟粕乎, 故敵以爲三代以來初無樂經."

위 부분은 왕민호가 『악경』의 유무에 대하여 유창하게 변증한 내용이다. 이렇게 완벽한 변증을 들어서, 박지원은 물론 윤가전도 수없이 권주(勸酒)를 하고, '발전인소미발(發前人所未發)'이라고 격찬하였다. 이것을 통하여 당시 연암과 필담하던 중국 지식인들은 단지 문학에 대해서만 관심이 있었던 것이 아니라 과학, 기술, 음악, 미술 등 여러 가지 분야에 일정한 지식을 갖고 있었다는 사실을 알 수 있다. 물론 박지원도 예외는 아니다.

이처럼 열하에서 박지원과 중국 문인들 사이의 학문적 교류 필담은 전문성이 강하며 포괄 범위가 넓었으며 분석도 투철한 것으로서 좋은 문화교류의 본보기가 된다. 여기서 우리는 박식함이 문화커뮤니케이션에서 얼마나 중요하며 상대방의 문화를 이해하고 상대방과 문화커뮤니케이션을 이루는 데 얼마나 중요한 역할을 해 주고 있는가에 대해서도 잘 알 수 있다.

다음은 필담에서 조선 문화에 대한 화제가 어떻게 오가는지에 대해 논해보기로 하겠다. 먼저 심양에서 중국 상인들과의 필담을 기록한 「속재필담」과 「상루필담」에서 기록된 조선 문화에 관한 필담을 보면 중국 사람들은 먼저 조선에서 글을 어떻게 가르치는가에 대해 물어 본다. 다음 조선의 소주에 대해 물어 본다.

그리고 반향조는 조선의 선비가 아니라고 이귀몽의 잘못된 것을 박지원이 고쳐준다. 또 필담에서는 조선 속담 '강철(罡鐵)이 지나간 곳엔 가을도 봄이 된다.'에 대해서도 설명하면서 재미나는 일화를 기록하고 있다. 아래의 것은 그 필담을 기록한 것이다. 이 부분은 박지원이 『열하일기』를 통해서 중국 청 왕조에 조선 왕조문화를 전파한 것이다.

1780년 7월 10-11일, 「속재필담에서」
배관 "…이른바 귀로 들어가 입으로 새나오는 학문이란 바로 이걸

두고 하는 말이지요. 지금 향교나 서당에서도 그저 글 읽기에만 힘쓸
뿐, 강의(講義)는 하지 않는 까닭에 귀로는 똑똑히 들을 수 있지만
눈으로 보는건 아득하여, 입으론 제자백가(諸子百家)가 술술 나오지만
글로 쓰려면 단 한 글자도 막막할 따름이랍니다."

이귀몽 (필담에 끼어들며) "조선은 어떻습니까?"

연암 "조선에서는 책을 펴놓고 읽는 법을 가르치되, 소리와 뜻을
함께 익힙니다."

배관 (연암이 쓴 글자 오른쪽에 동그라미를 치며) "이런 공부법이
진짜입니다."

1780년 7월 10-11일, 「속재필담에서」

이귀몽 (술이 다시 두어 순배 돌고 난 후) "귀국의 것과 비교하여
술맛이 어떻습니까?"

연암 "이 임안주는 너무 싱겁고 계주주는 지나치게 향기로운 것이,
둘 다 애초부터 술이 지니고 있는 맑은 향기는 아닌 듯합니다. 우리나라
엔 법주(法酒)가 있습니다."

전사가 "소주(燒酒)도 있습니까?"

연암 "물론 있지요."

전사가 몸을 일으켜 벽장에서 비파를 꺼내 두어 곡조를 뜯고, 박지원
은 사람들을 향해 다시 붓을 들어 필담을 나눈다.

1780년 7월 10-11일, 「상루필담에서」

비치 (먹을 갈고 종이를 펼치며) "목춘이 선생의 필적을 얻어 간직하
고 싶다고 합니다."

연암 (반향조가 김양허를 보낼 때 준 칠언절구 한 수를 써 준다.)

이귀몽 "반향조라는 사람은 조선의 이름 높은 선비입니까?"

연암 "아닙니다. 그이는 우리나라 사람이 아닙니다. 전당(錢塘)사람
으로 이름은 정균(廷筠)이고, 지금은 중서사인(中書舍人)으로 있습니
다. 향조는 그의 자(字)입니다."

비치 (또 한 번 종이를 내어서 연암에게 글씨를 청한다.)

연암 (호방하게 글씨를 쓰며 마음속으로) '아니, 정말 자획이 썩 잘 써졌군. 이렇게 잘 써질 줄이야.'

1780년 7월 10-11일, 「상루필담에서」

연암 "혹시 그 용의 이름을 아십니까?"

여기저기서 '응룡(應龍)'또는 '한발(旱魃)'이라는 답이 나온다.

연암 (고개를 저으며) "아닙니다. 그 이름은 강철(罡鐵)입니다. 우리 나라 속담에 '강철이 지나간 곳엔 가을도 봄이 된다.'는 말이 있지요. 이는 가뭄이 심하게 들어 흉년이 됨을 이르는 것입니다. 그래서 가난한 사람들이 일을 도모하다 잘 되지 않으면 '강철의 가을'이라고 합니다."

배관 (고개를 끄덕이며) "그 이름 한번 참 기이하구려. 내가 난 해가 바로 그때니, 이는 곧 강철의 가을이라, 내가 어찌 가난하지 않을 도리가 있겠습니까. 강~처!"

연암 "아니오, 강철"

배관 "강천"

연암 "천(賤)이 아니라, 도철(饕餮)의 철(餮)입니다."

이귀몽 (크게 웃으며 큰 소리로) "강청!" (중국인은 갈이나 월 등의 'ㄹ'받침 발음을 잘 못한다.)

이에, 함께 있던 사람들이 모두 배꼽을 잡고 크게 웃는다.

다음으로 박지원이 열하에서 곡정, 윤가전, 추사시, 기풍액, 학성 등 중국문인들과의 필담을 기록한 「태학유관록」과 「곡정필담」, 「황교문답」, 「피서록」, 「심세편」, 「경개록」등에서 조선 문화에 관해 어떻게 기록을 남겼는지에 대해 살펴보기로 하자. 여기에서는 먼저 당시 중국 서적 중에서 나오는 조선 문화에 대해서 누락되거나 잘못된 대목들에 대해 중국문인들이 묻고 박지원이 수정해주는 장면들이 기록되어 나온다. 아래의 것은 그 기록들이다. 이 부분 역시 박지원이 『열하일기』를 통해서 중국 청 왕조에 조선 왕조문화를 전파한 것이다.

1780년 8월 9일 박지원이 열하에서 윤가전, 왕민호와 나눈 필담(중국서적 중에 나오는 조선에 대한 누락되거나 잘못된 대목들에 대하여)

왕민호가 물었다.

"귀국은 땅의 크기가 얼마나 됩니까?"

"기록에는 5천 리라 적혀 있습니다....우리나라로 말하자면, 오로지 유교를 숭상하여 예악과 문물이 모두 중화를 본받아서 예로부터 '소중화(小中華)'라 불렸답니다. 나라의 규모라든가 사대부의 몸가짐과 태도가 송나라 때와 조금도 다름이 없습니다."

"과연 군자의 나라라 할 만하군요."

왕민호는 크게 고개를 끄덕이며 내가 적은 글을 한참동안 바라본다. 윤가전이 말을 이었다.

"찬란하게도 기자의 유풍이 이어진다니 참으로 존경스럽습니다. 그리고 공의 선조이신 박미 어른에 대한 기록은 명나라 때의 『시종(詩綜)』이란 책에서 본 적이 있습니다. 한데, 그에 대한 소전(小傳)이 없으니 안타까운 일이로군요."

"그나마 남아 있는 소전에도 누락되거나 틀린 곳이 아주 많습니다. 제5대조의 휘(諱)는 미(瀰)요, 자는 중연(仲淵), 호는 분서(汾西)입니다. 문집 네권이 국내에서 간행됐지요. 명나라 만력 때(1573-1619년)어른으로, 선조 임금의 부마인 금양군이 바로 그 분입니다. 시호는 문정공이구요."

윤가정은 내가 쓴 쪽지를 얼른 거두어 품속에 넣는다. 이것으로『시종(詩綜)』에 누락된 대목을 보충해야겠다고 한다. 그러자 왕민호와 기풍액이 다른 오류들도 바로잡아 달라고 요청한다.

저녁 식사가 끝난 뒤 다시 윤가전의 숙소로 갔다. 황민호는 다른 방으로 옮겨 갔고, 기풍액은 중당에 남아 있었다. 그래서 윤가전과 함께 기풍액의 처소에서 이야기를 나누었다. 윤공은 쾌활하고 소탈한 사람이었다. 아까

바빠서 이야기를 다 마치지 못했다면서, 『시종』에서 누락되거나 잘못된 대목을 알려 달라고 부탁했다. 나는 틀린 대목들을 이것저것 지적해주었다.

"예컨대 선배 유학자 중에 이이(李珥)라는 어른이 있는데, 호는 율곡 입니다. 또 이정구(李廷龜)라는 상공이 있는데, 호는 월사(月沙)입니 다. 그런데 『시종』에는 이정구의 호가 '율곡'이라 잘못 기록되어 있답니 다. 또 월산대군(月山大君, 조선 9대왕 성종의 형)은 공자(公子)인데, 이름이 정(婷)이라 그런지 여자로 잘못 알려져 있구요." 윤공과 가공 모두 크게 웃었다. 문 밖에 아이놈들이 서 있다가 영문도 모른 체 덩달아 따라 웃는다. 그리고 나 역시, 아이놈들이 뭣 때문에 웃는지도 모르면서 덩달아 웃음보를 터뜨렸다. 그러다 보니 한참동안 웃음이 꼬리에 꼬리 를 물고 이어졌다.

그리고 「태학유관록」 8월 10일 박지원이 열하에서 중국문인들과의 필 담할 때 중국문인들이 혼인 예법을 비롯해서 조선의 관혼상제 등 미덕에 대해 관심을 가지고 가르침을 부탁하는 장면이 기록되어 있다. 아래의 것은 바로 그 기록이다.

1780년 8월 10일 박지원이 열하에서 중국문인들과 나눈 필담(중국 문인들이 조선의 관혼상제 등 미덕에 대한 관심)
아침식사가 끝난 뒤에 후당에 들어가니, 거인 왕민호가 나를 맞이한 다. 왕민호의 호는 곡정이고, 산동도사 학성과 한 방에 거처하고 있었다. 학성의 자는 지정이요, 호는 장성이다. 왕민호가 우리나라에서 과거시 험을 볼 때 어떤 문자로 무슨 글을 지어 바치는지 궁금해 하기에 간략하 게 대강을 일러 주었다. 또 혼인 예법을 묻기에 관혼상제는 모두 『주자가 례』를 따른다고 알려 주었다.
"가례는 주자께서 미처 완성하지 못한 책이지요. 그래서 중국에선 반드시 이것만을 따르지 않습니다. 귀국의 미덕 몇 가지만 들려주시면

고맙겠습니다."

"우리나라가 비록 바다 한쪽 귀퉁이에 자리 잡고 있지만, 그래도 네 가지 좋은 풍속이 있답니다. 유교를 숭상하는 것이 첫째 미덕이요, 황하처럼 큰 강이 없으니 대홍수가 일어날 걱정이 없는 것이 둘째 미덕이요, 고기와 소금을 다른 나라에서 수입하지 않는 것이 셋째 미덕이요, 여자들이

두 지아비를 섬기지 않는 풍속이 넷째 미덕이랍니다."

학성이 왕민호를 돌아보며 뭐라 뭐라 말을 주고받는다. 왕민호가 훌륭한 풍속이라며 칭찬을 하였다.

왕민호가 "…선생께서도 혹시 담배를 즐기십니까?"라고 묻는다.

"네, 그런 편입니다…그렇지만 부형이나 어른들 앞에선 감히 피우지 못합니다…입에 긴 대를 물고 어른을 대하는 게 몹시 거만하고 무례한 일이기 때문이지요."

"담배는 토종입니까? 아니면 중국서 사 가는 겁니까?"

"만력 연간에 일본에서 들어와, 지금은 토종이 중국 것과 별 차이가 없습니다. 청나라가 아직 만주에 있을 때에 담배가 우리나라에서 중국으로 들어 갔지요. 그 종자는 본디 일본에서 왔기에 남초라고 이릅니다."

"본시 일본에서 나온 것이 아니라, 서양 배편으로 온 겁니다."

조선의 불교에 대해서도 추사시가 박지원에게 묻는다. 박지원은 조선에 들어 온 불교에 대해 설명하면서도 추사시의 언사는 하도 제멋대로여서 칭찬하는 것 같기도 하고, 조롱하는 것 같기도 해서 둘러치기에다 속임수가 많아 매사에 자기를 업신여기는 것처럼 느껴졌다고 솔직히 기록하고 있다.

1780년 8월 11일 박지원이 열하(태학관)에서 중국문인들과 나눈 필담(중국문인 추사시가 조선 불교에 대한 물음과 박지원의 답변)

추사시가 물었다.

"귀국은 불교가 어느 때부터 시작되었나요?"

"소량(蕭梁)[15]대통(大通,527-529)연간에 중 아도가 처음으로 신라에 들

어왔지요."

"귀국의 사대부들은 세 가지 교 가운데, 무엇을 가장 숭상합니까?"

"신라와 고려시대에는 사족 중에 비록 현명한 이라 해도 불교를 공부하지 않는 자가 없었습니다. 허나 우리나라 이조(李朝)는, 나라가 선 지 400년에 이제는 가장 어리석은 선비들도 오로지 공자의 글을 외우고 익힐 뿐입니다. 국내의 명산에는 비록 전대에 세운 이름난 사찰들이 있으나, 모두 퇴락해 버렸습니다. 또 절에 있는 중들이란 대개 천한 무뢰배로서 종이나 신발 만드는 걸 생업으로 삼고 있지요. 명색은 중이지만 불경을 읽을 줄도 모르는 처지인 셈이니 누가 배척하고 말고 할 것도 없이 불교는 저절로 끊어질 것입니다. 그리고 도교는 본디 없었기 때문에 도관(道觀)역시 없습니다. 그런 까닭에 소위 이단의 교는 금지하고 할 것도 없이 저절로 나라 안에 설 수 없게 되었지요."

추사시가 또 물었다.

"귀국에도 예전에 신승(神僧)이 있었나요? 그 이름을 듣고 싶습니다."

"우리나라가 비록 바다 한 귀퉁이에 있긴 하지만, 풍속은 유교를 숭상하여 예나 지금이나 뛰어난 선비와 걸출한 학자가 적지 않습니다. 그러나 지금 선생이 묻는 바는 이들에 대한 것이 아니라, 도리어 신승에 관한 것이로군요. 우리나라 풍속은 이단의 학문을 숭상하지 않아 신승이 없기 때문에 실로 대답할 것이 없습니다."

추사시의 용모는 제법 의젓하게 생겼다. 그러나 그의 언사는 하도 제멋대로여서 칭찬하는 것 같기도 하고, 조롱하는 것 같기도 했다. 둘러

---

15) 중국 위진남북조시대 남조의 제3왕조인 소연이 세운 양나라를 말함.

치기에 다 속임수가 많아 매사에 나를 업신여기는 것처럼 느껴졌다.

또「곡정필담」에서는 조선의 숟가락에 대해 재미나는 일화가 있다. 글에서는 당시 화기애애한 필담의 분위기와 한중 문인 사이의 우정을 엿볼 수 있다. 이 부분 역시 박지원이『열하일기』를 통해서 조선 왕조문화를 중국 청 왕조에 전파한 것이다.

「곡정필담」에서 중국문인들의 조선 문화에 대한 관심(조선 숟가락에 대해서)
　조금 뒤 밥상이 들어왔다. 중국음식을 먹을 때는 모두 젓가락만을 사용한다. 그리고 권하고 받고 하면서 퍼질러 앉아 작은 잔으로 흥을 돋군다. 긴 숟가락으로 밥을 푹 떠서 한꺼번에 배를 불린 뒤 밥상을 물리는 우리네 방식과는 달리, 이따금 작은 국자로 국물을 뜨기만 했다. 국자는 숟가락과 비슷하면서 자루가 없어서 술잔 같았다. 또 발이 없어서 모양은 연꽃잎 한 쪽과 흡사했다. 나는 국자를 잡아 밥을 퍼 보았지만 그 밑이 깊어서 먹을 수가 없기에 학성에게 이렇게 말했다.
　"빨리 월나라 왕을 불러 오시오"
　"그게 무슨 소립니까?"
　"월왕의 생김새가 긴 목에, 입은 까마귀 부리처럼 길었다더군요."
　내 말을 들은 학성은 왕민호의 팔을 잡고 정신없이 웃어 댄다. 웃느라 입에 들었던 밥알을 튕겨내면서 재채기를 수없이 해댄다. 간신히 웃음을 그친 다음, 이렇게 물었다.
　"귀국에서는 밥을 뜰 때에 뭘 씁니까?"
　"숟가락을 씁니다."
　"모양은 어떻게 생겼나요?"
　"작은 가지 잎과 비슷합니다."
　나는 식탁 위에 숟가락 모양을 그려 주었다. 그러자, 두 사람은 더더욱 허리가 부러져라 웃어 제낀다. 학성이 시 한 구절을 읊조렸다.

"저 가지 잎이 대체 무엇이길래, 혼돈에다 구멍을 뚫었는가."

이어서 왕민호도 한 구절을 읊었다.

"여러 영웅들 손이 젓가락 빌리느라 분주했다네."

「곡정필담」에서 왕민호 등 중국문인들은 박지원의 지전설과 지원설에 대한 논변에 각별히 흥미를 가지면서 크게 깨달은 듯했다. 그들은 박지원의 논변은 아주 정밀하여 한 마디 한 마디가 투명하기 그지없다고 했다. 박지원은 이 기회에 김석문, 홍대용 등이 지전설을 창안한 바 있다고 한다. 아래에는 그 필담의 내용이다.

「곡정필담」에서 청조문인들의 조선 문화에 대한 관심(지전설과 지동설)

"우리 유학자들도 근래에는 땅이 둥글다는 설, 지구지설(地球之說)을 자못 믿습니다. 대저 땅은 모나고 정지되어 있고, 하 늘은 둥글고 움직인다고 하는 설은 우리 유학자의 명맥이지요. 한데, 서양 사람들이 그것을 혼란스럽게 만들어 버렸습니다. 선생은 어떤 학설을 지지하시는지요?"

왕민호의 물음에 내가 다시 되물었다.

"그러니 선생께선 어떤 학설을 믿으십니까?"

"제가 비록 손으로 육합(六合: 천지와 사방)의 등마루를 어루만지지는 못했습니다만, 땅이 둥글다는 설이 더 믿을 만하다고 여기고 있습니다."

"... 서양인들이 땅덩어리가 둥글다고 하면서도 그것이 구른다는 사실은 말하지 않았으니, 이는 둥근 것은 반드시 굴러간다는 이치를 모르는 것입니다. 그러므로 제 개인적으로 저 땅덩어리가 한 번 구르며 하루가 되고, 달이 땅덩어리를 한바퀴 돌면 한 달이 되며, 해가 땅덩어리를 한바퀴 돌면 한 해가 되고, 세성(歲星:목성의 다른 이름)이 지구를 한 바퀴 돌면 일기(一紀:12년)가 되며, 항성(恒星:스스로 빛을 내는 고온의 천체로 여기서는 해를 말한다)이 지구를 한 바퀴 돌면 일회(一會:1만 800년)가 된다고 생각합니다...."

"우리 조선의 근래 선배로 김석문이라는 분은 '삼환부공설'(三丸浮空說: 해, 달, 지구 세 가지 구체가 공중에 떠 있다는 주장)을 주장하였고, 저의 벗 담헌 홍대용 또한 지전설을 창안한 바 있습니다."

나의 설명에 학성은 다시 물었다.

"그럼 담헌 선생은 김석문 선생의 제자가 됩니까?"

"아닙니다. 김석문 선생은 돌아가신 지 벌써 백 년이나 되었으니 서로 스승 제자 관계가 될 수 없지요."

내가 대답하자, 왕민호가 물었다.

"김 선생의 자와 호는 무엇입니까? 또 저서는 몇 편이나 있습니까?"

....

"... 선생의 논변은 아주 정밀하여 한 마디 한 마디가 투명하기 그지없습니다그려."

왕민호가 크게 깨달은 듯 답하였다.

이 밖에도 『열하일기』에는 적지 않는 곳에서 조선 문화에 대한 이야기들이 나온다. 박지원은 특히 필담을 통해 중국문인들에게 그들이 궁금해하는 조선 문화에 대해 답하고 또 더 많은 조선 문화에 대해 필담함으로써, 『열하일기』를 통해서 조선 문화를 중국에 널리 전파하는 역할을 했던 것이다.

위와 같이 『열하일기』에서 박지원은 필담을 통해 중국문화를 이해했고 또한 조선 문화를 중국에 전파하였다. 이렇게 박지원의 『열하일기』는 당시 한중 문화교류에 큰 영향을 준 위대한 작품이며 오늘에 이르기까지 여전히 한중 학자들의 관심과 연구의 대상으로 각광을 받고 있다. 그럼 중국어를 모르는 박지원이 중국문인들과의 필담을 통해 한중 문화교류를 잘 이룰 수 있는 원인은 무엇일까? 아래에 박지원의 사유방식, 세계관, 자아인식과 대인관계를 논해 봄으로써 그 원인을 찾아 볼 수 있을 것이다.

즉 문화커뮤니케이션의 내용으로 박지원을 고찰해 보면 그 답을 찾을 수 있다.

5.1.2 박지원의 사유방식과 세계관

사유방식이란 자신과 환경을 이해하고 정리하는 정보처리과정, 즉 생각하는 유형을 말한다. 사람은 자기가 속한 문화에 따라 사물을 보고 생각하는 방식을 배운다. 즉 문화가 다르면 사물에 대한 기본개념을 형성하거나 논리를 전개하는 방법 등에서 차이가 난다. 박지원의 사유방식은 상대 문화주의로 나타난다. 즉 상대방의 입장에서 상대방의 문화를 이해했다. 그리고 가치체계는 그 문화권에서 옳고 그른 것, 좋고 나쁜 것, 귀하고 천한 것 등을 구별하는 기준을 제시해 준다. 가치는 일종의 문화규범이라고 할 수 있다. 박지원이 『열하일기』의 「곡정필담」에서 오래전부터 준비해 오던 지전설에 대한 필담 이야기가 나온다. 여기서 우리는 그의 가치관의 표현인 세계관을 찾아 볼 수 있다. 박지원의 자기태도의 확립은 중국 중심의 세계관의 확대, 곧 지전설을 내세워 천원지방이나 천동지정과 같은 종래의 우주관을 부정하고 새로운 세계질서를 내세우는 것이었다. 그리고 필담에서 자기의 세계관에 대한 집요한 표현은 중국을 여행하면서 바라본 청 왕조의 합리적 생활태도— 이용후생에 대한 배움으로 나타난다. 즉 그의 북학사상으로 나타난다. 그럼 박지원의 사유방식과 세계관에 대해 살펴보기로 한다.

(1) 박지원의 사유방식

연암은 여행 중 보고 경험한 중국의 문물을 선입견 없이 객관적인 시각으로 바라보고자 했다. 그것은 당시 조선의 고루(固陋)한 유학자들과는 분명히 다른 자세였다. 연암은 그들의 문화를 그들의 문화 속에서 이해하려고 했다. 이른바 문화 상대주의적 자세였다고 할 수 있다. 그 바탕에 이용후생과 정덕사상이 자리 잡고 있었음은 물론이다(박기석, 2008, p.81).『열하일기』내용 중에서 박지원이 가장 먼저 중국의 문물을 접한「도강록」은 여행자로서의 박지원의 흥분된 모습이 가장 잘 나타나 있는 곳이다. 1780년 6월 24일에 의주를 떠난 사신 일행은 압록강을 건너 6월 27일 오전에 중국의 국경 검문소가 있는 책문에 도착한다. 책문에 대해 박지원은 6월 27일자 일기에서 아래와 같이 기록을 하고 있다.

책문 밖에서 다시 안쪽을 바라보니 여염집들은 모두 오량집처럼 높고 띠풀로 이엉을 했다. 등마루는 훤칠하고 대문은 가지런히 정돈되어 있고 거리는 평평하고 곧아서 양쪽 길가로 먹줄을 친 듯했으며 담은 모두 벽돌로 쌓았다. 사람용 수레와 화물용 수레들이 길을 마구 지나다녔고 벌여 놓은 그릇들은 모두 그림을 그린 도자기들이었다. 그 모양새가 어디로 보나 시골티라곤 조금도 없다. 중국의 동쪽 끝 촌구석도 이 정돈데 도회지는 대체 어느 정도일까 생각하니 기가 팍 죽어서 돌아가고 싶은 마음이 굴뚝 같아지면서 나도 모르게 등줄기가 후끈거린다고 하면서 박지원은 통렬히 반성했다(고미숙, 2008, pp. 72-73).
이것은 남을 시기하는 마음이지. 난 본래 천성이 담박해서 남을 부러워하거나 시기하는 마음이 조금도 없었는데… 이제 다른 나라에 한 발을 들여 놓았을 뿐, 아직 이 나라의 만분의 일도 못 보았는데 벌써 이런 마음이 일다니. 대체 왜? 아마도 내 견문이 좁은 탓일 게다. 만일 부처님의 밝은 눈으로 시방세계(十方世界)를 두루 살핀다면 무엇이든 다 평등해 보일 테지. 모든 게 평등하면 시기와 부러움이란 절로 없어질 테고. 장복을 돌아보며 물었다. "네가 만일 중국에서 태어났다면 어떻겠느냐?" 장복은 "중국은 되놈의 나라이니 소인은 싫습니다요."라고 대답했다. "맙소사!" 때마침 소경 하나가 지나간다. 어깨에는 비단 주머

니를 둘러메고 손으로는 월금(月琴)을 뜯는다. 나는 크게 깨달았다.
"저 이야말로 평등안(平等眼)을 가진 것이 아니겠느냐."16)

　여기서 우리는 책문에 들어서기 전 박지원이 앞으로 중국을 여행하면
서 어떤 자세를 가지고 중국을 바라볼 것인가에 대해 스스로 마음을
다지는 모습에서 그의 사유방식을 앞에서 논한 문화커뮤니케이션의 내용
과 효과로 분석해 볼 수 있다. 즉 조선의 지식인이라고 자처하는 유학자,
심지어 장복과 같은 조선 백성들까지도 중국에 대해 고정관념, 편견으로
바라보고 있음을 알 수 있다. 그러나 부처와 같은 혜안, 평등안과 같은
사물인식 태도를 주장하는 박지원의 모습에서는 그의 문화상대주의 사유
방식을 찾아 볼 수 있으며 이는 사물에 대한 이해가 사유방식에 얼마나
서로 다른 영향을 끼치는가를 잘 보여 주는 것이다. 여기서 박지원은
장복의 무식함과 부처의 혜안(慧眼), 맹인의 평등안을 통해서 당시 조선
의 지식인이라고 자처하는 유학자들의 소견 없음과 편협한 중국관을
우회적으로 비판하고 있으며 이들은 중국을 노린내가 나는 오랑캐의
나라라고 멸시하고, 존명배청과 소중화 사상에 매몰되어서 문화우월주
의에 빠져 있는 소견이 좁은 자들이라고 역설했다.
　「도강록」6월 27일자 일기는 연암이 책문에서의 견문과 경험을 소상하
게 기술한 내용인데, 그 중에서 연암이 가장 관심을 기울인 것은 중국인들
의 이용후생의 삶의 모습이었다. 그것은 연암이 앞으로 중국을 여행함에
있어서 무엇에 관심을 둘 것인가에 대한 암시이기도 하다. 연암은 책문
안에 형성된 거리를 돌아보고는, 변방의 작은 마을임에도 불구하고 외양
간, 돼지 우리, 심지어 나무더미나 거름더미까지 모든 물건들이 잘 정돈되

---

16) 朴趾源, 國譯『熱河日記』Ⅰ, 韓國民族文化推進會, 1968년, p. 522, "此妒心也, 余素
　　性淡泊, 慕羨猜妬, 本絶于中, 今一涉他境, 所見不過萬分之一, 乃復浮妄若是何也, 此
　　直所見者小故耳, 若以如來慧眼, 遍觀十方世界, 非無不等, 萬事平等, 自無妒羨, 顧
　　謂張福曰, 使汝生中國何如, 對曰, 中國胡也, 小人不願, 俄有一盲人, 肩掛錦囊, 手彈
　　月琴而行, 余大悟曰, 彼豈非平等眼耶."

어 있음을 보고 놀라서, 사물을 잘 이용하여 윤택하게 살아가는 중국인의 모습을 부러워하였다. 중국의 문물을 처음 접한 변경의 작은 마을에서 연암은 앞으로 중국여행에서 무엇을 어떻게 볼 것인가에 대한 자신의 심경을 극명하게 피력한 것이다. 즉 자신은 다른 조선의 유학자들과는 다른 개방적인 자세로 중국의 문물을 보겠다는 것이다. 그것이 객관적이고, 상대주의적인 사물인식 태도인 것이다. 연암의 상대주의적 사물인식 태도는「관내정사」에 수록된「호질」에서도 살필 수 있다.『열하일기』에는 두 편의 소설 작품이 수록되어 있다. 하나는「관내정사」에 수록되어 있는「호질」이고, 다른 하나는「옥갑야회」에 수록되어 있는「허생전」이다.「관내정사」는 산해관을 지나 북경까지의 여행기록으로「호질」은 북경에 도착하기 3일 전인 7월 28일자 일기에 수록되어 있다. 나중에는 열하까지 가게 되었지만 당시에는 여행의 최종 목적지인 북경을 목전에 두고, 연암은 압록강을 건너 약 한 달 간 여행하였던 만주 지방에서의 견문과 경험을 바탕으로 한 편의 글을 쓰고 싶었을 지도 모른다. 그러다가 우연히 옥전현(玉田縣)의 한 점포에서 절세기문(絕世奇文)을 보게 되었고 그것을 가지고 한 편의 풍자적인 글을 저술하게 된 것이다. 그 글이 바로「호질」이다.「호질」의 중심 내용은 선비 북곽 선생이 범에 의해 신랄한 비판을 받는 장면일 것이다. 범이 인간을 꾸짖는 내용이다. 여기서 범에게 꾸짖음을 당하는 인간은 한족(漢族)이다. 수천 년 동안 중원을 지배했던 한족의 문화와 역사에 대한 범의 꾸짖음이다. 그런데 여기서 '호(虎)'는 '호(胡)'와 동음이의어(同音異義語)다. 따라서 범은 오랑캐 만주족을 가리킨다고 할 수 있다. 만주족은 한족의 입장에서 보면 짐승과 같은 존재이다. 그러나 현실적으로 한족의 지식인들은 먹고 살기 위하여 그 짐승 같은 오랑캐한테 아부하며 살아가지 않을 수 없게 된 것이다. 이와 같은 모습은 청조의 비위를 맞춰가며 살아갈 수밖에 없는 멸망한 명나라, 곧 한족 지식인의 현실적 모습인 것이다. 연암은 만주족과 한족을 범과 인간으로 바꿔놓고, 범의 입장에서 인간을 꾸짖게 함으로써 당시 만주족이 지배하는 중국의 대내외적인 현실을 풍자한 것이다. 물론 연암이 이 글을 그의 『열하일기』에 수록한 것은 춘추의리론에 매몰되어 중국의 현실적 상황을 인식하지 못하는 조선의 소견 없는 유학자들의 각성을 촉구한 것이기도 하다. 범의 입장에서 인간세계를 바라보고 비판한 「호질」내용은 획기적인 발상으로 연암의 상대주의 사물인식의 소산이다. 이렇게 『열하일기』전편에 흐르는 연암의 사물 인식태도는 상대주의적 관점에 의한 객관적 이해와 개방적 자세라고 할 수 있다(박기석, 2008, p.85).

연암의 이런 사물인식태도는 그의 문화상대주의로 나타난다. 연암은 「일신수필」7월 15일자 일기에서 유명한 '천하장관론'에 대해 서술하고 있다. 연암은 이 글에서 조선의 유학자들의 시대착오적인 '화이론'과 '춘추대의'를 간접적으로 비판한 다음 이용후생하는 중국인들의 삶의 자세를 배워야 할 것을 역설하였다. 박지원은 『열하일기』의 「일신수필」에서 천하장관에 대해 아래와 같이 기술하고 있다.

우리나라 사람들이 북경에 갔다가 돌아오는 이를 만나면 반드시 중국여행 중에서 가장 장관이었던 것이 무엇이냐고 묻게 되는데, 이때 대부분의 사람들은 넓은 들판, 구요동의 백탑, 연로에 들어선 가게들, 산해관, 유리창, 통주의 선박, 천주당, 상방, 동악묘, 북진묘 등을 장관이라고 대답한다고 했다. 그러나 선비라고 하는 인물들의 경우는 좀 다르게 말한다고 했다. 그 중 하나는 학덕이 높은 선비로서, 그는 쓸쓸한 기색을 지으며 "도무지 볼만한 것이 없습니다."라고 한다고 했다. "어째서 도무지 볼만한 것이 없다는 것입니까?"라고 물으면, 황제를 비롯하여 장상, 대신과 모든 관원, 그리고 선비, 서민들도 모두 머리를 깎았으니, 비록 공덕이 은주(殷周)와 같고 부강이 진한(秦漢)에 지난다 하더라도 백성이 생긴 이래 아직 머리를 깎은 천자는 없었으니, 비록 뛰어난 학문과 문장과 박식을 지녔다고 하더라도 "한번 머리를 깎으면 곧 오랑캐요, 오랑캐면 개돼지이니, 우리가 그 개돼지에게 무엇이 볼 것이 있습니까?"라고 대답하고, 학덕이 중간 정도인 선비는 "신성한 나라가 어지러워지고 산천이 비린내 나는 고장으로 변했으며, 성인의 업적이 묻혀버려 말이 오랑캐의 것으로 변하였으니 볼만한 것이 무엇이 있겠습니까? 진실로 10만의 군사를 얻을 수 있다면 산해관 안으로 달려 들어가 중원을 깨끗이 소탕한 뒤에야 장관을 이야기할 수 있을 것입니다."라고 대답한다고 했다. 그러나 자신은 학덕이 낮은 선비이므로 "장관은 기와 조각에 있고 똥 덩어리에 있다고 말하겠다."[17]

라고 하며 집 주변에 널려 있는 똥 덩어리와 기와 조각과 같은 보잘 것 없는 물건을 잘 이용하여 삶을 윤택하게 하는 그들의 자세를 부러워하였다.

또한 '천하의 장관'을 화제로 해서 춘추의론과 '화이론'에 매몰되어서 역사 현실을 올바로 인식하지 못하는 조선 유학자들의 현실감각을 간접적으로 꼬집음으로써 시대착오적인 '북벌론'을 하루 빨리 극복하고 청나라의 선진문물제도를 배워 백성의 삶을 윤택하게 할 것을 주장하였다. 이와 같은 중국 문물에 대한 태도는 명분보다 실리적인 것을 중시하는

---

17) 朴趾源, 國譯『熱河日記』Ⅰ, 韓國民族文化推進會, 1968年版, pp. 563-565, "我東人士, 初逢自燕還者, 必問曰, 君行第一壯觀, 何物也, 第爲拈出其第一壯觀而道之也, 人則各以所見, 率口而對曰, 遼東千里大野, 壯觀, 曰舊遼東白塔壯觀, 曰沿路市鋪壯觀, 月薊門烟樹壯觀, 曰蘆溝橋壯觀, 曰山海關壯觀, 曰角山寺壯觀, 曰望海聽壯觀, 曰祖家牌樓壯觀, 曰琉璃廠壯觀, 曰通州舟楫壯觀, 曰錦州衛牧畜壯觀, 曰四天主堂壯觀, 曰虎圈壯觀, 曰象房壯觀, 曰南海子壯觀, 曰東岳廟壯觀, 曰北鎭廟壯觀, 紛紛然不指可勝屈, 上士則愀然變色, 易容而言曰, 都無可觀, 何爲都無可觀, 曰皇帝也薙髮, 將相大臣百執事也薙髮, 士庶人也薙髮, 雖功德侔殷周, 富强邁秦漢, 自生民以來, 未有薙髮之天子也, 雖有陸隴其, 李光地之學問, 魏禧, 汪琬, 王士澂之文章, 顧炎武, 朱彝尊之博識, 一薙髮則胡虜也, 胡虜則犬羊也, 吾於犬羊也, 何觀焉, 此乃第一等義理也, 神舟陸沉則山川變作腥羶之鄕, 聖緖湮晦則言語化爲侏儒之俗, 何足觀也, 誠得十萬之衆, 長驅入關, 掃淸崦夏然後, 壯觀可論, 此善讀春秋者也, 余下士也, 曰壯觀在瓦礫, 曰壯觀在糞壤."

실학정신에서 비롯된 것임은 물론이다. 이상과 같이 박지원은 중국인들의 이용후생하는 모습을 부러워하고 그러한 삶의 방식, 문물과 제도들을 받아들여 우리 조선인의 삶을 윤택하게 하고 싶어 하였다.박지원은 또 상대문화주의 사상으로 중국의 문화를 그들의 입장에서 바라보고 이해하려는 사유방식 태도를 가지고 있었다. 이런 사물인식태도는 문화커뮤니케이션 내용에서 말하는 사물인식 태도 즉 사유방식과 같은 것이다. 또한 중국문물에 대한 박지원과 현실을 올바로 인식하지 못하는 조선 유학자들 사이의 상반되는 인식태도 및 결과에서 알 수 있듯이 문화커뮤니케이션을 잘하려면 상대 문화를 고정관념과 편견을 버리고 상대방의 문화를 상대방의 문화 속에서 이해해야 한다는 것을 알 수 있다.다시 말해서 이것이 바로 문화커뮤니케이션 효과의 역할인 것이다. 아래에 박지원이 중국문화에 대한 인식에 대해 더 한층 논해보겠다.

「태학유관록」8월 10일자 일기에 다음과 같은 구절이 있다. 열하의 태학에서 머물고 있을 때, 박지원이 윤형산이라는 인물의 처소를 찾아서 기풍액이라는 인물과 함께 필담하다가 밖으로 나와 달구경을 한 적이 있었다. 그날 밤 달이 대낮같이 밝았다. 박지원이

"만약 달 가운데 딴 세계가 있어서 달에서도 난간에 의지하여 이 땅을 바라본다면 역시 땅 빛이 달에 가득할 테지요."하니 기공이 난간을 치며 기이한 생각이라 칭찬하였다.[18]

고 했다. 박지원의 상대주의적 인식태도가 잘 드러난 예가 아닐 수 없다. 박지원은 이와 같은 인식 태도를 가지고 중국을 여행하였던 것이다. 그는 여행 중에 만난 중국인을 비롯한 몽고나 회교도 등이 우리의 의관을

---

18) 朴趾源, 國譯『熱河日記』I, 韓國民族文化推進會, 1968年版, p. 625, "奇公携余出, 同看月, 時月色如畫, 余曰月中若有一世界, 自月而望地者, 倚立欄杆下同賞地光滿月邪, 奇公拍欄稱奇語."

어떻게 보았을까? 하고 생각해 본적이 있었다. 박지원 일행이 열하로 가는 도중 밀운성에서 있었던 일이다. 8월 6일 밤늦게 성에 도착하여 거처할 곳으로 지정되어 있는 관왕묘를 살펴보았더니 사신이 들 만한 곳이 못 되었다. 그래서 거처할 곳을 이리저리 찾았다. 그 때 상황을 인용해 본다. 박지원을 비롯한 사신 일행이 마을에 들어섰을 때는 밤이 깊었기에 온 마을이 문을 닫아걸고 잠자리에 든 모양이었다. 아무리 문을 두드리고 소리쳐도 반응이 없었다. 한 집이 문을 열어주었다. 그 집은 본래 현리(縣吏)로 있던 소씨(蘇氏)의 집인데 화려하기가 행궁과 다를 바 없었다. 박지원을 비롯한 사신 일행이 그 집안으로 우르르 들어갔다. 이때 그 가족들이 놀란 모습을 보고 박지원은 속으로 생각했다.

'그들은 필연 한 나라에서 함께 온 줄 모르고 아마도 남만, 북적, 동이, 서융이 함께 그의 집에 들어온 줄 알았을 것이니, 어찌 두려워서 떨지 않으랴? 대낮이었다 하더라도 당황할 것인데, 하물며 깊은 밤중임에랴? 비록 깨어 앉아 있었더라도 놀라 어리둥절할 것인데, 하물며 깊이 잠든 때임에랴? 더구나 그는 겨우 18살의 어린 사람이라, 비록 80을 살아 세상일을 다 겪은 노인이라고 하더라도 필연 놀라 졸도했을 것인데.'[19]

우리들이 쓰고 있는 모자, 입은 도포, 말소리가 처음 보고 듣는 것이고, 사신 이하 역관, 비장, 군뢰들은 그들의 옷을 입었고, 역졸과 마두들은 모두 맨발에다가 가슴을 풀어헤쳤는데 얼굴은 검게 타고 삼베 바지는 찢어지고 헤어져서 엉덩이와 넓적다리를 가리지 못했으며, 왁자지걸 떠

---

19) 朴趾源, 國譯『熱河日記』I, 韓國民族文化推進會, 1968年版, pp. 613-614, "時夜 已深矣, 家家關門, 鳥林哺百叩千喚, 始有開門出應者, 乃蘇姓家也, 本縣吏目而家舍 侈麗, 無異行宮."(中略) "彼必不識同國同來, 想應分視南蠻北狄車夷西戎都入渠家, 安得不驚怖戰掉,雖白晝怡悅矣, 況深夜乎, 雖醒坐, 駭惑矣, 況睡際乎, 奚特十八歲弱 冠穉男也, 雖八十歲飽閱老翁, 定然驚怖, 而顚顚以卒矣."

드는 소리가 크게 길게 빼어 처음 듣는 것이라, 이것이 무슨 예법일까 이상하다 하였을 것이다. 조선인들에게는 그들의 의관이나 언어와 행색이 늘 보아온 자연스러운 것이지만, 처음 대하는 사람에게는 놀랄 수밖에 없음을 상대방의 입장에서 생각한 것이다. 박지원은 중국 여행 중에 조선 사신 일행의 의관이나 행태를 객관적 위치에 놓고 중국인, 또는 몽고인이나 회교도들이 우리 조선의 의관을 어떻게 보았을까 하는 생각을 해보기도 하였다. 이와 같은 사유방식은 남과 나의 위치를 바꾸어 놓고 볼 수 있는 인식태도에서 가능한 것이다.

이제 중국을 여행하면서 박지원이 중국인들의 문화를 어떻게 이해했는지를 몇 가지 일화를 통해 더 살펴보기로 한다. 언어습관을 이해하지 못해서 연암이 당황했던 일화가 있다. 7월 13일 성경에서 소흑산으로 여행하면서 들렸던 신민툰이라는 마을에서 연암은 한 전당포를 구경하다가 상점 주인이 문 위에 걸어 놓을 액자의 글씨를 몇 자 써 달라는 부탁을 받았다. 박지원은 어떤 글귀가 좋을까 생각하다가 오는 길에 가게 문 위에 '기상새설(欺霜賽雪)'이라고 쓴 글이 자주 걸려 있었던 것이 생각나서 그 글귀를 써 주었다. 그 내용이 상인들 스스로 본분이 '깨끗하기가 가을 서릿발 같고 마음이 희기가 눈빛보다 더하다.'고 자랑하는 것이라 생각했기 때문이다. 그러나 전당포의 주인은 박지원이 써준 '기상새설'이라는 글씨를 보더니 좋지 않은 기색으로 머리를 내저으면서 "이것은 우리와 상관이 없습니다."하였다. 박지원은 "나중에 다시 보시오."하고 일어나 나오면서 "이런 시골 장사치가 어찌 능히 심양사람에게 미칠 수가 있으며 글씨가 잘 되고 못됨을 어찌 알아볼 수 있겠는가?"라고 속으로 생각하면서 꾸짖었다. 다음 날(7월 14일) 박지원 일행은 소흑산이라는 곳에 머물렀다. 저녁밥을 먹고 나와 거리를 거닐다가 한 가게에 들어갔는데 그 가게는 비녀, 팔찌, 귀걸이, 가락지 등을 파는 가게였다.

그 가게에서도 가게 앞에 걸 액자를 써 주게 되었다.

지난번보다 정성을 기울여 멋들어지게 '기상새설'이란 글귀를 써 주었다. 그랬더니 이번에도 그 주인의 안색이 전날의 전당포 주인과 같았다. 그래서 "이것은 당신네 하고 아무 상관없는 거요?"하고 물으니, "그렇습니다. 우리 가게는 부인네 머리 장식을 사고 팔 뿐입니다. 국숫집이 아닙니다."라고 했다. 그래서 다시 '부가당(副珈堂)'이라는 석 자를 써주고 나왔다. 그리고는 다음부터 '기상새설'이라는 현판을 볼 때마다 이것은 필시 국숫집이려니 하였다. 그 가게 주인의 자세가 더할 수 없이 맑고 깨끗한 것이 아니라, 자기 가게 국수의 면이 서리같이 곱고 눈 같이 희다고 자랑하는 말이었던 것이다.[20]

이렇게 같은 한자를 쓰면서도 문화가 다르면 언어의 쓰임도 다른 것이다. 언어 소통의 차이로 비롯된 문제라고 할 수 있다. 또 하나 더 예를 들어 보기로 한다. 박지원은 소흑산으로 가는 길에 중국인의 초상집 제도에 호기심을 느껴 한 상가(喪家)에 들른다.

아골관에서부터 매양 마을 가운데 높다랗게 세운 패루(牌樓)가 눈에 띄었다. 당시 중국인들은 초상이 나면 집에서 열 걸음 쯤 떨어진 곳에 흰패루를 높다랗게 세워 놓는다. 그 아래에는 악공들이 늘어서서 밤낮 없이 자리를 뜨지 않고 조문객이 들어서면 꽹과리 한 쌍,피리 한 쌍, 새납(태평소)한 쌍을 요란스럽게 불고 친다. 상식(上食)할 때 안에서 울음소리가 나면 밖에서는 음악으로 대응한다. 조문객이 그 문을 들어 서면 상주가 달려 나와 흐느껴 울면서 조문객 앞에서 대나무 지팡이를

20) 朴趾源, 國譯『熱河日記』I, 韓國民族文化推進會, 1968年版, p. 561, "余逐寫出欺霜賽雪四字, 諸人俱面面相覷, 與當鋪氣色一般的, 殊常, 余胸裏念道又是怪事, 余道, 不相干麼, 鋪主道是也, 霍生日, 俺鋪, 專一收買婦人的首飾, 不是麪家, 余始覺其誤, 可謂羞前之爲, 逐日, 我已知道了, 聊試開筆耳."(中略)"逐畫副珈堂三字, 諸人尤叫歡不絶."

내던지고 두 번 절을 하는데 엎드릴 때에는 머리를 땅에 닿고 일어나서
는 발로 땅을 구르며 눈물을 비 오듯 흘린다... 그리고 주인이 술과
과일을 대접하면 앉아서 음식을 먹어야 한다. 만약 손도 안 대고 후딱
일어나면 큰 수치로 여긴다.... 좀 전에 초상집에서 조문하던 이야기를
하니 모두 허리를 잡고 웃는다.[21]

상례(喪禮)도 민족이나 사회가 다르면 그 방식도 다르다. 박지원은
중국인들의 초상집 모습을 매우 객관적으로 아무 비판 없이 기술하여
놓았다. 아마 조선의 고루한 유학자였다면 법도에 어긋난다 하며 많은
비판이 있었을 것이다. 그러나 박지원은 그들의 문화를 그대로 흥미 있게
보았을 뿐이다.

박지원은 중국을 여행하면서 우리와 다른 중국인의 문화에 대해 지대
한 관심을 가졌음을 알 수 있다. 그 바탕에는 발달된 선진문화를 받아들여
우리백성의 삶을 윤택하게 하고 나아가 흐트러진 도덕적 질서를 바로잡
고 싶었던 실학정신이 있었음은 물론이다. 그 결과 박지원은 이용후생이
라는 실학정신과 상대문화주의적 시각에서 그들의 문화를 바라보았음을
알 수 있었다. 이와 같은 시각에 의해『열하일기』는 기술되었으며 그 내용
은 당시 조선 사회, 특히 지식인들의 잘못된 중국관을 바로잡는 데 일정한
기여를 하였던 것이다(박기석, 2008, p.101). 한마디로 박지원은 중국의
독특한 문화를 객관적이고 긍정적인 눈으로 보았으며 남다른 호기심을
가지고 중국문화에 접근했고 그것을 비판하기보다는 그들의 문화 속에서
이해하려고 했다. 이러한 그의 사유방식은『열하일기』로 하여금 오늘날

---

21) 朴趾源, 國譯『熱河日記』I, 韓國民族文化推進會, 1968年版, p. 559, “自鴉鶻關,
每見閭里中, 高設白色牌樓者初喪之家也(中略)余欲見喪家制度, 方移步進至大門
前, 門裏走出一個喪人, 號哭突至面前, 放了竹杖, 再伏再起, 伏則以頭頓地起則以足
蹈地淚如雨下無數哀號(中略)主人當待以酒果第小遲待未可經起若不食時大爲羞
恥(中略)路中余爲言俄刻吊喪之禮, 皆大笑."

에 이르기까지 많은 학자들의 관심과 연구대상이 되도록 하였다.

(2) 박지원의 세계관

가치관이란 각 문화는 서로 다른 가치체계를 유지하고 있음을 나타내며 가치체계는 그 문화의 특성을 이루고 있다. 박지원이 『열하일기』의 「곡정필담」에서 오래전부터 준비해오던 지전설 필담 이야기가 나오는데 여기서 우리는 그의 세계관을 잘 엿볼 수 있다. 본고에서는 박지원의 세계관을 두 가지 측면으로 다루려고 한다. 하나는 박지원의 이용후생의 실학사상 즉 북학적 세계관이고 다른 하나는 중국 중심의 우주관에서 벗어나 새로운 세계질서, 즉 지전설, 더 나아가 천하대세를 전망하는 세계관이다.

① 박지원의 북학적 세계관

『열하일기』는 박지원이 청조 중국의 이용후생하는 실상에 비추어 당시 조선의 현실을 진단하고 그 개혁 방안을 적극 제시하고 있는 점에서 『연행록』의 형식을 이용한 일종의 경세지서(經世之書)라 할 수 있다. 『열하일기』에서 박지원은 청조 물문의 발달상을 묘사함으로써 조선의 낙후된 현실을 더욱 날카롭게 드러내고자 한 것이다. 이와 관련하여 『열하일기』에 제시된 경세책(經世策)은 박지원이 전동(典洞)시절부터 홍대용, 박제가 등 여러 우인 문생들과 더불어 진지하게 모색해 온 것을 그 나름으로 체계화한 것이었다. 박지원을 중심으로 한 이러한 문인 학자들의 조선의 사회 개혁 방향에 대해 품고 있던 공통의 사상을 '북학론'이라 한다면, 『열하일기』는 박제가의 『북학의(北學議)』와 아울러 이러한 집단적 사상으로서의 북학론을 극명하게 논리화한 대표적 저술인 것이다 (김명호, 1990b, p.120).

박지원은 『열하일기』에서 조선 사회의 낙후성을 타개하기 위한 구체적인 방안들을 제시하고 있다. 첫째로 들 수 있는 것은 벽돌 사용론으로, 그는 일반 주택뿐 아니라 성곽, 가마, 난방 시설 등에 이르기까지 중국처럼 벽돌을 널리 활용함으로써 시설비용을 절감하고 능률적이며 영구적인 효과를 도모하자고 주장하고 있다.

다음으로 박지원은 『열하일기』중의 유명한 「차제설(車制說)」에서 수레 통용론을 역설하고 있다. 그는 「일신수필」7월 15일자 일기에 〈차제〉라는 항목을 따로 만들어 중국의 수레제도에 대해 집중적으로 관찰하고 기술하였다. 그는 중국의 재화가 풍부해지고 한곳에 치우쳐 정체되어 있지 않고 고루 유통되는 것은 다 수레의 이로움을 쓰기 때문이라고 했다.

> 여기서는 천한 물건이 저기서는 귀하고, 이름은 들었어도 실제로 보지 못하는 것은 어찌된 까닭인가? 그것은 오로지 멀리 운반할 힘이 없기 때문이다. 그래도 사방 수 천리나 되는 나라인데 백성들의 살림살이가 이처럼 가난한 것은, 한마디로 말하면 나라에 수레가 다니지 못하기 때문이다. 미안하지만, 그 까닭을 물어보면 어찌해서 수레가 다니지 못하는 것 인지?한마디로 말하자면 사대부의 허물입니다. 선비는 평생토록 글을 읽고서는 고작 한다는 말이 "주례(周禮)는 성인이 지은 것이다."라고 하고, 또 윤인(輪人), 여인(輿人), 거인(車人), 주인(輈人)이니 말은 하지만, 결국 그 만드는 방법은 어떠한가? 움직이는 기술은 어떠한가에 대해서는 강구하지 아니하였으니, 이것이 이른바 '한갓 글을 읽기만 하는 것'이니, 그것이 학문에 무슨 보탬이 되겠는가?[22]

라고 하며 유통의 문제를 제기하였다. 그는 또 당시 조선의 산업발전을

---

22) 朴趾源, 國譯『熱河日記』Ⅰ, 韓國民族文化推進會, 1968年版, p. 568, "然而此賤而彼貴, 聞名而不見者, 何也, 職由無力而致入耳, 方數千里之國, 民氓產業, 若是其貧, 一言而蔽之, 日車不行域中, 請問其故, 車奚不行, 一言而蔽之, 日士大夫之過也, 平生讀書則, 日周禮聖人之作, 日輪人, 日輿人, 日車人, 日輈人, 然竟不論造之之法如何, 行之之術如何, 是所謂徒讀, 何補於學哉."

저해하는 주요인이 상품 유통의 부진에 있으므로 이를 극복하기 위해서는 중국과 마찬가지로 수레를 전국적으로 통용하도록 하는 일이 급선무라고 하면서 수레를 통한 유통의 문제에 관심을 보였다.

이와 아울러 박지원은 쇄국정책에 따른 종래의 극히 제한된 무역 방식이 밀무역(密貿易)과 중간 상인의 폭리를 조장할 따름임을 지적하면서 중국에 대한 적극 통상론을 펴고 있다. 고려 시대나 당시의 일본처럼 중국과 적극적으로 통상한다면 국내의 산업을 촉진할 뿐 아니라, 문명 수준의 향상과 국제 정세의 파악에도 큰 도움이 되리라는 것이다.

박지원은 마정(馬政)개혁론을 중심으로 국방 문제에 대해서도 일가견을 피력하고 있다. 그는 중국과 달리 당시의 조선에서는 목마(牧馬)를 등한시한 결과 항상 양마(良馬)가 부족하여 왜소한 토종말을 타고 전투에 임할 수밖에 없는 실정임을 개탄하면서, 말의 사육과 증식법을 개선하기 위한 세부적인 방안을 논하고 있다.

이와 관련해서 박지원은 어마법(御馬法)에 대해서도 자세한 비판을 가하고 있다. 우리나라에서와 같이 폭넓은 긴 소매의 거추장스런 옷을 입고 반드시 견마(牽馬)를 잡힌 채 말을 모는 것은 위험천만하므로, 특히 전투를 고려할 때 이는 시급히 개혁되어야 할 폐습이라는 것이다.

이상과 같이 박지원이 제시한 경세책으로서의 북학론은 청조 문물의 적극수용을 근간으로 한 부국강병(富國强兵)의 방법론이었다. 그런데 국정에 있어 유교 도덕의 사회적 실천이 최우선시되는 한편, 소중화주의에 입각한 적대적 대청관이 통념화 되어 있던 당시의 조선에서 이러한 북학론이 설득력을 지니려면, 적어도 두 가지 사항이 전제되지 않으면 안 된다. 그 하나는 국정의 세 가지 중대사인 '정덕', '이용', '후생'중에서 종래 상대적으로 소홀시 되어 왔던 이용, 후생의 중요성을 납득시키는 일이며, 다른 하나는 청이 요순(堯舜)이래의 중화 문명을 발전적으로 계승하고 있음을 인정하게 하는 일이다. 그 중 이용후생을 우선적으로

강조하는 것은 유교사상의 일부로 흡수된 관자류(管子流)[23]의 사상과
도 연결되므로 당시의 식자층에게 큰 저항 없이 용인될 수 있는 반면,
청을 중화문명의 계승자로 보는 관점은 심한 반발이 예상되는 것이었다.
이에 대처하는 문제야말로 박지원이 북학론을 주장하면서 가장 고심한
부분이다. (김명호, 1990b, p.122).

존화양이(尊華攘夷)의 춘추의리를 들먹이며, 청에 대한 복수설치(復讐
雪恥)를 부르짖는 국내의 선비들이 청조 문물의 우수성을 일거에 묵살하는
풍조에 대해, 『열하일기』에서 박지원은 다음과 같은 논리로 비판한다.

"존주(尊)는 존주고, 이적(夷狄)은 이적이다. 이 두 가지를 뒤섞어서
생각해서는 안 될 것이다. 중화의 성곽과 궁실, 인민은 예전처럼 그대로
남아 있고 정덕(正德), 이용, 후생의 길도 변하지 않았으며 최, 노,
왕, 사의 씨족도 없어지지 않았으며 주, 왕, 정, 주의 학문도 사라지지
아니하였으며 삼대(三代)이후로 어질고 밝은 임금들과 한, 당, 송, 명
등 여러 나라의 남긴 좋은 법과 아름다운 제도가 변함없이 남아 있다.
저들이 이적일망정 중국의 가히 이로워서 기리 누리기에 족(足)함을
알고 이를 본받아 가지고는 마치 본래부터 지니었던 것 같이 한다. 천하
를 위하여 일하고자 하는 자는 진실로 백성에게 이롭고 나라에 도움이
되는 일이라면 그 법이 비록 이적에서 나온 것이라도 이를 마땅히 수용
하여 본받아야만 하는데 하물며 삼대이후 어질고 밝은 임금들과 한,
당, 송, 명 등 여러 나라들이 본래부터 가지고 있던 고유한 원칙이야
더 말할 나위도 없다. 성인(聖人)이 춘추를 지으실 때 물론 중화를
높이고 이적을 물리침을 위주로 하였으나 그렇다고 이적이 중화를 어지
럽히는 데 분개하여 중화의 훌륭한 문물제도까지 물리치셨다는 말은
듣지 못하였다. 그러므로 사람들이 진실로 이적을 물리치려면 중화의
전해오는 법을 모조리 배워야 할 것이니, 먼저 우리나라의 유치한 습속

---

23) 박지원은 매언(每言), 관(管), 상공실지학(商功實之學), 고유가취자(固有可取者)라 하
여 관자류(管子流)의 사상을 고평(高評)하였다.

부터 바꾸어야 할 것이다. 농사짓고 누에치는 일로부터 시작하여 그릇 굽기, 풀무 불기, 공업, 상업 등에 이르기까지 모조리 다 배워야 한다. 남이 열을 하면 우리는 백을 하여 먼저 우리 백성을 잘 길러서 그들로 하여금 한 번 일어서면 능히 저들의 강한 군사를 쳐 부실 수 있도록 한 후에야 가히 중국에 장관(壯觀)이 없다고 할 수 있을 것이다."[24]

요컨대 박지원은 청조와 청조 문물의 분리론에 입각해서 청조 문물 수용의 근거를 마련하고자 한 것이다. 청은 비록 '이(夷)'지만 그 문물은 '화(華)'라는 '북벌론'자들의 주장을 뒤집어 놓은 것으로, 사실은 동일한 문화 중심적 '화이관'에 입각해 있는 것이다. 뿐만 아니라 박지원은 『열하일기』의 도처에서 청의 선진 문물을 조선의 낙후된 문물과 대비해 보임으로써, 중화문명의 계승 면에서 볼 때 청이 '화'요, '화'로 자부하는 조선은 '이'에 불과함을 폭로하고 있다.

『열하일기』에서 연암은 북벌론의 관념성과 그에 전제된 비현실적인 대청관을 비판하고 있는 것은 엄연한 사실이다. 예컨대 「관내정사」중 이제묘(夷齊廟)를 지나게 되면 백이(伯夷), 숙제(叔齊)를 추모하여 고사리 국을 끓여 먹던 조선 사행의 관례와 관련한 일련의 소화(笑話)에서, 박지원은 현실성을 상실한 북벌론을 완곡히 풍자하고 있다. 박지원이 일찍이 백문에 살때였다. 그 때는 바로 숭정(崇禎)기원 후 137년 갑신년 3월 19일로 명나라의 종열(毅宗烈)황제가 순사(殉死)한 지 2주갑(周

---

24) 朴趾源, 國譯『熱河日記』I, 韓國民族文化推進會, 1968年版, p. 564, "尊周自尊周 也, 自夷狄也, 中華之城郭, 宮室, 人民, 固自在也, 正德, 利用, 厚生之具, 固自如也, 崔盧王謝之氏族, 故不廢也, 周張程朱之學問, 古未泯也, 三代以降, 聖帝, 明王, 漢唐 宋明之良法美制, 固不變也, 彼胡虜者, 誠知中國之可利而足以久享則, 至於奪而據 之, 若固有之, 爲天下者, 苟利於民而厚於國, 雖其法之或夷狄, 固將取而則之, 而況 三代以降, 聖帝明王漢唐宋明固有之故常哉, 聖人之作春秋, 故爲尊華而攘夷, 然未聞 憤夷之猾夏, 並與中華可尊之實而攘之也, 故, 今之人, 誠欲攘夷也, 莫如盡學中華之 遺法, 先變我俗之椎魯, 自耕蠶陶冶, 以至通工惠商, 莫不學焉, 人十己百, 先利吾民, 使吾民制梃, 而足以撻彼之堅甲利兵然後, 謂中國無可觀可也."

甲)이 되는 날이었다. 글방 선생과 관동(冠童)수십 명이 성 서쪽 송씨네 집을 찾아가 우암 송시열 선생의 영정에 참배하고 초구를 내어 놓고 어루만지면서 눈물을 흘리는 사람도 있었다. 돌아오다 성 아래에 이르러 팔을 걷고 서쪽을 향해 '이 오랑캐 놈들아!' 하고 소리쳤다. 글방 선생이 주식을 차렸는데 고사리나물이 상에 올랐다. 이때는 금주령이 내린 때라 술 대신 꿀물을 그림 없는 자기로 만든 동이에 내어 왔는데, 거기에는 '대명성화연제(大明成化年製)'라고 쓰여 있었다. 주식을 나누는 사람들은 반드시 고개를 숙여 동이 안을 들여다보았으니 춘추의 의리를 잊지 않기 위해서라고 한다. 또한 박지원은 아무 실익도 없는 춘추의리에 얽매이기보다는 현실을 직시하고 실리를 추구하는 것이 조선이 취할 바임을 우회적으로 나타내기도 했다. 내면적으로는 비록 청을 무시할지라도 표면적으로는 그들을 명에 이어 종주국으로 섬길 수밖에 없었던 조선의 유학자들로서는 그 괴로움이 말이 아니었을 것이다. 어쩌면 명나라 유민인 한족보다도 더 통분하기도 하였다. 그러나 박지원은 이제 묘를 지나면서 자연스럽게 고사리에 얽힌 이야기를 꺼내서 절개를 지키다가 고사리를 캐먹다가 굶어 죽은 백이와 숙제를 예로 들면서 백이, 숙제와 같이 의리를 계속 지키는 것이 무슨 의미가 있는가를 말하면서 명분과 실리에서 조선이 현실적으로 취할 것이 무엇인가를 암시한 것이다.

② 박지원의 지전설

아래에 중국 중심의 우주관을 부정하고 새로운 세계질서 즉 지전설, 더 나아가서는 천하대세를 전망해 보는 박지원의 세계관에 대해 살펴보고자 한다. 「곡정필담」〈덧붙이는 말〉에서 그는 이렇게 기록하고 있다.

내가 서울을 떠난 지 8일 만에 황주(黃州)에 닿았다. 말위에서 혼자 생각하기를 원래 학식이라곤 전혀 없는 내가 적수공권으로 중국에 들어

갔다가 위대한 학자라도 만나면 무엇을 가지고 의견을 교환하고 질의를
할 것인가 생각하니 걱정이 되고 초조하였다. 그래서 예전에 들어서
아는 내용 중 지전설과 달의 세계 등을 찾아내 매양 말고삐를 잡고
안장에 앉은 채 졸면서 이리저리 생각을 풀어내었다. 무려 수십만 마디
의 말이, 문자로 쓰지 못한 글자를 가슴속에 쓰고, 소리가 없는 문장을
허공에 썼으니, 그것이 매일 여러 권이나 되었다.[25]

이를 통해서 그가 중국 지식인과의 만남을 얼마나 고대하였으며, 또
만남을 위해 어떻게 대비하였던가를 엿볼 수 있다. 그보다 더 중요한 것은
그의 이런 준비가 「곡정필담」에서 그의 지전설로 나타나는데 우리는
거기서 박지원의 또 다른 하나의 중국 방문 목적 즉 그의 세계중심에
대한 세계관을 찾아볼 수 있다.

　　"별이 달보다 크고 해가 땅보다 큰데도, 보기엔 그렇지 않은 이유는
멀고 가까운 차이 때문이 아닐까요. 만약 그것이 참이라면, 해와 땅과
달은 모두 허공에 나란히 둥둥 떠 있는 별이라고 할 수 있을 것입니다.
해와 달은 오른쪽으로 수레바퀴처럼 돌아, 도는 궤도가 해는 크고 달은
작으며 도는 주기가 해는 늦고 달은 빠르므로 한 해와 한 달은 각각
일정한 도수에 맞는답니다. 그러니 해와 달이 땅을 둘러싸고 왼편으로
돈다는 말은 그야말로 우물 안 지식이 아니겠습니까?"
　　기풍액이 껄껄 웃으면서 "거, 참으로 기이한 이야기로군요. 땅이
둥글다는 이야기는 서양 사람들이 처음 말했지만 땅덩이가 돈다는 말은
하지 않았습니다. 한데, 선생은 이 학설을 스스로 터득한 것인가요?"[26]

25) 朴趾源, 國譯 『熱河日記』 II, 韓國民族文化推進會, 1968年版, p. 522, "余離我京八
　　日, 至黃州仍於馬上自念, 學識固無藉手入中州者, 如達中州大儒將何以扣質, 以此煩
　　寃遂於舊聞中, 討出地轉月世等說, 每執轡據鞍和睡演繹, 累累數十萬言, 胷中不字之
　　書, 空裏無音之文, 日可數卷言雖無稽."
26) 朴趾源, 國譯 『熱河日記』 I, 韓國民族文化推進會, 1968年版, pp. 630-631, "星大
　　於月, 日大於地, 視有鉅細, 由近遠乎, 信玆說也, 日地月等浮羅大空, 勻是星乎." "日月
　　右旋, 翻轉如輪, 圈有大小, 周有遲疾, 歲朞月朔, 各有其度, 左旋繞地, 匪井觀乎." "奇

위의 기풍액의 말에서 알 수 있듯이 당시 중국의 학자들은 지식으로는 땅이 둥글다는 것을 서양 사람들에 의해 알았으나 지구가 돈다는 것은 조선 학자-박지원에게서 처음 듣는 학설임이 틀림없음을 알 수 있다. 박지원이 『열하일기』, 「곡정필담」에 아래와 같은 필담내용이 있다.

> 서양인은 지구가 둥글다고 인정하면서도 둥근 것이 돈다고 말하지는 않았습니다. 이는 지구가 둥글다는 사실만 알았지, 둥근 것은 반드시 회전한다는 사실을 몰랐던 겁니다. 그러므로 제 생각에는 지구가 한 번 돌아서 하루가 되고, 달이 지구 주위를 한 번 돌아서 보름이 되며, 태양이 지구를 한 번 돌아서 한 해가 되고, 목성이 지구를 한 번 돌아서 12년이 되며...[27]

위에서 박지원은 '서인(西人)은 이미 지(地)가 구(球)라고 하였으나, 그뿐으로 구가 돈다고는 말하지 않았으니, 그것은 지(地)가 원(圓)임은 알고 있었으나 둥근 것은 반드시 돈다는 것을 알지 못했기 때문이다.'라고 말한 것으로 보아, 그가 서구의 지구설에는 접하고 있었으나 지전설에는 접하지 못했음을 알 수 있다. 이처럼 한국에서 자생한 독자적 우주론이 17세기 이후 중국을 통해 본격적으로 수입된 서양 천문학과 만남으로써, 전통적인 혼천설(渾天說)의 우주관을 극복하고 근대적 우주관을 확립할 수 있게 되었다. 여기서 우리는 박지원의 중국 중심적 세계관의 확대, 곧 지전설을 내세워 천원지방이나 천동지정과 같은 종래의 우주관을 부정하고 새로운 세계질서를 강조하고 있음을 알 수 있다. 또한 중국 중심의 세계질서에서 점점 벗어나 보다 넓은 또 다른 세계의 문화영력을 인식하

公大笑曰奇論奇論, 地球之說, 泰西人始言之而不言地轉, 先生是說自理會歟, 抑有師承否."
27) 朴趾源, 國譯 『熱河日記』 II, 韓國民族文化推進會, 1968年版, p. 507, "西人既定地爲球, 而獨不言球轉, 是知地之能圓而不知圓者之必轉也, 故鄙人妄意以爲地一轉爲一日, 月一匝地爲一朔, 日一匝地爲一歲, 歲歲星一匝地爲一紀."

는 계기로 된다.

③ 박지원의 천하대세 전망

박지원이 중국을 여행할 때는 청조가 가장 번영하던 시기 즉 건륭통치 후기(건륭 45년, 1780년)였다. 박지원은 한편으로는 예리하고, 세심하고 또 한 항상 상대방의 눈으로 상대방의 문화를 이해하고 배워서 이용후생의 북학사상을 내놓았으며 또 다른 한편으로는 지전설을 통해 중국 중심에서 벗어나 세계를 바라보며 곧 닥쳐올 미래를 예견하였다. 그의 '천하대세 전망'은 아주 정확하여 30년 후의 중국은 쇠퇴의 길에 이미 들어섰고 얼마 지나지 않아서 중국 역사는 곧 서방 열강들의 침략을 받고 불평등 조약을 체결하는 치욕적인 근대 역사에 들어서게 된다. 그럼, 아래에 박지원의 천하대 세 전망에 대해 논해 본다.

『열하일기』의「황교문답」을 보면 박지원은 열하 태학관에서 중국의 문인, 관리 등과 나눈 필담과 자기의 예리한 견문과 관측에 따라 청조의 대외정책 및 국내정치를 분석하면서 청조의 고민에 대해 기술하였는데 그 내용은 대체적으로 이러하였다.

> 내가 열하에 이르러 천하의 형세를 가만히 살펴보니 다섯 가지로 볼 수 있었다. 황제는 해마다 열하에 머무르는데 열하는 장성 밖의 황벽한 땅이다. 천자는 무엇이 아쉬워서 이 변강의 거칠고 황폐한 땅에 와서 거하는 것일까? 명목은 '피서'라 하지만 사실은 천자가 직접 변방을 방비하기 위한 것이다. 이로써 몽고의 강성함을 가히 알 수 있다. 황제는 서번의 스왕을 맞이하여 스승으로 삼아 황금으로 전각을 지어 살게 하는데, 천자는 무엇이 괴로워 이같이 하는가? 이는 지나치게 참람한 예가 아닌? 명목이야 스승의 대접이지만 실은 그를 황금전각 속에 가두어 두고 하루라도 세상이 무사하기를 기원하는 것이다. 이로 볼 때 서번에 대한 근심이 몽고보다 큰 것을 알 수 있다. 결국 이 두

가지 일은 황제의 마음이 몹시 괴롭다는 걸 말해주는 셈이다.[28]

위의 글을 통해서 청조의 주변민족들에 대한 외교 정책을 살펴볼 수 있다. 특히 몽고와 서번에 대한 청 황제의 외교 정책을 잘 관찰하였다. 연암은 「황교문답」'후지'에서 청조의 걱정거리로 여기고 있는 주변의 여러 종족에 대해 자세히 언급하고 있다. 몽고에 대해서 특히 깊은 관심을 보였고, 서번(西番), 회자(回子), 사사(土司), 아라스(鄂羅斯)사람들은 사납고 날래고 추악하여 괴상한 짐승이나 기이한 귀신같다고 했다. 그리고 만주족은 중국에 들어온 지 100여 년이 되어 이제는 풍토에 길들고 풍속에 익숙해졌으므로, 한인과 다를 것이 없이 청렴하고 우아해져서 저절로 문약해졌다고 하면서, 이들이 가장 두려워하는 것은 몽고임을 거듭 말하고 있다. 그 까닭은 몽고의 강함과 사나움이 서번이나 회자만은 못하지만 제도와 문물이 중원과 대항할 만하기 때문이라고 하면서 몽고를 청조의 가장 두려운 존재로 말하고 있다.

사람들의 글을 보면 비록 평범한 두어 줄 편지라 할지라도 반드시 역대 황제들의 공덕을 늘어놓는 한편, 당세의 은택에 감격한다는 말을 덧붙인다. 이는 모두 한인들의 글이다. 스스로 명나라의 유민으로서 늘 두려움을 품고 있으면서, 혹시나 의심받지 않을까 하는 경계심 때문에 입만 열면 칭송을 하고 붓만 들면 아첨을 해대는 것이다. 이를 통해 한인들의 마음 또한 괴롭다는 것을 알 수 있다. 사람들과 필담을 할 때는 비록 심상한 수작을 한 것이라도 말을 마친 뒤에는 곧 불살라 버리고 쪽지 하나도 남겨두지 않는다. 이것은 단지 한인만이 이러한

---

28) 朴趾源, 國譯 『熱河日記』 II, 韓國民族文化推進會, 1968年版, p. 531, "余至熱河, 有以默審, 天下之勢者五, 皇帝年年駐蹕熱河, 熱河乃長城外荒僻之地也, 天子何苦而居此塞裔荒僻之地乎, 名為避暑, 而其實天子身自備邊, 然則蒙古之強可知也皇帝迎西番僧王為師, 建黃金殿以居其王, 天子何苦而為此非常奢侈之禮乎, 名為待師, 而其實囚之黃金之中, 以祈壹日之無事, 然則西番之尤強于蒙古可知也此二者皇帝之心已苦矣."

것은 아니다. 오히려 만인(滿人)들이 더 심했는데, 만인들은 그 직위가 모두 황제와 가까워서 법령의 엄하고 가혹한 것을 더욱 잘 알고 있기 때문이다. 그런즉 비단 한인들의 마음만 괴로운 것이 아니라 천하를 법으로 금하고 있는 만주인들의 마음도 괴로울 것이다.[29]

위의 글에서 한인 지식인들은 대단치 않은 글일지라도 청나라 열조의 공덕을 과장하고 황제의 은혜에 감격하고 칭송하며 아첨하는 말을 늘어놓는데, 이것은 청조에게 화를 당할까 근심하고 경계하기 위해서이며, 필담을 한 후 대수롭지 않은 글일지라도 한 조각도 남기지 않고 태워버리는 것은 한인뿐만 아니라 만인이 더욱 심한데, 이것은 만인들은 그 직위가 황제 가까이 있어 법령의 엄하고 가혹함을 더 잘 알고 있기 때문이라고 하면서, 이렇게 청조는 엄한 법으로 한인, 만인 할 것 없이 엄하게 다스림으로써 안정될 수 있었음을 박지원은 간파했던 것이다. 또한 겉으로 볼 때 청나라는 평화롭고 안정된 사회를 구가하고 있는 듯하지만, 그 내면을 들여다보면 다른 민족의 침입에 대한 근심 걱정, 한인과 만인의 갈등, 도덕적인 타락 등에 대해 청조의 근심이 큰 것을 박지원은 잘 파악한 것이다. 지금 돌이켜 볼 때 중국의 근대사는 놀랍게도 박지원이 예견했던 방향으로 진행되었다. 즉 건륭 뒤를 이은 가경 시기부터 청조는 쇠퇴의 길을 걷기 시작하다가 급기야 영국, 프랑스, 독일 등 많은 서방 열강들의 침략을 가장 심하게 받게 된다.

---

29) 朴趾源, 國譯『熱河日記』II, 韓國民族文化推進會, 1968年版, p. 531, "觀人文字雖難尋常數行之札, 必鋪張列朝之功德, 感激當世之恩澤者, 皆漢人之文也蓋自以中國之遺民, 常懷疢疾之憂, 不勝嫌疑之戒, 所以開口稱頌, 擧筆諛佞, 盡見其之外於當世也漢人之爲心亦已苦矣與人語, 難尋常酬答之事, 語後即焚不留片紙, 此非但漢人如此, 滿人爲尤甚, 滿人皆職居近密故, 益知憲令嚴苛, 然則非但漢人之心苦矣, 天下法禁之心苦矣."

5.1.3 박지원의 자아인식과 대인관계

문화 커뮤니케이션에서 자아개념도 문화를 구성하는 중요한 요소다. 자아 개념이란 '나는 누구인가'라는 질문에서 시작된다고 한다. 자아는 행동과 사고의 주체로서의 자아와 남과 관계를 맺고 있는 사회적 존재로서의 자아라는 두 가지 측면에서 볼 수 있다. 그리고 문화에 따라 강조되는 측면이 조금씩 달라진다. 박지원의 주체로서의 자아는 사의식(士意識)으로 구체화된다. 사(士)는 독서하는 자이다. 그는 말하기를 '한 사(士)가 독서를 하면 혜택이 세계에 미치고 공업(功業)이 영구히 드리워진다.'고 한다. 곧 '천하 문명'이 글 읽은 선비의 참여로 실현된다는 것이다. 그럼, 아래에 박지원의 자아인식과 대인관계에 대해 논해 본다.

(1) 박지원은 '나'를 천하의 주체로 설정했으며 '나'를 천하의 주체로 통일시키는 길은 독서를 통한 것이라고 생각했다. 그의 「옥갑야화」의 주인공 허생은 바로 이러한 '주체적 인간-사(士)'의 한 형상인데 허생의 형상에서 박지원을 발견할 수 있다(임형택, 1985, p. 85).

허생은 글 읽기를 좋아하여 생계를 돌보지 않아, 그의 아내가 바느질품을 판 것으로 근근이 입에 풀칠을 했다. 하루는 그 아내가 과거도 보지 않고 장사도 하지 않는 그를 보고 화를 내며 야단을 쳐 댄다. 허생은 "애석하구나! 내가 글 읽기를 시작할 제, 본디 10년을 기약했는데, 7년 만에 접게 될 줄이야!" 하면서 책을 접고 상업에 나선다. 허생은 당시 경제력 상태와 자신의 경륜을 시험해 보기 위해 변승업에게서 빌린 만금으로 안성에서 과실을 매점(買占)한다. 그 결과 나타난 현실을 보고서 "만금으로써 나라를 흔들 수 있으니 국가 경제의 낮고 깊음을 알겠다."라고 하였다. 다시 제주도에 가서 말총을 매점하면서 나라 전체의 망건 값이 십 배나 뛰었음을 탄식한 것은 모두가 유통구조의 결함과 경제

부재임을 인식하고 비판한 것이다. 이러한 현실을 개선하는 방법으로 도적 떼를 이끌고 무인도에 들어가 나가사키(長崎)를 통한 무역으로 부의 축적을 이룬 뒤에 그의 이상을 실현하려 한 것이다. 허생이 궁극적으로 추구한 것은 곧 먼저 부유해진 연후에 별도로 문자를 만들고 아울러 의관제도를 갖추는 것이었다. 허생의 이러한 이상은 곧 박지원의 이상이기도 했다. 그러나 허생이 시도한 것은 그 일부분에 불과한 것이었으니 그의 이상이 실현될 수 없을 것을 예감하고 있었던 것 같다. 그것은 그가 무인도를 떠나면서 여러 무리 중에서 글을 아는 자를 모두 배에 태우고 떠나왔는데 그것이 화근을 뽑는 길이라 하여 은연중 당시의 유교적 현실의 질서로는 자신의 이상은 자사회 건설을 실현할 수 없음을 내비친 의도와도 연결된다. 변씨가 정승 이완(李浣)을 데리고 왔을 때 허생은 오만한 자세로 그를 무시한다. 변씨는 공(公)을 문 밖에 세워 두고 혼자 들어가는 허생을 보고 공이 찾아온 연유를 갖추어 말했다. 허생은 들은 척도 않고서 가져온 술병이나 빨리 풀어 놓으라고 했다. 허생은 변씨와 술을 마시며 즐겼다. 변씨는 공이 오랫동안 밖에 서 있는 것이 민망해 만날 것을 재차 권했으나 허생은 응대하지 않았다. 밤이 깊어서 허생이 "손님을 불러들이라."하여 이공(李公)이 들어왔는데 허생은 앉은 채 쳐다보지도 않았다. 이공이 몸 둘 바를 몰라 어정대다가 국가에서 구현(求賢)하는 취지를 설명했다. 그러자 허생은 손을 내저으면서 "밤은 짧은데 얘기가 기니 듣기 지루하오. 당신은 무슨 벼슬을 하시는가?"한다. 이공이 "어영대장으로 있습니다."하였다. 여기서 허생이 이완에게 면박을 준 것은 당시의 위정자에 대한 모욕이다. 그러고서 현사(賢士)를 구한다는 이완의 말에 "그렇다면 당신은 국가의 중신이군요. 내가 제갈량 같은 어진 사람을 천거할 테니 당신은 임금께 여쭈어 그의 집을 세 번 찾아가게 할 수 있소?"하자 이완은 머리 숙이고 한참 생각하다가 난처한 얼굴로 "어렵습니다. 그 다음 가는 인물을 천거해 주십시오."했다. "나는 그 다음이라는 것을 배우지 못한 사람이요." 그래도 이완이 청하자 허생은 "임란 때 우리나라를 도우러 왔던 명나라 장사(將士)들의 후손이 청으로부터 망명하여 우리나라에 들어와 있는데 거의 대부분이 홀아비 신세요, 당신이 조정에 아뢰어 종실의 딸들을 시집보내게 하고 권세가의 집을 빼앗아 살림을 차려줄 수 있겠소?" 하자 이완은 또 고개를 떨구고 한참 생각하다가 "그것도 어려운 일입니다."하니 허생이 "이것도 어렵다, 저것도 어렵다, 도대체 할 수 있는 일이 뭐요?" 하면서 꾸짖는다. 여기서 허생은 소위 천하를 다스리는 방법을 제시하면서 춘추대의를 주장하고 숭명배청(崇明排淸)의 실을 이루려면 다음과 같은 것을 먼저 착수해야 한다고 했다.

"지금 만주족인 저 청나라는 갑자기 천하를 차지하긴 했지만 중국인들이 따르지 않는 것에 불안을 느끼고 있소. 이때에 우리나라는 타국에 앞서 항복했으니 저들이 우릴 믿을 게 아니겠소. 이럴 때 당이나 원 때처럼 자제들을 보내어 학관에 입학시키고 장사치들의 출입도 금하지 말아 달라고 요청하면 저들은 이를 허락할 것이요. 그런 다음 유능한 인재를 선발, 머리를 깎고 오랑캐의 의복을 입혀 군자는 빈궁과에 응시케 하고, 평민은 장사치로 꾸며 멀리 강남으로 드나들게 하면서 그들의 허실을 염탐하는 한편 그 곳의 호걸들과 교류케 하시오. 그렇다면 천하를 도모할 수 있을 뿐만 아니라 나라의 수치도 씻을 수 있지 않겠소."[30]

이것은 이완에게 제시한 세 번째 제안이면서 박지원 자신의 당시 북벌파의 허세에 대한 비판이다. 그러니 이완은 그들 속에 들어갈 수 없는 이유가 선비란 예법을 준수하는 것인데 어찌 머리를 깎고 되놈의 옷을

---

30) 朴趾源, 國譯『熱河日記』Ⅱ, 韓國民族文化推進會, 1968年版, p. 588, "今滿洲遽而主天下, 自以不親於中國, 而朝鮮率先他國而服, 彼所信也, 誠能請遣子弟入學遊宦, 如唐元故事, 商賈出入不禁, 彼必喜其見親而許之, 妙選國中之子弟, 薙髮胡服, 其君子往赴賓學, 其小人遠商江南, 覘其虛實結其豪傑, 天下可圖而國恥可雪."

입을 수 있느냐는 것이다. 곧 행동주의적 제안에 대한 당시의 북벌책은 탁상의 공론에 불과함이 드러난 것이다. 박지원은 「옥갑야화(玉匣夜話)」에서 대인관계에 대해 특별히 언급한 부분이 있다. 아래에 그 기록을 적는다.

　　천하에 대의(大義)를 외치려면 먼저 천하의 호걸들과 결교(結交)를 해야 한다.[31]

　박지원은 이런 대인관계의 관점에서 당시 동아시아의 문제를 잘 해결하자면 조선의 청년들을 중국에 파견하여 선진문물을 배울 뿐만 아니라 그쪽의 지식인 및 상인들과 연대를 가져야 할 것을 강조하였다.

　(2) 연암은 사물을 올바로 인식하려면 '명심(冥心)'곧 선입견과 감각적 인식에 좌우되지 않는 주체적인 사고를 견지해야 할 것으로 보고 있다.
　만리장성을 지나 열하로 강행군하면서 하룻밤 사이에 아홉 번이나 강을 건너야 했던 고생담을 서술한 「일야구도하기(一夜九渡河記)」에서, 그는 똑같은 강물이건만 그 소리가 때에 따라 갖가지로 다르게 들리는 것은 심중에 자리 잡고 있는 선입견 때문임을 언급하고 있다. 박지원은 상황을 냉철히 판단한 후 전심(專心)하여 도하(渡河)에 임했더니, 공포를 자아내는 요란한 강물 소리조차 전혀 들리지 않았던 놀라운 체험을 통해 이러한 진리를 깨달았다는 것이다.
　그는 열하에서 본 중국의 현란한 요소들을 묘사한 「환희기(幻戲記)」의 후지(後識)에서도, 관중들의 요술사에게 속고 마는 것은 요술이 눈에 안 보이기 때문이 아니라 오히려 너무 잘 보이는 탓이라고 주장하고 있다. 요술사가 장님을 속이지는 못하는 것을 보더라도, 요술사가 관중들

31) 朴趾源, 國譯『熱河日記』Ⅱ, 韓國民族文化推進會, 1968年版, p. 588, "欲聲大義於天下, 而不先交結天下之豪傑者."

을 속였다기보다는 관중들이 자신의 시각에 현혹되어 제 스스로 속아버린 셈이라는 것이다. 그리고 여기에서 박지원은, 갑자기 개안(開眼)하게 되자 눈앞의 눈부신 광경에 당혹한 나머지 제 집을 찾지 못해 울고 있던 어느 장님이 화담(花潭)선생의 충고에 따라 평소대로 눈을 도로 감고 걸었더니 제 집을 곧바로 찾을 수 있게 되었다는 고사를 인용하면서, 감각적 인식에 교란됨이 없이 사물을 주체적으로 인식하는 사람을 역설적으로 장님에 비유하고 있다.

이 역설적인 장님의 비유는 「도강록」에도 나온다. 국경의 소읍에 불과한 책문조차 문물제도가 몹시 발달한 데에 기가 꺾이면서 울분을 금치 못하던 박지원은 이내 자신의 이러한 반응이 질투심의 소치라고 반성하고는 하인장복에게 중국 땅에 태어나고 싶지 않느냐고 묻는다. 그러자 장복은 단번에 중국은 '오랑캐'나라라 싫다고 대답한다. 그때 마침 지나가던 한 장님 악사(樂士)를 보고 크게 깨우친 박지원은 저 사람이야말로 '평등안'의 소유자일 것이라고 말하고 있다. 여기에서 배청사상이 골수에 박혀 중국의 선진 문물을 보아도 전혀 부러워할 줄 모르는 장복은 편견에 사로잡혀 중국 실정에 대해서는 눈 뜬 장님이나 다름없던 당시 조선인들의 한심한 실태를 대변한 것으로 볼 수 있다. 그러나 한편으로 청조 문물의 일단(一端)에만 접해도 경탄한 나머지 주체성을 잃고 선망과 질투에 빠지는 태도 역시 경계해야 한다. 눈앞의 실정을 충실히 보려다가 도리어 청조 문물에 대한 맹목적인 숭배에 빠지지 않으려면 '시방세계를 바라보는 여래(如來)의 혜안'처럼 세상만사를 평등하게 보는 차원 높은 안목을 견지해야만 한다. 박지원은 앞 못보는 장님이 월금(月琴)을 연주하며 태연히 지나가는 모습에서 이러한 '평등안'의 경지를 깨우친 것이다.

(3) 박지원은 청, 조선 두 왕조의 풍속을 비교 관찰하면서도, 여느 연행(燕行)인사들과는 달리 자국의 풍속만을 지선(至善)한 것으로 생각

하는 독선적 관점에 사로잡히지 않는다. 오히려 그는 여행도상에서 한인(漢人), 만인(滿人), 몽고, 위구르, 티베트 등 각 민족의 이색적인 풍속에 접할 적마다, 그들의 관점에 서서 조선의 풍속을 객관 해 봄으로써 풍속의 상대성에 대한 자각과 그에 따른 관용적인 태도를 보여주고 있다.

(4) 대인관계에 대한 인식도 문화권에 따라 다르게 나타난다. 우리는 누구를 사귀게 되면 그 사람의 나이나 결혼여부, 직업 등 개인의 사생활에 대한 정보를 토대로 상대방을 어떻게 대할지 결정한다. 특히 자기보다 연장자인지 알아보는 것을 남과의 대화에서 가장 먼저 고려해야 할 사항이다. 박지원은 『열하일기』에서 필담을 나누었던 중국 사람들을 상세히 기록하고 있으며 특히 나이를 꼭 밝히곤 했다. 이런 부분은 많이 나오는데 여기서는 심양에서 박지원과 중국 상인들과의 「속재필담」중에 나오는 인물에 관한 묘사만 예로 보기로 한다.

> 이귀몽, 자는 동야, 호는 인재. 촉(사천)의 면죽 출신, 나이 39세, 키는 일곱 자, 모난 입과 넓적한 턱에 얼굴은 분을 바른 듯 희다. 글 읽는 소리가 낭랑하여 금석을 울리는 듯하다.
> 비치, 자는 하탑, 호는 포월루, 혹은 지주, 혹은 가재, 대량출신, 나이는 35세, 아들 여덟을 두었다. 그림을 잘 그리고 조각에도 능하며, 경서에 대해서도 곧잘 이야기한다. 집이 가난한데도 남을 잘 도와주니, 여러 아들을 위하여 복을 짓기 위해서란다.
> 목수환, 온목헌을 위해 회계를 보아 주려 이제 막 촉에서 돌아왔다.
> 배관, 자는 길부, 노룡현 출신, 나이는 47세, 키는 일곱 자 남짓, 아름다운 수염에 술을 잘하고 글씨가 날아갈 듯하며, 너그러운 품이 장자의 풍도를 지녔다. 스스로 『과정집』두 권을 새기고, 『청매시화』두 권을 지었다. 또 『임상헌집』한 권을 두고 내게 서문을 부탁하기에 써 주었다. 아내 두씨(杜氏)는 열아홉 나이에 요절했다 한다.[32]

박지원은 늘 윗사람을 존중하고 윗사람이 우선인 한민족(韓民族)의 문화로 대인관계를 잘 이루어갔으며 이런 대인관계로 중국문인들과의 우정도 강화해 나갔다. 그 바탕 위에서 박지원은 중국 사람들과 잘 교류할 수 있었으며 중국문화를 더욱 잘 이해하고, 더 나가서는 북학사상을 내놓을 수 있었던 것이다. 뿐만 아니라 위와 같은 자아인식, 대인관계 등은 박지원으로 하여금 예리한 시각으로 중국을 분석하고 천하대세에 대해서 정확하게 전망해 낼 수 있게 하였던 것이었다.

5.2 『열하일기』속에 내재된 문화커뮤니케이션의 효과

5.2.1 박지원과 조선 선비들의 중국문화에 대한 태도

위에서 지적했다시피 박지원은 상대방의 문화 속에서 중국문화를 이해했고 또 객관적인 시각으로 관찰하였기에 중국 사람들과 문화커뮤니케이션을 잘 이룰 수 있었으며 필담을 통해 중국의 선진적인 문물제도를 적극적으로 수용하여 이용후생의 실학적 북학사상을 내 놓을 수 있었던 것이다.

박지원은『열하일기』의 많은 곳에서 조선 유학자들에게 역사적 현실을 직시하고 청조에 대한 잘못된 고정관념에서 벗어나서 개방적 태도를 지니고 청나라의 선진문물을 받아들일 것을 촉구하였다. 박지원은 중국

---

32) 朴趾源, 國譯『熱河日記』I, 韓國民族文化推進會, 1968年版, pp. 546-547, "李龜蒙, 字東野, 號麟齊, 蜀綿竹人也, 年三十九, 身長七尺, 方口闊頤, 面斯傳粉, 朗然讀書, 聲出金石. 費穉, 字下榻, 號抱月樓, 又號芝洲, 又號稼齊, 大梁人也, 年三十五, 有八子, 工書畫, 善雕刻, 亦能談說經義, 而家貧好濟人, 為其多子養福也, 為穆繡寶溫軒野計, 朝日, 纔自蜀歸. 裵寬, 字褐夫, 盧龍縣人也. 年四十七, 身長七尺餘, 美鬚髯, 善飲酒, 筆翰如飛, 休休然有長者風, 自刻其蕙亭集二卷, 妻杜氏十九卒, 有臨湘軒集一卷, 屬余爲序."

을 여행함에 있어서 선입견과 편견을 버리고 청나라 중국의 실상을 객관적으로 보고자 했으며 항상 상대방의 문화 속에서 상대방을 이해하고 관찰했던 것이다. 이러한 그의 중국 인식태도는 문화커뮤니케이션의 내용과 효과에 잘 부합됨을 설명해 주고도 남음이 있는 것이며 따라서 박지원은 성공적으로 중국 사람들과 교류를 잘할 수 있었던 것이다.

그러나 낡은 고정관념에서 벗어나지 못하고 아직도 중국을 '오랑캐' 나라로만 깔보고 있는 조선 선비와 무지한 백성들은 이런 시대착오적인 고정관념으로 선진적인 중국의 문물에 대해 편견하고 중국을 차별화하면서 지어 '북벌론'까지 주장하였다.

〈표 18〉 문화커뮤니케이션 효과로 본 박지원과 조선선비들의 중국문화에 대한 태도와 결과 비교표

구분	신 '화이론' 을 주장하는 박지원	구 '화이론' 의 고정관념을 고집하는 조선의 선비 및 무지한 백성들
상대방 문화에 대한 이해	청조의 장관(壯觀)을 기와조각, 똥거름에 비교. 청은 비록 '이(夷)'지만 그 문물은 '화(華)'이다. 중화 문명의 계승 면에서 볼 때 청이 '화'요, '화'로 자부하는 조선은 '이'에 불과	
상대방 문화에 대한 고정관념 및 편견		중국은 되놈의 나라로서 배울 것이 없다. 중국은 되놈의 나라여서 싫다. 중국을 노린 내가 나는 '오랑캐'의 나라라고 멸시
결과	이용후생, 신'화이론'관점, 실학사상의 북학을 주장	소중화사상, 구'화이론'관점, 북벌주장

이러한 당시 조선의 선비들이 중국에 대한 고정관념, 편견과 차별화는 「심세편」에서도 잘 나타난다. 즉 「심세편」에서 그들이 중국을 보는 다섯 가지 허망한 일을 지적하고 있는데 이를 잘 반영한 것이다.[33]

5.2.2 박지원의 문화변형

문화커뮤니케이션의 효과는 상대방 문화에 대한 이해, 고정관념 및 문화변형으로 관찰해 볼 수 있다. 아래에 『열하일기』에서 나타나는 박지원의 문화변형에 대해 논해 보기로 하겠다.

앞의 3장에서도 지적했다시피 사회적 차원에서 문화커뮤니케이션의 효과는 문화변동이란 개념으로 접근하여 설명할 수 있으며 문화변형은 문화커뮤니케이션을 통해 이질적 문화 간의 접촉에서 문화적 요소가 받아들여지거나 거부되는 것 이외에도 제3의 전혀 다른 문화가 생길 수도 있다. 즉 A와 B 두 문화가 접촉하여 A도 B도 아닌 C라는 문화가 나타나는 것을 말한다. 『열하일기』에서는 문화의 생성으로 문화변형을 나타내고 있다. 예를 들면 박지원은 '명심'에서 "주체와 상대 사이의 경계를 허물어야만 나와 외물(外物)'사이'에서, 나도 아니고 외물도 아닌, 전혀 새로운 '관계의 장'이 펼쳐지는 것이다."라고 하면서 "물이 땅이 되고 물이 옷이 되고, 물이 몸이 되고, 물이 마음이 되는 경이로운 생성의 장이 생긴다."라고 하면서 이것이 바로 삶과 죽음 '사이'에서 도달한 도의 경지라고 했다. 또 다른 예로 박지원은 압록강을 건너면서 '도(道)'에 대해 언덕과 강 '사이'라고 하면서 다음과 같이 기록했다. '사이'란 무엇인가? 흔히 생각하듯, 두 견해 사이의 중간이나 평균을 뜻하는 건 결코

---

33) ①지벌로서 뽐내는 것도 더러운 관습인데 중국의 구족을 깔보는 일, ②양반들의 청에 대한 오만, ③사신들의 청에 대한 무례, ④중국의 시문을 낮게 보는 일, ⑤청실에 대한무턱 댄 멸시와 '북벌론'의 허망함(김혈조, 2009, 『열하일기』2, pp. 278-280)

아니다. 양변의 절충이나 타협으로 결코 새로운 길이 열리지 않기 때문이다. 굳이 말하자면, 이것과 저것, 그 양변을 떠나 제3의 변이형이라 할 수 있다. 그것은 하나의 고정된 가치나 방향을 갖는 것이 아니라 삶의 구체적 장면 속에서 새롭게 구성되어야 한다.

5.2.3 박지원과 중국 문인 사이의 우정 강화

문화커뮤니케이션의 효과는 『열하일기』에서 박지원과 중국 문인 사이의 우정 강화로 나타난다.

박지원은 중국에 가기 전에 벌써 그보다 앞서 중국을 여행한 홍대용, 박제가를 통해 이미 중국을 이해했고 중국 문인들을 만나면 어떤 대화를 나눌까에 대해 내내 궁리하였다. 또 실제로 중국여행에서 중국사회를 예리한 시각으로 세심하게 살펴보았다. 박지원은 중국 사람들과 교유(交遊)할 때도 항상 겸손하고 지식을 탐구하려는 자세로 임했으며 항상 상대방의 마음으로 자기를 보았고 또 상대방의 문화를 항상 존중해 주었다. 그는 오랑캐문화라고 무조건 멸시하고 부정하였던 당시 고루(固陋)한 조선의 지식인, 유학자들과는 달리 매우 객관적이고 긍정적인 시각으로 중국문화를 바라보았다. 박지원은 청조의 문화에 대해 남다른 독특한 호기심을 가지고 접근했으며 그것을 비판적으로 보기보다는 항상 상대방의 문화 속에서 이해하려고 노력하였다. 박지원의 이런 문화상대주의 사유방식과 사상은 문화커뮤니케이션의 내용과 효과 이론에 잘 부합되는 것으로써 문화커뮤니케이션의 좋은 모델인 것이다. 즉 문화커뮤니케이션을 잘 이루려면 사고방식, 가치관, 자아개념, 언어, 대인관계 등 면에서 항상 상대방의 입장에 서서 항상 상대를 이해해 주어야 하고 항상 편견을 버리고 객관적이고 세심한 시각으로 상대를 살피고 배워야 하는데 박지원은 바로 이렇게 하였기에 중국 사람들과 커뮤니케이션을 잘할 수 있었던 것이며, 이로 인하여 박지원과 중국 사람들 사이의 우정을 더욱 강화시킬 수 있었던 것이다. 『열하일기』에는 박지원과 중국 문인들 간에 나눈 깊은 우정에 대한 기록들이 특별히 많다.

「속재필담」과 「상루필담」에는 박지원이 변방지역에서 장사를 하였던 상인들과 이틀 동안 밤을 지새워 가며 필담을 나눈 장면이 있다.

> **연암** : "이젠 졸음도 갑자기 싹 달아나는군요. 다만, 괜히 저 때문에 여러분이 하루 밤 잠을 잃으실까 두려울 뿐입니다."
>
> **배관, 전사가** : "그럴 리가요? 저희는 조금도 졸립지 않습니다. 이렇게 귀한 손님을 모시고 아름다운 이야기로 하룻밤을 보내는 것은 평생 다시 오기 어려운 좋은 인연입니다. 이렇게 세월을 보낼 수만 있다면 하룻밤이 아니라 석 달이 넘도록 촛불을 켜고 밤을 새운들 무슨 싫증이 나겠습니까."
>
> **일동** : (흥이 도도하여 너나 할 것 없이) "술을 더 데워라."
> "안주를 더 가져오라."고 한다.34)

위에서 박지원과 중국 상인들은 비록 처음 만났지만 그들은 말이 잘 통하였다. 바로 배관, 전사가 등이 말한 것처럼 하룻밤은커녕 석 달이 넘도록 촛불을 돋우어 밤을 새워도 싫증이 나지 않는다는 듯이 그들의 우정은 깊어만 갔음을 말해준다. 「속재필담」에는 이러한 내용을 기록한 것이 또 있다.

> 이날 밤 달빛은 대낮처럼 밝다. 전사가가 술과 음식들을 차리느라고 이경(二更, 밤 9-11시)이 되어서야 겨우 돌아왔다. 호떡 두 소반, 양

---

34) 朴趾源, 國譯 『熱河日記』 I, 韓國民族文化推進會, 1968年版, p. 549, "余日, 此刻睡思頓淸, 恐諸公爲緣待客, 失了一夜睡, 諸人日, 都無睡意, 陪奉高寶, 打了一宵佳話, 眞是畢生難得之良緣, 如此度世, 雖十旬秉燭,有甚倦意, 諸人俱與勃勃, 更命煖酒, 重整蔬果."

곱창 곰국 한동이, 오리고기 한 소반, 닭찜 세 마리, 삶은 돼지 한 마리, 신선한 과실 두 쟁반, 임안주(臨安酒, 중국 남쪽 지방의 이름난 술) 세 병, 소 주주(蘇州酒, 중국 북쪽 지방의 명주) 두 병, 잉어 한 마리, 백반 두 냄비, 잡채 두 그릇이니, 돈으로 치면 무려 열두 냥 어치 쯤 될 것이다.

전사가 : (앞으로 나와 공손히 읍하며) "이 변변찮은 걸 장만한답시고 오늘 밤 선생의 좋은 말씀을 듣지도 못했습니다."
연암 : (의자에서 내려서서 전사가에게 예를 갖추며) "이렇게 수고가 많으시니 그냥 앉아서 받기가 황송합니다."
일동 : "귀한 손님이 오셨는데 도리어 부끄럽습니다."[35]

위의 필담에서 귀한 손님을 정성껏 모시고 대접하는 전가가 등 성경에서 만났던 중국 상인들의 모습을 통하여 한중 두 나라 문인들의 깊은 우정을 엿볼 수 있다. 박지원은 『열하일기』중의 「망양록」에서 이렇게 두 나라 문인 사이의 우정에 대해 쓰고 있다.

아침에 윤가전(형산), 왕민호(곡정)를 따라서 '수업재'에 들어가 악기를 훑어보고 돌아오다가 형산의 처소에 들렀는데 윤공은 양을 통째로 쪄 놓았다. 이것은 오로지 나를 위해서 차린 것이다. 악률이 고금에 같고 다른 것을 이야기하느라고 음식 차려 놓은 지가 오래지만 서로 먹을 것을 잊고 얼마 있다가 윤공이 양을 아직 찌지 않았느냐고 물으니, 하인이 대답하거늘 '차려 놓은 음식이 벌써 식었다'고 하므로, 윤공은 자기가 정신을 못 차렸다고 사과한다.
"옛날 공자는 소(韶-순나라 때의 음악 이름)를 듣노라고 고기 맛을

---

35) 朴趾源, 國譯『熱河日記』I, 韓國民族文化推進會, 1968年版, p. 547, "是夜月明如書, 田仕可, 為辦酒食, 二更始回, 餙餙兩盤, 羊肚羹一盆, 熟鵝一盤, 鵝蒸三首, 蒸豚一首, 時新菓品兩盤, 臨安酒三壺, 蘇州酒二壺, 鯉魚一尾, 白飯二鍋, 茱二盤, 該價銀十二兩, 田生進前恭謝曰, 略具地主薄儀, 有失良宵陪話, 余下椅謝曰, 有勞尊體, 還愧生受, 諸人齊起稱謝曰, 遠客賁臨, 倒愧生受."

잊었다더니, 이제 나는 윤공의 이야기를 듣다가 양 온 마리를 잊었습니다." 하였더니, 윤공은

"이른바 장(藏)과 곡(谷)(남화경에 나오는 말인데, 두 사람이 양을 치는데, 하나는 글을 읽고 하나는 노름을 하다가 둘이 다 양을 잃었다는 이야기)이 모두 양을 잃었다 함이로군요."

하여 서로가 한바탕 웃었다. 그래서 그 필담한 것을 「망양록(忘羊錄)」이라 이름을 지었다."[36]

위에서 알 수 있다시피 당시 박지원과 중국 중원 사대부들은 배고픔도 잊고 즐겁게 필담을 나누었음을 알 수 있다. 이처럼 침식을 잊어가면서 즐겁게 필담했다는 것은 박지원이 중국문화에 대한 지극한 호기심과 관심을 나타내며 또한 그와 중국 문인 사이의 두터운 우정을 잘 엿볼 수 있다. 이와 비슷한 필담내용이 또 있는데 바로 「곡정필담」 서문이다. 「곡정필담」 서문 속에서는 박지원이 곡정과 무려 8시간이나, 수십 장에 달하는 필담을 했다는 기록이 있다. 이 역시 그들 사이 많은 부분에서 공감대를 가지고 있고 깊은 우정을 가지고 있음을 보여 준다.

이 밖에 「곡정필담」에는 아래와 같은 두 나라 문인 사이 우정에 관한 내용이 기록되어 있다. 하나는 지동설, 지전설에 대한 필담을 마치고 기풍액이 박지원을 정성껏 대접하는 모습이고 또 다른 하나는 박지원이 열하를 떠나기에 앞서 중국 문인들과 이별하는 장면이다. 실로 읽는 사람마다 마음을 뜨겁게 감동시키는 두 나라 문인사이 애틋한 이별의 우정이 고스란히 담겨져 있는 장면이다. 아래의 것은 바로 그 장면을 기록한 것이다.

먼저 기풍액이 박지원을 대접하는 내용이다.

---

36) 朴趾源, 國譯『熱河日記』I, 韓國民族文化推進會, 1968年版, p. 656, "朝日, 隨尹亨山嘉銓, 王鵠汀民皥, 入修業齋閱視樂器, 還過亨山所寓, 公蒸全羊為餘專設也, 論說樂律古今同異, 陳設頗久而未見勸餉, 俄而尹公問羊烹未, 侍者對日響設已冷, 尹公謝耄荒慣慣, 余日昔夫子聞韶不知肉味, 今陋人得聞大雅之論, 已忘全羊, 尹公日所謂藏谷俱忘, 相與大笑, 遂次其筆語, 為忘羊錄."

밤이 깊어 이슬이 차가워지자 기공이 나를 자기 방으로 이끌었다. 촛불을 네 자루나 켜 놓고, 큰 교자상에 음식을 잘 차려 두었다. 특별히 나를 위해서 차린 것이다. 화려한 떡 세 그릇, 각색 사탕 세 그릇, 용안육, 여지, 낙화생, 매실 서너 그릇, 닭, 거위, 오리 등을 몸통 그대로 차려 놓았다. 또 통돼지를 껍질만 벗겨서 용안육, 여지, 대추, 밤, 마늘, 후추, 호두, 살구씨, 수박씨 등과 함께 쪄서 떡 같이 만들었는데, 맛은 달고 기름질뿐만 아니라 너무 짜서, 먹기는 어려웠다. 떡이나 과실들은 모두 한 자 넘게 높이 쌓아 올렸다. 음식을 다 물리고는, 다시 채소와 과실만 각기 두 접시씩 차리고 소주 한 주전자로 조금씩 대작해 가면서 조용히 이야기를 나누었다. 닭이 두 번이나 울고야 자리를 파하고 숙소에 돌아 와 누웠다. 쉬이 잠들지 못하고 뒤척거렸는데, 어느덧 하인들이 일어나 라고 깨운다.[37]

다음으로 박지원이 중국 문인들과 작별하는 내용을 기록한 것이다.

저녁을 치른 뒤에, 왕민호가 어린 학도 편으로 붉은 쪽지 한 장을 보내왔다.

"왕민호가 삼가 연암 박 선생님께 부탁을 드립니다. 수고스럽겠으나 천은 두 냥으로 청심환 한 알만 사 주셨으면 합니다."

나는 천은을 바로 돌려보내고 진짜 청심환 두 알을 보내 주었다. 저물녘에 황제로부터 사신은 황성으로 돌아가라는 명령이 내려왔다. 일행은 밤이 이슥하도록 부산하게 길 떠날 차비를 꾸렸다. 나는 한밤중에 기풍액과 작별하였는데, 그는 그때 나에게 다음과 같이 간곡히 부탁했다.

"저는 18일에 열하를 출발하여 25일에는 북경에 도착해서 26, 27,

37) 朴趾源, 國譯 『熱河日記』 I, 韓國民族文化推進會, 1968年版, p. 631, "奇公携余入 其炕, 已張四枝燭大卓設饌甚盛, 為余專設也, 香餂三器, 雜糖三器, 龍眼荔支落花生 梅子三四器, 雞鵝鴨皆連嘴帶足, 全豬去皮, 錯以龍荔, 棗栗, 蒜頭, 胡椒, 胡桃肉, 杏 仁, 西苽仁, 爛蒸如餅, 味甘膩而太醎不堪食矣, 餅菓盛皆高尺餘, 良久盡撤去, 復設蔬 果各二器燒酒一注子, 細酌隱話話載黃教問答雞已二唱, 乃能還寅, 轉輾不能寐而下 隸已請起寢矣."

28일 사흘 동안은 두루 작별 인사를 다니고, 9월 6일에는 선산에 성묘를 갔다가 9일에는 집으로 돌아와 11일에는 귀주로 떠날 예정입니다. 떠나기 전 날은 당연히 집에 있을 터이니 꼭 한번 저에게 들러주십시오."

나는 '그러마'고 답하고, 다시 왕민호에게 작별의 인사를 하였다. 그가 눈물을 흘리며 "이 밤에 이별을 하면, 다시 볼 수 없겠군요. 이제 달 밝은 날이면 그 심회를 어찌 하오리까?"한다... 다시 학성에게 갔으나 그는 다른 곳으로 자러 나가고 없었다. 이어 윤가전에게로 가서 작별의 인사를 나누니, 그는 눈물을 닦으며 말한다.

"내 나이 늙어 아침저녁 풀잎에 맺힌 이슬과 같은 신세라오. 선생은 한창 활동할 나이이니 또 다시 연경에 오게 되면 응당 오늘밤을 떠올려 주시기 바라오."

그리고는 술잔을 들어 달을 가리키며 서글픈 어조로 말했다.

"달 아래 이별을 하고 보니, 훗날 선생이 그리울 적엔 저 달을 보며 만리 밖에 계신 선생을 본 듯 여기겠소이다. 저는 18일에 연경으로 돌아 갑니다. 만일 선생이 그때까지 귀국하지 않으시거든 간절히 바라건대, 꼭 다시 한 번 찾아 주십시오. 동단패루(東單牌樓)둘째 골목 두 번째 집 대문 위에 대리사경(大理寺卿)이란 편액이 붙어 있는 곳이 바로 제 집 입니다."

우리는 마침내 서로 악수하고 작별하였다.[38]

윤가전은 이별 후에도 서로 그리워질 때는 하늘에 있는 아름다운 달을 보고 마치 상대방을 보는 듯이 대하겠다고 한다. 이 얼마나 감동적

---

38) 朴趾源, 國譯『熱河日記』I, 韓國民族文化推進會, 1968年版, p. 635, "夕飯后王鵠汀送學徒小兒, 持小紅紙貼來, 書王民皥請燕巖朴老先生替勞, 轉買一丸淸心, 天銀二兩, 余還其銀, 卽送二丸眞藥. 黃昏時黃旨, 令使臣撥還皇城, 一行騷擾,達夜治行, 夜別奇麗川, 麗川言十八日發熱河, 二十五日入京, 六日七日八日歷辭, 九月初六日上先墓, 九日還家, 十一日當發貴州之行, 前一日當在家專等尊駕, 余許諾, 轉辭王鵠汀, 鵠汀流涕日千古訣別, 只在此宵, 況奈來夜月明何, 盖前日約十五日中秋月夕會話明倫堂故也, 往志享所, 志享出他宿, 極可悵惜, 又往別尹享山, 享山拭淚日, 吾年老朝暮草露, 先生方盛齡, 設再至京裏, 當不無此夜之思, 把杯指月日月下相別, 他日相思, 萬里見月, 如見先生也, 觀先生飮戶, 能寬, 且應狀歲好色, 願從今戒入丹, 敝十八回京, 先生伊時若未還國, 情願再得相訪, 東單牌樓第二衕衕第二宅, 門首有大卿扁第, 卽是鵡樓, 遂握手而別.

이며 마음속 깊이에서 우러나는 진지한 말인가! 기풍액은 박지원과
함께 이야기하다가 이별의 말이 나오자 갑자기 눈물을 흘렸다.[39]

박지원은 북경 유리창 서사(書肆)에서도 유세기, 서왕황, 진정훈, 초팽
령, 고역생,마승건 등 문인들과 시문을 교류하였다.[40] 심양에서는 전사
가, 이귀몽, 모춘, 온백고, 호하, 비치, 배관 등 상인들과 세간(世間)의
속사(俗事)들에 대하여 교류하였다. 그리고 열하에서는 왕호민, 윤가전,
추사시 기풍액(만족),학성 등 문인들과 기하, 식기(食器), 천문, 역법,
천주교, 불교, 유도경의(儒道經義), 사실(史實), 시정(時政), 음조, 악률
등 다방면에 대해 광범위하게 필담을 나누었다. 이런 필담을 통해 박지원
과 당시 중국 청조 문인들은 깊은 우정을 쌓았다는 것을 알 수 있다.
박지원은 「경개록」에서 그 당시 필담을 나누었던 많은 중국 사대부들의
이름을 수록하였다. '경개'는 '백두여신, 경개여구(白頭如新,傾蓋如舊
)'[41]에서 나온 말이다. 여기에서 알 수 있다시피 박지원은 이런 새 친구들
과의 우정이 깊고 두터웠다는 것을 알 수 있다.

위에서 기술한 내용을 통해서 우리는 18세기 한중 문화교류에서 한중
문인들 사이의 깊고 두터운 진실 된 우정을 발견할 수 있다.박지원은
청조의 각 계층 인사들과의 필담에서 학술교류를 했을 뿐만 아니라 우의
를 증진시키고 더 나아가 '사이지기이제이師夷之技以制夷)'[42]의 선진사
상을 제의하게 되었던 것이었다.

---

39) 朴趾源, 國譯 『熱河日記』 I, 韓國民族文化推進會, 1968年版, p. 647, "輿余語到別
    離輒流淚."
40) 이 부분은 기록이 상세하지 않아 본 논문에서는 약함.
41) "백두여신(白頭如新), 경개여구(傾蓋如舊)"는 "나이가 들 때까지 오래 만나도 새롭
    고, 지나가다 잠시 일산을 기울이며 만난 사이라도 오래된 친구 같다"는 뜻.
42) "오랑캐의 기술을 배워 오랑캐를 제압하자"라는 뜻.

제**6**장

결론

제6장 결론

본 논문에서는 지금까지 연암 박지원의 『열하일기』를 문화커뮤니케이션 이론의 관점에서 분석하고 18세기 한중문화교류, 특히 조선왕조의 문화가 어떻게 청 왕조에 전파되었으며 어떤 영향을 끼쳤는지에 대해 고찰하였다. 지금까지의 논의를 장별로 요약·정리하고 본 논문의 의의와 앞으로의 과제를 제시함으로써 결론을 대신하고자 한다.

6.1 요약

1장에서는 『열하일기』에 대한 기존의 논의를 정리한 뒤 이에 대한 반성과 함께 본 논문의 연구방향을 제시하였다.

2장에서는 연암 박지원의 생애와 사상을 고찰하였는데, 먼저 연암의 생애를 '수학기', '은둔기', '출사기'로 구분하여 살펴보았다. 그리고 연암의 생애에 대한 이해를 돕기 위해 연암의 족보와 그의 일생을 연보로 도표를 만들어 그의 가계(家系)와 일생을 한눈에 알아볼 수 있게 하였다. 다음으로 박지원의 생애를 통해 그의 사상 형성 과정을 준비기, 회의기, 선진 학문에 눈뜨는 시기로 나누어 살펴 본 후 그의 휴머니즘, 상대주의 실용주의, 리얼리즘 사상을 논의하였다.

3장에서는 본 논문의 이론적 배경이 되는 문화커뮤니케이션 이론에 대해서 논하였다. 먼저 문화와 문화커뮤니케이션 이론 연구의 중요성을 언급한 뒤 문화커뮤니케이션에 대해 이해하기 위해 문화커뮤니케이션의 개념과 기존연구에 대해 논하였다. 그리고 요즘 한국에서의 문화커뮤니케이션에 대한 연구동향을 4가지로 분석해 보았다. 그 다음, 『열하일기』분석의 기틀

이 되는 문화커뮤니케이션의 구조, 내용, 효과 등에 대해 논의하였다.

4장에서는『열하일기』속에 내재된 문화커뮤니케이션 구조를 파악하기 위해 문화커뮤니케이션 구조의 쌍방향 고찰 이론으로부터 18세기 한중문화교류의 배경을 고찰하였다. 그 다음 문화커뮤니케이션 구조 이론에 따라『열하일기』를 중심으로 18세기 당시 청 왕조 문화와 조선왕조가 어떻게 교류하였으며, 서로에게 어떤 영향을 주었는지에 대해서 논의하였는데, 조선왕조의 문화가 중국에 어떻게 영향을 끼쳤는지에 대해 중점적으로 논의하였다. 그리고 한중문화교류에서 교량적 역할을 한 북경의 유리창과『열하일기』속「피서록」을 통하여 당시 조선왕조의 문화가 간접적으로 청왕조에 끼친 영향에 대해 논의하였다. 조선의 연행사들이 북경의 유리창에서 서적을 구입하는 활동을 진행하였는데, 이 과정에서 중국 문인들과의 활발한 교류가 이루어졌으며, 유리창은 한중문화 교류의 장이 되었음을 알 수 있었다.「피서록」은 연암 박지원이 피서산장에 구경 갔을 때 쓴 글인데, 이「피서록」을 통해서도 당시 한중문화교류 상황을 이해할 수 있었다.

5장에서는『열하일기』속에 내재된 문화커뮤니케이션의 내용 및 효과를 살펴보았는데, 먼저『열하일기』속에 내재된 문화커뮤니케이션의 내용에서는 박지원과 중국 문인들 사이의 커뮤니케이션의 주요 형식인 필담에 대해서 시간, 장소, 필담기록 명칭, 중국문인(참여자), 필담의 주요내용과 결과 등으로 도표를 만들어 논의하였다. 그리고 문화커뮤니케이션 내용에 따라 박지원의 사유방식과 가치관, 그의 자아인식과 대인관계 등에 대해『열하일기』원문과 번역문을 이용하여 상세히 논의하였다.『열하일기』속에 내재된 문화커뮤니케이션의 효과에서는 박지원과 조선 선비들이 중국문화에 대한 태도와 결과를 비교해 논의하였다. 마지막으로 박지원의 문화변형과 박지원과 중국 문인 사이의 우정 강화에 대해 논의하였다.

6.2 연구의 의의

6.2.1 이론적 의의

이상의 논의를 통하여 조선 시대의 유명한 문학작품일 뿐만 아니라 오늘날에 이르기까지 중시를 받고 있는 연암 박지원의 『열하일기』에 대한 고찰을 통하여 당시 한중문화교류에 대해 쌍방향적으로 연구해 보았다. 또한 중국어를 모르는 박지원이 중국 사람들과 문화커뮤니케이션을 잘 이룰 수 있었던 원인에 대해서도 연구해 봄으로써 당시 한중문화교류가 발전할 수 있는 원인과 오늘날 한중문화교류발전에 어떤 영향을 주는지에 대해서도 논의해 보았다. 아래에 간단히 문화커뮤니케이션의 구조, 내용, 효과의 이론적 의의에 대해 간단히 지적해 보기로 한다.

(1) 문화커뮤니케이션 구조의 핵심은 쌍방향적 문화교류 연구이다. 그리고 문화교류에 대한 연구는 무엇보다도 그 환경, 즉 그 배경 연구가 중요하다. 본 연구는 이런 이론적 근거를 바탕으로 『열하일기』를 통해 한중문화교류를 연구하였다. 본 연구의 가장 큰 이론적 의의는 지금까지의 한중문화교류 연구는 중국문화가 조선 왕조에 끼친 영향에 대해서만 일방적으로 논의하였는데, 문화커뮤니케이션 구조의 이론을 바탕으로 쌍방향적으로 연구함으로써 한중문화교류에 대한 연구를 더욱 정밀화하였다는 점이다. 그리고 동아시아의 시대적 배경, 중국 청 왕조와 조선 왕조가 처한 시대적 배경, 당시 두 왕조 간의 관계, 문화정책 및 문화관계로 나누어 연구해 봄으로써 본 연구의 결과가 당시 한중문화교류연구에 큰 도움이 되었다는 것이다.

(2) 문화커뮤니케이션 내용핵심은 문화요소이고, 문화커뮤니케이션 효과의 핵심은 상대방의 문화에 대한 태도(이해, 고정관념, 편견)와 문화변형이다. 이 두 가지 이론으로 박지원과 그의 『열하일기』를 고찰해 봄으로써 중국어를 모르는 박지원이 성공적으로 문화커뮤니케이션

을 잘 할 수 있는 원인을 찾을 수 있었으며, 이것은 결국 당시 문화교류 발전에 대한 분석을 더 쉽고 효과적으로 할 수 있게 해 주었다. 본 논문은 처음으로 문화커뮤니케이션의 구조, 내용, 효과 이론으로 박지원과 그의 대표적인 문학작품-『열하일기』에 대해 고찰을 진행하여 쌍방향적 한중문화교류를 성공적으로 연구하였다. 이 이론은 앞으로 많은 문학작품, 민속 문화, 문화교류 등의 연구 분야에 기여하는 바가 클 것으로 기대한다.

6.2.2 실천적 의의

한편, 주지하다시피 21세기는 문화의 시대로서 우리는 늘 이문화(異文化圈)와 마주치고 또 교류하고 있다. 특히 정보화 시대로 접어들면서 이문화간 접촉의 빈도는 더욱 높아지고 있다. 그러나 고정관념, 편견, 차별화 등의 문제로 인하여 문화갈등이 생기고, 심지어 그 갈등이 격화되어 인류의 평화를 위협하기도 한다. 그렇다면 문화교류가 날로 빈번해지는 오늘날, 어떻게 문화 간의 갈등을 해소하고 다양한 문화가 공존하는 아름다운 문화세계를 만들어 갈 것인가? 특히 21세기 한중문화교류에서는 현존하는 여러 가지 문화 간의 갈등을 어떻게 해소하고 한층 높은 차원의 문화교류를 이루어 나갈 것인가? 본 논문은 여기에 대해 올바른 방향을 제시해 주었는데 바로 본 연구의 실천적 의의라고 할 수 있다. 즉 230여 년 전의 박지원처럼 중국문화에 대해 박식함을 가지기 위해 열심히 중국문화를 연구해야 할 뿐만 아니라 중국 사람들과 항상 평등함과 진정한 붕우관계를 이어 나가야하며 상대 문화주의 사상으로 상대방을 배려하고 이해해야 한다는 것이다. 또한 한중문화의 특수성과 보편성을 더 면밀하게 연구하여 한류와 같은 새로운 제3의 문화를 창조하여 한중문화교류를 한층 더 발전시켜 나가야 한다. 여기에서 본 연구가 오늘날 한중문화교류발전에 주는 시사점에 대해 요약해 보면 아래와 같다.

첫째, 문화교류 연구는 하나의 주도적 문화에만 치우치지 말고 꼭 서로 간의 역할을 인정하고 존중하는 쌍방향적 관점에서 이루어져야 하며, 한중문화교류 역시 쌍방향적으로 연구하여야 한다.

둘째, 박지원처럼 항상 상대방의 시각으로 상대방의 문화를 이해해야 하며 항상 배우려는 마음으로 상대방 문화를 연구해야 한다.

셋째, 박지원의 문화변형 관점처럼 상대방 문화와 자기문화의 특수성과 보편성을 잘 연구하면 한류와 같은 새 문화를 창조할 수 있으며 인류문화 발전과 일자리 창출에도 큰 역할을 할 수 있다. 이는 21세기 한중문화교류의 좋은 발전 방향이 된다.

6.3 본 연구의 한계점과 제언

그러나 이러한 논의에도 불구하고 본 논문에서는 몇 가지 한계점을 가지고 있다. 우선, 이론적으로 박지원과 그의 『열하일기』에 대해 보다 더 깊은 고찰이 부족하였는데 이는 논자가 문화커뮤니케이션 이론에 대한 더 한층 깊은 연구가 부족한 탓으로 본 논문의 한계점이라고 할 수 있다. 그리고 후속연구를 통해 보다 더 많은 사료들을 수집하여 한중문화교류에 대한 정밀한 연구가 이루어져야 할 것이다. 문화커뮤니케이션 이론은 다른 이론보다 그 연구가 좀 늦게 시작된 학문이다. 그렇지만 문화시대에 문화커뮤니케이션의 중요성은 날로 더 심화될 것이다. 앞으로 문화커뮤니케이션 이론은 더욱 관심을 받게 될 것이며 그 이론으로 문학작품이나 민속문화 및 문화교류와 같은 여러 분야에서 고찰이 진행된다면 한층 더 정밀한 문화 연구가 이루어질 것으로 기대한다.

참고문헌

1. 한국 참고문헌

강동엽. (1982a). 『熱河日記』의 文學的研究. 박사학위논문, 건국대학교 대학원.

강동엽. (1982b). 『열하일기』에 나타난 박지원의 문예의식. 북천 심여택 선생화갑
       기념논총, 논총간행위원회, 11-27.

강동엽. (1983a). 『열하일기』의 저자방법과 표현. 겨레어문학, 겨레어문학회, 153-164.

강동엽. (1983b).『열하일기』의 표현기법에 대한 소고. 韓國學論集, 10, 계명대
       학교, 109-115.

강동엽. (1985). 『열하일기』에 나타난 실학정신의 一端. 여행과 체험의 문학 1중국
       편, 176-194.

강동엽. (1988). 『열하일기연구』. 서울: 일지사.

강동엽. (2006). 『조선시대의 동아시아 문화와 문학』.서울: (주)북스힐.

강재언. (1983). 조선실학에 있어서의 북학사상. 근대한국사상사 연구,19-43.

고미숙. 길진숙. 김풍기. (2008).『열하일기』상. 서울: 그린비.

김동석. (2003). 『수사록』연구:『열하일기』와 비교연구의 관점에서. 박사학위논문,
       성균관대학교 대학원.

김명호. (1988a). 『열하일기』와 청조 학예(淸朝學藝). 한국실학사상논문선집, (13),
       399-418.

김명호. (1988b). 『연행록』의 전통과 『열하일기』. 한국실학사상논문선집, (13),
       447-457.

김명호. (1990a). 『열하일기』연구. 박사학위논문, 서울대학교 대학원.

김명호. (1990b). 『熱河日記研究』.서울: 창작과 비평사.

김문수. (2008). 『열하일기』.서울: 박지원 지음.돌을새김.

김영동. (1988). 增補朴趾源小說研究. 서울: 太學社.

김영식. (1975). 朴燕巖의 산문정신:『熱河日記』를 중심으로. 석사학위논문, 고
       려대학교 대학원.

김용덕. (1977). 『朝鮮王朝後期思想史研究』.서울: 乙酉文化社.

김우룡. (1985). 문화커뮤니케이션 연구의 과제. 연세커뮤니케이션즈, 6, 16-22.

김은미. (1982). 『열하일기』서술형태 고찰. 석사학위논문, 이화여자
       대학교 대학원.

김일근. (1956). 연암소설의 근대적 성격. 인문사회과학 제1집, 경북대학교 논문집, 161-186.

김중순. (2007). 문화교육의 총론과 각론. 한국언어문화교육학회, 11-22.

김지남, 김경문. (1998). (국역)『通文館志』1-4. 서울: 세종대왕기념사업회.

김지용. (1994). 『연암 박지원의 이상과 그 문학』. 서울: 明文堂.

김지용. (1999). 『한중일 500년사』. 서울: 새로운 세상.

김태준 (金泰俊). (1978). 18세기 연행사의 사고와 자각:『열하일기』를 중심으로 한 여행자 논문집. 명지대학교논문집, 11, 151-179.

김태준 (金泰俊). (1984).『열하일기』를 이루는 홍대용의 화제들-18세기 실학의 성격과 관련하여. 동방학지 44집, 135-156.

김한규. (1999). 『한중관계사Ⅱ』. 서울: 도서출판 아르케.

김혈조. (2009). 『열하일기』1-3. 파주: 돌베개.

류수인. (1984). 중국을 찾아온 조선의 옛사람들. 심양: 요녕인민출판사(한글판).

박기석. (1984). 『朴趾源文學研究-漢文短篇을 中心으로-』. 서울: 三知院.

박기석. (1997a). 『열하일기』를 통해서 본 연암의 대청의식(對淸意識)과「호질」의 주제. 국어교육, 94, 325-348.

박기석. (1997b). 『열하일기』와 연암의 대청관(對淸觀). 論文集, 5, 219-238.

박기석. (2008). 『열하일기』에 나타난 연암의 중국문화 인식. 문학치료연구, 8, 79-102.

박향란. (2009). 『熱河日記』筆談에 포착된 淸朝지식인의 형상과 의미. 東方漢文學 39, 233-257.

박희병 옮김. (1998). 『나의 아버지 박지원』. 파주: 돌베개.

서정우. (1983). 문화커뮤니케이션연구의 접근방향과 과제. 사회과학논집, 14, 105-119.

서정우. (1987). 『국제문화커뮤니케이션』. 서울: 나남출판.

서현경. (2002). 『열하일기』의 서술양상에 관한 일고찰: 박영철 본 『열하일기』의「도강록」을 중심으로. 열상고전연구, 제16집, 213-235.

서현경. (2008). 『열하일기』정본의 탐색과 서술 분석. 박사학위논문, 연세대학교 대학원.

오능근. (1983). 『열하일기』에 나타난 연암소설의 사상성 연구. 석사학위논문, 충남대학교 대학원.

오상태. (1988). 『朴趾源小說作品의 諷刺性研究』. 서울: 螢雪出版社.

유근호. (2004). 『조선조 대외사상의 흐름』. 서울: 성신여자대학교 출판부.

유봉학. (1982). 북학사상의 형성과 그 성격. 한국사론, 8, 229-233.

이가원. (1958). 燕巖朴趾源의 생애와 사상. 사상계 10월호, 203-211.

이가원. 허경진 옮김. (1994). 『연암 박지원 소설집』. 서울: 한양출판.

이우성. (1957). 실학파의 문학: 박연암의 경우, 국어국문학, 16집, 84-100.

이종주. (1982). 『열하일기』의 서술원리(敍述原理). 석사학위논문, 한국정신문화
연구원 한국학대학원.

이종주. (1983). 『열하일기』의 인식이념과 서술방법. 한국고전문학연구, 서울: 지성사.

이지호. (1997). 燕巖朴趾源의 글쓰기 方法論연구: 『열하일기』의 對象解釋을 중심
으로. 박사학위논문, 서울대학교 대학원.

이희승. (1995). 『국어대사전』. 서울: 민중서림.

임기중. (2006). 『연행록연구』. 서울: 일지사.

임형택. (1985). 연암의 주체사상과 세계인식: 『열하일기』분석의 시각. 東洋學國際
學術會議論文集, 3, 81-100.

전재강. (1992). 『열하일기』소재(所載)삽입시의 성격과 기능. 복현한문학, 제8집,
복현한문학회, 13-29.

전해종. (1966). 『清代韓中朝貢關係綜考』. 震檀學報, 29·30, 177-203.

정현숙. (2002). 문화 간 커뮤니케이션의 연구동향과 과제. 언론과 정보, 8, 65-91.

진갑곤. (1990). 『열하일기』소재(所載)의 공후인(箜篌引)기록검증(記錄檢證). 문
학과 언어 제11집, 문학과 언어학회, 317-330.

진빙빙. (2008). 『열하일기』를 통해 본 18세기 중국문화의 양상. 박사학위논문,
성균관대학교 대학원.

최소자. (1992). 18세기 후반기 조선지식인 박지원의 대외인식: 『열하일기』로부터
본 건륭연간의 중국. 韓國文化研究院論叢, 61(1), 273-313.

최소자. (1997). 18세기말 동서양 지식인의 중국인식 비교. 동양사학연구59, 1-40.

최인자. (1996). 『열하일기』의 발상법 연구. 국어교육의 문화론적 지평, 소명출판, 249-266.

최정동. (2005). 『연암 박지원과 열하를 가다』. 서울: 푸른역사.

최천집. (1997). 『열하일기』의 표현방식과 그 의도: 「금료소초」, 「黃圖紀略」, 「謁
聖退述」, 「앙엽기」, 「銅蘭涉筆」, 「玉匣夜話」를 중심으로. 문학과 언어,
18, 문학과 언어연구회, 185-209.

최현배. (1968). 國譯『熱河日記』I. 서울: 韓國民族文化推進會.

최현배. (1968). 國譯『熱河日記』II. 서울: 韓國民族文化推進會.

허왕욱. (2003). 『열하일기』에 나타난 상대적 사유 방식. 국어교육, 106, 175-214.

홍기선. (1984). 『커뮤니케이션論』. 서울: 도서출판 나남.

황원구. (1983). 『近世韓中의 學術交流와 禮論에관한諸問題』. 박사학위논문, 연세
　　대학교 대학원.

2. 중국 참고문헌

金東國. (2010). 『韓國現代文化槪論』. 北京:民族出版社.

金柄珉. (1988). 『試論洪大容與古杭三才的思想文化交流』. 朝鮮中世紀研究, 270-271.

金柄珉. (1991). 朝鮮北學派對淸代文學的批評與接受. 延邊大學學報第77期, 41-48.

藤塚鄰. (1935). 「淸代乾隆文化與朝鮮李朝學者之關係」『正風半月刊』1-5, 37-47.

馬靖妮. (2007). 『熱河日記』中的中國形象研究. 博士學位論文, 中央民族大學.

孫殿起. (1982). 『琉璃廠小志』. 北京:古籍出版社.

沈立新. (1991). 朴趾源與『熱河日記』. 載『中外文化交流史話』, 上海:華東師範大學
　　出版社.

杨雨蕾. (2004). 『朝鲜燕行录所记的北京琉璃厂』. 『中国典籍与文化』第四期, 55-63.

楊通方. (1993). 『漢文化論綱』. 北京:民族出版社.

吴伯娅. (2004). 『乾隆年间的朝鲜使者及其访华日记』. 『首都博物馆丛刊』, 1-9.

吴伯娅. (2007). 从『热河日记』看18世纪中朝文化交流. 北华大学学报(社会科学版)第
　　一期, 219-228.

王政堯. (1997a). 『燕行錄』初探. 『清史研究』第三期, 1-8.

王政堯. (1997b). 略论『燕行錄』与清代戏剧文化. 『中国社会科学院研究生院学报』
　　第三期, 54-61.

王政堯. (1999). 18世紀朝鮮利用厚生學說和清代中國. 『清史研究』第三期, 31-37.

王振忠. (2005). 『琉璃厂徽商程嘉贤与朝鲜燕行使者的交往—以清代朝鲜汉籍史料
　　为中心』. 『中国典籍与文化』第四期, 96-103.

俞劍華. (1937). 『中國繪畫史』下. 北京:商務印書館.

李元淳. (1998). 『朝鮮西學的歷史意義』. 載黃時鑒主編:『東西交流論譚』, 上海:文藝
　　出版社.

任桂淳. (1995). 『試論十八世紀清文化對朝鮮的影響-以李朝出使清朝的使節問題
　　爲中心』. 『清史研究』第四期, 28-39.

張書才. (1991). 『清代文字獄案』. 北京:紫金城出版社.

張存武. (1974). 『清代中國對朝鮮文化之影響』. 『中央研究院近代史研究所集刊』四
　　下, 554-596.

張存武. (1978). 『清韓宗藩貿易』. 臺北:中央研究院近代史研究所.

全海宗. (1997). 『中韓關係史論集』. 北京:中國社會科學出版社.

鄭克晟. (1997). 讀朴趾源『熱河日記』. 『韓國學論文集』第六輯, 北京大學韓國學研究中心, 北京:新華出版社, 112-127.

趙維國. (2005). 『論乾嘉之際小說禁毀的文化管理政策』. 『中国文学研究』第四期, 53-57.

朱雲影. (1962). 『中國文學對於日韓越的影響』. 国立台湾师范大学『师大学报』第七期, 64.

周一良. (1954). 『中朝人民的友誼關係與文化交流』. 北京:中國青年出版社.

陳大康. (1998). 從『熱河日記』看清代通俗文學的傳播. 杭州:浙江大學出版社.

陳大康. (1999). 『熱河日記』與中國明清小說戲曲. 華東師範大學, 『明清小說研究』第二期, 186-194.

黃愛平. (2001). 『四庫全書纂修研究』. 北京:中國人民大學出版社.

3. 영어 참고문헌

Berlo, David Kenneth. (1960). *The process of communication; An introduction to theory and practice*. New York: Holt, Rinehart and Winston.

Boas, Franz. (1940). *Race, language and culture*. New York: The MacmillanCo.

Lerner, Daniel.(1958). *The passing oftraditionalsociety: Modernizing the Middle East*: Glencoe. Free Press.

Neiburg, Harold Leonard.(1973). *Culture storm: Politics & the ritual order*. New York: St. Martin's Press.

Oliver, Robert Tarbell.(1962). *Cultureand communication; Theproblem of penetrating national and cultural boundaries*: Springfield. Thomas.

Skinner, Burrhus Frederic.(1971). *Beyond freedom and dignity*. New York:Knopf.

Smith,Warren Allen.(1992). *Corporateculture and communication :A study of the effects in a modern culture-rich organization*. Marietta: Southern College of Technology.

4.기타 참고문헌

강성만. (2008.2.14). 정조 '문체반정'에 대한 학계의 두 평가: 책과 사상을 탄압,
    노론 견제 노림수. 한겨레.

국회 전자 도서관. https://u-lib.nanet.go.kr/dl/SimpleView.php

서울대학교 규장각 한국학 연구소. http://e-kyujanggak.snu.ac.kr

周一良. (1953. 6. 27). 中朝歷史上文化交流一面, 光明日報.

중국 바이두(百度). http://www.baidu.com

〈부록 1〉『열하일기』26권 내용

충남대학교 도서관에 소장되어 있는 연암 수탁본(手澤本)
(김문수, 2008, p. 323-326)

1. 「열하일기서(熱河日記序)」, 「도강록(渡江錄)」
   서문은 필자 미상이나, 풍습 및 관습이 치란(治亂)에 관계되고, 이용후생에
   관계되는 일체의 방법을 거짓 없이 기술하였다고 설명하고 있다. 「도강록」은
   압록강에서 요양(遼陽)까지 15일(1780년 6월 24일-7월 9일)의 기록이다.

2. 「성경잡지(盛京雜識)」
   십리하(十里河)에서 소흑산(小黑山)까지 5일간의 기록으로,「속재필담」, 「상
   루필담」, 「고동록(古董錄)」등이 들어있다.

3. 「일신수필(馹迅水筆)」
   신광녕(新廣寧)에서 산해관까지 9일간의 기록으로, 그 서문 중의 이용후생학
   에 대한 논술이 독특하다.

4. 「관내정사(關內程史)」
   산해관에서 연경까지 11일간의 기록으로, 여기 수록된 한문 소결 「호질」은
   호랑이의 입을 빌어 양반들의 위선을 질책한 것으로 연암의 소설 중에서도
   가장 독특한 작품 중 하나이다.

5. 「막북행정록(漠北行程錄)」
   연경에서 열하까지 5일간의 기록으로, 열하에 대하여 소상히 기록하였고 그곳
   을 떠날 때의 아쉬운 심경을 그렸다.

6. 「태학유관록(太學留館錄)」
   열하에 있는 태학에서 6일간 지낸 기록으로 당시 중국의 명망 있는 학자들과
   더불어 나눈 한·중 두 나라 문물제도에 관한 논평 및 지동설, 달세계 등에
   관한 토론이다.

7. 「구외기문(口外異聞)」

고북구(만리장성의 요새)지역 밖의 기이한 이야기로 60여 종의 이야기가 있다.

8. 「환연도중록(還燕道中錄)」

열하에서 다시 연경으로 돌아오는 도중 6일간의 기록으로, 대개 교량, 도로, 방호(防湖), 방하(防河), 선제(船制) 등에 관한 논평이다.

9. 「금료소초(金蓼小鈔)」

주로 의술에 관한 기록이다.

10. 「옥갑야화(玉匣夜話)」

'진덕재야화(進德齋夜話)'로 된 것도 있다. 여기 수록된 「허생전」은 연암 소설 뿐만 아니라 한국 소설문학사에서도 중요한 자리를 차지하는 작품이다.

11. 「황도기약(皇圖紀略)」

황성(皇城)의 구문(九門)에서 화조포(花鳥鋪)까지 38종의 문관(門館), 전각(殿閣), 도지(島池), 점포(店鋪), 기물(器物)등에 관한 기록이다.

12. 「알설퇴출(謁聖退述)」

순천부학(順天府學)으로부터 조선관에 이르기까지 역람한 기록이다.

13. 「앙엽기(盎葉記)」

홍인사(弘仁寺)에서 이마두총(利瑪竇塚)에 이르는 20개의 명소를 두루 구경한 기록이다.

14. 「경개록(傾蓋錄)」

열하의 태학에서 6일간 머물며 그곳 학자들과 응수한 기록이다.

15. 「황교문답(黃敎問答)」

황교(티베트 불교)와 서학자의 지옥에 관한 논평이다. 끝에는 세계의 이민종(異民種)을 열거하는 가운데 특히 몽골과 아라사 종족의 강맹(强猛)함에 주의를 환기시킨다.

16. 「행재잡록(行在雜錄)」

청나라 황제의 행재소에서의 자세한 견문록이다. 여기서 특히 청나라의 친선 정책(親鮮政策)의 연유를 밝힌다.

17. 「반선시말(班禪始末)」

청 황제의 반선에 대한 정책을 논하고, 또 황교와 불교가 근본적으로 같지 않다는 것을 밝히고 있다.

18. 「희본명목(戱本名目)」

다른 본에서는 「산장잡기」 끝부분에 있는 것으로 청나라 고종의 만수절(萬壽節)에 행하는 연극놀이의 대본과 종류를 기록한 것이다.

19. 「찰십륜포(札什倫布)」

찰십륜포란 티베트 어로 '대승이 살고 있는 곳'이라는 뜻으로, 열하에 있을 때 라마승 반선에 대한 기록이다.

20. 「망양록(忘羊錄)」

음악에 관하여 중국학자들과 서로의 견해를 피력한 기록이다.

21. 「심세편(審勢編)」

당시 조선 사람의 오망(五妄)과 중국 사람의 삼난(三難)을 역설한 기록이다. 북학에 대한 예리한 이론을 펼쳤다.

22. 「곡정필담(鵠汀筆談)」

중국학자 윤가전과 더불어 전날 태학에서 미진하였던 토론을 계속한 기록이다. 즉 월세계(月世界), 지전(地轉), 역법, 천주 등에 대한 논술이다.

23. 「동란섭필(銅蘭涉筆)」

동란재(銅蘭齋)에 머물 때 쓴 수필이다. 주로 가사(歌詞), 향시(鄕試), 서적, 언행, 양금 등에 대하여 쓴 것이다.

24. 「산장잡기(山莊雜記)」

열하산장에서의 여러 가지 견문기이다.

25. 「환희기(幻戲記)」

광피사표패루(光被四表牌樓) 아래서 중국요술쟁이의 여러 가지 연기를 구경
한 소감을 적은 이야기이다.

26. 「피서록(避暑錄)」

열하의 피서산장에서 지낸 기록이다. 주로 조선과 중국 두 나라의 시문(詩文)
에 대한 논평이다.

〈부록 2〉 연암 박지원의 아홉 편의 전(傳)의 시적인 서문

1. 「마장전」
   세 미치광이가 서로 벗 삼아
   세상을 피해 거지로 살아가네.
   아첨 배는 조롱하는 말 들어보니
   그 작태가 환히 눈에 보이듯.
   이에 「마장전」을 쓴다.
2. 「예덕선생전」
   선비가 제 먹을 것에 집착하면
   온갖 행실이 어그러지네.
   엄행수는 똥을 져 날라 스스로 먹을 것 마련하니
   하는 일은 더럽지만 입은 깨끗하지.
   이에 「예덕선생전」을 쓴다.
3. 「민옹전」
   민옹은 골계를 잘하고
   세상을 조롱하며 비웃었으나
   해마다 벽에 글을 써서 스스로 분발했으니
   정말 게으른 자를 깨우칠 만하지.
   이에 「민옹전」을 쓴다.
4. 「양반전」
   명분과 절개를 힘써 닦지 않고
   문벌과 지체를 밑천삼아
   조상의 덕을 판다면
   장사치와 뭐가 다를까?
   이에 「양반전」을 쓴다.
5. 「김신선전」
   김홍기는 큰 은자라
   세속의 노님 속에 숨었으나
   세상이 맑건 흐리건 잘못이 없었고
   남을 시기하지도 않고 탐욕도 없었지.
   이에 「김신선전」을 쓴다.

6. 「광문자전」
   비렁뱅이 광문은
   그 명성이 지나쳐서
   자신은 명성을 좋아하지 않았건만
   형벌 그만 못 면했네.
   이에 「광문자전」을 쓴다.

7. 「우상전」
   아름다운 저 우상은
   옛 문장에 힘썼다네.
   예(禮)가 사라지면 초야에서 구하는 법
   삶은 짧았지만 그 이름 영원하리.
   이에 「우상전」을 쓴다.

8. 「학문을 팔아먹는 큰 도독놈전」
   세상이 말세가 되자
   허위를 높이고 꾸며
   짐짓 은자인 체해 벼슬을 얻지만
   이런 짓 옛 사람들 부끄러이 여겼지.
   이에 「학문을 팔아먹는 큰 도독놈전」을 쓴다.

9. 「봉산학자전」
   집에서 효도하고 밖에 나가 공손하면
   배우지 않았어도 배웠다고 할 만하네.
   이 말이 혹 지나칠지 모르지만
   위선자를 경계하는 말은 되지.
   이에 「봉산학자전」을 쓴다.

(이 아홉 편의 전은 모두 박지원이 스무 살 남짓 때 지으신 것이다. 이 중 마지막 두 편은 잃어버리고 지금 일곱 편만 남았다. 일곱 편 가운데 「예덕선생전」, 「광문자전」, 「양반전」, 이 세 작품은 세상에 널리 알려져 있다).

〈부록 3〉 『열하일기』 7개 기록부분 내용 간략 소개[43]

1. 압록강을 건너며-「도강록」

「도강록」은 1780년 6월 24일(음력)부터 7월 9일까지의 일기이다. 압록강을 출발하여 요양(遼陽)에 이르기까지 모두 15일간의 일기내용이다. 박지원이 사신 일행을 따라 중국에 들어가 겪은 첫 번째 체험을 기록한 것으로서 의주를 출발하여 압록강을 건너 청나라의 요양까지 이르는 도중에서 일어난 일과 자신이 직접 보고 듣고 체험한 것을 중심으로 일기체로 서술하였다.

「도강록」이란 말은 압록강을 건너며 기록한 글이라는 의미이긴 하지만, 그 말 자체에 이미 강을 건너서 남의 나라에 들어간다는 뜻이 담겨 있다. 길에서 마주치는 이역의 풍경과 중국의 앞선 문화 문물 등을 범상히 넘기지 않고 붓끝으로 담아냈다. 중국의 선진 문화를 예리하게 관찰 분석 비판한 대목에서 붓끝은 자못 진지하게 돌아가다가도, 연도에서 벌어지는 갖가지 견문과 체험의 대목에서는 붓끝이 경쾌하게 돌아간다. 옛날 분들이 이「도강록」의 문체를 두고 이른바 소설식의 패사체(稗史體)라고 한 것도 그런 이유일 것이다.

도(道)가 강물과 언덕 중간에 있다고 설파한 대목, 넓디넓은 요동 벌판을 마주하며 한바탕 통곡하기 좋겠다는 이른바 '호곡장(好哭場)'대목 등은 음미할 부분이다.

2. 심양의 이모저모-「성경잡지」

박지원이 사신을 따라 7월 10일 십리하에서 출발하여 7월 14일 소흑산에 이르기까지의 모두 닷새간의 일기를 기록한 것이다.

성경(盛京)은 심양의 옛 이름이다.'심양의 이모저모'라고 번역한 「성경잡지」는 7월 10일에서 7월 14일까지의 여행 기록과 심양에서 체류하며 겪은 내용을 중심으로 구성되어 있다. 연도에서 보고 듣고 겪은 일들이 모두 새롭고 흥미로운 것이어서 점입가경(漸入佳境)의 느낌을 가지게 한다.

심양에 도착한 박지원은 바로 이튿날부터 한 밤중에 숙소를 빠져나와 중국의 젊은이들과 밤을 새워가며 필담 토론을 벌인다. 예속재와 가상루에서 그곳의 주인들과 갖가지 화제를 끄집어내어 문답하고 토론을 하는데, 이역의 풍물과 인사들에 대해서 박지원이 얼마나 많은 지적 호기심을 가지고 있었던가를 읽을 수 있다. 중국의 젊은이들이 서로 경쟁적으로 박지원을 자신의 상점에 초빙하여 밤을 새워가며

---

43) 김혈조(2009), 『열하일기』1-3참조.

필담하는 장면에서 박지원의 박식한 학문과 예술 취향 그리고 소탈한 면모가 여실하게 드러난다.

또한 중국인들에게 박지원이 자기의 필력을 뽐내려고 점방의 간판 글씨를 써주는 대목인 '기상새설(欺霜賽雪)'은 마치 소설에 복선을 깔아놓은 듯 흥미를 주며, 중국의 초상 제도를 관찰하려고 상가에 들어갔다가 얼떨결에 문상까지 하고 나오는 대목은 박지원의 설명이 아니더라도 폭소를 유발하는 흥미로운 장면이다.

3. 말을 타고 가듯 빠르게 쓴 수필-「일신수필」

「일신수필」은 7월 15일 신광녕(新廣寧)에서 떠나 7월 23일 산해관에 이르기까지 모두 9일간의 여행일기를 기록한 것으로서 연도에서 본 이국의 풍물과 체험을 쓴 내용으로 구성되어 있다. 본래 일신수필이란 말은 빠르게 달리는 역말 위에서 구경을 하고 지나가듯 보고 느낀 것을 생각나는 대로 썼다는 뜻이다.

서문과 수레 제도를 논한 별도의 글에서 참다운 학문이란 무엇일까 하는 의문을 제시함으로써 선비에게 참다운 학문을 추구할 것을 촉구하는 한편, 7월15일의 일기에는 저 유명한 '중국의 장관론'을 도도하게 펼쳤다. 박지원은 중국의 장관이 깨진 기와 조각과 냄새나는 똥거름에 있다고 주장하는데, 이는 조선의 지배 이념을 주도하며 민족의 생활 경제를 낙후하게 만들고 있는 고루한 선비들에 대한 통렬한 반어적 비판이다.

수레 제도와 시장 및 다리 등에 대한 소상한 기술은 바로 북학의 구체적 내용의 하나이며, 아울러 중국 역사의 현장, 특히 명, 청 교체기에 벌어졌던 치열한 전투 현장과 장수들에 대한 회고와 서술은 박지원의 역사의식의 일단이다.

4. 산해관에서 북경까지의 이야기-「관내정사」

「관내정사」는 박지원일행이 7월 24일 산해관에서 출발하여 8월 4일 북경을 떠나기 전까지의 모두 11일간의 일기 기록이다.

관내란 산해관 안쪽을 가리키는 말이다. 곧 관내정사에서는 산해관에서 북경에 이르기까지 견문을 기록한 내용으로 구성되어 있다. 연도에서 마주치고 경험한 내용은 모든 것이 새롭고 흥미로운데, 특히 관내정사에서 주목을 끄는 것은 사상사적 주제와 관련된 일련의 글들이다. 고사리 사건과 「호질」이 그것이다.

백이, 숙제 사당을 지나며 음식으로 제공된 고사리와 그로 인해 벌어진 사단은 왜곡된 춘추대의를 비판한 글이다. 백이, 숙제 및 고사리로 표상되는 춘추대의는 기실 명나라와 청나라를 어떻게 보느냐? 하는 사상적 문제이다. 명나라를 높이고 오랑캐 청나라를 물리치자는 '북벌론'은 춘추대의에서 나온 것이다. 여기 고사리 파동은 바로 '북벌론'의 허구성을 통렬히 지적한 것이다.

「호질」은 더 말할 필요가 없을 정돌 알려진 작품인데, 보다 근본적 시각에서 작품을 읽을 필요가 있다. 인간 중심의 문명론에 대한 비판적 시각도 그중의 하나이다.

5. 북경에서 북으로 열하를 향해-「막북행정록」

「막북행정록」은 연암일행이 8월 5일 북경을 떠나 8월 9일 열하에 이르기까지 모두 5일 간의 일기를 기록한 것이다.

막북이란 사막 북쪽을 가리키는 말이지만, 대체로 만리장성 북쪽 변방을 의미하는 말로 쓴다. 「막북행정록」은 북경에서 열하까지 가는 동안의 체험, 특히 고생하면서 가는 길의 여정을 기록한 것이다.

압록강을 건너 40여 일 만에 도착한 북경이었으나, 황제는 북경에 있지 않고 열하에 있었다. 황제는 만수절 행사 전에 조선사신을 열하에 도착하게 하라고 지시하였는바 조선 사행으로서는 처음으로 열하를 가게 된 것이다. 일정이 촉박한 관계로 사행단은 그 숫자를 절반으로 줄이고 밤낮을 달려서 갈 수밖에 없었는데 그 과정에서 갖가지 체험과 고생을 했다. 그 눈물 나는 고생과 그런 총중에도 장성을 빠져나가는 당시의 감회를 생생하게 묘사하였다.

특히 북경에 체류하는 사람과 열하로 가는 사람의 이별 장면을 보고서 쓴 '이별론'은 탁월한 서정 산문이다. 인간에게 가장 큰 괴로움이 무엇일까? 이 문제를 도도하게 풀어낸 글이 바로 '이별론'이다.

6. 태학관에 머물며-「태학유관록」

「태학유관록」은 8월 9일부터 시작하여 8월 14일까지 모두 6일간의 이야기이다. 박지원이 열하에 도착하여 숙소에 배정된 태학관에 머물면서, 그곳에 있던 청나라의 고관과 과시준비생 및 학자들과 만나서 주고받은 이야기가 주된 내용이다.

우리나라의 지리, 풍속, 제도, 중국 시집에 기록된 조선 관련 시화에서부터 천체, 음률, 라마교 등에 이르기까지 다양한 내용을 담고 있을 뿐만 아니라, 청나라 통치하에 있는 한족 지식인의 고뇌 등을 엿볼 수 있다. 특히 본편에 수록된 천체, 음률, 라마교 등에 대한 필담 내용은 다음 편에 나올 「곡정필담」, 「망양록」, 「황교문답」, 「반선시말」, 「찰십륜포」등의 본격적인 토론과 설명에 앞서서 예비적으로 운을 띠운 것이다.

14일자에 수록된 목마(牧馬)에 관한 서술에서 박지원의 탁월한 식견을 엿볼 수 있다. 조선의 현실에 대한 예리한 관찰과 문제의식을 가지지 않고서는 나올 수 없는 글이다. 조선인으로서 열하에 처음 도착한 벅찬 감회 때문인지, 모두가 잠자는 시각에 혼자 마당에 나와서 달그림자와 장난치는 자신의 모습을 묘사한 9일의 기록과, 술집에 들어갔다가 겪게 된 색다른 경험에 대한 11일의 기록은 인간 박지원의 면모가 드러나는 부분으로, 박지원만이 가능한 자기 묘사일 것이다.

7. 북경으로 되돌아가는 이야기–「환연도중록」

「환연도중록」은 8월 15일 열하를 떠나서부터 시작하여 8월 20일 북경까지 되돌아가는 이야기인데 모두 6일간 기록한 것이다.

본편은 황제의 만수절 행사를 마친 뒤, 열하에서 다시 북경으로 돌아가기까지 길에서 경험한 내용을 기록한 것이다. 「막북행정록」은 북경에서 열하로, 여기 「환연도중록」은 열하에서 북경으로의 기록이다. 『열하일기』의 글쓰기 형식에서 일기체의 서술은 여기에서 끝난다.

『열하일기』 전체에서 왕복 여정 모두를 기록한 것은 「환연도중록」이 유일하다. 열하로 갈 때는 경황없이 가느라 주변을 제대로 살피지 못했고, 돌아오는 길에는 여유를 가지고 구경을 하거나 정밀하게 살필 수 있었기 때문일 것이다. 특히 만리장성의 역사와 그 제도에 대한 상세한 묘사, 이를 바라보는 심회 등에서 관찰자의 시각을 보게 된다. 어떤 절에서 오미자를 집어 먹다가 발생한 이야기는 바로 소설의 한 장면이고, 이에 대한 박지원의 교훈적 풀이는 오늘의 우리에게도 와 닿는다.

〈부록 4〉 조선 27명 왕 재위 기간

제1대 태조(太祖)
1335년 출생,1408년 사망(74세),
재위 6년 2개월(1392.7-1398.9),
태조고황제 추존.

제2대 정종(定宗)
1357년 출생,1419년 사망(63세),
재위 2년 2개월(1398.9-1400.11).

제3대 태종(太宗)
1367년 출생,1422년 사망(56세),
재위 17년 10개월(1400.11-1418.8).

제4대 세종(世宗)
1397년 출생,1450년 사망(54세),
재위 31년 6개월(1418.8-1450.2).

제5대 문종(文宗)
1414년 출생,1452년 사망(39세),
재위 2년 3개월(1450.3-1452.5).

제6대 단종(端宗)
1441년 출생,1457년 사망(17세),
재위 3년 2개월(1452.5-1455.윤6).

제7대 세조(世祖)
1417년 출생,1468년 사망(52세),
재위 13년 3개월(1455.윤6-1468.9).

제8대 예종(睿宗)
1450년 출생,1469년 사망(20세),
재위 1년 2개월(1468.9-1469.11).

제9대 성종(成宗)
1457년 출생,1494년 사망(38세),
재위25년 1개월(1469.11-1494.12).

제10대 연산군(燕山君)
1476년 출생,1506년 사망(31세),
재위 11년 9개월(1494.12-1506.9).

제11대 중종(中宗)
1488년 출생,1544년 사망(57세),
재위 38년 2개월(1506.9-1544.11).

제12대 인종(仁宗)
1515년 출생,1545년 사망(31세),
재위 9개월(1544.11-1545.7).

제13대 명종(明宗)
1534년 출생,1567년 사망(34세),
재위 22년(1545.7-1567.6).

제14대 선조(宣祖)
1552년 출생,1608년 사망(57세),
재위 40년 7개월(1567.7-1608.2).

제15대 광해군(光海君)
1575년 출생,1641년 사망(67세),
재위 15년 1개월(1608.2-1623.3).

제16대 인조(仁祖)
1595년 출생,1649년 사망(55세),
재위 26년 2개월(1623.3-1649.5).

제17대 효종(孝宗)
1619년 출생,1659년 사망(41세)
재위 10년(1649.5-1659.5).

제18대 현종(顯宗)
1641년 출생,1674년 사망(34세)
재위 15년 3개월(1659.5-1674.8).

제19대 숙종(肅宗)
1661년 출생,1720년 사망(60세),
재위   45년   10개월
(1674.8-1720.6).

제20대 경종(景宗)
1688년 출생,1724년 사망(37세),
재위 4년 2개월(1720.6-1724.8).

제21대 영조(英祖)
1694년 출생,1776년 사망(83세),
재위 51년 7개월(1724.8-1776.3).

제22대 정조(正祖)
1752년 출생,1800년 사망(49세),
재위 24년 3개월(1776.3-1800.6)
제23대 순조(純祖)
1790년 출생,1834년 사망(46세),
재위 34년 4개월(1800.7-1834.11),
순조숙황제 추존.

제24대 헌종(憲宗)
1827년 출생,1849년 사망(22세),
재위 14년 7개월(1834.11-1849.6),
헌종성황제 추존.

제25대 철종(哲宗)
1831년 출생,1863년 사망(33세),
재위 14년6개월(1849.6-1863.12),
철종장황제 추존.

제26대 고종(高宗)
1852년 출생,1919년 사망(67세),
재위43년 7개월(1863.12-1907.7),
대한제국 고종태황제.

제27대 순종(純宗)
1874년 출생,1926년 사망(53세),
재위 3년 1개월(1907.7-1910.8),
대한제국 순종효황제.

〈부록 5〉 중국 청조 12명 황제 재위 기간

1. 청태조(淸太祖)
연호는 천명(天命), 이름은 애신각라(愛新覺羅) 누르하치, 1559년 출생, 1626년 8월 사망(68세), 1616년 여진족을 통일하고 후금(後金)을 건립, 재위기간 (1616-1626).

2. 청태종(淸太宗)
연호는 천총숭덕(天聰崇德), 이름은 애신각라(愛新覺羅) 황태극, 1592년출생, 1643년 사망(51세), 1636년에 도읍을 심양으로 옮기고 여진족을 만주로 고침, 재위기간(1626-1643).

3. 청세조(淸世祖)
연호는 순치(順治), 이름은 애신각라(愛新覺羅) 복임(福臨), 1638년 출생, 1661년 사망(24세), 재위기간(1643-1661).

4. 청성조(淸聖祖)
연호는 강희(康熙), 이름은 애신각라(愛新覺羅) 현엽(玄燁), 1654년 출생, 1722년 사망(68세), 중국역사상 재위기간 제일 김(재위61년), 재위기간 (1661-1722).

5. 청세종(淸世宗)
연호는 옹정(雍正), 이름은 애신각라(愛新覺羅) 윤진(胤禛), 1678년 출생, 1735년 베이징 원명원에서 사망(57세), 재위기간(1722-1735).

6. 청고종(淸高宗)
연호는 건륭(乾隆), 이름은 애신각라(愛新覺羅) 홍역(弘歷), 1711년 출생, 1799년 사망(89세), 재위기간(1735-1795), 퇴위 후 3년간 태상황(太上皇)을 함.

7. 청인종(淸仁宗)
연호는 가경(嘉慶), 이름은 애신각라(愛新覺羅) 옹염(顒琰), 1760년 출생, 1820

년 사망(61세), 재위기간(1795-1820).

8. 청선종(淸宣宗)
연호는 도광(道光), 이름은 애신각라(愛新覺羅) 금녕(錦寧), 1782년 출생, 1850
년 사망(69세), 재위기간(1820-1850).

9. 청문종(淸文宗)
연호는 함풍(咸豊), 이름은 애신각라(愛新覺羅) 혁녕(奕寧), 1831년 출생, 1861
년 사망(30세), 재위기간(1850-1861).

10. 청목종(淸穆宗)
연호는 동치(同治), 이름은 애신각라(愛新覺羅) 재순(載淳), 1856년 출생, 1874
년 사망(18세), 재위기간(1861-1874).

11. 청덕종(淸德宗)
연호는 광서(光緖), 이름은 애신각라(愛新覺羅) 재첨(載湉), 1871년 출생, 1908
년 사망(38세), 재위기간(1874-1908).

12. 선통제(宣統帝)
연호가 선통(宣統), 이름은 애신각라(愛新覺羅) 부의(溥儀), 1906년 출생, 1967
년 사망(61세), 재위기간(1908-1911).

<부록 6> 燕巖 朴趾源의 生涯 年表

燕巖 朴趾源의 生涯 年表(1737-1805)[44]

제1시기와 이 시기 특징		1737-1771, 태어나서부터 과거를 폐(廢)할 때까지의 문장수학기(文章修學期)로써, 문장공부에 힘을 쓰며 과거(科擧)에 응하기도 했던 시기로 정신적으로 갈등과 좌절에 휩싸였던 시기였다.
年齡	年代	大事
탄생	1737년	1737년(영조 13년)음력 2월5일, 한양의 반송방 야동(지금의 새문안)에서 반남(潘南)박씨 사유의 2남 2녀 중에서 막내로 출생. 자는 중미, 호는 연암, 별호는 미재(美齋).
어린 시절	태어나서부터 -1751년까지	연암은 어려서부터 약질인데다가 잡병이 많아, 자애로운 할아버지는 불쌍히 여겨 많은 시간을 종들과 같이 밖에 나가 놀게 하였다. 그래서 연암 전기에 보면 이 시절 실학(失學)했다고 적혀 있음.
16세	1752년	16세 때 전주이씨(全州李氏) 처사유안제(處士遺安齊) 이보천의 따님과 결혼 함. 장인인 이보천에게서 맹자를 강의받음. 연암은 처삼촌인 이양천에게서 실학을 공부함. 연암은 이양천에게서 사기를 배움. 이때에 「이충무공전」을 지어서 칭찬 받음. 이후 3년간 학업에 전념함. 처남 이재성과 사귀기 시작하여 평생을 가깝게 지냈으며, 특히 그의 글에 대한 평어를 붙임.
18세	1754년	이후 수년간 우울증적 증세로 고생했다. 이 병을 다스리기 위해 골동, 서화, 성가(聲歌)를 가까이 하였다. 「광문전」을 지어 여러 선배들에게 돌려가며 보여서 칭찬을 받았다. 이것이 소설을 더욱 잘 쓰게 된 동기가 되었다.
19세	1755년	『제영목당이공문(祭榮木堂李公文)』을 지음, 본격적인 문장의 시초가 되었다. 처삼촌이 귀양에서 풀려난 후 바로 사망하자 그의 정신적 방황이 시작되었다.
20세	1756년	『원조대경시(元朝對鏡詩)』를 지음, 본격적인 시작(詩作)의 시초가 됨. 지기(志氣)가 높고 엄격하여서 어떤 법규 같은 것에 얽매이지 않았으며, 해학과 유희를 잘함. 이보

44) 『熱河日記研究』金明昊著, 창작과 비평사, 1990, pp. 309-329 참조.

		천이 걱정을 하였다. 봉원사에 들어가 독서하면서 윤영(尹暎)이란 이인(異人)을 만나 허생의 이야기를 들었고 이것이 장차 「허생전」을 쓰게 된 모티브가 되었다. 황경원(黃景源), 이윤영(李胤永), 김원행(金元行)등 당시의 저명한 문인 학자들을 방문하여 뛰어난 재질을 인정받았다.
21세	1757년	「민옹전」을 지음. 무반(武班)출신의 불우한 선비로서 풍자와 해학이 담긴 이야기를 잘 했던 민유신의 일생을 저술한 전기이다. 이후에 「양반전」을 지음.
23세	1759년	모친 함평 이씨가 향년 59세로 별세하다. 상중(喪中)에 서건학(徐乾學)의 『독례통고(讀禮通考)』를 베껴 씀, 첫 아이 출생, 득녀함.
24세	1760년	조부 장간공(章簡公) 박필균이 76세로 돌아가시자 연암의 곤궁한 삶이 시작되었다. 장간공은 집안의 당론(黨論)이 노론과 소론으로 갈리자, 종형(從兄)박필주, 종질(從姪)박사익, 박사정(박명원의 아버지)형제 등과 함께 단연코 노론을 지지하여 신임사화(辛壬士禍)때에는 피신하기도 했다. 장간공은 족형(族兄)박필성이 효종의 부마 금평위(錦平尉)요 종손(從孫)인 박명원이 영조의 부마 금성위(錦城尉)인 관계로 영조의 두터운 신임을 받았으나, 조정에서 노론의 당론을 관철하기에 힘썼으며 탕평책에 비판적이었다. 또한 그는 척신(戚臣)의 혐의를 피하기 위한 신중한 처신과 평생의 청렴한 생활로 널리 칭송을 받았다고 한다. 이러한 장간공의 정치관과 처세는 박지원에게 깊은 영향을 끼쳤다.
25세	1761년	북한산에 들어가 독서를 하면서 김이소 등 10여명과 만나 공부하는 한편 단릉처사 이윤영에게서 『주역』을 공부했다. 이 해에 홍대용(1731-1783)을 만났다.
28세	1764년	가을 이후 「금신선전(金神仙傳)」을 지음, 「초구기(貂裘記)」를 지음. 「양반전」, 「광문전」후서를 썼다.
29세	1765년	친구들의 권유에 못 이겨 과거시험에 응시하였으나, 시험지를 제출하지 않거나 완성시키지 않았음. 가을에 금강산을 유람하고 총석정(叢石亭)에서 동해의 일출을 구경했다. 「총석정관일출(叢石亭觀日出)」은 이때의 경험을 노래한 시로서, 판서(判書) 홍상한으로부터 격찬을 받은 바 있다. 또 이 해에 평소에 듣던 김홍기의 이야기로 「김신선전」을 썼다.
30세	1766년	장남 종의(宗儀)가 출생함, 동지사(冬至使)의 일원으로

		중국을 다녀온 홍대용의 『회우록』서문을 쓰고, 홍대용에게서 실학을 배움. 이 해에 「역학대도전」과 「봉산학자전」을 지었다(그러나 이 두 편은 불살라 버렸다).
31세	1767년	부친 박사유가 향년 65세로 별세하였다. 이때 부친의 장지(葬地)문제로 녹천(鹿川)이유(李濡)의 후손가와 소송이 벌어져 상소 끝에 시비는 가려졌으나, 남과 원한을 맺고 싶지 않아 부친의 유해를 딴 곳에 임시 매장한 뒤 나중에 길지(吉地)를 얻어 천장(遷葬)하기로 했다. 또한 이일로 인해 상대측의 상소인인 사직(司直)이상지가 관직을 자진사퇴한 사실을 알고, 본의는 아니나마 남의 장래를 막아버리게 된 데에 자책을 느끼고 스스로도 과거를 폐하기로 했다고 한다. 당시 집이 몹시 가난해서 삼천동 백련봉 셋집으로 이사했고 이때에 이덕무, 이서구, 유득공, 박제가 등과 만나서 교우했다.
32세	1768년	이 해부터 박제가(승지 박평의 서자이다)가 제자로 입문하면서 여기서 북학파가 형성되어 갔다. 당시에 그는 백탑(白塔)근처에 살았는데, 근처에 이덕무(사립문 북쪽),이서구(다락이 서쪽에 솟아 있었음), 서상수의 집은 수십 보더 가서 그 서루가 있었으며, 유금, 유득공은 꺾어져 동북쪽에 집이 있었다. 서상수와 교유하기 시작한 것도 이때이다. 이 무렵부터 그들과 두터운 교분을 맺게 되어 북학파가 형성되어 간 것이다.
33세	1769년	이서구가 제자로 입문했다. 실사구시학파가 형성 되어가는 과정이었고 '신 문장 4가'가 탄생되는 계기가 되었다.
34세	1770년	연암은 생원, 진사를 뽑는 시험인 감시(監試)에서 수석으로 뽑혔다. 방(榜)이 붙던 날 저녁 영조는 침전으로 연암을 불렀고, 도승지로 하여금 연암의 답안지를 읽게 하고는 손으로 책상을 두드리며 장단을 맞추어가며 들었다고 한다. 그러나 그는 그 다음 해 본 시험인 문과를 포기하고 재야의 선비로 살아가기로 마음먹는다. 영조 말년의 혼탁한 정국이 그런 결심에 큰 영향 미쳤다. 이때에 『대은암창수시서(大隱巖唱酬詩序)』를 짓. 친구들과 북악산(北嶽山)동록(東麓)의 대은암에 놀러가 창수(唱酬)한 사실을 기록한 글이다.
35세	1771년	과시를 폐하고 다시는 과시를 안 봄. 3월24일 이덕무 등과 황주, 평양, 개성에 유람하면서 연암동을 답사하게 되었고 이것이 인연이 되어 장차 여기에 은둔할 뜻을 굳히

		고 호를 연암이라 함. 9월1일 큰 누님 박씨가 향년 43세로 별세함. 「백자증정부인박씨묘지명(伯姉贈貞夫人朴氏墓誌銘)」은 출가한 뒤 가난과 병으로 고생하다 죽은 그를 추모하여 지은 글이다.
제2시기와 이 시기 특징		1772-1785, 과거를 폐한 후 출사(出仕)전까지의 열하 여행전후의 은둔기로 실학사상을 확립해 가던 시기. 제1기의 그러한 갈등과 좌절을 극복하고 과시(科試), 또한 폐하고 조용히 세속에서 물러나 실학에 몰두했던 시기였다.

年齡	年代	大事
36세	1772년	이 해에 가족들을 경기도 광주 석마(石馬)향에 있는 처가로 보내고 전의감동(典醫監洞)의 우사(寓舍)에 혼자 살면서 김용겸, 홍대용, 정철조, 이서구, 이덕무, 박제가, 유득공 등 여러 사람과 교우하면서 사상과 문학을 심화시켜 나간다. 친구들에게 보낸 편지들을 모은 『영대정잉묵(映帶亭滕墨)』을 편찬하고, 자서(自序)를 붙인다. 「초정집서(楚亭集序)」를 짓는다. 박제가의 『초정집』에 붙인 서문으로, 법고창신(法古創新)의 문학론을 피력한 글이다.
37세	1773년	봄에 유득공, 이덕무 등과 경기 북부와 평안도 일대를 여행하였다. 이때 성천(成川)비류강(沸流江)부근의 한 암자에서 이인(異人)윤영을 다시 만나게 되었다.
38세	1774년	「제이당화(題李唐畵)」를 짓다. 송(宋) 이당(李唐)의 명화 『장하강사(長夏江寺)』가 국내에 유입된 내력을 기록한 글이다.
40세	1776년	3월에 영조가 별세. 11월에 삼종형 박명원이 동지정사(冬至正使)로 북경에 갈 때 그가 개성까지 나가 전송하였음. 이 대 친구 나걸(羅杰)이 서장관(書狀官)을 수행하였는데 귀국하여 중국에서 얻은 지식을 중심으로 태평차(太平車)를 제작해 보기도 함.
41세	1777년	4월15일 장인 이보천이 향년 64세로 별세했다. 「제외구처사유안재이공문(祭外舅處士遺安齋李公文)」을 써서 그를 추도하였다. 가세(家勢)가 황락(荒落)하여 졌으며, 게다가 홍국영의 박해로 미리 보아 둔 금천의 연암 골짜기로 피난 가서 숨어 살았다. 이 당시 깊이 사귀던 유언호(俞彦鎬)가 미리 알려 주었으며, 그 역시 개성으로 벼슬을 옮겨 연암의 생활을 도움. 이곳은 개성에서 약 30리 떨어진 거리인데 개성 사람 양호맹(梁浩孟), 최진관(崔鎭

		觀)등이 자주 찾아왔으며, 이것이 인연이 되어 한때는 개성의 양호맹의 별장에서 지내기도 하였다.
42세	1778년	3월 17일 이덕무, 박제가 일행의 북경여행을 맞아 송별회함. 7월 25일 형 희원(喜源)의 처(전주이씨)가 55세로 별세함, 연암협에 안장함. 장자인 종의(宗儀)를 형의 양자로 보냄.
43세	1779년	북학파이던 이덕무, 유득공, 박제가와 서이수가 규장각의 검서(檢書)관이 되어 '4검서관'의 명성을 들었다. 4편의 「답홍덕보서(答洪德保書)」는 이 무렵 연암이 격려와 위문의 편지를 보내온 홍대용에게 자신의 산중 생활상을 전하면서, 아울러 이덕무 등이 특채(特採)된 사실을 축하한 편지들이다.
44세	1780년	홍국영이 실각 후 4월에 사약을 받아 죽게 되자 연암은 서울로 돌아와 처남 집에서 기거하였다. 이해 5월 25일에 삼종형인 금성도위 박명원(1725-1790)이 청나라 고종(건륭황제)의 70수 천수절 사은겸진하사로 연경으로 사신 갈 때 따라 갔다가 이해 10월 27일에 귀국하였다. 돌아온 즉시, 처남 집과 연암 골짜기를 내왕하면서 『열하일기』를 쓰기 시작하였다. 당시 영천(榮川)군수로 재직 중이던 홍대용은 소와 농기구, 돈, 공책 등속을 보내면서 연암의 저술을 격려해 주었다. 이해에 차남 종채가 출생했다.
45세	1781년	9월 박제가의 『북학의』에 붙인 「북학의서(北學議序)」를 썼다. 청(淸)을 오랑캐로 보는 배청주의를 비판하면서, 청의 선진문물을 적극 수용할 것을 역설한 글이다. 벗 정철조가 향년 52세로 별세하였다. 「제정석치문(祭鄭石癡文)」은 그의 죽음을 애도한 글이다.
47세	1783년	「도강록」서문을 쓰면서 『열하일기』 26편을 완성하였다. 이해 10월에 홍대용이 향년 53세로 별세하였다. 연암은 손수 그의 시신을 염습하는 한편, 사행편(使行便)에 홍대용의 중국인 벗인 손유의(孫有義)에게 부고를 전했다. 12월 청주(淸州)에서 장사를 지냈다. 「홍덕보묘지명(洪德保墓誌銘)」은 그의 죽음을 애도한 글이다.
49세	1785년	「족형도위공주갑서(族兄都尉公周甲序)」를 짓다. 삼종형인 금성도위(錦城都尉) 박명원의 회갑을 축하한 글이다.
제3시기와 이 시기 특징		1786-1805, 출사기로서, 과거의 반항적 생활에서 벗어나 세상과 타협하고 출사하여 자신의 이상(理想)을 실천에 옮겨 보며 풍류(風流)스럽게 살아보려 했던 시기였다.

年齡	年代	大事
50세	1786년	7월 친구인 유언호가 천거(薦擧)하여 선공감(繕工監) 감역(監役)으로 임명되었으니 50세에 얻은 벼슬이었다. 남공철이 유득공과 함께 용산의 현장을 찾아 박지원을 축하하였다. 연암은 과거를 보지 않았기 때문에 벼슬을 주지 않다가, 그 글재주와 이용후생에 견식이 넓어서 음관으로 받은 벼슬이다.
51세	1787년	1월5일 부인이 51세로 별세하고 그 뒤 연암은 부인의 부덕을 기르며 독신으로 여생을 보내었다. 부인의 상을 당하여 이를 애도한 절구(絕句)20수를 지었다 하나 전하지 않는다. 7월에는 형님인 박희원이 58세로 별세했다. 연암협의 집 뒤 형수 이씨의 묘에 합장하였다. 「연암억선형(燕巖憶先兄)」은 그를 추모하여 지은 시이다.
52세	1788년	3월에 전 가족이 전염병으로 고통을 당하고 종의는 부인을 잃는다. 부인에 이어 장자부(長子婦)마저 사거하여 집안 살림을 맡길 데가 없었으므로 주위에서는 재혼을 권유했으나 연암은 이를 마다하였다. 연암은 종제인 박수원이 선산 부사로 나가게 되어 집이 비게 되었으므로 계산동에 있는 종제의 집으로 거처를 옮긴다. 12월에 공선감역의 임기가 끝났다.
53세	1789년	6월에 평시서(平市署)의 주부(主簿)로 승진하였고 12월에 정조는 사도세자의 능을 참배하러 가는 편의를 위해 한강에 설치하도록 명한 주교(舟橋)가 완성되자 문무 백관이 참여하는 성대한 낙성연을 베풀었는데, 연암은 이때 음관(蔭官)으로는 유일하게 참석하는 은총을 입었다. 여기서 대장(大將) 서유대와 처음 상면하여 교분을 맺었다. 7월28일 작고한 김형백(金亨百)를 애도하여 「취묵와김군묘갈명(醉黙窩金君墓碣銘)」을 썼다.
54세	1790년	3월에 삼종형 박명원이 향년 66세로 별세했다. 정조는 박명원이 별세하자 충희(忠僖)라는 시호(諡號)와 300여 언(言)에 달하는 어제(御製)제문(祭文)을 내리고 손수 신도비(神道碑)를 지었으며, 생전의 그의 절친했던 연암에게 묘지명을 짓도록 위촉했다. 이에 지은 글이 「삼종형금성위증시충희공묘지명(三從兄錦城尉贈諡忠僖公墓誌銘)」이다. 의금부(義禁府)도사(都事)로 옮기고 곧 사헌부감찰(司憲府監察)로 전직되었으나, 취임하지 않고 제릉령(齊陵令)으로 전출됨.

55세	1791년	한성부(漢城府)판관으로 전보되어 곡물 유통에 대한 정책적 탁견을 폈다. 이 해 12월에는 안의현감으로 임명되어 56세부터 60세까지 안희현을 다스리면서 천주교에 대한 선정을 베풀었다. 또한 부역을 고르게 하고 송사를 공평히 하며, 노비들이 내는 공포의 폐습을 없앴다. 연행 때 본 것처럼 벽돌을 구워서 전각의 담을 쌓았다. 또 여자의 순절을 비판하였다. 이 무렵 「열녀함양박씨전」을 썼다. 정조(正祖)의 특별한 아낌을 받았다. 이때 그의 학문에 대한 명성이 당세에 진동했다.
56세	1792년	1월에 안의에 도임. 관아 안의 퇴락한 집을 헐고, 연못을 파고 못가에는 벽돌로 집을 지어 중국의 풍습을 따랐다. 부임 즉시 송사(訟事)를 엄정하게 처리하여 고을 백성들 간에 분쟁을 일삼던 풍조를 바로잡고, 아전들의 상습적인 관곡(官穀)횡령을 근절했으며, 관아(官衙)에까지 출몰하던 도적들을 퇴치했다. 벗 김이소가 우의정에 임명되자 「하김우상이소서(賀金右相履素書)」를 지어 그의 취임을 축하함과 동시에 별지에서 화폐 유통을 바로 잡고 은의 국외 유출을 막는데 대한 견해를 피력한 편지이다.
57세	1793년	안의 현감시절.1월16일 남공철(南公轍)이 지난해 12월 28일에 부친 편지를 받음(정조가 그의 『열하일기』를 읽고 문풍이 퇴락한 죄를 물어 순정(醇正)한 글을 지어 바치게 전한 내용). 이에 대하여 「답남직각공철서(答南直閣公書)」로 답한다(정중하고 간절한 답서를 보내어 사죄함). 같은 달에 이덕무가 향년 53세로 별세했다. 정조는 그의 유고(遺稿)들을 모아 출판하도록 명하는 한편 연암에게 특명을 내려 그의 행장(行狀)을 짓도록 했다. 이에 지은글이 「형암행장(炯菴行狀)」이었다.
58세	1794년	상경 입시하여 정조께 농촌 사정을 사실대로 자세히 상주하였다. 이 무렵 아들 종간은 성균시에 응시하려 했는데 그 때 친구 이서구가 성균관장인 이유로 도리어 응시 못하게 막았다. 행여 친구의 덕으로 아들이 과거에 붙었다는 오해가 있을까 염려했기 때문이다.
59세	1795년	가을에 차남 종채가 전주 유씨와 결혼했다. 9월20일 「해인사창수시서(海印寺唱酬詩序)」를 씀. 이는 연암이 인근의 해인사에서 경상감사를 맞아 도내 수령들과 시주(詩酒)의 자리를 가졌던 일을 서술한 글이다. 해인사 구경과 관련하여 지은 시로 장편 시 「해인사」가 있다. 전라 감사

		로 재직 중이던 이서구가 천주교도를 비호한다는 무고로 인해 영해(寧海)로 유배가게 되었다. 「답이감사적중서(答李監司謫中書)」는 그에게 보낸 위문편지이다.
60세	1796년	안의현감 임기가 만료되어 서울에 와서 문필생활을 하려고 계산동에 있는 땅을 사서 중국 제도를 모방하여 벽돌로 집을 짓고 이를 총계서숙(叢桂書塾)이라 했다. 이것이 바로 경제민국의 대사를 논했던 계산초당인데 그 아들 종채가 종신토록 그곳에서 살았다. 벗 유언호가 향년67세로 별세했다. 연암은 그를 면결(面決)하지 못한 것을 애통해 마지않았다.
61세	1797년	정조의 명(命)에 의하여 제주인(濟州人) 이방익(李邦翼)의 중국 표류 담을 서술하게 함. 「서이방익사(書李邦翼事)」는 이러한 어명에 따라 지은 글이다. 7월에 충청도 면천 군수로 임명되었다. 이 때 천주교신자들을 처벌보다 간곡한 희유로 개종한 군민이 많아 신유사옥45)때 면천군은 무사했다.
62세	1798년	12월9일 농서(農書)를 편찬하기 시작했다. 「연분가청장계(年分加請狀啓」를 지음.
63세	1799년	3월 정조가 전년에 내린 권농정 구농서(勸農政求農書)의 윤음(綸音)을 받들어, 연암협 시절의 구저(舊著)인 『과농소초(課農小抄)』에다 안설(按說)을 붙이고 「한민명전의(限民名田議)」를 부록으로 하여 바침. 이 저작으로 인해 정조의 칭찬을 받았으며, 내각의 제신(諸臣)으로부터도 칭찬을 받았다. 이 해 봄에 흉년이 들었으므로, 연암은 안의현에서 시행했던 예에 따라 사진(私賑)을 설치하여 기민(飢民)들을 구제했다.
64세	1800년	6월에 정조가 향년 49세로 별세했다. 연암은 문예의 말기(末技)로써 누차 은교(恩敎)를 입었음에도 불구하고 끝내 그에 보답하지 못했다고 하여, 상도(常度)를 넘어서 애통해 했다. 7월에 세자인 순조(純祖)가 즉위했는데, 김대왕대비(金大王大妃)가 정무대행했다. 가을에 연암은 안양부사로 승진되어 부임하였다.
65세	1801년	2월에 문생 박제가가 무고에 의해 사옥(邪獄)에 연좌되어 종성(鐘城)으로 유배되었다. 봄에 노병(老病)으로 사직하고 집으로 돌아옴. 유덕공이 연행사를 수행하여 북경에 감.
66세	1802년	봄에 문생 이광현과 함께 연암 골짜기로 들어가 계곡에

		정자를 짓고 수개월을 지내다가 서울 집으로 돌아왔다. 연암협으로 향하던 날은 마침 차남 종채가 정시(庭試)를 보는 날이었음에도 불구하고 연암은 이를 개의치 않고 길을 떠났다. 겨울에 조부 장간공과 부친의 묘를 포천으로 이장(移葬)하려다가 유한준의 방해로 좌절당하고, 이듬해에 부조의 묘를 양주 별비면 성곡으로 이장했다.
68세	1804년	지병인 풍비(風痺)가 여름 이후 더욱 위중해 졌으나 연암은 약을 물리치고 더 이상 들지 않았으며, 장례를 검약(儉約)하게 치르도록 훈계하였다. 또한 자신의 임종시에 윤득관(연암의 장인 유안재의 친구)의 견해를 좇아 면포(綿布)로 된 심의(深衣)를 사용할 것과 홍대용의 상(喪)과 마찬가지로 반함(飯含)을 하지 말 것을 당부했다.
69세	1805년	10월 20일 서울 자택에서 "깨끗이 씻어 달라"는 유명(遺命)만 남긴 채 서거했다. 12월 경기도 장단 송서면 대세현 선영에 있는 부인 이씨묘에 합장했다.

별세후(別世後)

年代	大事
1807	종채의 장남 규수(珪壽)가 출생했다.
1814	장남 종의가 별세하다.
1826	종채가 부친의 생전 언행을 기록한 『과정록』을 완성하다.
1835	차남 종채가 별세하다. 생전에 사복사(司僕寺)주부, 경산현감(慶山縣監)등을 역임했다.
1876	손(孫)규수가 별세하다. 생전에 대제학(大提學), 평안 감사, 우의정 등을 역임했다.
1900	김택영 편 『연암집』이 간행되다.
1901	김택영 편 『연암속집(燕巖續集)』이 간행되다
1910	8월19일 연암에게 좌찬성(左贊成)을 추증(追贈)하고 문도(文度)의 시호(諡號)를 내린다.
1911	조선광문회(朝鮮光文會) 편, 『연암외집(燕巖外集) 열하일기 전(全)』이 간행되다.
1917	김택영 편, 『중편박연암선생문집(重編朴燕巖先生文集)』이 간행되다.
1932	박영철(朴榮喆)편, 『연암집』이 간행되다.

---

45) 신유사옥(辛酉邪獄)이란 1801년(순조 1)조선시대 이단 탄압과 집권층의 권력투쟁에서 비롯된 천주교도와 남인(南人)세력에 대한 탄압 사건을 말한다.

①시조(始祖)응주(應珠)(潘南戶長)-②의(宜)-③윤무(允茂)-④수(秀)(密直副使)-⑤상애(尙哀)(判典儀寺事)-⑥은(嘗)(左議政)-⑦채(蔡)(禮曹判書)-⑧병문(秉文)(副司直)-⑨임종(林宗)(첨지중추부사僉知中樞府事)-⑩조년(兆年)(郞)-⑪소(紹)(사간司諫)-⑫응복(應福)(大司憲)-⑬동량(東亮)(右參贊)-⑭미(瀰)(錦陽)(郞)-⑪소(紹)(사간司諫)-⑫응복(應福)(大司憲)-⑬동량(東亮)(右參贊)-⑭미(瀰)(錦陽)

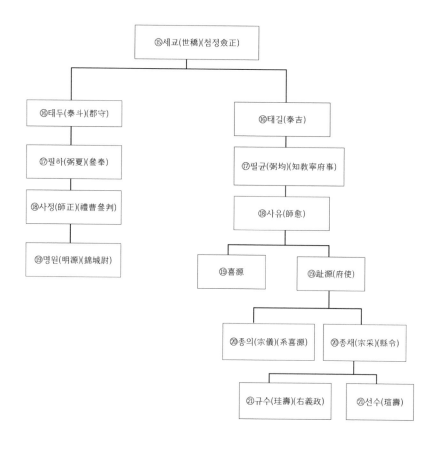

⑮세교(世橋)(첨정僉正)

⑯태두(泰斗)(郡守)

⑯태길(泰吉)

⑰필하(弼夏)(叅奉)

⑰필균(弼均)(知敎寧府事)

⑱사정(師正)(禮曹叅判)

⑱사유(師愈)

⑲명원(明源)(錦城尉)

⑲喜源

⑲趾源(府使)

⑳종의(宗儀)(系喜源)

⑳종채(宗采)(縣令)

㉑규수(珪壽)(右義政)

㉑선수(瑄壽)

---

46) 『增補朴趾源小說研究』 金英東著, 太學社, pp. 261-264 참조.